EN 2018, HARLEQUIN FÊTE SES 40 ANS !

Chère lectrice,

Comme vous le savez peut-être, 2018 est une année très importante pour les éditions Harlequin qui célèbrent leur quarantième anniversaire. Quarante années placées sous le signe de l'amour, de l'évasion et du rêve... Mais surtout quarante années extraordinaires passées à vos côtés ! Azur, Blanche, Passions, Black Rose, Les Historiques, Victoria mais aussi HQN, &H et bien d'autres encore : autant de collections que vous avez vues naître, grandir et évoluer, avec un seul objectif pour toutes – vous offrir chaque mois le meilleur de la romance. Alors merci à vous, chère lectrice, pour votre fidélité. Merci de vivre cette formidable aventure avec nous. Les plus belles histoires d'amour sont éternelles, et la nôtre ne fait que commencer...

Les disparues de Black Canyon

———

Un allié très séduisant

CINDI MYERS

Les disparues
de Black Canyon

Traduction française de
LUCIE DELPLANQUE

BLACK ROSE

HARLEQUIN

Collection : BLACK ROSE

Titre original :
MANHUNT ON MYSTIC MESA

HARPERCOLLINS FRANCE
83-85, boulevard Vincent-Auriol, 75646 PARIS CEDEX 13
Service Lectrices — Tél. : 01 45 82 47 47
www.harlequin.fr
ISBN 978-2-2803-8279-3 — ISSN 1950-2753

1

— Encore une disparition ! annonça le commissaire Graham Ellison en posant sur la table la photo d'une blonde souriante.

Les membres de la brigade des rangers s'étaient rassemblés pour leur réunion matinale. Le visage de la jeune femme aux yeux bleus respirait la vitalité et la joie de vivre. Le contraste avec l'expression fermée du commissaire était saisissant.

— Jennifer Lassiter, dix-neuf ans, originaire de Denver, poursuivit Ellison. Elle fait partie d'un groupe d'étudiants en archéologie qui effectuent des fouilles dans le coin.

— Ça en fait deux en un mois…

La seule femme de l'équipe — qui se nommait Carmen Redhorse, comme l'annonçait son badge — jeta un coup d'œil à la photo avant de la faire passer à son voisin.

— Trois ! corrigea un homme qui entra dans la salle à cet instant.

Tous se tournèrent vers lui.

— C'est qui ce gars ? demanda Simon Woolridge, un grand type maigre avec un nez busqué.

— Ryan Spencer, détaché des douanes et de la protection des frontières, expliqua le commissaire Ellison. Notre dernière recrue.

7

Ignorant les regards braqués sur lui, Ryan s'avança vers la table et s'installa sur une chaise libre, en face du commissaire. S'il avait espéré faire une arrivée discrète pour son premier jour, c'était raté.

— Désolé pour le retard, marmonna-t-il.

Le trajet depuis Montrose lui avait demandé plus de temps que prévu, en partie à cause d'une colonne de camping-cars en route pour le parc national du Black Canyon, où était situé le commissariat des rangers.

Il ne prit pourtant pas la peine de préciser ce détail, son père lui ayant toujours appris à ne jamais se trouver des excuses.

— Pourquoi trois disparitions ? interrogea à son tour l'homme situé à la gauche du commissaire.

Le ranger était presque une caricature de trappeur, habitué à vivre à la dure, au grand air : yeux noirs et cheveux de jais, peau tannée par le soleil, nez en bec d'aigle et menton volontaire. Son badge indiquait qu'il se nommait Michael Dance.

— J'ai reçu un communiqué de mon unité ce matin, expliqua Ryan. Enfin… de mon ancienne unité.

Bien qu'encore officiellement rattaché aux douanes et frontières, il avait rejoint les rangers, les forces de l'ordre responsables d'un immense territoire rural, dans le sud-ouest du Colorado. Il sortit son téléphone pour consulter un message.

— Elle s'appelle Alicia Mendoza, lut-il. Elle est originaire du Guatemala et fait partie d'un groupe de clandestins qui traversaient la zone pour se rendre dans l'Utah. Lorsque le reste de la troupe a été arrêté hier soir, l'un des membres a signalé qu'Alicia avait disparu depuis deux jours, près du parc national.

— Et on comptait nous avertir quand ? demanda Simon d'un ton ironique.

— Vous êtes au courant maintenant, dit Ryan en rangeant son téléphone.

— Ne fais pas attention à Simon, intervint l'homme assis à la gauche de Ryan, avant de lui tendre la main. C'est notre Schtroumpf grognon local. Je suis Randall Knightsbridge, de la gestion du territoire.

— Enchanté, répondit Ryan, avant de se tourner vers son voisin de droite.

— Ethan Reynolds, annonça celui-ci. Je suis nouveau, moi aussi. J'ai rejoint les rangers il y a quelques mois seulement. J'arrive du FBI.

— On finira les présentations après, si vous voulez bien, interrompit le commissaire en consultant la liasse de documents posée devant lui. On a du pain sur la planche avec ces trois femmes portées disparues. Selon les collègues archéologues, Jennifer Lassiter a fait une pause, hier en début d'après-midi. Ce n'est qu'un peu plus tard qu'ils se sont rendu compte qu'elle n'était pas de retour. Ses amis l'ont cherchée pendant plusieurs heures, sans résultat. Ils ont alerté les autorités du parc et le shérif du comté, qui nous a contactés ce matin.

— Où a-t-elle été vue pour la dernière fois ? demanda Simon.

— Près du plateau de la Mystic Mesa, expliqua le commissaire. Le groupe effectue des fouilles sur un ancien campement amérindien.

— Daniel Metwater et sa joyeuse bande logent dans le coin aussi, non ? s'enquit Randall.

— Ouais, répondit Simon, après avoir pianoté sur le clavier d'un ordinateur portable. Ils ont reçu récemment l'autorisation de s'installer près d'une source.

Leur permis pour Coyote Creek a expiré la semaine dernière, si je me souviens bien.

— Après le feu de prairie qu'ils ont déclenché là-bas, je suis surpris que les autorités du parc aient renouvelé leur autorisation, marmonna Carmen.

— Ils sont simplement soupçonnés, rappela Marco Cruz, un grand inspecteur de type hispanique, assis à la droite du commissaire. L'enquête a déterminé que cet incendie était d'origine humaine, mais il n'y a aucune preuve que ce soit un des membres de la bande de Metwater le responsable.

— Sauf qu'on sait que ce sont eux, grommela Simon.

Ethan se pencha vers Ryan.

— Daniel Metwater se prend pour un prophète et il est à la tête d'un petit groupe de fidèles, expliqua-t-il. Ils vivent proches de la nature. On les soupçonne de pas mal d'activités louches, mais personne n'a jamais été en mesure de prouver quoi que ce soit.

— La première jeune femme disparue, Lucia Raton, a fréquenté le campement de Metwater, peu avant sa disparition, reprit le commissaire. Au début, Metwater a prétendu ne pas la connaître, mais il a fini par admettre qu'elle avait bien vécu avec eux quelque temps. Elle espérait rejoindre le groupe, mais il a refusé, car elle n'avait pas encore vingt et un ans.

— Par la suite, on a trouvé un collier appartenant à Lucia Raton, enterré à environ un kilomètre du campement, avec beaucoup d'autres effets appartenant à l'un des membres de la « Famille » de Metwater, ajouta l'inspectrice.

— On n'a pas retrouvé de corps, mais les proches de Lucia n'ont plus aucune nouvelle d'elle, conclut Randall.

— C'est intéressant de noter que la dernière disparition

a eu lieu près du nouveau campement de Metwater…, fit remarquer Ethan en tapotant la table du bout de son crayon. Et la femme qui vient du Guatemala ? Où a-t-elle été vue pour la dernière fois ?

Ryan consulta de nouveau son téléphone.

— Tout ce qu'on sait, c'est que c'était dans le parc national du Curecanti.

— C'est vaste…, soupira Simon. Plus de cent soixante-dix kilomètres carrés. Il va falloir restreindre la zone de recherches.

— Vois si tu peux obtenir plus de détails, ordonna le commissaire. Ensuite, Ethan et toi irez rendre visite aux archéologues, pour recueillir d'éventuelles infos supplémentaires sur Jennifer Lassiter.

— Peut-être qu'elle en a eu marre de creuser et qu'elle a décidé de s'offrir une virée avec son copain, suggéra Michael Dance.

— Je l'espère pour elle, en tout cas, soupira Carmen.

Le commissaire consulta ses notes pour passer à la suite.

— Lance ? Des nouvelles sur cette affaire de trafic de plantes ?

Simon se retint de rire.

— Quel genre de plantes ? demanda Ryan en aparté.

— Du genre cher, répondit Lance, un jeune homme dégingandé affalé sur sa chaise. Les agents du parc ont repéré plusieurs endroits où des voleurs avaient déterré des plantes d'ornement. Certaines se revendent plusieurs centaines de dollars. On a quelques empreintes de pneus, mais c'est très vague. Aucun témoin. À moins qu'on prenne ces types en flagrant délit, je ne crois pas qu'on ait beaucoup de chances.

— D'accord, répondit le commissaire. On a presque fini. Il reste juste des détails d'ordre administratif à régler.

Ryan laissa son esprit vagabonder, tandis qu'Ellison lisait quelques communiqués concernant les forces de police du secteur, un mémo des Eaux et Forêts sur le débroussaillement et une liste des derniers projets de construction autorisés dans le parc.

La brigade des rangers était une unité un peu spéciale, composée d'agents issus de différents services et chargée de veiller sur un territoire protégé de la taille de l'Indiana. La zone n'était peuplée que par quelques centaines de personnes, mais le potentiel d'activités criminelles y était énorme, depuis la contrebande jusqu'au vol de biens publics, en passant par la fabrication de drogues.

— Voilà, c'est tout, annonça enfin Ellison. La réunion est terminée. Passez une bonne journée. Soyez prudents.

Ryan sortit son téléphone pour envoyer un SMS à son ancien supérieur et lui demander à quel endroit précis Alicia Mendoza avait été vue pour la dernière fois. Du coin de l'œil, il vit l'inspectrice s'approcher de lui. Ses longs cheveux noirs qui lui arrivaient presque à la taille, sa peau dorée et ses pommettes saillantes annonçaient clairement son ascendance amérindienne.

— Je suis Carmen Redhorse, dit-elle. Bienvenue dans l'équipe.

L'homme qui se trouvait devant l'ordinateur se leva à son tour.

— Simon Woolridge, dit-il en tendant la main à Ryan. C'est moi le *geek* de la bande. J'ai plein d'infos sur Daniel Metwater, si tu veux.

— Marco Cruz, des stups, dit l'inspecteur hispano-américain.

Il avait une poigne d'acier, mais son expression était chaleureuse.

— J'espère que tu aimes la vie au grand air, ajouta-t-il, parce que le territoire qu'on couvre est immense. Et vide la plupart du temps.

— Ce qui n'empêche pas un peu d'action, de temps en temps, intervint Randall Knightsbridge en se joignant à eux, une tasse de café à la main et un chien sur ses talons. Et voici Lotte. Elle fait partie de l'équipe, elle aussi.

Les deux derniers collègues se présentèrent à leur tour : Michael Dance, avec son look de trappeur, et Lance Carpenter, l'adjoint du shérif du comté de Montrose, qui enquêtait sur le vol de plantes.

— Tu es marié ? demanda Marco.

— Heu… non, répondit Ryan. Ce genre de boulot ne laisse pas beaucoup de temps pour les copines.

— Tu pourrais avoir des surprises… Un conseil : si tu n'es pas intéressée par les relations sérieuses, évite de boire l'eau du robinet.

Les autres éclatèrent de rire. En voyant l'air perplexe de Ryan, Randall précisa :

— Plusieurs d'entre nous se sont mariés ou fiancés, ces derniers temps. On commence à soupçonner une épidémie !

— Certains d'entre nous sont quand même immunisés, protesta Simon.

— Merci de l'avertissement, répondit Ryan en riant. Enfin… si on veut.

Il n'avait pas rejoint les rangers pour trouver l'amour, mais pour donner un coup de fouet à sa carrière qui commençait à ronronner.

— Prêt à interroger les archéos ? demanda Ethan en lui donnant une tape amicale dans le dos.

— Prêt, dit Ryan, trop heureux de revenir à des questions professionnelles. C'est loin d'ici ?

— Viens, je te montre.

Il se dirigea vers une immense carte qui couvrait presque entièrement un pan de mur.

— Nous, on est là, commença-t-il en désignant l'entrée du parc. Et là...

Il remonta vers le nord-est, jusqu'à un plateau.

— ... C'est la Mystic Mesa. Les archéologues fouillent sur le côté est.

Randall les rejoignit et posa le doigt sur un emplacement situé à deux kilomètres environ des fouilles.

— Daniel Metwater et ses adeptes campent ici.

— Un gourou et ses ouailles en pleine nature..., marmonna Ryan en secouant la tête. Ça fait très... je ne sais pas... Ancien Testament.

— Ce n'est pas vraiment le genre, répondit Randall.

— Non ?

— Pas de longue toge ni de robe, expliqua Randall. Metwater est le fils d'un riche industriel qui aurait hérité de la fortune familiale. La plupart de ses fidèles sont des jeunes qui cherchent à donner un sens à leur vie.

— Surtout des belles jeunes femmes, précisa Ethan.

— Vous pensez qu'il en tue certaines ? demanda Ryan. J'ai cru comprendre que les autres femmes disparues ne fréquentaient pas ce groupe.

— C'est vrai, mais Lucia Raton a montré un intérêt certain pour les écrits de Metwater, rappela Ethan. Et c'est quand même une drôle de coïncidence que Jennifer Lassiter et elle aient été vues pour la dernière fois près de son campement.

Le téléphone de Ryan vibra et il consulta un nouveau message.

— On me précise qu'Alicia Mendoza a disparu après que le groupe avec lequel elle voyageait s'est arrêté à une source située au pied d'une mesa qui s'étend dans un axe nord-sud, annonça-t-il. Ses compagnons de route ne connaissaient pas le nom et n'ont pas pu être plus précis que ça.

— La Mystic Mesa s'étend dans un axe nord-sud, dit Randall en montrant la carte. Et il y a une source juste à sa base. La seule à des kilomètres à la ronde.

— C'est à un jet de pierre du campement de Metwater, fit remarquer Ethan.

— Ça fait beaucoup de coïncidences, dit Ryan.

— Tu sais ce qu'il te reste à faire, conclut Randall en lui tapant sur l'épaule. Amuse-toi bien ! Coupable ou non, Metwater n'en demeure pas moins un enquiquineur de première.

Les mains agrippées au volant de sa jeep, Jana Lassiter observait le pays désolé où avait disparu sa sœur, Jenny. Des cheminées de fées rouges se dressaient sur la plaine couverte de touffes de graminées et de pins, dont les troncs noirs et poussiéreux trahissaient des années à endurer des vents violents sous un soleil de plomb. Des crevasses asséchées et quelques ravines plus profondes ouvraient çà et là des plaies dans la surface poudreuse de la terre.

Dans ses SMS, Jenny affirmait trouver l'endroit magnifique — l'isolement et la rudesse du paysage lui donnaient une intense impression de liberté. Tout ce vide mettait pourtant Jana mal à l'aise. On s'y sentait tout petit, insignifiant, et elle se sentait déjà perdue.

Qu'était-il arrivé à Jenny ? S'était-elle éloignée du groupe et avait-elle ensuite été incapable de retrouver son chemin ? Ou bien quelque chose de plus grave s'était-il produit ?

Chassant le malaise qui la gagnait, Jana sortit de la jeep et fut immédiatement assaillie par une forte brise. Elle s'agrippa à son chapeau de paille à larges bords et se dirigea vers la tente blanche qui servait de base aux archéologues. Elle évita de justesse un buisson virevoltant qui passa en roulant à ses côtés et se mit à prier pour qu'il n'y ait pas de serpents lovés dans les fourrés avoisinants.

À son approche, un homme d'un certain âge, grand, grisonnant et le visage grêlé, leva le nez d'un carnet de notes. Elle reconnut Jeremy Eddleston, le professeur responsable du site. Il n'avait pas l'air ravi d'avoir de la visite.

— Je suis Jana Lassiter, annonça-t-elle, avant qu'il puisse la chasser. Nous nous sommes brièvement croisés lors de la journée d'accueil de ma sœur.

L'expression de l'homme s'adoucit aussitôt et il posa son carnet sur une table pliante pour s'avancer vers elle, les deux mains tendues.

— Mademoiselle Lassiter, je suis ravi de vous revoir, malgré les circonstances. Je suis navré pour votre sœur. Quelle tragédie…

Jana se figea, sentant la colère et la panique se mêler en elle. Elle préféra la colère.

— Disposez-vous d'informations que j'ignore ? demanda-t-elle. Il est un peu tôt pour les condoléances, non ? On n'a pas confirmé sa mort, que je sache.

Le visage d'Eddleston s'empourpra.

— Bien sûr, je…, bafouilla-t-il. Enfin, d'après ce qu'on… Je voulais simplement…

Elle décida de ne pas s'acharner sur lui.

— On ne sait jamais trop quoi dire, dans ce genre de situation, concéda-t-elle.

Eddleston se détendit visiblement.

— Évidemment, nous sommes tous terriblement inquiets pour Jenny. C'est un élément précieux de notre équipe et tout le monde l'apprécie beaucoup. On se demande bien ce qui a pu lui arriver.

— C'est ce que je suis venue essayer de savoir, dit Jana.

— Personne n'y comprend rien, reprit Eddleston en désignant la mesa qui se dressait derrière eux, avec ses pentes parsemées d'énormes blocs rocheux, de bosquets de chênes blancs chétifs et de genévriers.

— Nous faisons des fouilles sur cette zone depuis le printemps. Jenny, comme vous le savez, nous a rejoints au début du mois de juin, pour nous aider à trier des éléments mis au jour récemment. Hier, après le déjeuner, elle a annoncé qu'elle avait besoin de se dégourdir les jambes. Ses collègues ont pensé qu'elle voulait aller aux toilettes et ne se sont pas inquiétés.

Il indiqua la cabine bleue installée sous un arbre.

— Tout le monde était tellement plongé dans le travail que personne n'a remarqué son absence avant plusieurs heures. Quand l'équipe a commencé à remballer pour la nuit. Ils ont appelé, cherché partout, en vain. Elle ne répondait pas et il n'y avait pas la moindre trace d'elle.

— Pourquoi ne pas avoir averti la police tout de suite ? demanda Jana. Si je comprends bien, ce n'est que ce matin que des policiers sont passés.

— Il n'y a pas de réseau, par ici. Il faut faire au

moins quinze kilomètres de piste pour capter un signal. Quand nous nous sommes rendu compte que Jenny avait disparu, la nuit tombait déjà. Vous imaginez bien que cet endroit est impossible à trouver après le coucher du soleil. Il n'y a pas le moindre éclairage.

Jana frissonna, s'efforçant de ne pas s'imaginer Jenny seule dans l'obscurité, peut-être blessée.

— Pour ma part, je n'étais pas sur place, ajouta Eddleston. J'avais un rendez-vous. Mais le reste de l'équipe a cherché votre sœur jusqu'à la nuit noire, puis un petit groupe est parti demander de l'aide.

— C'est la vérité, intervint un jeune homme qui se tenait non loin de là. On a appelé pendant des heures. Ce matin, les agents du parc et le shérif du comté sont venus avec un chien. Ils ont même mobilisé un hélicoptère, mais ils n'ont rien trouvé pour l'instant.

Jana regarda autour d'elle.

— Je ne comprends pas, murmura-t-elle. Comment quelqu'un peut-il simplement… disparaître ? Jenny n'est pas une écervelée. Elle est intelligente et raisonnable. Elle ne se serait pas perdue comme ça.

Eddleston hocha la tête.

— Je sais. Je me suis fait la même réflexion. J'aimerais avoir plus de réponses à vous offrir.

Jana s'apprêtait à poser une nouvelle question, mais elle fut interrompue par le son distinctif d'un véhicule s'approchant sur la piste caillouteuse.

Eddleston et elle se tournèrent en même temps et aperçurent un SUV noir et blanc orné d'un gyrophare. Le tout-terrain se gara à côté de la jeep de Jana, et deux hommes en uniforme kaki et coiffés de stetsons en descendirent lentement.

Le premier, qui sortit par la portière passager, était

un type large d'épaules avec des cheveux blond cendré. Il était rasé de frais et ses lunettes d'aviateur dissimulaient complètement ses yeux. Jana eut cependant la nette impression qu'il l'examinait de la tête aux pieds et soutint son regard sans broncher.

Ce fut le conducteur, un grand homme mince et brun, qui prit la parole en premier.

— Je suis l'inspecteur Reynolds et voici l'inspecteur Spencer, de la brigade des rangers. Nous enquêtons sur la disparition de Jennifer Lassiter. Nous souhaiterions interroger les personnes qui étaient présentes sur le site, hier.

— Professeur Jeremy Eddleston, directeur de ce site de fouilles archéologiques et responsable de Jennifer, annonça Eddleston en s'avançant, une main tendue.

Sans se préoccuper de lui, le ranger blond se tourna vers Jana en soulevant le bord de son chapeau.

— Vous travaillez également avec Jennifer Lassiter ? lui demanda-t-il.

— Non. Jennifer est ma sœur. Je suis venue de Denver pour la même raison que vous : tenter de comprendre ce qui s'est passé.

— Quand avez-vous parlé à votre sœur pour la dernière fois, madame ? demanda Spencer.

— Avant-hier. Elle était de bonne humeur. Le stage lui plaisait et elle était tout excitée d'avoir trouvé des fragments de poterie.

Elle ajouta en coulant un regard en direction d'Eddleston :

— Elle appréciait ceux avec qui elle travaillait.

— A-t-elle fait allusion à quelque chose qui la tracassait ? demanda Spencer.

— Non, elle m'a semblé tout à fait normale, répondit Jana.

— Diriez-vous que vous êtes proche de votre sœur ?

— Oui. Nous avons habité ensemble pendant quelques mois, avant le début de son stage.

— Avez-vous d'autres frères ou sœurs ? Des parents ?

— Nos parents sont tous les deux décédés depuis plusieurs années.

Leur mère s'était éteinte d'un cancer quand Jana était encore au lycée et leur père avait été tué, quelques années plus tard, dans un accident de voiture sur une route verglacée.

— Nous n'avons pas d'autres frère ou sœur, ajouta-t-elle.

— Et vous êtes sûre que rien ne semblait contrarier Jennifer ? insista Spencer.

— Non, rien. Sinon, elle m'en aurait parlé. Pourquoi toutes ces questions ?

Spencer jeta un regard en direction de son collègue, qui était en pleine discussion avec Eddleston.

— Nous devons éliminer les raisons évidentes qui auraient pu pousser votre sœur à s'éloigner du site et à disparaître. Malheureusement, dans un certain nombre de cas, il s'agit d'un acte délibéré de personnes cherchant à fuir leurs responsabilités ou à se suicider. Il faut avoir connaissance d'éléments ponctuels, type dépression, problèmes relationnels ou difficultés financières. Une fois ces possibilités écartées, nous examinons d'autres explications.

— Dans ce cas, vous feriez bien de vous y intéresser tout de suite. Ma sœur n'était pas dépressive, elle n'avait aucune dette et elle s'entendait bien avec tout le monde.

Quand Spencer retira ses lunettes de soleil, Jana

fut surprise par la lueur de sympathie qu'elle lut dans son regard.

— Que pensez-vous qu'il soit arrivé à Jennifer ? demanda-t-il.

— Je n'en ai pas la moindre idée. C'est votre boulot de le découvrir, non ?

— Peut-être, mais vous la connaissez mieux que moi. À votre avis, qu'est-ce qui aurait pu la pousser à s'écarter ainsi du reste du groupe ? Aurait-elle eu envie d'être seule si elle s'était disputée avec quelqu'un ? Est-elle du genre à entendre un bruit étrange et à aller voir de quoi il s'agit ? Ou à aller secourir un animal blessé ? Aurait-elle quitté le campement pour aller examiner de plus près une formation rocheuse intéressante ? Ou même pour chercher du réseau pour son smartphone ?

Jana se détendit un peu.

— Je comprends où vous voulez en venir, soupira-t-elle.

Elle regarda le paysage écrasé de soleil autour d'eux.

— Je ne crois pas qu'elle aurait suivi un animal. Elle apprécie les chiens et les chats, mais elle a un peu peur des bêtes sauvages. Tout comme moi. Il n'y a apparemment aucun réseau par ici et elle a rejoint l'équipe depuis assez longtemps pour le savoir. Il n'y avait donc aucune raison pour qu'elle s'éloigne afin de mieux capter. En revanche, il est possible qu'elle ait voulu s'isoler si elle s'était disputée avec quelqu'un.

— Dans ce cas, cherchons à savoir si c'est arrivé, proposa Spencer en rejoignant son collègue et Eddleston. Jennifer a-t-elle eu un différend avec un des membres du groupe, professeur ?

— Absolument pas, répondit Eddleston. Jenny s'entendait très bien avec tout le monde.

— Il faudrait que nous puissions interroger le reste de l'équipe sur le site, afin de vérifier tout ça, dit Reynolds.

— Bien sûr.

L'archéologue leva soudain les yeux pour regarder au loin, visiblement distrait. En se retournant, Jana distingua un tourbillon de poussière à l'horizon et, bientôt, une Toyota beige métallisé de modèle récent apparut, s'approchant à toute allure.

— Tiens, tiens…, marmonna Eddleston. Je me demandais quand il allait pointer le bout de son nez, celui-là.

— Qui est-ce ? s'enquit l'inspecteur Spencer.

— Eric Patterson. Un reporter au journal de Montrose.

— On n'a pas le temps pour les journalistes, s'emporta Reynolds.

— Il est plus que ça, répondit Eddleston. Vous allez sans doute vouloir lui parler. Et vous aussi, ajouta-t-il en se tournant vers Jana.

— Et pourquoi ça ? demanda-t-elle.

Eddleston la regarda, l'air interdit.

— Parce que c'est le fiancé de Jenny. Elle ne vous l'a pas dit ?

2

La réaction de Jana n'échappa pas à Ryan. Surprise, confusion et colère se succédèrent sur le visage de la jeune femme, qui possédait la même beauté que sa sœur, mais avec une maturité qui conférait à ses traits une certaine élégance austère. Il y avait aussi plus de perspicacité dans ses yeux, comme si la vie s'était déjà chargée de lui apprendre à faire preuve de scepticisme.

La Toyota s'arrêta à quelques mètres d'eux dans un nuage de poussière rouge et un jeune homme en sortit. Mince et blond, il était déjà un peu dégarni, malgré son visage de gamin. Après avoir embrassé du regard le quatuor qui l'attendait, il hocha la tête, comme s'il approuvait ce comité d'accueil.

Puis, il s'approcha d'eux à grands pas et lança d'une voix forte :

— J'ai entendu dire que l'affaire avait été confiée aux rangers. On va peut-être enfin avoir des résultats. Malgré tout mon respect pour les forces de l'ordre locales, j'ai bien peur qu'elles n'aient pas les mêmes ressources ni les mêmes compétences que vous.

Avant qu'Ethan ou Ryan puissent répondre, Eric Patterson se tourna vers Jana et lui prit la main.

— Vous devez être Jana, sa sœur. Jenny m'a tellement parlé de vous.

Jana retira sa main sans lui rendre son sourire.

— Elle ne m'a jamais parlé de vous, en revanche.

Cela ne diminua en rien le sourire d'Eric Patterson.

— Nous voulions vous annoncer la nouvelle en personne, expliqua-t-il. Nous avions prévu de passer quelques jours à Denver, le mois prochain. Jenny voulait vous faire la surprise.

— C'est donc vrai… Vous êtes fiancés ? s'enquit Jana, d'un ton incertain.

— Oui. Oh ! je sais bien ce que vous pensez : Jenny est jeune et nous nous connaissons depuis très peu de temps. Mais que voulez-vous, quand l'amour frappe à la porte…

— Quand vous êtes-vous rencontrés ? demanda Ryan, en sortant son carnet.

— Il y a deux mois, quand je suis venu écrire un papier sur le site de fouilles.

— Eric a rédigé un merveilleux article sur notre travail, expliqua Eddleston. Il a même été publié par le *Denver Post*. Cela a fait beaucoup de publicité à notre département d'archéologie.

— Depuis quand êtes-vous fiancés ? interrogea encore Ryan.

— Depuis peu, vraiment. Il y a deux semaines à peine, à vrai dire.

— Cela ne ressemble pas à Jenny, de me cacher ce genre d'informations, fit remarquer Jana.

— Comment dire…, soupira Eric. Jenny n'est plus une petite fille. Elle n'a plus besoin de tout raconter à sa grande sœur. Elle veut vivre sa vie.

Ryan sentit Jana se raidir à ses côtés. Patterson avait la subtilité d'un rouleau compresseur. Cependant, leur mésentente risquait de nuire à son enquête.

— Quand avez-vous parlé à Jenny pour la dernière fois, monsieur Patterson ? demanda-t-il.

— Au petit déjeuner, chez moi, hier matin, avant qu'elle ne parte pour le site de fouilles.

À la façon dont il insista sur les mots « chez moi » en guettant la réaction de Jana, Ryan comprit qu'il se vantait. Jenny et lui avaient passé la nuit ensemble et Patterson s'assurait que Jana le sache. Il voulait lui faire comprendre qu'il était plus proche de sa sœur qu'elle.

Patterson se tourna ensuite vers Eddleston.

— Je suis simplement venu vous dire que je ferai tout mon possible pour vous aider. Si vous avez besoin que mon journal couvre cette affaire, je suis votre homme.

— On aura certainement des questions à vous poser, intervint Ryan. D'ailleurs, on nous a transmis une copie de la déposition que vous avez faite au bureau du shérif. Pour l'instant, nous souhaitons juste interroger les collègues de Jenny. Professeur Eddleston ?

— Bien sûr, inspecteur, répondit celui-ci. Interrogez qui vous voulez.

Ryan souleva légèrement son chapeau pour saluer Jana.

— Madame…

Puis il emboîta le pas à Ethan, qui se dirigeait déjà vers le reste de l'équipe. Quand ils se furent un peu éloignés, Ethan marmonna :

— Qu'est-ce que tu en penses ?

— La sœur ne connaît pas la disparue aussi bien qu'elle le pensait, commença Ryan. Eddleston est surtout soucieux de faire bonne impression. Le fiancé est arrogant et sûr de lui, et pour une raison que j'ignore il fait tout son possible pour agacer Jana.

— Si Jenny était la seule portée disparue, il serait le premier suspect, ajouta Ethan. Mais son nom n'est pas ressorti lors de l'enquête sur la première disparition, celle de Lucia Raton. Et il me semble peu probable qu'il connaisse une émigrée clandestine originaire du Guatemala et de passage dans le coin.

— Conclusion, c'est sans doute un gros lourdaud, mais certainement pas un tueur, dit Ryan.

— Rien ne prouve que les femmes aient été tuées, corrigea Ethan.

— On connaît les statistiques, même en l'absence de corps…

Quand des jeunes femmes disparaissaient sans raison, on les retrouvait bien trop souvent mortes.

— Peut-être cette affaire sera-t-elle une exception ? murmura Ethan.

Les deux rangers passèrent l'heure suivante à interroger les collègues de Jenny, qui exprimèrent tous leur tristesse et leur totale incompréhension. Cela leur permit d'établir une chronologie de la veille. Personne n'avait rien remarqué d'inhabituel, avant la disparition ; tous semblaient s'accorder sur le fait que Jenny ne donnait pas l'impression d'être déprimée ou effrayée.

— Jenny était du genre enthousiaste, à toujours voir le bon côté des choses, expliqua Heidi, une chercheuse en archéologie. Je la taquinais à ce sujet, parfois. En cas de crevaison, elle s'extasiait surtout sur la chance de pouvoir contempler un paysage aussi magnifique, sans rien d'autre à faire qu'attendre la dépanneuse.

— Donc, même s'il lui arrivait quelque chose d'embêtant, elle ne le montrait pas forcément, fit remarquer Ethan.

— On pourrait dire ça comme ça…

— Et sa relation avec Eric Patterson ? demanda Ryan.

Heidi lui lança un regard en coin.

— Oui ?

— Était-elle heureuse ? Enthousiaste à l'idée d'être fiancée ?

— En fait, elle ne nous a jamais parlé de fiançailles. Je l'ai appris quand Patterson a débarqué avec la police, ce matin. Il le répétait à qui voulait l'entendre, expliquant qu'ils essayaient de garder le secret jusqu'à ce que Jenny ait l'occasion d'en parler à sa sœur.

— Ça ne vous paraît pas étrange qu'elle ne partage pas ce genre de nouvelle ? demanda Ryan.

— Je ne sais pas, répondit Heidi. Ça m'a un peu surprise, c'est vrai. Je savais qu'elle était sortie avec ce type plusieurs fois, mais je ne pensais pas que c'était sérieux à ce point. Ça ne faisait quand même pas très longtemps qu'ils se connaissaient, mais j'imagine que l'amour fait parfois faire des choses folles aux gens.

— Parlez-moi de son état d'esprit, hier, poursuivit Ryan. A-t-elle évoqué des choses qui auraient pu la contrarier ? Une dispute, des inquiétudes financières, quelque chose dans ce genre ?

— Non, rien. Elle était peut-être un peu silencieuse. Quand elle a décidé de faire une pause vers 13 heures, ça n'a choqué personne.

— Vous avez pensé qu'elle était aux toilettes ?

— Oui, c'est ce que j'ai cru au début. Puis, voyant qu'elle ne revenait pas, je me suis dit qu'elle était partie faire une petite balade. Ça lui arrivait, quand il n'y avait pas grand-chose à faire. Elle s'intéressait vraiment à la flore sauvage et elle aimait prendre des photos.

— Quelle a été votre première réaction quand vous avez compris qu'elle avait disparu ?

— Je me suis dit qu'elle s'était peut-être égarée. C'est plutôt désert, dans le coin, ajouta-t-elle en désignant les alentours. Moi, je perds tout le temps mes repères. On s'est séparés pour chercher dans plusieurs directions, mais personne n'a rien vu. Elle n'a quand même pas pu aller bien loin.

Les autres étudiants partageaient l'incompréhension de Heidi. Ethan et Ryan achevèrent leur interrogatoire et regagnèrent leur voiture. La Toyota d'Eric avait disparu et Eddleston était retourné à son travail. En revanche, Ryan fut surpris de voir que Jana Lassiter les attendait.

— Pourrais-je m'entretenir un instant avec vous ? demanda-t-elle quand il s'approcha. En privé…, ajouta-t-elle avec un regard en direction d'Ethan.

Ce dernier ouvrit la portière côté conducteur de leur véhicule.

— Je vais commencer à remplir le rapport, annonça-t-il.

Ryan s'éloigna avec Jana pour se mettre à l'ombre d'un amas rocheux.

— Qu'est-ce qui vous tracasse ? demanda-t-il.

— Que savez-vous d'Eric Patterson ?

— Rien de plus que vous. Je ne suis en ville que depuis une semaine. Je viens d'être muté de Grand Junction.

Elle croisa les bras, comme si elle avait mal au ventre.

— J'ignorais tout de lui… Pas seulement que Jenny et lui étaient fiancés. Je ne savais même pas qu'il existait. Ce n'est pas du tout le genre de Jenny. Bien sûr, je ne m'attends pas à ce qu'elle me raconte tout, s'empressa-t-elle d'ajouter. Mais elle s'est toujours confiée à moi à propos des hommes qui faisaient partie de sa vie.

— Peut-être ne vous a-t-elle rien dit parce que cette relation était différente des précédentes. Plus sérieuse. Peut-être voulait-elle être sûre de ses sentiments avant de les partager avec vous ?

— Non, ça ne lui ressemble pas. Et il n'est pas du

tout son type. Les hommes avec qui elle sort d'habitude sont plutôt drôles et faciles à vivre. Prévenants. Lui, il est arrogant et très imbu de sa personne. Il ne semble pas inquiet. On dirait qu'il adore l'attention que lui procure sa disparition.

Ryan devait bien admettre qu'il était du même avis.

— Les gens réagissent différemment dans des situations difficiles, dit-il cependant. Son arrogance apparente était peut-être due à sa nervosité à l'idée de vous rencontrer. Peut-être cherchait-il à faire bonne impression.

Jana Lassiter lui lança un regard furieux.

— Vous vous sentez toujours obligé de jouer les avocats du diable ?

— Défaut professionnel. Remettre en cause des suppositions, c'est parfois une bonne façon de trouver de nouvelles pistes.

Elle soupira.

— J'imagine que son côté déplaisant ne l'implique pas forcément dans la disparition de Jenny, admit-elle.

— Nous n'avons pas encore une idée assez claire de ce qui s'est passé pour désigner des suspects, répondit Ryan. On doit interroger d'autres personnes.

— Qui ?

Il ne voyait aucune raison de ne pas lui révéler cette information.

— Il y a un groupe qui campe pas très loin d'ici. Nous voulons savoir si quelqu'un a vu ou entendu quelque chose.

— Je ne comprends pas pourquoi vous ne mobilisez pas plus de gens pour la chercher. Des chiens, peut-être ? Et son téléphone ? Vous ne pouvez pas la retrouver grâce à son téléphone ? Avez-vous lancé une alerte pour les personnes disparues ?

À chaque suggestion, elle devenait de plus en plus agitée. Ryan posa doucement une main sur son épaule.

— Des équipes de recherche sont en train de passer la région au peigne fin en ce moment même, assura-t-il. Le bureau du shérif a sorti l'équipe cynophile et nous avons des hommes qui s'occupent de localiser son téléphone, mais ils ne reçoivent aucun signal. Quant à l'alerte, c'est réservé aux mineurs. Votre sœur a disparu depuis moins de vingt-quatre heures. Il est encore possible qu'elle revienne saine et sauve. Peut-être a-t-elle simplement eu besoin de prendre le large. Si ça se trouve, elle a fait du stop pour aller en ville, où elle loge chez une amie que nous ne connaissons pas.

Jana le regarda longuement, comme pour deviner ses pensées.

— Elle ne me laisserait pas sans nouvelles d'elle comme ça, reprit-elle enfin. Si Jenny était chez une amie, ou n'importe où, elle m'aurait prévenue. J'ai essayé de l'appeler, je lui ai envoyé des dizaines de SMS, mais elle ne répond pas. Je suis vraiment inquiète pour elle.

Ryan retira sa main en soupirant.

— D'après ce que vous m'avez dit, cela ne ressemble pas à votre sœur de tout quitter comme ça. Pour l'instant, notre meilleure piste, c'est qu'elle s'est perdue. On va donc continuer les recherches et interroger toutes les personnes qui auraient pu la voir.

Jana fouilla dans son sac, sortit une carte de visite et écrivit quelque chose au dos.

— C'est mon numéro de portable. Je loge au Columbine Inn. Si vous découvrez quoi que ce soit, appelez-moi, s'il vous plaît.

Il lut le numéro, puis retourna la carte.

— Vous êtes experte-comptable ?

— Vous avez l'air surpris.

Il s'empourpra.

— Je n'aurais pas deviné, bafouilla-t-il.

— Je comprends. Les comptables sont censées être barbantes, vieilles et moches. Il paraît que les bibliothécaires ont le même problème.

— Vous n'êtes ni rasoir, ni vieille, ni moche, dit-il en glissant la carte dans sa poche. Je vous promets de vous contacter.

— Je vous fais confiance.

Lorsque leurs regards se croisèrent, Ryan ressentit comme un pincement quelque part au fond de ses entrailles — une sensation surprenante, mais pas désagréable.

— Et pour votre gouverne, ajouta-t-elle, sachez que je n'accorde pas ma confiance facilement.

Elle tourna les talons et s'éloigna.

Le premier réflexe de Jana fut de rester près du site de fouilles, pour arpenter le désert en appelant sa sœur. Mais elle risquait surtout de se perdre elle-même dans ce décor morne et vaste. Elle reprit donc le chemin de Montrose.

Pourtant, au lieu de regagner son motel, elle se dirigea vers le logement que Jenny partageait avec une autre jeune femme. April était aide-soignante à l'hôpital de la ville et elle avait invité Jana à passer chez elle quand bon lui semblerait.

Jana entra dans l'appartement grâce au double des clés que Jenny lui avait confié et resta un moment debout dans le salon. Elle était déjà venue, bien sûr, lorsque

Jenny avait emménagé, mais c'était la première fois qu'elle se trouvait là sans sa sœur. L'endroit lui paraissait étranger sans la présence familière.

Se ressaisissant, elle traversa le salon pour gagner la chambre de Jenny. Elle ne savait pas trop ce qu'elle cherchait, ni même si elle découvrirait un détail ayant échappé aux enquêteurs. April lui avait indiqué que des policiers étaient déjà passés, avaient pris une copie de tous les fichiers dans l'ordinateur de Jenny et avaient fouillé dans ses affaires, sans partager la moindre impression sur leur découverte.

Jana s'assit sur le bord du lit et regarda autour d'elle, cherchant à voir la chambre d'un œil nouveau. La petite pièce ressemblait à Jenny — depuis le couvre-lit lumineux en patchwork rose jusqu'aux fleurs séchées sur le petit panneau de liège au-dessus du bureau. Des produits de beauté coûteux côtoyaient un ourson en peluche. C'était la chambre d'une jeune fille en train de devenir lentement une femme.

Jana ravala une boule dans sa gorge. Elle ne s'autorisait pas à pleurer, comme si ses larmes auraient eu quelque chose de déloyal. Cependant, l'idée que sa sœur puisse être en danger, peut-être même morte, la taraudait, tel un horrible spectre qu'elle se refusait encore à affronter.

Cela fait à peine vingt-quatre heures, se rappela-t-elle. Jenny est jeune, en bonne santé et elle n'est pas bête. Si elle s'est perdue, elle sait qu'elle ne doit pas paniquer, qu'elle doit rester sur place et attendre des secours. Et il y a plein de gens qui sont à sa recherche.

Le souvenir de la main de l'inspecteur Spencer sur son épaule lui revint, avec son poids réconfortant, et elle se sentit un peu mieux. Il faisait tout son possible pour retrouver sa sœur. Bientôt, Jenny et elle seraient réunies et repenseraient à cet épisode de leur vie en riant.

Jana se força à marcher jusqu'au bureau pour allumer l'ordinateur portable. Elle connaissait le mot de passe — Jenny utilisait le même depuis des années — et commença à faire défiler les dossiers de sa sœur, ses mails et sa page Facebook. Rien qui semblait sortir de l'ordinaire. Aucun journal intime détaillant des ennuis ou des blessures secrètes, aucun mail anxieux adressé à des proches, simplement des salutations amicales et des échanges joyeux à propos de l'université, de films ou de sorties prévues.

Elle découvrit quelques messages envoyés par Eric Patterson, mais ils ne lui apprirent pas grand-chose sur leur relation : des invitations à dîner ou une confirmation de projets pour un week-end. Aucune lettre d'amour, pas de plan secret.

Le bruit de la porte d'entrée la fit sursauter.

— April, c'est vous ? appela-t-elle. Je suis dans la chambre de Jenny.

— Ce n'est pas April, répondit une voix masculine et, un instant plus tard, la silhouette de l'inspecteur Ryan Spencer se découpa dans l'encadrement de la porte.

Prise au dépourvu, Jana se leva sans rien dire.

— Que faites-vous ici ? demanda-t-elle.

— Le bureau du shérif nous a transmis les informations recueillies ici, mais je voulais venir voir les lieux par moi-même.

Il fit un pas dans la chambre, qui sembla soudain encore plus petite.

— J'espérais mieux cerner la personnalité de votre sœur.

Jana se rassit sur le lit, craignant que ses jambes

flageolantes ne la trahissent. La présence de la police dans l'espace privé de sa sœur rendait sa disparition encore plus réelle.

— Cette chambre lui ressemble beaucoup, dit-elle simplement, préférant laisser le ranger tirer ses propres conclusions.

Ryan Spencer parcourut la pièce du regard, comme s'il analysait tout ce qu'il voyait, afin de replacer chaque détail dans le cadre plus large de la représentation qu'il se faisait de sa sœur.

— Avez-vous trouvé quelque chose dont je devrais être informé ? demanda-t-il en baissant de nouveau les yeux vers elle.

Elle désigna du menton le bureau avec l'ordinateur ouvert.

— Je ne sais pas si c'est important, mais quelque chose m'a paru bizarre quand j'ai consulté ses comptes de réseaux sociaux.

— Il n'y a aucune photo d'elle avec Eric Patterson.

— Oui ! Exactement.

Elle le regarda, visiblement impressionnée.

— Il y a des photos d'elle avec d'autres amis sur ses pages Facebook et Instagram. Et ici aussi, ajouta-t-elle en désignant le panneau de liège.

Il hocha la tête.

— Quand on est fiancé, on a souvent plein de photos de l'autre.

Il s'approcha de l'ordinateur et appuya sur quelques touches.

— Il y a autre chose que vous devez voir. Quelque chose que j'ai découvert en consultant la copie de son disque dur que le bureau du shérif a faite.

— Ils ont fait une copie ?

Elle ne savait pas trop si elle devait être rassurée par le sérieux de l'enquête ou alarmée qu'elle avance aussi vite.

— Nous savons de triste expérience qu'il faut prendre ces affaires au sérieux dès le début, expliqua-t-il. Autrefois, des adultes disparaissaient pendant des jours avant que les forces de l'ordre n'interviennent. À présent, nous savons que plus vite nous ouvrons une enquête, plus nous avons de chances de la conclure de façon positive.

— Ça paraît logique. Alors, qu'avez-vous trouvé ?

— Venez voir.

Jana se leva pour le rejoindre. Sur l'écran s'étalait la photo d'un homme séduisant aux cheveux noirs, tout vêtu de blanc, à côté d'un long texte évoquant la quête personnelle du bonheur.

— Qu'est-ce que c'est ? demanda Jana.

— Le blog d'un homme appelé Daniel Metwater. Il se prend pour un prophète et prêche une sorte de spiritualité, de retour à la nature. De nombreux jeunes gens trouvent ça fascinant. L'historique du navigateur indique que Jenny a lu plusieurs de ses posts et que le blog faisait partie de ses favoris.

— En quoi est-ce important ?

— Parce que Metwater et ses adeptes sont installés juste à côté de l'endroit où Jenny a disparu.

Jana sentit son estomac se nouer.

— Vous avez dit vouloir interroger des gens qui campaient dans les parages. Était-ce de Daniel Metwater que vous parliez ?

— Oui. Mais je ne l'ai pas encore rencontré.

— Pourquoi ?

— Je voulais d'abord voir ce que je pouvais découvrir par ici.

— Je viens avec vous, annonça Jana.

— Non, trancha-t-il d'un ton sans appel.

— Je peux vous aider, insista-t-elle. Certaines personnes pourraient me confier ce qu'elles n'oseraient pas dire à un policier.

Il secoua la tête, les mâchoires crispées, fixant sur elle son regard d'un bleu intense qui en aurait intimidé plus d'un. Mais Jana avait trop à perdre pour reculer.

— Si vous ne m'emmenez pas, j'irai par mes propres moyens, de toute façon, ajouta-t-elle.

— Vous ne pouvez pas vous mêler de mon enquête.

— C'est peut-être votre enquête, mais il s'agit de ma sœur, rétorqua-t-elle d'une voix qui tremblait légèrement. Je ferai tout ce qui est en mon pouvoir pour la retrouver. Je parlerai à toutes les personnes susceptibles de détenir des informations utiles. Et vous ne pouvez pas m'en empêcher.

— Je pourrais vous arrêter pour obstruction à la justice, fit-il remarquer.

— C'est exact. Mais vous feriez vraiment ça ? Quand nous nous sommes rencontrés, ce matin, je n'ai pas eu l'impression d'avoir affaire à un crétin.

Le terme résonna comme une gifle.

— C'est un compliment ?

— À vous de voir.

Elle soutint son regard, tête haute, ignorant les frémissements qui naquirent dans son ventre quand il s'approcha d'elle. Elle percevait son odeur de cuir et de lessive, masculine et troublante. Elle voyait les muscles puissants de sa mâchoire tressaillir tandis qu'il semblait réfléchir à sa réponse.

— Si je vous autorise à m'accompagner, vous ne pourrez pas participer à l'interrogatoire de Metwater, finit-il par dire. Il faut suivre le règlement à la lettre si on veut obtenir quelque chose d'utilisable devant un tribunal.

— Je comprends, dit Jana. Je pensais me mêler aux adeptes. Pour savoir si l'un d'entre eux connaît Jenny ou si elle est venue au campement.

Ryan se frotta le menton et le petit crissement de sa barbe naissante contre sa paume déclencha en Jana une nouvelle cascade de frissons.

— Vous pourriez parler aux femmes du groupe, en effet, murmura-t-il. Je ne m'attends pas à beaucoup de coopération de leur part. Les membres du groupe n'ont jamais caché leur mauvaise opinion de la police, mais ils pourraient se montrer plus ouverts avec vous.

Elle se retint de se jeter à son cou pour l'embrasser. Non qu'elle craigne qu'il ne proteste, mais plutôt qu'elle ne soit pas capable de s'arrêter là. Ce policier sexy la troublait de façon alarmante.

Ce genre de distraction était parfaitement malvenu.

— Je ne vous dérangerai pas, assura-t-elle. Mais nous pouvons travailler ensemble.

De nouveau, l'expression de Ryan se durcit.

— Sans vouloir vous vexer, je n'ai pas besoin de votre aide. C'est mon boulot de résoudre cette affaire et de retrouver votre sœur.

Elle s'apprêtait à protester, mais se ravisa. Il avait accédé à sa demande. Autant continuer à s'attirer ses bonnes grâces… Pour l'instant.

— Pensez-vous que cet homme… ce Metwater… ait quelque chose à voir avec la disparition de Jenny ? demanda-t-elle.

— Nous n'en savons rien. Disons simplement que nous aimerions lui parler.

— Ça signifie qu'il est suspect ! s'écria-t-elle, le cœur battant.

— Ce n'est pas ce que j'ai dit. Si vous venez avec moi, vous ne pourrez pas vous mêler de l'enquête et vous ne devrez pas partager ce que vous verrez ou entendrez avec des journalistes. Surtout pas avec Eric Patterson.

Elle fit la grimace.

— Je n'ai aucune envie de lui parler. C'est peut-être mesquin de ma part, mais ce type me hérisse le poil.

Il sembla approuver.

— Lorsque vous rencontrerez Metwater, vous serez peut-être en mesure de nous dire si c'est le genre de personne susceptible d'intéresser Jenny. Aurait-elle pu le suivre dans un endroit isolé ?

Jana eut soudain du mal à déglutir.

— Et la question la plus importante est : si elle l'a suivi, pourquoi n'est-elle pas revenue ?

3

Daniel Metwater et ses adeptes avaient installé leur campement à l'ombre d'un bosquet situé près d'une source, au pied de la Mystic Mesa. Ryan gara son SUV à côté d'un pick-up délabré et fut bientôt rejoint par Ethan.

— Je ne vois rien, fit remarquer Jana en sortant de la voiture de Ryan. Vous êtes sûr que c'est là ?

Bien que le soleil soit déjà bas, projetant d'interminables ombres, il faisait encore bien clair.

— C'est plus loin, annonça Ethan en indiquant un étroit sentier qui s'enfonçait dans le sous-bois.

Il ouvrit la route, suivi de Jana et Ryan. Ils avaient parcouru une dizaine de mètres quand un homme surgit devant eux. Il était torse nu, avec des dreadlocks blondes, et portait un grand bâton qui aurait pu constituer une arme très efficace. Il examina les deux policiers, accorda à peine un regard à Jana, puis se tourna vers Ethan.

— Un problème, inspecteur ?

— Nous avons quelques questions à poser à M. Metwater, annonça Ethan sans s'arrêter.

L'homme blond se précipita pour leur barrer la route, tenant son bâton devant lui.

— Personne ne peut entrer dans le campement sans autorisation, bafouilla-t-il.

— Mon insigne indique que nous n'avons pas besoin

d'autorisation, répondit Ethan en le contournant de nouveau.

L'homme jeta un regard à Ryan, puis s'écarta.

Les deux inspecteurs et Jana débouchèrent en file indienne dans une clairière, autour de laquelle se dressait un assortiment de tentes miteuses, de caravanes et d'abris de fortune. Une dizaine d'adultes, des jeunes femmes pour la plupart, ainsi qu'une demi-douzaine d'enfants en bas âge évoluaient parmi ces habitations.

Un homme de grande taille leva les yeux à leur approche, interrompant sa conversation avec une femme enceinte très séduisante. Son visage aux traits classiques et réguliers était encadré de boucles noires.

En voyant les nouveaux venus, il fronça les sourcils, et toutes les personnes présentes autour de lui se reculèrent un peu.

— Bonjour, monsieur Metwater, lança Ethan. Mademoiselle Mattheson.

— Astéria, va m'attendre dans le camping-car, dit Metwater.

Ryan comprit alors qu'il devait s'agir d'Andi Mattheson, fille d'un ancien sénateur et disciple la plus célèbre de Daniel Metwater. Sans accorder un second regard aux visiteurs, la jeune femme disparut.

— Je pensais que les rangers ne devaient plus nous harceler, moi et ma famille, commença Metwater. À moins que mes avocats n'aient pas été assez clairs ?

Ryan sortit son téléphone, chercha un instant une photo de Jennifer Lassiter, puis tendit l'écran à Metwater.

— Avez-vous déjà vu cette femme ?

Metwater jeta un coup d'œil à l'image et fit signe que non.

— Qui est-ce ? demanda-t-il.

40

— Et celle-ci ? reprit aussitôt Ryan en affichant un portrait d'Alicia Mendoza.

— Non plus.

Metwater croisa les bras sur son torse puissant.

— De quoi s'agit-il, messieurs ?

— Le nom de Jennifer Lassiter ou d'Alicia Mendoza vous évoque-t-il quelque chose ?

Au lieu de répondre, Metwater se tourna vers Jana.

— Qui êtes-vous ? s'enquit-il. Vous n'avez pas l'air d'une policière.

— Je m'appelle Jana Lassiter, répondit-elle, pâle mais maîtresse d'elle-même. Jennifer Lassiter est ma sœur. Elle a disparu hier du site de fouilles archéologiques à côté.

Metwater revint aux deux inspecteurs.

— Donc, bien sûr, vous avez pensé que j'avais quelque chose à voir avec la disparition de cette femme. Même si je ne l'ai pas rencontrée et que je n'ai jamais entendu parler d'elle.

Avant que Ryan ou Ethan puisse réagir, Jana s'interposa :

— Jenny avait votre blog dans ses favoris. Nous espérions qu'elle était venue vous rendre visite…

L'expression de Metwater se radoucit et Ryan comprit pourquoi, avec son charisme, il pouvait facilement convaincre les gens.

— Je crains de ne pas vous être d'une grande utilité, répondit le gourou. Je n'ai jamais rencontré votre sœur. Et l'autre femme ? demanda-t-il aux policiers. Était-elle également une de mes adeptes ? Nombreux sont ceux qui s'intéressent au message que j'ai à partager, mais mon but est d'aider, pas de faire du tort.

— Alicia Mendoza a aussi disparu près d'ici,

expliqua Ethan. Elle traversait la région avec un groupe de clandestins. Il est possible qu'elle se soit perdue et ait cherché refuge dans votre campement.

— De nombreuses choses sont possibles, répondit Metwater. Mais elle n'est jamais venue ici.

— Et Easy ? demanda Ethan. Il est passé, récemment ?

Ryan mit quelques secondes à comprendre à qui son collègue faisait allusion. Dans le compte rendu d'un interrogatoire précédent, une femme du campement de Metwater avait mentionné un homme du nom de Easy, qui avait été vu en compagnie de Lucia Raton quand celle-ci avait quitté la Famille.

— Non, je ne l'ai pas croisé, assura Metwater. Il n'est pas membre de la Famille.

— Mais nous avons cru comprendre qu'il passait de temps en temps, fit remarquer Ethan.

— Je n'exige pas des visiteurs qu'ils pointent.

— Il est donc possible qu'Alicia Mendoza ou Jennifer Lassiter soient venues sans que vous n'en sachiez rien, dit Ryan.

— C'est envisageable, répondit Metwater avec un air de défi. Mais peu probable.

— Si vous entendez quoi que ce soit concernant l'une de ces femmes… ou Easy… tenez-nous au courant, demanda Ethan.

— Nous évitons de nous mêler au monde extérieur, répondit Metwater.

— Pourtant, vous acceptez de nouveaux membres, intervint Ryan en regardant autour de lui.

De nombreuses personnes semblaient prêtes à rejoindre le groupe, malgré des conditions rudimentaires.

— Les gens viennent à moi pour rompre avec

l'atmosphère mensongère de la vie prétendument civilisée, expliqua Metwater.

Ryan jeta un œil vers le camping-car garé au bord de la clairière. Le véhicule rutilant était surmonté d'un panneau solaire et semblait assez vaste pour accueillir plusieurs personnes.

Si de nombreux adeptes acceptaient de vivre à la dure, le prophète semblait, quant à lui, préférer le camping de luxe.

— J'ai renoncé à une vie de privilèges pour chercher une meilleure voie, dit Metwater, en remarquant le regard de Ryan. Le fait que mon message trouve un écho chez tant de gens devrait vous prouver que je prêche la vérité.

Les charlatans et les escrocs capables de charmer des foules de victimes naïves étaient nombreux et, jusqu'à preuve du contraire, Ryan partait du principe que Metwater faisait partie du lot.

— M. Metwater dit la vérité, du moins concernant ses origines, lança soudain une voix derrière eux.

Ryan se retourna vivement.

— Bonsoir, messieurs, dit Eric Patterson. Jana… Je me demandais quand on vous verrait dans le coin.

— Que faites-vous ici ? demanda Jana.

Patterson avait-il décidé d'enquêter de son côté sur la disparition de Jenny ? Ou bien le soi-disant fiancé était-il un membre du groupe de Metwater ?

— C'est moi qui lui ai demandé de venir, expliqua Daniel Metwater. Eric est mon invité.

Le sourire d'Eric était aussi étincelant que celui de Metwater. Jana ne put s'empêcher de penser à deux hommes politiques posant pour une photo, l'air affable et le regard vide.

— Je suis en train de rédiger un portrait du prophète pour mon journal, annonça le reporter. C'est un privilège d'avoir une personnalité d'intérêt national dans notre région.

Jana regarda Metwater. Ce type était-il vraiment intéressant ? Elle n'avait jamais entendu son nom auparavant, mais elle n'avait pas besoin de redonner un sens à sa vie et les réponses que les adeptes espéraient trouver en venant là ne l'attiraient guère. Jenny non plus, d'ailleurs.

Peut-être sa sœur avait-elle entendu parler de Metwater par une amie et avait-elle consulté son blog par curiosité. Jenny s'intéressait toujours à plein de choses, mais cela ne signifiait pas pour autant qu'elle avait décidé de suivre un faux prophète dans la nature.

— Je croyais que vous évitiez de vous mêler au monde extérieur, fit remarquer Ryan. À moins que les journaux ne comptent pas ?

— C'est une autre façon de diffuser son message, dit Eric, avant même que Metwater puisse répondre.

— Et c'est sans doute aussi une autre façon de solliciter des contributions financières, ajouta Ryan en croisant le regard de Jana, comme s'ils partageaient une plaisanterie secrète.

Jana en ressentit une décharge de plaisir. Elle avait l'impression que les policiers et elle étaient alliés, qu'elle n'était pas seule à espérer le retour de Jenny.

— Les cyniques de votre genre peuvent bien se moquer, rétorqua Metwater. Je pourrais vous parler de dizaines de personnes dont la vie a été bouleversée par mon message,

— J'ai hâte d'entendre ce que chacune d'entre elles a à me raconter, assura Eric.

— Monsieur Patterson…, commença Jana.

— Je vous en prie, appelez-moi Eric. Après tout, nous sommes pratiquement de la même famille.

Jana se mordit la lèvre pour ne pas lui répondre que c'était loin d'être le cas. Elle ne comprenait pas ce que Jenny trouvait à cet homme mais, jusqu'à ce que sa sœur puisse le lui expliquer en personne, mieux valait tenir sa langue.

— Saviez-vous que Jenny suivait le blog de M. Metwater ? demanda-t-elle.

— Bien sûr. C'est même son intérêt pour le prophète qui m'a poussé à proposer l'histoire à mon rédacteur en chef.

Patterson se tourna vers Metwater et ajouta :

— Je suis désolé que ma fiancée ne soit pas ici pour vous rencontrer. C'est une de vos grandes admiratrices.

— J'en suis navré, répondit Metwater.

— Êtes-vous sûr que Jenny n'est jamais venue ici, seule ou avec vous ? insista Ethan.

— Certain, affirma Eric.

— Peut-être a-t-elle décidé de venir jeter un coup d'œil en apprenant que Metwater et ses adeptes campaient si près…

— Je vous répète qu'elle n'est pas venue, soupira Metwater.

— Vous nous aviez dit la même chose à propos de Lucia Raton, rappela Ethan. Ensuite, on a découvert le contraire.

Metwater pinça les lèvres, mais n'ajouta rien.

— Jenny ne serait pas venue sans moi, affirma Eric.

Nous avions prévu de le faire ensemble et c'est une femme d'honneur.

— Je ne vois pas ce que l'honneur vient faire là-dedans, marmonna Jana, agacée malgré elle. Si Jenny veut faire quelque chose, elle agit. Elle n'a pas besoin de demander la permission à quiconque.

— Comme vous ne vivez pas ici et ne fréquentez pas Jenny au quotidien, vous ne pouvez pas comprendre la complicité qui est la nôtre, répondit Eric. Elle voulait partager cette nouvelle expérience avec moi. Quand on aime quelqu'un sincèrement, faire des choses sans cette personne n'est pas aussi… satisfaisant.

La condescendance de son ton mit Jana hors d'elle.

— Depuis quand des fiançailles signifient-elles qu'on est enchaîné à l'autre ? s'exclama-t-elle.

— À présent que nous avons établi que vous perdiez votre temps ici, j'ai à faire, interrompit Metwater en posant la main sur l'épaule d'Eric.

— Nous n'avons rien établi du tout, répondit Ryan.

Mais Metwater et Patterson s'étaient déjà éloignés. Ryan fit mine de les rattraper, pourtant Ethan le retint.

— On les reverra, ces deux-là. Pendant ce temps, allons parler à quelques fidèles.

Il se tourna vers Jana.

— Vous n'avez qu'à faire connaissance avec les femmes. Même si ces gens ne sont pas liés à la disparition de votre sœur, ils ont peut-être vu ou entendu quelque chose.

— D'accord.

Les deux inspecteurs s'éloignèrent, la laissant seule. Elle tenta d'ignorer la boule qui lui nouait l'estomac et se dirigea vers un groupe de femmes qui se tenait devant une grande tente blanche, près du camping-car.

À son approche, elles lui tournèrent le dos, comme pour battre en retraite.

— S'il vous plaît, ne partez pas ! appela-t-elle. Je ne suis pas de la police. Je voudrais juste vous parler.

— Vous venez avec la police, répondit une femme brune, d'un ton glacial. Vous cherchez les ennuis, comme toujours.

— Je ne veux déranger personne, affirma Jana. Je veux simplement retrouver ma sœur.

Elle leur présenta son téléphone pour leur montrer une photo récente de Jenny.

— Nous ne la connaissons pas, intervint soudain la femme enceinte qui accompagnait Metwater quand Jana et les policiers étaient arrivés. Nous ne pouvons pas vous aider. Désolée.

Elle ne semblait pas hostile, cependant.

— Le site de fouilles où elle travaillait est tout près d'ici, insista Jana. Fréquentez-vous les archéologues ?

Les femmes échangèrent des regards.

— Nous ne connaissons personne là-bas, répondit la plus âgée.

— Pourtant, vous savez quelque chose que vous ne voulez pas me révéler, conclut Jana, à qui l'échange muet n'avait pas échappé.

— On est allées leur rendre visite une ou deux fois, dit une jolie blonde. Ils nous ont montré des éclats de poterie et d'autres objets qu'ils avaient trouvés.

— Qui ça ?

— Pas votre sœur, dit la femme brune. Nous ne lui avons jamais adressé la parole.

Jana soupira, s'efforçant de cacher sa déception.

— Nous l'avons vue, quand même, ajouta la plus âgée. Elle était avec ce journaliste.

— Eric ?

— Oui, lui, là-bas.

Sa moue de dépit en disait long sur son opinion d'Eric Patterson.

— Ils se disputaient, précisa-t-elle. Assez fort, visiblement.

— À quel sujet ? interrogea Jana.

— Je ne pourrais pas vous dire, mais elle paraissait très en colère. À un moment, elle l'a même poussé.

— Et lui, qu'a-t-il fait ?

— Rien. Il était très calme. Mais elle semblait vraiment furieuse.

— Avez-vous entendu ce qu'ils se disaient ? Pouviez-vous deviner la cause de leur dispute ?

Les trois femmes firent signe que non.

— Ils étaient trop loin.

— Je l'ai vue une autre fois, reprit la femme brune. J'y suis allée seule une fois, il y a quelques semaines, pour essayer de vendre des trucs au responsable.

— Quel genre de trucs ? demanda Jana.

— Des pointes de flèches et de lances, mais il m'a assuré que ça n'avait aucune valeur. Une fille qui ressemblait beaucoup à celle de votre photo était avec lui quand je suis arrivée. Ils avaient l'air… très copains, ajouta-t-elle avec un petit sourire.

— Comment ça ? demanda Jana.

— Ils s'embrassaient, expliqua la femme brune. C'était même plutôt intense. Je les ai clairement interrompus et la fille est partie précipitamment.

— Je suis pourtant certaine que le Pr Eddleston est marié, s'étonna Jana, en s'efforçant de digérer cette nouvelle information.

— Il portait une alliance, c'est vrai, répondit la femme brune. Peut-être feriez-vous mieux d'aller interroger sa femme, au lieu de croire que le prophète a quelque chose à voir avec la disparition de votre sœur.

4

Ryan et Ethan ne récoltèrent aucune réponse digne d'intérêt auprès des adeptes de Metwater. Dès qu'ils approchaient, la plupart leur tournaient le dos, disparaissaient dans des tentes ou des caravanes, ou bien se glissaient à l'abri des arbres alentour. Certains se montraient plus polis, mais n'offraient que de vagues commentaires météorologiques.

Personne ne semblait avoir vu ou entendu quoi que ce soit concernant l'une des disparues ou ce mystérieux Easy.

— On perd notre temps, marmonna Ryan en s'éloignant d'un homme affable qui s'extasiait sur la douceur des soirées en cette saison.

— Ils ont certainement reçu des consignes de Metwater, dit Ethan. Rien d'agressif, mais rien de véritablement utile non plus.

— Je crois que je préférerais une vraie confrontation.

Ryan aperçut Jana qui s'entretenait avec trois femmes, à l'autre bout du campement. À leur approche, les adeptes s'éparpillèrent.

— Vous êtes prête à partir ? demanda-t-il.

— Oui.

Sans attendre, elle les précéda vers le parking.

Elle avait déjà rejoint le SUV quand Ryan arriva. Ils montèrent sans un mot et s'éloignèrent.

— Quelque chose ne va pas ? s'enquit Ryan au bout d'une longue minute.

— Hum ?

— Vous êtes très silencieuse. Je me demandais si quelque chose vous tracassait.

Elle détourna le regard et Ryan se concentra sur la route, pour lui laisser du temps. Il espérait qu'elle lui ferait assez confiance pour partager ses pensées, qu'elles soient en rapport avec l'enquête ou non.

— Je croyais être proche de ma sœur, soupira-t-elle au bout d'un moment. On était très liées, toutes les deux. Mais maintenant…

Elle poussa un gros soupir.

— J'ai l'impression que je me voilais la face. Je ne connais pas du tout Jenny. Quand je pose des questions sur elle, la personne qu'on me décrit est une parfaite inconnue.

— C'est peut-être simplement parce que les autres la considèrent différemment.

— Je n'étais pas au courant de ses fiançailles avec Eric Patterson. Et une des adeptes de Daniel Metwater vient de m'apprendre qu'elle avait vu Jenny embrasser Jeremy Eddleston.

L'enquête prenait un tour inattendu.

— Quand ? demanda Ryan. Et où ?

— La semaine dernière. Au site de fouilles. Apparemment, c'était un baiser passionné.

— Peut-être que ça a été mal interprété. Et puis, c'est assez fréquent entre collègues, non ?

— Eddleston est marié, répondit Jana. Sans parler du fait qu'il pourrait être son père. Pourquoi fricoteraitelle avec un homme plus âgé et déjà marié ? Un de ses professeurs, par-dessus le marché.

Ryan agrippa le volant pour se retenir de lui prendre la main, tant sa détresse était palpable.

— Il me semble que votre sœur est plus maligne que ça, convint-il. Mais on fait souvent des erreurs quand on est jeune.

— Elle ne m'a jamais dit qu'elle s'intéressait à Eddleston, reprit Jana. Mais… pourquoi l'aurait-elle fait ? Elle se doutait que je n'aurais pas été ravie.

Elle contempla la route un instant.

— Vous croyez que je dois en parler à Eddleston ? Ou cela risque-t-il d'aggraver les choses ? Jenny dirait que je me mêle encore de ce qui ne me regarde pas…

— Je vous ramène à votre voiture, puis j'irai lui parler.

— Non. Je viens avec vous. Je veux voir son visage quand vous aborderez le sujet.

Ryan étouffa un grognement. Allait-il devoir lui mettre les points sur les *i* de nouveau ?

— Vous ne pouvez pas être présente si j'interroge un suspect potentiel, dit-il.

— Pourquoi pas ? Il se méfiera moins si je suis là, non ? Et j'ai déjà prouvé mon utilité, il me semble.

— Vous n'êtes pas objective.

— Et vous ? La police n'est-elle pas censée prendre le parti de la victime ?

— Ce n'est pas pareil. Vous êtes de la même famille. Vous ne pouvez pas venir avec moi.

— D'accord. Dans ce cas, garez-vous ici.

— Quoi ?

— Garez la voiture sur le bas-côté. Maintenant.

Elle avait déjà la main sur la poignée.

— Qu'est-ce que vous fabriquez ? s'écria-t-il.

— J'irai au site de fouilles à pied. J'irai discuter avec Eddleston toute seule et je trouverai bien quelqu'un là-bas pour me ramener.

— Ma patience a des limites, mademoiselle Lassiter…

— Vous allez encore vouloir m'arrêter pour obstruction à la justice ? J'ai parfaitement le droit de parler à des gens qui connaissent ma sœur. Si c'était quelqu'un de votre famille, vous feriez pareil, non ?

Son entêtement rendait Ryan dingue… mais en même temps il admirait sa loyauté et sa détermination. De plus, elle avait déjà prouvé qu'elle avait la tête sur les épaules et qu'elle était capable de pousser les gens à se confier à elle.

Il ralentit et s'arrêta sur le côté de la piste.

— Ne descendez pas, dit-il. Je vous emmène. Sinon, vous êtes capable de nous attirer de gros ennuis à tous les deux.

— J'admire quand un homme est capable de reconnaître qu'il a tort.

Avec un gémissement las, Ryan fit demi-tour.

— Si Eddleston et Jenny sortaient ensemble, peut-être le professeur en sait-il plus qu'il ne l'a laissé entendre, reprit Jana.

— Peut-être même est-il responsable de sa disparition ? Directement ou indirectement. Imaginons qu'ils se soient disputés. Jenny aurait alors pu s'éloigner, le temps de se calmer un peu, et elle se serait perdue.

— La femme à laquelle j'ai parlé au campement de Metwater a suggéré que Mme Eddleston avait peut-être découvert leur liaison et s'en serait prise à Jenny.

— Qu'est-ce qui leur fait croire ça ? demanda Ryan.

— Je ne sais pas…

Jana avait été trop surprise par la nouvelle pour penser à poser la question.

— Mais ça semble logique, non ? poursuivit-elle. Il serait compréhensible qu'une femme trompée par son mari se venge de sa rivale.

— Connaissez-vous Mme Eddleston ?

— Non. Je ne connais même pas vraiment le professeur. Je l'ai rencontré pour la première fois le jour où Jenny a commencé son stage. J'ai pensé qu'il était marié parce qu'il portait une alliance.

Elle croisa les bras sur sa poitrine.

— On devrait toujours se méfier des apparences…, murmura-t-elle.

Ryan s'empara du récepteur de sa radio.

— Ethan, tu me reçois ?

— Qu'est-ce qui se passe ? crachota la voix d'Ethan.

— Je retourne au site de fouilles. J'ai quelques questions à poser à Eddleston.

— Tu as besoin de renforts ?

— Non, ça ira. Je te raconterai en rentrant au QG.

— Cinq sur cinq.

— Vous allez aussi interroger la femme de Eddleston ? demanda Jana.

— Sans doute.

— Donc, elle saura pour Jenny. Et sa vie sera fichue. À quoi ma sœur pouvait-elle bien penser en agissant comme elle l'a fait ?

— Je me demande si Eric Patterson est au courant, marmonna Ryan.

— Le contraire serait étonnant. Comment peut-on être fiancé à un homme et avoir une liaison avec un autre, sans que les deux apprennent l'existence de l'autre ?

Elle soupira.

— Ce n'est peut-être même pas vrai. Peut-être que ces femmes ont mal vu. C'est la seule explication sensée.

C'était surtout la seule qui correspondait à l'image que Jana avait de sa sœur. Ryan gara la voiture devant la tente vide du site de fouilles. Au loin, un groupe travaillait au pied de la mesa. Se protégeant du soleil d'une main, Jana regarda dans cette direction.

— Je crois apercevoir Eddleston, annonça-t-elle.

Ryan s'avança, Jana sur ses talons. Ses bottes laissaient de profondes empreintes dans la poussière, et la chaleur semblait faire vibrer l'air autour d'eux. Il avait particulièrement conscience de la présence de cette femme à ses côtés, son léger parfum floral, sa respiration un peu haletante quand ils grimpèrent une côte.

Le Pr Eddleston leva les yeux à leur approche ; il était en train d'examiner un éclat de poterie à l'aide d'une loupe.

— Des nouvelles de Jenny ? lança-t-il.

— Pas encore, répondit Ryan. Mais j'ai quelques questions à vous poser.

— Bien sûr, dit Eddleston en tendant son morceau de terre cuite à un jeune homme, avant de s'essuyer les mains sur le devant de son pantalon.

— Allons nous mettre à l'ombre, proposa Ryan en désignant les tentes.

Ils redescendirent.

— L'absence de Jenny se fait vraiment sentir sur le site, soupira Eddleston. C'est une bosseuse et tout le monde l'apprécie.

— Vous vous entendez donc bien ? demanda Jana, et son ton un peu tendu n'échappa pas à Ryan.

Eddleston, lui, ne sembla rien remarquer.

— Nous formons une équipe très soudée, expliqua-t-il. Jenny a très bien trouvé sa place au sein du groupe.

Arrivé près des tentes, Eddleston s'assit sur le bord d'une des tables pliantes, visiblement détendu.

— Que voulez-vous savoir ?

— Quelqu'un prétend vous avoir vus, vous et Jenny Lassiter, en train de vous embrasser passionnément, annonça Ryan. J'aimerais comprendre de quoi il retourne.

Eddleston devint soudain très pâle. Il regarda Ryan, bouche bée, puis se mit à rougir jusqu'à la racine de ses cheveux.

— Qui vous a dit ça ? Quand ?

Il ne protestait pas, ce qui n'était pas bon signe.

— C'est donc vrai ?

— Ce n'est pas ce que vous croyez. Jenny et moi étions amis. Je…

Il se tourna vers Jana qui le couvait d'un regard clairement hostile.

— Avez-vous une liaison avec Jenny Lassiter ? demanda Ryan.

Eddleston baissa les yeux en silence.

— Nous allons interroger le reste de l'équipe, avertit Ryan. Quelqu'un saura bien quelque chose. C'est impossible de garder une relation secrète dans un groupe aussi restreint.

Eddleston laissa échapper un bruit étouffé. Après un long moment, il s'éclaircit la gorge.

— Jenny et moi sommes sortis ensemble deux ou trois fois, commença-t-il. Ma femme et moi étions séparés à ce moment-là. C'était juste comme ça. Rien de sérieux.

— Jenny savait-elle que ce n'était pas sérieux ? demanda Jana.

— Bien sûr ! assura Eddleston. Apparemment,

elle sortait déjà avec Eric Patterson, à ce moment-là. Elle était même fiancée… mais je ne l'ai appris qu'au moment de sa disparition.

— Vous ne saviez pas qu'ils étaient fiancés ? demanda Jana.

— Je l'ignorais jusqu'à ce que Patterson vienne nous rendre visite pour essayer de la retrouver. Je les avais vus ensemble quelques fois, bien sûr, mais jamais je n'aurais imaginé qu'ils avaient déjà parlé mariage. Pour être honnête, Jenny ne semblait même pas apprécier ce type plus que ça.

— Votre femme est-elle au courant de cette liaison ? demanda Ryan.

Eddleston pâlit de nouveau.

— Non… Et elle n'a pas besoin de le savoir. Nous nous sommes réconciliés. Nous essayons de sauver notre couple.

— Jenny était-elle au courant ? interrogea Jana.

— Oui. Et ça ne lui posait aucun problème. Elle m'a souhaité bonne chance. C'est vous dire si notre relation était simple. Nous savions tous les deux que c'était une aventure.

— Avez-vous l'habitude de séduire vos étudiantes ? demanda encore Jana.

Eddleston se redressa de toute sa hauteur, le dos raide.

— Je n'ai séduit personne, répondit-il. C'est même Jenny qui a fait le premier pas. Je ne vous cacherai pas que j'ai trouvé ça très flatteur… et surprenant aussi.

— Pourquoi surprenant ? demanda Ryan.

Eddleston fit la grimace.

— Je vous en prie, inspecteur, je sais à quoi je ressemble. Je ne suis pas un jeune premier et Jenny est une très jolie femme. Je connais plein d'hommes de son âge qui seraient ravis de l'emmener dîner en ville. Mais c'est moi qu'elle a choisi.

— A-t-elle expliqué pourquoi ? demanda Ryan.

Il poussa un long soupir.

— Elle affirmait que je la rassurais. Ce n'est pas vraiment la déclaration la plus romantique de l'histoire de l'humanité mais, si vous croisez un homme de mon âge capable de résister à une proposition pareille, soit c'est un saint, soit il est fou.

— Vous la rassuriez ? répéta Ryan. Avait-elle peur de quelque chose ? Ou de quelqu'un ?

— Je n'en ai pas la moindre idée. Elle disait qu'elle se sentait en sécurité avec moi.

— Et vous ne savez pas à quel moment elle a commencé à sortir avec Eric Patterson ni quand ils se sont fiancés ?

— Non.

Ryan observa longuement Eddleston. Jusque-là, il pensait que le professeur disait la vérité. Mais certaines personnes mentaient mieux que d'autres.

— Qu'est-ce que ça vous a fait, quand vous l'avez appris ? demanda-t-il encore.

— J'étais un peu vexé, admit l'autre. Je croyais qu'elle ne fréquentait que moi. C'était mon impression, en tout cas.

Il se tourna vers Jana.

— Jenny n'est pas du genre à flirter avec plusieurs hommes à la fois, si vous voyez ce que je veux dire. C'est une fille gentille, agréable et ouverte. Quand ce Patterson m'a annoncé qu'ils étaient fiancés, je n'ai pas trop su quoi penser.

— Qu'avez-vous fait ? demanda Ryan.

— Que vouliez-vous que je fasse ? Jenny avait disparu. J'étais inquiet pour elle.

— Fréquentiez-vous toujours Jenny, au moment de sa disparition ?

— Nous ne sortions plus ensemble, si c'est ce que vous sous-entendez. Nous avons rompu il y a deux semaines. Je lui ai expliqué que je tentais de me réconcilier avec mon épouse.

Il fit tourner nerveusement son alliance à son doigt.

— Et ça ne posait pas de problème à Jenny ?

— Non, je vous l'ai déjà dit.

— Donc vous ne vous êtes pas disputés et vous n'étiez pas en froid ?

— Non, voyons ! Où voulez-vous en venir ?

— Les ruptures ne sont jamais simples, expliqua Ryan. Peut-être était-elle blessée de vous voir retourner vers votre femme ? Ou peut-être que vous avez appris l'existence d'Eric et que cela vous a agacé d'avoir été « doublé ». Vous vous êtes disputés et les choses ont dérapé…

Il laissa sa phrase en suspens, lourde d'accusations.

— Nous ne nous sommes pas disputés, répéta Eddleston. Et j'ignorais qu'elle était fiancée à Eric. Je ne sais même pas à quand remontent les fiançailles. Peut-être avant notre rupture, si ça se trouve.

— Patterson a parlé de deux semaines.

Eddleston pinça les lèvres, mais ne répondit rien.

— Selon vous, qu'est-ce qui a pu pousser Jenny à quitter le site de fouilles, hier après-midi ? reprit Ryan. Avait-elle des soucis ?

— Je n'en sais rien. Et, si elle avait un problème, ce n'était pas avec moi, en tout cas. C'est une chouette fille et nous avons passé de bons moments ensemble.

Nous étions amis… Nous sommes encore amis. Nous n'avons rien à nous reprocher, ni elle ni moi.

— Mais quelqu'un d'autre a fait quelque chose de mal, intervint Jana. Ma sœur a disparu et personne ne sait ce qui lui est arrivé.

— Si je le savais, je vous le dirais, assura Eddleston. J'espère que vous la retrouverez bientôt. Par-dessus tout, j'espère qu'elle va bien.

— Je vais devoir parler à votre femme, ainsi qu'au reste de l'équipe de fouilles, annonça Ryan.

Eddleston baissa la tête, mais acquiesça.

— Faites votre boulot. Je le répète : nous n'avons rien fait de mal.

— Si c'est le cas, alors vous n'avez pas à vous inquiéter. En revanche, nous aurons peut-être d'autres questions à vous poser.

— Je ne bouge pas d'ici. J'ai encore du travail, malgré ces interruptions un peu importunes.

— Allez-y, dit Ryan. Je vous recontacterai.

Eddleston s'éloigna, les épaules basses. Ryan essayait de comprendre ce qu'une jeune fille comme Jenny Lassiter avait bien pu lui trouver.

— Vous croyez qu'il dit la vérité ? demanda Jana en s'approchant de lui.

— Et vous ? Vous pensez que Jenny est du genre à faire le premier pas ?

La douleur qu'il lut dans ses yeux lui fit mal.

— Je ne sais pas. À vrai dire, Jenny a toujours eu des goûts peu conventionnels en matière d'hommes.

— Comment ça ?

— Elle n'est pas nécessairement attirée par les beaux sportifs. Au lycée, elle sortait plus avec des intellos ou des gars un peu marginaux. Elle préférait les artistes, les musiciens. Le physique, ce n'était pas le plus important à ses yeux.

— Et cette histoire de se sentir en sécurité ?

— Je ne sais pas... Elle ne m'a jamais confié la moindre inquiétude et elle n'est pas du genre timide. C'est une jeune femme qui aime rencontrer de nouvelles têtes et l'inconnu ne lui fait pas peur.

— Elle ne vous a jamais parlé de Patterson ou d'Eddleston ? Se confiait-elle à vous à propos des hommes avec qui elle sortait ?

— Pas pour tous, j'en suis sûre, mais pour ceux avec qui c'était sérieux, oui.

— Selon Eddleston, il ne faisait pas partie de ceux-là.

— Oui. Et puis, elle savait quelle aurait été ma réaction.

— Parce qu'il est plus vieux ?

— Oui, et parce qu'il est marié. Je ne suis pas prude, inspecteur, mais je pense qu'il y a certaines limites à ne pas franchir. Je pensais que Jenny était du même avis, mais visiblement...

Sans réfléchir, il posa une main sur son épaule.

— Ne vous en faites pas. Si votre sœur avait des secrets, c'était sans doute parce qu'elle se sentait coupable ou qu'elle craignait de vous décevoir. Pas parce qu'elle cherchait à vous exclure.

— Merci... Mais je n'y crois pas vraiment.

— Voulez-vous venir avec moi questionner les autres ?

— Non, j'en ai assez entendu pour aujourd'hui. J'ai besoin de temps pour faire le tri.

— Il faut que j'interroge le reste de l'équipe, reprit Ryan. Avant qu'Eddleston aille influencer leurs propos.

— Je comprends. Je retourne à la voiture.

Sans attendre de réponse, elle se dirigea vers le véhicule. Ryan la regarda s'éloigner, l'air songeur. Une fois que cette femme avait pris une décision, elle agissait en conséquence, sans se soucier de l'avis des autres, et rien ne pouvait la faire dévier de sa trajectoire. Il ne savait pas trop si c'était le signe d'un esprit impulsif ou d'une grande assurance.

Elle l'avait averti qu'elle n'accordait pas facilement sa confiance et il se rendait compte qu'il avait de plus en plus envie de la mériter. De lui prouver qu'elle pouvait aussi se reposer sur lui.

Jana attendit sur le siège passer du SUV. Une brise chaude lui apportait des parfums de poussière et de genévrier, ainsi que l'écho presque musical des outils de métal sur la roche, qui résonnait depuis le site de fouilles. Malgré la présence de l'équipe d'archéologues, l'endroit semblait désert. Pas un bâtiment, pas une clôture, ni une ligne à haute tension en vue. Jenny lui avait longuement parlé de la beauté rude du paysage et des moments qu'elle passait à explorer les alentours en compagnie de ses collègues.

Était-elle là, quelque part dans cette vaste étendue, perdue dans un canyon reculé, ou blessée au fond d'un ravin ?

Jana repoussa ces images troublantes et s'empara de son téléphone. Elle regarda quelques photos. Jenny et elle dans un restaurant de Denver, en train de trinquer avec deux verres de thé glacé. Jenny en pyjama, les pieds posés sur la rambarde du balcon, dans l'appartement de Jana, tirant la langue à sa sœur parce qu'elle ne voulait pas qu'on la photographie.

Elle s'arrêta un instant sur une photo d'elles deux, un selfie grimaçant, pris non loin de là dans l'un des panoramas qui surplombaient le Black Canyon. Jenny venait d'obtenir son stage d'été et Jana avait décidé de passer le week-end avec elle pour fêter ça. Elles s'étaient rendues à la journée d'accueil, où Jana avait fait la connaissance du Pr Eddleston.

Ensuite, elles avaient visité le parc national, dîné dans un restaurant mexicain et passé le reste du week-end à faire ce qu'elles faisaient le mieux : être ensemble.

Jana sentit ses yeux brûler. Elle battit plusieurs fois des paupières et se mit à passer en revue ses SMS. Y avait-il quelque chose qui laisse à penser que Jenny était inquiète ou troublée ? Ou bien amoureuse d'un homme que Jana n'avait jamais rencontré ?

Elle remonta jusqu'au premier message échangé avec sa sœur après le week-end de présentation.

Première journée plus longue et ardue que je n'aurais cru, mais géniale. Je crois que je vais m'éclater !

Jana relut presque tous les messages qu'elles avaient échangés quotidiennement. La banalité de leurs propos la fit sourire.

Jenny avait pris un coup de soleil. Elle avait acheté un chapeau de paille. Elle avait découvert un restaurant thaï extraordinaire. Elle avait trouvé une petite robe, était sortie avec des amis, s'était fait draguer par un type mignon à la station-service. Elle adorait son stage, s'amusait bien. Tout ce dont une jeune fille de dix-neuf ans pouvait rêver.

Nulle part il n'était question de rendez-vous amoureux, ce qui n'avait rien de surprenant. Les deux sœurs traversaient régulièrement de longues périodes de célibat, trop occupées par leur travail, leurs études ou leurs amis pour avoir le temps d'une relation individuelle.

63

Cependant, depuis son arrivée au stage, Jenny était apparemment sortie avec Jeremy Eddleston et Eric Patterson. Peut-être même à la même période.

Pourquoi l'avait-elle caché, alors qu'elle était en général très ouverte sur ce sujet ? Jana continua à lire les messages, jusqu'à l'avant-veille, le dernier jour où elle avait reçu des nouvelles de sa sœur.

Elle connaissait pratiquement par cœur leur contenu : Jenny envisageait de rentrer à Denver à la fin du mois de septembre. Elle devait passer au garage pour la vidange de sa voiture. Elle voulait suivre des cours d'archéologie plus poussés à l'automne. Elle espérait obtenir un job à mi-temps comme serveuse, afin de pouvoir assister à tous ses cours.

Soudain, Jana se figea, le doigt sur l'écran. Le dernier message de Jenny. Elle était certaine de ne jamais l'avoir lu auparavant.

Jana, j'ai peur. Je crois que j'ai fait une grosse bêtise et que je vais avoir des ennuis.

5

Comme plusieurs archéologues du site avaient laissé entendre à Ryan que Heidi était proche de Jenny, il retourna interroger la jeune femme. Il la trouva agenouillée près d'un empilement de roches, en train d'examiner des morceaux de tailles diverses qu'elle triait en deux tas.

— Bonjour, inspecteur, lança-t-elle avec un sourire chaleureux, avant de recoiffer une mèche de cheveux blonds derrière son oreille. Ravie de vous revoir.

L'heure n'était pas aux conversations anodines.

— Pourquoi ne pas m'avoir indiqué que Jenny sortait avec le Pr Eddleston ? demanda-t-il de but en blanc.

Heidi rougit brusquement et s'accroupit.

— De... de quoi parlez-vous ?

— Ça n'aidera pas Jenny, si vous mentez.

Il lui tendit la main pour qu'elle se remette debout.

— Eddleston vient de m'annoncer qu'il fréquentait Jenny. Pourquoi l'avoir tu ?

Elle se mordit la lèvre inférieure, ce qui la fit paraître encore plus jeune.

— Je pensais que ça n'avait pas d'importance... Et puis, elle m'a dit qu'ils avaient rompu. Il voulait se rabibocher avec sa femme et elle... elle voyait Eric. C'était déjà du passé.

— La rupture s'est donc faite à l'amiable ?

— Je crois. Enfin, ils semblaient toujours bien s'entendre.

Elle jeta un regard par-dessus son épaule, en direction du professeur qui était penché sur un rocher, en train d'étudier quelque chose à la loupe.

— Vous ne pensez quand même pas qu'il a quelque chose à voir avec sa disparition ?

Il ignora la question.

— Donc, Jenny n'en voulait pas à Eddleston ?

— Bien sûr que non ! s'exclama Heidi.

— Un peu de jalousie, peut-être ?

— Ce n'était pas comme ça, entre eux.

Nouveau regard en direction d'Eddleston.

— Enfin… d'après ce que j'en sais.

— Pas comme quoi ?

— Pas sérieux. Enfin… Jenny est vraiment belle. Et Eddleston… Sans vouloir être grossière, il me fait plus penser à un poulet déplumé.

Ryan dut se mordre la joue pour ne pas sourire, car la comparaison était bien trouvée.

— Pourquoi sont-ils sortis ensemble, dans ce cas ? demanda-t-il. Eddleston prétend que c'est elle qui a fait le premier pas.

— Je sais…, soupira Heidi. C'est un mystère. Quand j'ai posé la question à Jenny, elle m'a répondu qu'elle avait besoin de se sentir en sécurité.

Eddleston avait dit exactement la même chose. Étrange, pour une jeune femme d'apparence stable.

— Qu'est-ce que cela signifiait, à votre avis ?

— Je l'ignore. Je lui ai posé la question, mais elle est restée vague.

— Vous pensez qu'elle avait peur de quelque chose ? De quelqu'un ?

— Je ne sais pas. Peut-être. Jenny était pleine d'entrain, mais parfois… Les gens comme ça, c'est souvent une façade.

— Comment ça ?

— Ils sont toujours joyeux, mais c'est surtout pour tenir les autres à distance. Personne ne leur pose de questions, puisque tout semble aller pour le mieux. J'espère que ce n'est pas le cas de Jenny, mais… Je suis sa meilleure amie. J'aurais dû voir si quelque chose n'allait pas. Mais peut-être qu'elle était très douée pour cacher ses problèmes. Si elle en avait.

— La sœur affirme n'avoir rien remarqué non plus, répondit Ryan. Pourtant, elles sont plutôt proches.

— Jenny admire vraiment sa sœur, mais elle ne lui disait pas tout.

Son regard vert et innocent croisa celui de Ryan.

— Vous savez, on ne dit pas tout aux personnes qui comptent vraiment. Moi, par exemple, je ne raconte pas tout à mes parents.

— Vous pensez donc que Jenny cacherait sciemment des choses à sa sœur ?

— C'est sûr.

— Quel genre de choses ? demanda soudain une voix derrière eux.

Ryan se retourna. Jana s'approchait d'eux, son téléphone à la main. Le vent faisait voler ses cheveux dans tous les sens et elle s'efforçait d'écarter les mèches de son visage.

— Bonjour, marmonna Heidi.

— Qu'est-ce que ma sœur me cachait ? insista Jana.

— Rien d'important, j'en suis sûre, bafouilla Heidi. Elle ne voulait pas vous inquiéter.

— À propos de quoi ?

— Je ne sais pas. Rien de particulier. Puis-je y aller, maintenant ? ajouta-t-elle en regardant Ryan. J'ai du travail à terminer avant ce soir.

— Pas de problème.

Ryan prit Jana par le bras et s'éloigna de quelques mètres.

— Pourquoi Heidi disait-elle que Jenny me cachait des choses ? demanda-t-elle.

— Nous parlions de façon générale, du fait que les gens ne racontent pas tout à leurs proches, afin de ne pas les inquiéter inutilement.

— C'est raté. Je suis inquiète. Regardez ce que je viens de trouver.

Elle lui présenta son téléphone. En découvrant le message sur l'écran, Ryan sentit son pouls s'accélérer.

— Vous l'avez reçu à l'instant ?

— La date du message indique le 10 août. Hier. Le jour de la disparition de Jenny. Mais je vous jure que c'est la première fois que je le vois. Il était marqué comme « lu ».

— Quelqu'un d'autre a accès à votre téléphone ?

— Non. Ce doit être un bug. Parfois, je reçois des messages plusieurs heures après qu'ils ont été envoyés. Ou bien mon téléphone ne m'alerte pas. C'est peut-être ce qui s'est passé. Mais lisez le contenu : elle a des ennuis. Elle essayait de me faire comprendre qu'elle avait besoin d'aide.

Jana tremblait presque d'angoisse et sa voix était aiguë et crispée. Ryan mit une main sur son épaule pour la rassurer.

— Même si vous aviez reçu ce SMS au moment où il a été envoyé, vous étiez à des kilomètres d'ici, à Denver.

— Oui, mais j'aurais pu lui répondre et lui demander ce qui n'allait pas. Ou bien appeler la police.

— Pourquoi Jenny ne l'a-t-elle pas fait elle-même ? Peut-être n'était-ce pas ce genre d'ennuis. Peut-être ce message n'a-t-il même rien à voir avec sa disparition.

Jana lui lança un regard agacé et méfiant.

— Vous n'y croyez pas vous-même.

— Non.

Il mit le téléphone dans sa poche.

— Je vais devoir le garder un moment. Je demanderai à notre technicien d'y jeter un œil. Peut-être pourrons-nous déterminer d'où il a été envoyé.

— Vous pouvez retrouver Jenny grâce à son portable, non ? demanda soudain Jana, le visage plein d'espoir. J'ai déjà lu quelque chose là-dessus. Avez-vous essayé ?

— Nous ne recevons aucun signal de son appareil.

— Peut-être que la batterie est à plat.

— Nous tentons de la localiser. Peut-être que votre téléphone va nous aider.

Jana jeta un regard par-dessus son épaule.

— Heidi vous a-t-elle appris quelque chose d'utile ?

Ryan réfléchit. Discuter d'une enquête avec un civil était parfaitement contraire au règlement.

— Je suis sa sœur ! s'exclama Jana en lui serrant le bras. Je deviens folle d'inquiétude. Si vous avez appris quelque chose, dites-le-moi.

S'il avait eu la moindre information susceptible d'apaiser sa douleur, il n'aurait pas hésité à la lui transmettre, mais il savait que la seule façon de rassurer Jana était de retrouver sa sœur. Toutefois, une vague lueur valait toujours mieux que le noir absolu.

— Heidi a confirmé le fait que votre sœur et le Pr Eddleston avaient eu une brève liaison. Ils se sont séparés en bons termes et, selon Heidi, leur relation n'était pas sérieuse.

— Pourquoi est-elle sortie avec lui ?

— Selon Heidi, Jenny lui a raconté la même chose qu'à Eddleston : il la rassurait et elle se sentait en sécurité avec lui.

— J'ai relu tous les SMS de Jenny depuis la dernière fois qu'on s'est vues, dit Jana. Aucun ne mentionnait Eddleston ni Eric Patterson. Elle ne parlait d'aucun garçon. Et rien ne suggérait la peur ou un sentiment d'insécurité.

Ils avaient rejoint le SUV et Ryan lui ouvrit la portière.

— Je regarderai aussi les SMS. Peut-être découvrirai-je quelque chose. En attendant, on va vous trouver un autre téléphone.

Jana resta silencieuse un long moment. Alors qu'ils s'étaient éloignés des fouilles, elle reprit enfin :

— J'étais tellement troublée en apprenant que Jenny était sortie avec Eddleston que j'ai oublié de vous raconter ce que les femmes au campement de Metwater m'ont dit.

— Oui ?

— Elles ont vu Jenny se disputer avec Eric Patterson. Lui était calme, mais Jenny semblait très agitée.

— Quand était-ce ?

— Elles ne me l'ont pas dit. Mais ce n'était pas le jour où cette femme a vu Jenny embrasser Eddleston. Vous pensez que c'est important ?

— Difficile à savoir. Les couples se disputent parfois. J'interrogerai de nouveau les adeptes, pour essayer d'établir une chronologie. Et je parlerai à Eric, aussi.

Jana croisa les bras sur sa poitrine.

— Je me sens tellement impuissante en restant à mon motel. Que puis-je faire pour aider ?.

Le premier réflexe de Ryan fut de lui assurer qu'elle ne pouvait rien faire. Elle devait laisser la police faire son travail et ne pas se mêler de l'enquête. Il savait pourtant comment lui-même aurait réagi dans la même situation.

— Établissez une liste de tous les amis de Jenny que vous connaissez. Demandez-leur si votre sœur a évoqué l'envie de partir seule en randonnée pour explorer la région. Essayez de savoir si quelque chose l'inquiétait ou si elle avait peur de quelqu'un.

— C'est entendu.

— Les patrouilles de recherches ont envoyé un hélicoptère survoler la zone, et mon équipe interroge des gens et fait circuler la nouvelle de sa disparition. Si Jenny est quelque part dans la nature, on la retrouvera.

Jana détourna le regard. Ils quittèrent la piste pour regagner la route.

— Peut-être qu'elle n'est pas là-bas, murmura-t-elle. Peut-être qu'elle est morte.

— J'espère que non.

— Mais quand une jeune femme disparaît… une jeune femme qui n'était ni déprimée ni endettée et qui n'était pas du genre à fuguer… alors, c'est possible. Souvent, on ne la retrouve pas.

Il choisit ses mots avec soin, car il ne voulait pas être malhonnête, mais ne désirait pas non plus l'affoler sans raison.

— Dans ce genre d'affaires, la personne est parfois victime de violences. Je ne connais pas les chiffres exacts.

— Parlez-moi des autres disparues. Ont-elles des points communs avec Jenny ?

Il ne voyait aucune raison de ne pas évoquer avec elle les autres femmes. Peut-être même aurait-elle une idée les concernant ?

— Lucia Raton et Alicia Mendoza, commença-t-il. Elles ont à peu près l'âge de votre sœur. Lucia a dix-huit ans et Alicia, vingt-cinq. Elles ont été aperçues pour la dernière fois dans cette zone. Lùcia, dans un café à quelques kilomètres d'ici, le long de la voie express, en compagnie d'un homme que nous n'avons pas encore réussi à identifier. Alicia était avec un groupe de clandestins qui traversait la région à pied. En dehors de ça, il ne semble pas y avoir de points communs avec votre sœur. Lucia était encore au lycée et Alicia ne parlait pas anglais.

— Quand même… Trois femmes qui disparaissent en quelques semaines dans la même région, c'est étrange, non ?

— En effet.

— Il est d'autant plus important de comprendre ce qui est arrivé à Jenny, ajouta-t-elle avec une détermination soudaine.

— Pourquoi ?

— Si quelqu'un cherche délibérément à faire du mal à des femmes, il faut l'arrêter. Même si je ne peux pas sauver ma sœur, je dois au moins essayer de sauver d'éventuelles prochaines victimes.

6

Jana passa une nuit agitée au motel, espérant contre toute raison que le téléphone sonnerait et qu'on lui annoncerait que Jenny avait été retrouvée saine et sauve.

Le lendemain matin, incapable de rester un instant de plus enfermée dans la chambre, elle se réfugia au bar de l'accueil. Elle commanda un café, puis s'assit avec un papier et un crayon pour établir la liste des connaissances de Jenny, à Montrose comme à Denver. Après tout, il n'y avait que cinq heures de route entre les deux villes et il était possible que quelqu'un là-bas soit au courant de quelque chose.

Soudain, une voix lui fit lever la tête.

— Je peux me joindre à vous ?

Eric Patterson se tenait devant elle, une main sur un dossier de chaise, une tasse de café dans l'autre. Elle s'apprêtait à lui répondre qu'elle préférait rester seule, mais elle se ravisa. Cet homme était proche de Jenny ; elle ne pouvait laisser passer une occasion de mieux le connaître. Peut-être qu'en tête à tête elle découvrirait ce que sa sœur pouvait bien lui trouver.

— Je vous en prie, dit-elle.

Il tira vers lui la chaise qui se trouvait en face d'elle et s'assit. Il retira ses lunettes de soleil et en coinça une branche dans l'échancrure de son polo couleur pêche.

S'il n'était pas beau au sens classique du terme, il avait une sorte de charme voyou. Quoi qu'il en soit, Jana trouvait son arrogance tout à fait rebutante.

— Des nouvelles de Jenny ? s'enquit-il.

Jana referma son bloc-notes en faisant signe que non.

— Je n'ai rien découvert non plus. Le journal m'a demandé de rédiger un papier sur Lucia Raton et Alicia Mendoza. Ils voulaient que j'inclue ma Jenny dans le groupe, mais j'ai refusé.

— Pourquoi ?

— Si trois disparitions de jeunes femmes dans la même région et sur une période de temps restreinte peuvent sembler liées, les circonstances concernant Jenny sont complètement différentes de celles pour les deux autres.

— Je ne suis pas sûre de vous suivre…

— Les deux autres se trouvaient dans des situations à risque. Lucia faisait du stop et Alicia était entrée illégalement dans le pays. Jenny, en revanche, est une jeune femme instruite et intelligente et elle a disparu sur son lieu de travail. Pas le genre à entamer la conversation avec le premier individu louche ou à se mettre dans une position délicate. Elle m'a une fois assuré qu'elle savait plutôt bien cerner les gens qu'elle croisait et je pense que c'est vrai.

Il semblait véritablement bien connaître sa sœur.

— Que croyez-vous qu'il soit arrivé à Jenny ? demanda Jana.

— J'ai d'abord pensé qu'elle avait voulu faire une pause, une petite promenade pour se dégourdir les jambes, et qu'elle s'était perdue.

— C'est ce que je me suis dit aussi, approuva Jana. Mais la police a quadrillé la zone sans résultat.

— Exactement ! s'écria-t-il en pointant un doigt vers elle. C'est ce qui m'a conduit à ma seconde théorie.

Il but une gorgée de café sans la quitter des yeux, attendant visiblement qu'elle l'interroge. Si les enjeux avaient été moins grands, Jana aurait volontiers tenu sa langue pour éviter de satisfaire la suffisance de ce type, mais elle n'avait pas de temps à perdre en mesquineries.

— Quelle est votre théorie ? demanda-t-elle.

— Je pense que c'est Daniel Metwater ou l'un de ses adeptes qui l'a enlevée. C'est une des raisons pour lesquelles je suis pressé de me lier à ce groupe. Je me fiche bien de rédiger un portrait de cet homme. Tout ce que je veux, c'est retrouver Jenny.

— Qu'est-ce qui vous fait croire que Metwater est mêlé à tout ça ? Vous venez justement de dire que Jenny est intelligente et perspicace.

— Même les personnes intelligentes font des erreurs de jugement, parfois. Et notre chère Jenny avait un petit faible pour le prophète local.

Il but une longue gorgée de café.

— Vous savez qu'elle lisait son blog avec assiduité ?

— J'ai vu qu'il figurait parmi ses favoris, sur son ordinateur.

— Elle a vraiment flashé sur tous ses discours de paix, d'harmonie et de vie en communion avec la nature. Je dois admettre que je l'ai un peu taquinée à ce sujet. C'était l'un des rares sujets sur lesquels nous étions en désaccord. Lorsqu'elle a découvert que Metwater et ses adeptes s'étaient installés dans le coin, elle était bien décidée à aller lui rendre visite. J'ai fini par accepter de l'accompagner.

— Vous avez affirmé aux rangers qu'elle ne se serait jamais rendue au campement toute seule.

— Je le crois toujours. Mais si Metwater ou l'un de ses adeptes est passé sur le site de fouilles et lui a proposé de le suivre… Quoi qu'il en soit, j'espère en apprendre plus en enquêtant pour mon article.

— J'ai parlé à quelques femmes de chez Metwater, qui disent avoir rendu visite aux archéologues. Plus d'une fois.

— Vous voyez ? interrompit Eric. Elles auraient très bien pu bavarder avec Jenny et l'inviter au campement, où Metwater lui serait tombé dessus.

— Aucun de ses collègues ne l'a vue discuter avec quelqu'un de l'extérieur, ce jour-là.

— Exactement, ils n'ont rien vu. La conversation a pu avoir lieu quand Jenny est partie se dégourdir les jambes.

— Les rangers ont déjà interrogé Metwater et ses ouailles, rappela Jana.

— Je vous en prie ! Quiconque a eu le moindre contact avec le groupe de Metwater sait pertinemment qu'ils détestent les rangers. Daniel Metwater paye grassement un bataillon d'avocats pour déposer des plaintes contre eux pour harcèlement, et exiger qu'ils ne puissent plus entrer sans mandat dans l'enceinte du campement. Il faut dire que les rangers ont pris l'habitude d'accuser la Famille de tout et de rien, dès qu'il se passe quelque chose de louche dans le parc. Cela dit, aucun délit n'a jamais pu être imputé au prophète ou à ses proches.

— Si Metwater ou l'un des siens a bel et bien enlevé Jenny, alors qu'ont-ils fait d'elle ? demanda Jana.

— Je l'ignore.

L'expression d'Eric se fit soudain plus sombre. Il repoussa sa tasse de café et prit la main de Jana.

— Peut-être la retiennent-ils simplement prisonnière.

Pour lui laver le cerveau et la forcer à rejoindre le groupe. Mais nous devons nous préparer à la possibilité qu'elle ne soit plus des nôtres.

Jana retira brusquement sa main de la sienne.

— Vous pensez qu'elle est peut-être morte.

Eric se recula.

— C'est ce que pensent les rangers, même s'ils sont trop polis pour le dire.

Ou trop prévenants, se dit Jana, en se souvenant de la compassion de Ryan.

— Si vous trouvez quelque chose susceptible d'aider les rangers dans leur enquête, leur transmettrez-vous l'information ? demanda-t-elle.

— Ça dépendra de ce que je trouve et, peut-être, du timing. Je n'attendrai pas les rangers si je suis en mesure de secourir Jenny moi-même.

Évidemment, il rêvait de jouer les héros, pensa Jana, avant de chasser ce commentaire peu charitable de son esprit.

— Je me fiche bien de savoir qui la sauve, du moment qu'elle n'a rien, répondit-elle.

— C'est ce que je souhaite aussi.

Il tendit de nouveau la main vers elle, mais elle se recula hors de sa portée.

— Nous ne nous sommes pas rencontrés dans les meilleures circonstances, tous les deux…, fit-il remarquer avec un sourire. J'aimerais apprendre à mieux vous connaître. Quand Jenny sera de retour parmi nous… et je me refuse à penser qu'il puisse en être autrement… je voudrais qu'elle sache que les deux personnes qu'elle aime le plus au monde sont devenues proches.

— Bien sûr.

Jana doutait qu'elle puisse jamais être amie avec Eric, mais pour Jenny elle était prête à faire un effort.

— Laissez-moi vous inviter à dîner, ce soir, proposa soudain Eric. Cela nous donnera l'occasion de faire plus ample connaissance. Je vous raconterai comment Jenny et moi nous sommes rencontrés.

Une histoire que Jana avait hâte de découvrir… même si elle aurait préféré l'entendre de la bouche de sa sœur.

— Va pour le dîner, répondit-elle. J'avoue que je tourne un peu en rond dans cet hôtel.

— Quel est votre numéro de chambre ? Je passe vous prendre à 7 heures, si ça vous va.

— Je vous retrouverai à la réception.

Eric eut un grand sourire.

— Vous me faites penser à Jenny. Quand on est sortis ensemble la première fois, elle aussi a refusé de me laisser venir la chercher. On s'est donné rendez-vous au restaurant.

Elle aurait pu lui rappeler qu'il ne s'agissait pas d'un rendez-vous galant, mais à quoi bon ? Quelque chose attira son attention et elle aperçut une silhouette dans l'encadrement de la porte. Ryan venait d'entrer dans le hall de l'hôtel. Le cœur battant, elle le vit se diriger vers eux.

— On dirait que ce ranger a décidé de ne plus vous lâcher, maugréa Eric, avec mauvaise humeur. Je peux vous en débarrasser, si vous voulez.

Il recula sa chaise et fit mine de se lever.

— Bonjour, inspecteur Spencer ! lança Jana, avec force sourires, pour bien faire comprendre que la présence du ranger ne l'importunait pas.

Ryan les regarda tour à tour.

— Pardon de vous interrompre, dit-il.

— Pas du tout, répondit-elle. J'étais justement en train de partir. Vous n'avez qu'à m'accompagner jusqu'à ma voiture.

Elle se leva et s'empara de son sac à main.

— J'espère que vous n'êtes pas trop pressé, intervint alors Eric, en se levant à son tour. J'ai quelques questions à vous poser à propos des autres disparues, Lucia Raton et Alicia Mendoza.

— Je ne peux pas discuter avec vous des éléments d'une enquête en cours, répondit Ryan.

— Je ne parle pas en tant que citoyen. Je rédige un papier sur l'affaire.

Ryan l'examina de la tête aux pieds. Son expression resta impassible, mais Jana eut le sentiment distinct que le journaliste n'impressionnait pas du tout le policier.

— Je pensais que vous faisiez un portrait de Daniel Metwater, fit-il remarquer.

— Je peux travailler sur plusieurs articles à la fois. En fait, c'est même indispensable, dans ce métier.

— Dans ce cas, je vous invite à contacter notre agent de liaison, lâcha Ryan. Pour ma part, je n'ai rien à vous dire.

Il fit un pas de côté et, d'un geste, proposa à Jana de le précéder.

— Je vous accompagne. J'ai des nouvelles pour vous.

— Quel genre de nouvelles ? demanda aussitôt Eric.

— Du genre qui concerne Mlle Lassiter, répondit Ryan, sans se départir de son calme.

— Si c'est à propos de Jenny, j'estime avoir le droit d'être informé, en tant que fiancé.

Le regard de Ryan aurait pu faire geler un lac.

— Ces informations concernent Mlle Lassiter, répéta-t-il. Je ne vous retiens pas plus longtemps.

Eric serra les poings, l'air furieux. On aurait dit un roquet prêt à mordre. Il n'était pas de taille devant la force tranquille et posée de Ryan. Au bout de quelques secondes, Eric se tourna vers Jana.

— À ce soir, lança-t-il.

Ryan attendit qu'Eric se soit éloigné pour demander :

— Voulez-vous terminer votre café ?

— Non, c'est bon. Il y a un parc au coin. On peut marcher un peu, si vous voulez.

— Bien sûr.

La chaleur était déjà écrasante et le soleil faisait scintiller la fontaine devant l'hôtel. Ryan cala son pas sur celui de Jana et sa présence suffit à l'apaiser. Lorsqu'ils atteignirent le parc, ils empruntèrent un sentier ombragé.

— Vous retrouvez Eric Patterson ce soir ? demanda-t-il.

— J'ai accepté d'aller dîner avec lui. Je n'en avais pas vraiment envie, mais je me suis dit que je pouvais bien faire un effort, pour Jenny.

— Il va essayer de vous tirer les vers du nez pour savoir ce que j'avais à vous dire.

— D'ailleurs, de quoi s'agit-il ? demanda Jana en s'arrêtant soudain pour le regarder.

— Je voulais vous rendre votre téléphone.

Il sortit l'appareil de sa poche.

— Avez-vous découvert quelque chose d'utile ? demanda Jana en caressant du doigt la coque argentée.

— Pas vraiment. Nous avons pu déterminer que Jenny avait envoyé son dernier SMS depuis le site de fouilles, le matin de sa disparition.

— Je croyais qu'il n'y avait aucun réseau, là-bas.

— Les appels ne passent pas. La plupart du temps, les SMS non plus, mais il existe quelques rares endroits où on capte mieux. Avez-vous réfléchi à son dernier message ? Le fait d'avoir fait une grosse bêtise ?

— Je n'ai pas la moindre idée à ce sujet, soupira Jana.

En ouvrant son sac pour y glisser son téléphone, elle aperçut la liste qu'elle avait rédigée.

— J'ai noté le nom des amis de Jenny, ici et à Denver. Je ne sais pas si ça vous sera d'une grande utilité.

Elle arracha la page de son carnet et la lui tendit. Il regarda les noms, puis plia la feuille pour la mettre dans la poche de sa chemise.

— Je vais demander à quelqu'un de vérifier. Avec un peu de chance, l'un d'eux saura quelque chose.

— Marchons, voulez-vous ? Je réfléchis mieux en bougeant.

Il lui emboîta le pas.

— Le survol de la zone n'a rien donné, annonça-t-il. Je suis désolé.

— Eric pense que c'est sans doute Daniel Metwater ou un de ses adeptes qui a enlevé Jenny.

— Je croyais que c'était un fan du prophète. Il écrit bien un article sur lui, non ?

— Il prétend vouloir se servir de ce contact pour retrouver Jenny.

Elle jeta un coup d'œil vers lui. De profil, il semblait moins insouciant et paraissait plus sévère, avec ses traits énergiques.

— Il savait qu'elle lisait le blog de Metwater. Selon lui, Jenny avait hâte de rencontrer le prophète et, bien qu'ils aient convenu de visiter le campement ensemble, il pense que, si quelqu'un de la Famille est passé sur le site de fouilles et l'a invitée à venir au campement, elle a très bien pu accepter de le suivre. Cela lui ressemblerait bien et nous savons que les femmes avec qui j'ai parlé ont rendu visite aux archéologues au moins deux fois. Peut-être sont-elles revenues le jour de la disparition de Jenny et l'ont-elles persuadée de les accompagner ?

— Et que pense-t-il qu'il soit arrivé ensuite ?

— Il a suggéré que Metwater la retenait prisonnière pour lui laver le cerveau et la convaincre de rejoindre leur secte…

Elle pinça les lèvres avant de poursuivre avec difficulté :

— Ou qu'elle est morte.

— Je vais devoir reprendre sa déposition, pour voir s'il a évoqué ces points. En tout cas, il n'a rien dit quand nous l'avons interrogé.

— Peut-être vient-il simplement d'y penser.

— Nous continuons à enquêter sur Metwater. Et on va certainement interroger les femmes avec qui vous avez parlé. Je ne peux pas en dire plus.

— Eric m'a parlé de l'animosité qui règne entre Metwater et les rangers. Il pense que vous le harcelez.

— M. Patterson en sait long sur la situation.

— Il a un intérêt personnel dans l'affaire et j'imagine que son travail lui donne accès à beaucoup d'informations.

— Dites-lui que, s'il découvre quoi que ce soit susceptible de nous aider, il doit nous en avertir.

— C'est déjà fait. Mais j'ai l'impression qu'il aimerait bien retrouver Jenny lui-même pour être le héros du jour.

— Si elle est saine et sauve, je n'ai rien contre.

— Cela ne heurterait pas votre ego ?

— Le jour où je commencerai à croire que je suis le centre d'une enquête, il sera temps de démissionner.

Elle posa une main sur son bras. Ses muscles étaient fermes sous ses doigts.

— Je ne remettais pas en question votre dévouement.

Et sachez que j'apprécie l'efficacité avec laquelle vous recherchez Jenny.

Il baissa les yeux vers sa main, puis posa la sienne dessus. Le contact se voulait rassurant, mais elle sentit une chaleur distincte se répandre en elle.

— Combien de temps prévoyez-vous de rester à Montrose ? demanda-t-il.

— Jusqu'à ce que je sache ce qui est arrivé à ma sœur.

— Nous essayons de résoudre les affaires rapidement mais, pour être réaliste, cela peut prendre des semaines, voire des mois. Parfois les enquêtes ne sont jamais résolues.

— Je sais, répondit Jana, la tête basse.

— Vous ne devez pas retourner au travail ?

— Je suis à mon compte. Je peux travailler à distance, mais il faudra bien que je passe tôt ou tard à mon bureau, sinon je risque de perdre des clients.

Elle regarda une aire de jeux, à l'autre bout du parc, où trois enfants couraient en riant.

— C'est difficile de se concentrer sur quoi que ce soit quand on s'inquiète pour un proche.

— Vous avez droit à un représentant. Je peux vous mettre en contact avec quelqu'un.

— Un représentant ?

— Ce sont des volontaires qui font le lien entre les forces de l'ordre, les victimes de crimes et leur famille. Ils peuvent aussi vous diriger vers des groupes de soutien ou des psychologues.

— Vous pensez donc vraiment qu'il s'agit d'une enquête criminelle ? demanda-t-elle, soudain très abattue.

— Il existe toujours la possibilité que votre sœur se soit perdue, mais les chances sont minces, surtout avec les deux autres disparitions.

Il resserra son étreinte sur sa main. Jana repensa aux statistiques qu'elle avait lues dans un journal : plus une personne tardait à être localisée, plus les chances de la retrouver morte augmentaient. Elle sentait le désespoir menacer de l'engloutir, mais elle refusa de céder, préférant se concentrer sur Ryan, ses yeux attentifs et la force de son contact.

— Je vais rester un moment, reprit-elle. Et je veux faire tout ce qui est en mon pouvoir pour aider.

— Peut-être cette liste nous aidera-t-elle. Je vous tiendrai au courant.

Son téléphone sonna et il lui lâcha la main.

— Excusez-moi, marmonna-t-il en s'éloignant un peu.

Jana se tourna de nouveau vers l'aire de jeux. Elle revit soudain le parc situé au bout de la rue où Jenny et elle avaient grandi. Jenny avait toujours été la plus casse-cou. Elle courait plus vite, grimpait plus haut et taquinait Jana en la traitant de « limaçon » ou de « trouillarde ». Jana, bien que plus âgée, cherchait toujours la sécurité, l'ordre, le contrôle. C'était sans doute pour cela que les chiffres la rassuraient. Jenny, elle, avait soif d'aventure.

L'archéologie lui correspondait bien.

Était-ce ce sens de l'aventure et du défi qui lui valait à présent des ennuis ? Ou bien avait-elle simplement été la victime malchanceuse d'un criminel ? Jana croisa les bras frileusement malgré la chaleur. Elle avait déjà affronté des moments difficiles dans sa vie, notamment la mort de leurs parents.

Mais perdre Jenny… Elle n'était pas sûre de pouvoir le supporter.

— Jana ?

Le ton inquiet de Ryan la fit se retourner et elle sentit la panique l'envahir en croisant son regard.

— Qu'est-ce que c'est ? demanda-t-elle. Que se passe-t-il ?

— Je dois y aller. Je vous rappelle bientôt.

— Je vois bien à votre expression que quelque chose de grave est arrivé. Dites-moi. Je vous promets de ne pas devenir hystérique. Je dois savoir.

Il la saisit par les épaules.

— Une équipe a trouvé le corps d'une femme, au bord de la route, près de la zone sauvage.

7

Ryan la guida jusqu'à un banc, craignant qu'elle ne s'effondre. Tremblante, elle parvint à s'asseoir.

— Nous ne savons pas encore s'il s'agit de Jenny, s'empressa-t-il d'ajouter.

— Mais ce pourrait être elle, hoqueta-t-elle.

— Inutile de vous torturer tant que nous n'en aurons pas appris plus.

Elle inspira profondément et acquiesça.

— Que vous a-t-on dit ?

— Juste qu'un corps avait été retrouvé. Ils l'emportent chez le médecin légiste.

— Quand connaîtront-ils son identité ?

— Je l'ignore.

Il ne lui expliqua pas que le cadavre avait été découvert au bord d'une route, dans un fossé, à moitié déterré par des animaux. Le légiste devait examiner la dépouille pour la comparer aux descriptions des femmes disparues, notamment à leurs vêtements.

— Ne me laissez pas seule, supplia Jana en s'agrippant à sa main.

— C'est promis.

Il s'assit à côté d'elle. Une mère de famille qui attendait près des jeux les regardait avec insistance, l'air inquiet et méfiant.

— Voulez-vous rentrer à votre hôtel ? demanda-t-il.

— Oui, s'il vous plaît.

Il passa un bras autour de ses épaules et ils retournèrent ensemble au motel. Devant la porte de sa chambre, elle chercha sa carte magnétique dans son sac, puis tenta d'ouvrir à plusieurs reprises, sans y parvenir. Il finit par la lui prendre des mains.

— Vous voulez boire quelque chose ? proposa-t-il quand ils furent entrés.

— À la télé, on offre toujours un verre d'alcool aux gens qui ont subi un choc… Mais je n'aime pas trop ça.

Elle s'assit sur le bord du lit, tandis qu'il s'installait sur la seule chaise de la pièce, à côté de la fenêtre. Il chercha du regard quelque chose qui aurait pu détourner son attention et remarqua de la laine et des aiguilles posées sur la table de chevet.

— Qu'est-ce que vous tricotez ? demanda-t-il.

— Un… Un pull, répondit-elle en prenant la pelote de mohair bleu pâle. En général, ça me détend, mais je crois que je ne serais pas capable de me concentrer sur quoi que ce soit, pour l'instant.

Elle contempla un instant la chambre, l'air songeur.

— Qu'est-ce qu'on fait, maintenant ? On attend ?

— On attend beaucoup dans mon métier. Les résultats n'arrivent jamais aussi vite dans la vraie vie qu'à la télévision.

— Je ne devrais pas vous retenir, se reprocha-t-elle en lissant le devant de son pantalon. Vous avez du travail. Je vais me débrouiller.

— Je peux rester encore un peu.

Il appréciait sa compagnie — non pas que les circonstances soient agréables, mais il était heureux d'avoir l'occasion d'être seul avec elle et de pouvoir simplement la regarder. Malgré sa détresse, c'était une belle femme. Elle n'avait pas la beauté évidente de sa sœur, mais un charme plus mature, plus subtil, qui l'attirait beaucoup.

— Racontez-moi comment vous êtes devenu policier, murmura-t-elle.

Il se demanda si cela l'intéressait vraiment ou si elle cherchait juste un moyen de penser à autre chose.

— Je me suis engagé dans l'armée après le lycée, dans l'idée de me faire un peu d'argent pour payer mes études. Après ça, je me suis inscrit en école de commerce à l'université du Colorado. Lors d'un forum des métiers, en dernière année, je me suis arrêté au stand du service des douanes. Ils recrutaient des officiers et j'ai pensé que ce serait plus excitant que de rester enfermé dans un bureau toute la journée.

— Et donc ? Est-ce plus excitant ?

— La plupart du temps. Bon, il y a pas mal de paperasse et on attend beaucoup, pour être honnête. Il ne s'agit pas tout le temps de pourchasser des méchants et de résoudre de grosses affaires. Mais j'aime la variété et j'ai l'impression d'être utile.

— Et que pense votre petite amie ou votre femme de ce travail ?

— Je ne suis pas marié et je n'ai pas de petite amie.

Elle esquissa un bref sourire.

— C'est ce que je me disais, mais on ne sait jamais…

Quand leurs regards se croisèrent, il put presque sentir l'air crépiter entre eux.

— Et quel genre d'effet je vous fais ? interrogea-t-il.

— Le genre qui me fait me demander si ça vous arrive souvent de vous lier à des femmes concernées par une enquête en cours.

— Jamais, répondit-il en soutenant son regard. Mais il y a une première fois à tout, avec la bonne personne.

Elle baissa les yeux. La lumière de la lampe jouait sur la courbe de sa joue et la ligne gracieuse de son cou. Il ressentit une envie furieuse de l'embrasser précisément à cet endroit-là.

— C'est presque un cas d'école pour définir le concept de « mauvais timing ».

— Sans doute. Mais, s'il fallait attendre les conditions idéales, on ne tomberait jamais amoureux, on ne se marierait jamais, on ne ferait jamais d'enfants et personne ne créerait jamais d'entreprise ou n'accepterait un nouvel emploi. En fait, personne ne prendrait jamais de ces grandes décisions qui forment une vie bien remplie.

— Je me demande si cette attirance que je ressens pour vous existe réellement ou si vous représentez juste une bouée de sauvetage à laquelle je peux me raccrocher, en raison de la disparition de ma sœur.

— Seul l'avenir nous le dira.

Il se leva et vint s'asseoir à côté d'elle sur le lit. Il n'avait pas l'intention de la brusquer, mais il refusait de cacher ses sentiments. Il lui prit la main.

— Tout dépend de ce dont vous avez envie.

— Je crois que, pour l'instant, j'ai envie que vous m'embrassiez.

— Avec plaisir.

Une main sur sa joue, il posa les lèvres sur les siennes. Elle avait un léger goût de thé au miel et sa bouche était chaude et soyeuse. Elle fit glisser sa paume le long de son bras, puis remonta jusqu'à son épaule, laissant ses doigts jouer sur sa peau comme pour mémoriser la forme de son corps. Lorsqu'il pencha la tête pour l'embrasser avec plus de passion, elle se blottit contre lui, plaquant sa poitrine contre la sienne, ses courbes douces contre ses muscles fermes. Il sentit son pouls et sa respiration s'accélérer.

Elle entrouvrit les lèvres, comme une invitation qu'il accepta avec empressement. Ce contact intime chassa ses derniers doutes. Elle posa une main sur sa nuque et mêla sa langue à la sienne, déchaînant une nouvelle vague de plaisir en lui. Quelques minutes plus tôt, dans le parc, elle avait semblé fragile et impuissante. À présent, dans ses bras, c'était une femme forte, une femme qui savait ce qu'elle voulait.

Son désir pour lui l'emplit à la fois d'émerveillement et de stupéfaction.

Soudain, la sonnerie de son téléphone les fit sursauter et ils s'écartèrent en même temps. Le cœur battant, il fouilla dans sa poche, luttant pour dissiper le brouillard dans lequel elle l'avait plongé.

— Spencer, annonça-t-il d'une voix posée, après s'être éclairci la gorge.

La voix du capitaine Graham Ellison retentit, calme et posée :

— On a identifié le corps.

Ryan leva les yeux vers Jana, qui le regardait, une main posée sur ses lèvres, l'air perplexe.

— Oui ? dit-il.

— Le légiste confirme qu'il s'agit d'Alicia Mendoza. Elle portait un collier avec son nom gravé dessus et les vêtements correspondent à la description donnée par les autres membres de son groupe.

— Alicia Mendoza, répéta Ryan.

Jana laissa échapper un sanglot et se couvrit les yeux, les épaules agitées de soubresauts. Elle se mit à pleurer en silence. Ryan gagna la fenêtre et entrouvrit les rideaux pour regarder dehors.

— A-t-on une idée de la façon dont elle est morte ?

— Strangulation. Sans doute ailleurs. Ensuite, elle a été enterrée dans ce fossé, au bord de la route. On en saura plus bientôt, mais le médecin estime qu'elle est décédée quelques heures à peine après sa disparition.

— Je serai au bureau d'ici une heure, annonça Ryan.

— Non. Je veux que tu retrouves Simon et Ethan au campement de Metwater. On a un mandat.

Ryan ressentit cette impression familière qu'il avait quand une affaire avançait brusquement.

— Que cherche-t-on ? demanda-t-il.

— Tout ce qui pourrait lier Daniel Metwater à Alicia Mendoza ou aux deux autres disparues. Les mains d'Alicia étaient ligotées avec des bandes de lin blanc, un peu comme ces chemises ou ces pantalons que Metwater porte tout le temps.

Ryan retrouva ses collègues au carrefour de la piste menant au campement de Metwater et ils firent ensemble le reste du chemin. Dès qu'ils sortirent de leur SUV, un jeune homme trapu au crâne rasé s'avança à leur rencontre, un grand bâton à la main.

— Que venez-vous faire chez nous, inspecteurs ? demanda-t-il.

— Nous souhaitons parler à Daniel Metwater, annonça Simon.

— Le prophète n'autorise pas les armes dans l'enceinte du campement, répondit le garde. Si vous voulez bien les laisser dans vos véhicules, je me ferai un plaisir de vous conduire jusqu'à lui.

— Dans tes rêves, petit, marmonna Simon en passant à côté de lui.

— Pas la peine de nous escorter, ajouta Ethan. On connaît le chemin.

Brandissant son bâton, le jeune homme courut derrière eux.

— Le prophète ne peut pas vous recevoir. Il est en entretien.

Ryan le saisit doucement par le bras.

— Vous feriez mieux de lâcher ce bâton. Il pourrait y avoir un malentendu et quelqu'un pourrait penser que vous êtes en train de nous menacer.

Le garde rougit. Il jeta un regard vers le revolver accroché à la ceinture de Ryan, puis baissa son bâton.

— Le prophète n'aime pas être interrompu, reprit-il, d'un ton presque suppliant.

— Dommage.

Ryan rejoignit les autres en bas des marches du camping-car de Metwater. Le campement semblait désert, mais il sentait qu'on les observait depuis les tentes et les caravanes autour d'eux. Guettant le moindre danger, il garda une main sur son arme de service, tandis que Simon cognait à la porte.

Pas de réponse.

Il s'apprêtait à frapper de nouveau quand la porte s'entrouvrit et qu'Andi Mattheson, alias Astéria, apparut.

— Le prophète ne reçoit pas, annonça-t-elle. Il est en réunion.

Simon glissa son pied dans l'interstice et appuya sur le panneau avec son épaule.

— Vous devez nous laisser entrer, répondit-il d'une voix calme et prévenante. Ensuite, vous feriez mieux de

92

vous éloigner. Nous ne voudrions pas qu'il vous arrive quoi que ce soit.

— Je ne…

— Croyez-moi, interrompit Simon, en poussant la porte un peu plus.

Il posa une main sur les épaules de la femme et la guida gentiment en bas des marches.

— Allez attendre dans votre tente, conseilla-t-il.

Visiblement mécontente, Astéria passa devant les deux autres inspecteurs. Ethan et Ryan suivirent leur collègue à l'intérieur du camping-car, où Metwater était assis en compagnie d'Eric Patterson.

— Que faites-vous ici ? s'indigna Metwater en se levant. Sortez de chez moi.

— Daniel Metwater, nous sommes en possession d'un mandat de perquisition, annonça Simon en posant une feuille sur la table.

— Que cherchez-vous ? demanda Metwater. Et avec l'aval de quelle autorité ?

Eric s'empara du document et le parcourut rapidement.

— Sur ordre de la septième cour de justice du district, lut-il. Ça a l'air officiel.

— Monsieur Patterson, que faites-vous ici ? s'étonna Ryan.

— J'interviewe le prophète pour le portrait que je suis en train de rédiger.

— Vous terminerez votre entretien une autre fois, intervint Simon. Vous devez partir.

— Oh non ! répondit Eric. Je reste, au contraire. La situation va devenir très intéressante.

— Je peux vous placer en détention pour obstruction à la justice, rétorqua Simon.

— M. Metwater a le droit d'être accompagné par un

témoin, répondit Eric, avant de se tourner vers Metwater. Vous voulez que je reste, n'est-ce pas ?

— Vous racontez n'importe quoi, dit Simon. Je suis sûr que cette histoire de témoin n'existe pas.

— Et moi je suis sûr d'avoir lu ça quelque part. Et si vous vous trompiez ? Les rangers n'ont pas vraiment besoin de ce genre de publicité en ce moment.

Il se rassit, les bras croisés.

— D'ailleurs, si vous devez inculper M. Metwater et que l'affaire aille devant un tribunal, je serai témoin de ce que vous trouverez. Ça ferait bien, vis-à-vis d'un jury, vous ne pensez pas ?

Simon avait les oreilles très rouges. Ryan voyait presque sa colère irradier de lui. Il semblait sur le point d'exploser. Ethan lui mit une main sur l'épaule.

— Arrête de perdre ton temps avec lui, suggéra-t-il. Passons à la fouille.

Simon repoussa son collègue avec agacement et se tourna vers Metwater.

— Vous connaissez Alicia Mendoza ? demanda-t-il.

— Je n'ai jamais entendu ce nom.

— Alicia est la Mexicaine qui a disparu près d'ici, expliqua Eric. Je vous ai déjà parlé d'elle.

Metwater le regarda sans rien dire.

— Elle venait du Guatemala, pas du Mexique, précisa Ryan en prenant Eric par le bras. M. Metwater et vous feriez mieux d'attendre dehors.

— Je vais appeler mon avocat, protesta Metwater.

— Appelez qui vous voulez, répondit Simon en le poussant doucement vers la sortie. Vous n'aurez qu'à le faire depuis la tente de Mlle Mattheson, si vous parvenez à capter quelque chose.

Metwater se dégagea brusquement, mais finit par obtempérer.

— Vous aussi, dit Ethan à Eric. Dehors.

— Je pourrais rester pour vous aider, proposa Eric. Si vous m'expliquez ce que vous cherchez.

— Dehors ! ordonna Simon.

Il laissa le reporter passer devant, puis lui emboîta le pas.

— Je vais garder tout ce petit monde à l'œil, annonça-t-il. Prévenez-moi si vous trouvez quelque chose d'intéressant.

Lorsqu'ils furent seuls, Ethan se tourna vers Ryan.

— Tu prends la chambre ? Je vais fouiller ici, ensuite on fera les autres pièces.

Ryan sortit une paire de gants en latex de sa poche et se mit au travail. En commençant à gauche de la porte, il fit le tour de la chambre dans le sens des aiguilles d'une montre, ouvrant chaque tiroir, passant la main sur toutes les surfaces, feuilletant chaque livre et soulevant tous les cadres. Il défit le lit et fouilla entre le matelas et le sommier, puis vida le tiroir de la table de nuit. Metwater possédait une belle réserve de préservatifs et une collection intéressante et très variée de *sex-toys*.

Parmi ses lectures de chevet, on trouvait un mélange de conseils en investissements et d'écrits mystiques orientaux. Peut-être s'en inspirait-il pour son blog ? Un carnet empli de notes presque indéchiffrables traînait également parmi le fatras. Ryan l'enveloppa et l'étiqueta, pour l'emporter et l'examiner tranquillement.

La commode contenait un assortiment de pantalons et de chemises en coton ou en lin écru, quelques pyjamas en soie, et des sous-vêtements. Dans la penderie étaient accrochés cinq ou six costumes visiblement très chers ;

par terre, plusieurs paires de chaussures impeccable-
ment cirées.

Ryan était sur le point de refermer la porte pour
passer à une autre pièce, quand une forme claire attira
son attention, tout au fond du placard, sur la gauche.
Il s'accroupit et sortit sa lampe-torche. Un morceau
de tissu blanc, comme un vêtement tombé d'un cintre,
gisait sur le sol. Ryan souleva le chiffon en lambeaux,
qui avait dû être une chemise. Le tissu avait été déchiré
en plusieurs endroits et il en manquait la moitié.

— Ethan ! appela-t-il. Viens voir ça !

Son collègue apparut à la porte.

— Qu'est-ce que tu as ?

Ryan lui tendit le haillon.

— Je crois qu'on a trouvé ce qu'on cherchait.

8

Jana avait peine à le croire : Eric Patterson lui avait posé un lapin.

Elle était descendue à l'accueil du motel avec cinq minutes d'avance et avait attendu jusqu'à 19 h 30. Le journaliste n'était jamais venu. Après avoir feuilleté pour la seconde fois chacune des brochures touristiques posées sur le présentoir de l'entrée et fait quatorze parties de solitaire sur son téléphone, elle renonça. Il n'avait même pas eu la politesse de la prévenir.

Qu'est-ce que Jenny pouvait bien lui trouver ?

Affamée et furieuse, elle se rendit en voiture jusqu'à un fast-food, commanda un sandwich à emporter et partit le manger dans l'appartement de Jenny. Si Eric se décidait à pointer le bout de son nez au motel, il en serait pour ses frais. Elle appela April, la colocataire de Jenny, depuis le parking en bas de l'immeuble.

— Je suis désolée de vous embêter, mais ça vous dérangerait que je monte encore un moment ?

— Heu… pas du tout, répondit April, qui semblait pourtant réticente. Je pars dans peu de temps boire un verre avec des amis, mais je crois que vous avez une clé ?

— Merci. Je vous promets que j'aurai disparu avant votre retour.

Dans l'appartement, April l'invita à s'asseoir. C'était

une fille d'origine asiatique, menue, avec des cheveux noirs très courts et quelques mèches violettes.

— Des nouvelles sur l'enquête ? demanda-t-elle.

— Toujours rien.

Jana s'apprêtait à lui parler de la découverte du corps d'Alicia Mendoza, mais elle y renonça. À quoi bon tracasser la jeune femme ?

— Je sais que les rangers travaillent dur, dit-elle seulement.

— Ils finiront bien par trouver quelque chose, non ?

— April, dites-moi… Est-ce que Jenny semblait inquiète, dans les jours qui ont précédé sa disparition ? demanda soudain Jana.

— Les flics m'ont posé la même question. Mais non. Jenny était comme d'habitude. On ne se voyait pas tant que ça, vous comprenez. On était toutes les deux très occupées par nos études, le travail, tout ça.

— Saviez-vous que Jenny sortait avec deux hommes à la fois ?

— Je voyais qu'elle avait une vie sociale assez active, mais elle ne parlait pas beaucoup de ses relations amoureuses. À part Eric, bien sûr, que je connaissais. Il venait assez souvent ici.

— Saviez-vous que Jenny et lui étaient fiancés ?

— Il me l'a appris un soir, en venant la chercher, pendant qu'elle finissait de se préparer, dans la salle de bains. Il a bien précisé que ça devait rester secret, parce qu'ils voulaient vous l'annoncer d'abord.

— Cela vous a-t-il surprise ?

April fronça le nez.

— Un peu. Enfin… je n'imaginais pas que Jenny était amoureuse à ce point. En fait, elle ne donnait pas l'impression d'être plus attachée que ça à lui. Je voulais lui poser la question, mais…

Jana aussi avait de nombreuses questions à poser à sa sœur. L'idée qu'elle n'en aurait peut-être jamais l'occasion lui noua le ventre.

— Je dois me sauver, annonça April en se levant. Mais restez aussi longtemps que vous le souhaitez.

— Merci, répondit Jana. Parfois, ça me fait du bien d'être ici. Je me sens un peu plus proche d'elle.

Après le départ d'April, Jana retourna chercher son dîner dans la voiture et s'installa dans la chambre de Jenny. Devant le bureau, elle alluma l'ordinateur portable de sa sœur et posa son sandwich à côté. Un fond d'écran apparut : une photo de Jenny souriante, avec Eric juste derrière elle.

Jana contempla longuement l'image. Elle aurait juré qu'elle n'était pas là, la dernière fois qu'elle était venue. Ryan et elle s'étaient même étonnés du peu de photos de Jenny et Eric qui se trouvaient dans le portable.

Quand elle ouvrit l'album de Jenny, l'écran se couvrit de vignettes de sa sœur, seule, avec des amis… et avec Eric. Jana agrandit une photo où l'on voyait un Eric souriant, le bras passé autour des épaules d'une Jenny au visage grave. Le cliché semblait avoir été pris en extérieur, près du site de fouilles.

D'autres photos représentaient Eric seul. L'une d'elles faisait même penser à un de ces portraits utilisés par les éditorialistes pour illustrer leur colonne, dans les journaux. D'autres ressemblaient à des selfies pris devant des monuments et des lieux touristiques du coin, comme le Black Canyon.

Aucune de ces photos ne se trouvait dans l'ordinateur de Jenny quand Jana avait regardé, deux jours plus tôt.

Elle s'interrogeait sur ce mystère quand son téléphone sonna. Le numéro lui était inconnu, mais indiquait un appel local.

— Allô ! dit-elle avec méfiance.

— Jana, c'est Eric. Je suis désolé de vous avoir laissée tomber. J'aurais voulu vous prévenir, mais j'étais au campement de Daniel Metwater, sans aucun réseau. Je suis passé au motel pour m'excuser, mais il n'y avait personne.

— Je ne doute pas que votre papier sur Daniel Metwater était plus important qu'un dîner avec moi, répondit-elle, en espérant qu'il remarquerait la note de sarcasme dans sa voix.

— Ce n'est pas ce que vous croyez. J'avais prévu de finir bien avant, mais les rangers ont débarqué et je n'ai plus osé m'éloigner.

— Les rangers ? Quels rangers ?

— Ryan Spencer et deux autres. Ils avaient un mandat de perquisition pour le camping-car de Metwater. J'étais avec lui quand ils sont arrivés.

— Ils vous ont demandé de rester ?

— Évidemment que non. Mais ça aurait été de la folie de partir. J'ai bien fait, d'ailleurs. Sinon, j'aurais manqué le scoop de ma carrière.

Il semblait tout excité, presque joyeux.

— Que s'est-il passé ?

— Les rangers ont interpellé Daniel Metwater. Pour meurtre.

— Le meurtre de qui ? demanda-t-elle avec peine.

— Une femme dont le corps a été retrouvé cet après-midi. La Mexicaine ou la Guatémaltèque, je ne sais plus. Apparemment, c'est Metwater qui l'aurait tuée.

— Vous voulez dire que les rangers le soupçonnent, clarifia Jana.

— C'est ça. Mais ils ne l'auraient pas arrêté s'ils n'avaient pas de preuves solides. J'espère que ça ne vous perturbe pas trop. Où êtes-vous ?

— Je suis passée à l'appartement de Jenny.

— Vous êtes seule ? Vous ne devriez peut-être pas rester seule dans des moments pareils.

« Des moments pareils » ?

— Je vais bien, assura-t-elle.

— Tant mieux. Je dois filer. Il faut que j'aille rédiger mon article maintenant, si je veux qu'il paraisse dans l'édition de demain. C'est énorme ! Ça va faire la une !

La communication fut coupée avant que Jana ait le temps de répondre. Elle contempla son téléphone un long moment, s'efforçant de digérer la nouvelle. Puis, d'une main tremblante, elle composa le numéro de Ryan, qui décrocha à la quatrième sonnerie.

— Jana ?

Son ton était amical et chaleureux, comme s'il était content de l'entendre. Ils s'étaient quittés précipitamment, après ce baiser échangé. Elle ne savait plus trop quoi penser ni comment se comporter.

— Vous avez vraiment arrêté Daniel Metwater pour le meurtre d'Alicia Mendoza ? demanda-t-elle.

— Qui vous a dit ça ?

Toute chaleur avait disparu de sa voix.

— Eric Patterson vient de m'appeler.

Ryan grommela quelque chose qui ressemblait à un juron.

— Oui, c'est vrai, finit-il par admettre.

— Vous avez établi un lien entre Daniel Metwater et Jenny ?

— Rien pour l'instant. Je suis désolé, je dois raccrocher. Je te… Je te rappelle plus tard.

Le contraste entre les deux hommes était saisissant. Eric était ravi et joyeux de l'arrestation de Metwater, tandis que Ryan semblait épuisé et presque triste.

Jana resta assise seule dans le silence pesant de l'appartement.

Elle pensait aux mille et une questions qu'elle aurait voulu poser à Ryan. Les rangers soupçonnaient Daniel Metwater d'avoir assassiné Alicia Mendoza. Envisageaient-ils un lien avec la disparition de Jenny ? Pouvaient-ils forcer Daniel Metwater à révéler ce qui était arrivé à Jenny ? Et, s'ils retrouvaient sa sœur, celle-ci serait-elle encore en vie ? Chaque heure qui passait semblait éloigner la possibilité de la revoir vivante.

Elle chassa cette pensée et éteignit l'ordinateur de Jenny. Il était temps de rentrer à l'hôtel. Elle allait prendre une longue douche chaude, puis trouver un film en *streaming*, quelque chose de gai, de simple, pour se changer les idées et oublier un instant toute cette situation dans laquelle elle ne contrôlait rien.

Elle nettoya les reliefs de son repas, rédigea une note pour remercier April, puis sortit en prenant soin de bien fermer à clé derrière elle.

Il était presque 22 heures et le ciel commençait à se couvrir de nuages qui voilaient la lune. Il faisait si sombre sur le parking que Jana envisagea un instant de se servir de son téléphone comme lampe-torche. Mais elle n'avait que quelques mètres à parcourir, cela ne valait pas la peine de fouiller dans son sac. Elle sortit ses clés et déverrouilla la voiture.

Elle se détendit un peu en voyant les clignotants s'activer et, d'un pas rapide, elle se dirigea vers la portière. Quel film allait-elle bien pouvoir trouver, ce soir-là ? Elle se sentait d'humeur pour une comédie ou bien une belle histoire d'amour.

Elle allait poser la main sur la poignée quand deux bras puissants l'encerclèrent, lui écrasant les côtes. Elle fut soulevée du sol et une douleur fulgurante explosa à l'arrière de son crâne.

Elle perdit connaissance.

Ryan observait l'homme assis en face de lui dans la salle d'interrogatoire du commissariat de Montrose. Les bureaux des rangers n'étaient pas en mesure d'accueillir des suspects, aussi avaient-ils conduit Metwater dans les locaux de la police pour l'interroger en attendant qu'il soit relâché ou placé en détention.

Sur sa chaise, Metwater ressemblait à une panthère prête à bondir. Une veine battait à sa tempe et il avait la mâchoire serrée. Ses longs doigts élégants se crispaient convulsivement. Ethan jeta la chemise en lambeaux sur la table devant lui.

— Ça vous appartient ? demanda-t-il.

Metwater regarda à peine le vêtement.

— C'est un chiffon. Ça pourrait appartenir à n'importe qui.

— Nous l'avons trouvé dans votre penderie. Vérifiez l'étiquette.

— Je veux parler à mon avocat. Je refuse de dire quoi que ce soit sans la présence de mon conseil.

— Comme il vous plaira, répondit Ethan. Je vais vous lire l'étiquette.

Il retourna le col et plissa les yeux.

— Ba-len-cia-ga, ânonna-t-il. La même marque que les six autres chemises trouvées chez vous.

Metwater les regarda sans rien dire.

— Vous vivez plutôt bien pour un humble prophète, fit remarquer Ethan. J'ai fait quelques recherches et ce genre de chemises coûte un peu plus de deux cents dollars pièce. Pas vraiment taillé pour M. Tout-le-Monde.

Metwater resta impassible. Ethan jeta un regard à Ryan, adossé au chambranle de la porte, avant de poursuivre :

— Des ouvriers ont découvert le corps d'Alicia Mendoza dans un fossé, cet après-midi. Elle a été étranglée avec des lanières d'un tissu provenant d'un vêtement semblable. Les examens vont certainement prouver qu'il s'agit de cette chemise. Il y aura même sans doute votre ADN dessus. Pourquoi ne pas vous faciliter la vie en nous racontant ce qui s'est passé ?

Metwater continuait à les contempler d'un air furieux. Si un regard avait pu brûler, Ryan aurait à cet instant été réduit en un petit tas de cendres.

— Peut-être Alicia est-elle venue dans votre campement par curiosité, ou pour demander de l'aide, poursuivit Ethan, imperturbable. Vous l'avez invitée. Vous vouliez mieux la connaître. De fil en aiguille, vous avez tenté votre chance et elle a repoussé vos avances. Ou alors la situation a un peu dérapé. C'était peut-être un accident. Quoi qu'il en soit, elle est morte et il ne vous restait plus qu'une chose à faire : vous débarrasser du corps.

— Si je l'avais tuée, pourquoi aurais-je été assez stupide pour laisser une preuve pareille au fond de mon armoire ? demanda Metwater.

— Vous étiez sans doute stressé et bouleversé, reprit Ryan. Vous avez oublié. Ça arrive à tout le monde.

— Il ne s'est jamais rien passé de tel, répondit Metwater d'un ton neutre.

Ryan se pencha vers lui. Il pouvait sentir une odeur de transpiration sous l'eau de toilette luxueuse.

— Alicia est morte. Quelqu'un l'a tuée. Qui a pu faire ça… avec votre chemise ?

Metwater détourna le regard pour mieux signifier son mépris. Ryan se redressa.

— Placez-le en détention jusqu'à l'arrivée de son avocat, ordonna-t-il aux policiers.

Metwater fut menotté et emmené. Après son départ le commissaire des rangers, Graham Ellison, se glissa dans la salle.

— Son avocat ne va pas nous lâcher, sur ce coup-là…

— Le meilleur avocat du monde ne pourra pas expliquer la présence de cette chemise, répondit Ryan. Le tissu utilisé pour étrangler Alicia Mendoza sera identique, j'en suis certain.

— La chemise est un élément important, mais peut-être insuffisant pour une garde à vue, soupira Graham. Personne ne reconnaît avoir aperçu Alicia dans le campement de Metwater et une demi-douzaine d'adeptes sont prêts à jurer que Metwater n'a pas quitté son camping-car le jour de la disparition.

— Et sa voiture ? intervint Ethan. Le corps d'Alicia n'a pas atterri tout seul dans ce fossé. Peut-être pourrait-on trouver des traces d'ADN dans la voiture de Metwater.

— Il n'a pas de voiture, objecta Graham. Quand il a besoin de se rendre quelque part, il se fait conduire. Et, une fois encore, tout le monde jure qu'il n'a jamais quitté le campement.

— A-t-on découvert quoi que ce soit le reliant à Lucia Raton ou Jennifer Lassiter ? demanda Ryan.

— Nous savons que Lucia est passée par le campement, à un moment ou à un autre, et que Jennifer suivait le blog de Metwater, répondit Ethan. Un jury pourrait trouver cela suffisant.

— Un avocat débutant te prouverait le contraire en moins de dix secondes, fit remarquer Graham.

— Et les trois femmes ? reprit Ethan. A-t-on pu établir le moindre lien entre elles ?

— Aucun. Nous n'avons rien de concret, en dehors du fait qu'elles ont disparu toutes les trois dans la même zone, sur une brève période de temps.

Le téléphone de Ryan vibra. Il jeta un coup d'œil à l'écran, mais le numéro ne lui disait rien, aussi rejeta-t-il l'appel.

— On devrait mettre un peu la pression sur Andi Mattheson, suggéra-t-il. Elle est très proche de Daniel Metwater. S'il a quelque chose à voir avec les disparitions, elle saura.

— Elle lui est complètement dévouée, objecta Ethan. Elle ne risque pas de le trahir.

— On pourrait jouer la carte de la jalousie, proposa Ryan. Si dévouée soit-elle, elle n'appréciera sans doute pas qu'il s'intéresse à d'autres femmes.

Son téléphone vibra de nouveau.

— Tu ferais mieux de répondre, dit Ethan.

— Oui, vas-y, approuva Graham. Ensuite, rentrez chez vous, tous les deux. Je crois qu'on ne peut rien faire de plus ce soir.

Ryan sortit dans le couloir pour répondre. C'était le même numéro.

— Allô !

— Inspecteur Spencer ? demanda une voix féminine agitée et anxieuse.

Ryan se crispa.

— Lui-même.

— Je m'appelle April Pham. Je suis la colocataire de Jenny Lassiter. C'est Jana Lassiter qui m'a demandé de vous appeler.

Ryan serra son téléphone si fort que ses doigts lui firent mal.

— Quelque chose ne va pas ?

— Quelqu'un s'en est pris à Jana en bas de mon immeuble, tout à l'heure, expliqua April d'une voix chevrotante. Je suis rentrée juste à temps pour faire fuir l'agresseur. Elle est ici, à l'hôpital.

Ryan n'eut pas besoin d'en entendre plus. Il sortit les clés de sa voiture et se dirigea vers le parking.

9

Jana ferma les yeux pour se protéger de la lumière crue des néons et tenta d'ignorer la douleur sourde qui lui enserrait la tête. L'odeur d'antiseptique lui agressait le nez et elle frissonnait malgré la couverture qu'une infirmière avait placée sur son brancard.

Soudain, une annonce résonna dans un haut-parleur :

« Le Dr Chaton est demandé aux urgences. »

Jana retint un rire nerveux. Était-ce difficile de gagner le respect de ses patients et de ses collègues quand on s'appelait Dr Chaton ? À moins que ce médecin ne soit adorable et doux, pour coller à son nom ?

L'urgentiste qui l'avait auscultée avait été sec, strictement professionnel. Jana souffrait d'un léger traumatisme crânien et de quelques contusions.

— Tout devrait rentrer dans l'ordre d'ici dix ou quinze jours. Prenez rendez-vous avec votre généraliste au plus vite, avait-il dit avant de se hâter vers le patient suivant.

Elle se tourna en entendant le rideau autour de son brancard s'ouvrir et regretta aussitôt ce geste un peu brusque qui lui arracha une grimace de douleur. Ryan se précipita à ses côtés.

— Ça va ? s'inquiéta-t-il. Tu… Tu veux que j'appelle quelqu'un ?

— Ça va, coassa-t-elle avec un faible sourire qui ne reflétait en rien le soulagement qu'elle éprouvait à le voir. Que fais-tu ici ?

— C'est April Pham qui m'a contacté.

— Je ne voulais pas qu'elle te dérange si tard. Quelle heure est-il ?

— Presque 1 heure du matin, mais ce n'est rien. Comment te sens-tu ?

— Mieux. Enfin, à part le mal de tête.

De sa main libre, celle sans perfusion, elle saisit la sienne. Il serra ses doigts avec force et ce contact trahit à la fois son inquiétude et son soulagement.

— Tu te souviens de ce qui s'est passé ? demanda-t-il.

— Pas vraiment. Je venais de quitter l'appartement de Jenny et je regagnais ma voiture. Je crois que quelqu'un m'a frappée à la tête. J'ai perdu connaissance. Je ne sais toujours pas comment j'ai atterri ici.

— April a dit aux policiers qu'elle avait entendu un bruit sur le parking, en rentrant chez elle, puis elle a vu un homme et une femme se débattre près des voitures. Quand elle a crié et sorti son téléphone, l'homme s'est enfui. Ensuite elle s'est précipitée pour aider la femme qui s'était fait agresser et elle a été surprise de découvrir que c'était toi.

— Quelle chance qu'elle soit arrivée à temps, soupira Jana. Je n'ose même pas imaginer ce qui aurait pu se produire, sinon.

Ryan lui serra la main plus fort.

— As-tu pu voir le visage de l'homme ? demanda-t-il.

— Non. Il a surgi par-derrière. Je n'ai eu le temps de rien voir. Et April ?

— Elle non plus. Il faisait trop sombre. Que faisais-tu dans l'appartement de Jenny ?

109

Elle fit la grimace.

— Eric Patterson et moi étions censés dîner ensemble, mais il m'a posé un lapin. Comme j'étais agacée, je suis allée chez Jenny. Si elle avait été là, on en aurait plaisanté et j'aurais tout oublié. Mais j'ai dû me contenter de l'endroit où je me sentais le plus proche d'elle.

Elle cligna des yeux pour chasser les larmes qui lui venaient, mais l'une d'elles s'échappa sur sa joue. Ryan l'essuya avec douceur, sans un mot. Ce geste d'une tendresse simple déclencha un nouveau flot lacrymal. Jana lui fut doublement reconnaissante de faire semblant de ne rien remarquer.

— Eric se trouvait au campement de Daniel Metwater, cet après-midi, annonça-t-il.

— Je sais, il me l'a dit quand il m'a appelée, plus tard. C'était son excuse pour avoir raté notre rendez-vous. Il voulait savoir ce que les rangers allaient découvrir en fouillant le camping-car de Metwater.

En reniflant, elle s'essuya les yeux. Quand il lui tendit un mouchoir, elle le remercia d'un sourire.

— Je n'arrive toujours pas à croire que vous avez arrêté Metwater. Tu penses vraiment qu'il a tué Alicia ?

— Nous avons des preuves qui le suggèrent, mais aucune qui puisse le lier à Jenny.

Il avait donc envisagé cette possibilité.

— J'ai trouvé quelque chose de bizarre dans l'ordinateur de Jenny, ce soir, reprit-elle. Rien qui soit en lien avec sa disparition… Enfin, je crois… Juste quelque chose qui m'a paru étrange.

— Qu'est-ce que c'est ?

— Tu te souviens qu'hier on a remarqué l'absence de photos d'Eric ?

— Oui.

— Ce soir, j'ai trouvé plein de photos de lui. Avec elle, et tout seul. Je n'ai pas vérifié ses comptes de réseaux sociaux, mais… Je suis certaine qu'elles n'y étaient pas avant.

— Je n'ai vu aucune photo de lui quand j'ai fouillé l'ordinateur, moi non plus.

— Tu crois qu'April aurait pu les rajouter ? demanda-t-elle. Mais pourquoi aurait-elle fait une chose pareille ? C'est étrange…

Il sortit son téléphone.

— On va lui poser la question tout de suite.

Ryan mit le haut-parleur, afin que Jana puisse entendre la conversation. Après avoir donné des nouvelles de Jana, Ryan expliqua à April la raison de son appel.

— Avez-vous transféré des photos dans le portable de Jenny, ces derniers jours ?

— Je n'ai pas touché à son ordinateur, répondit April, visiblement choquée par l'idée. Jamais je ne me servirais des affaires de ma colocataire sans son autorisation. Pourquoi cette question ?

— Jana a trouvé ce soir des photos qu'elle n'avait pas remarquées avant… Des photos de Jenny et Eric, et quelques-unes d'Eric tout seul.

— Je n'ai rien à voir avec ça, répéta April.

— Avez-vous la moindre idée de la façon dont elles ont pu se retrouver là ? demanda Ryan.

— Je ne sais pas. Mais… c'est quand même son fiancé. Peut-être les photos sont-elles présentes depuis le début et que Jana ne les avait pas vues avant. Peut-être n'avait-elle pas ouvert le bon dossier, par exemple.

— La police elle-même n'a remarqué aucune de ces photos lorsque l'ordinateur a été inspecté.

— Bizarre… Je suis désolée, je n'en sais pas plus.

— Est-ce que quelqu'un d'autre que nous a eu accès à la chambre de Jenny, ces derniers jours ? demanda encore Ryan.

April hésita.

— Eh bien… oui. Eric est passé, hier matin. Il avait besoin de récupérer une veste dans l'armoire de Jenny. Comme les policiers m'avaient indiqué qu'ils avaient fini d'inspecter la chambre, j'ai pensé que ça ne poserait pas de problème. J'espère que je n'ai pas eu tort.

— Vous n'avez rien fait de mal, lui assura Ryan. A-t-il repris sa veste ?

— Il a dit qu'il ne l'avait pas retrouvée.

— Combien de temps est-il resté dans la chambre, à peu près ?

— Pas longtemps. Quelques minutes, je pense. Je regardais la télé et je n'ai pas gardé l'œil sur ma montre.

— Merci pour votre aide, April.

Il raccrocha.

— Pourquoi Eric prendrait-il la peine d'ajouter des photos dans l'ordinateur de Jenny ? s'interrogea Jana.

— C'est ce que je vais lui demander. Et je vais aussi découvrir où il était ce soir, après avoir quitté le campement de Metwater.

— Quand il m'a appelée, il a dit qu'il rédigeait un article sur l'arrestation de Metwater. Il devait se dépêcher pour pouvoir le publier. Il était tout excité.

— Je veux quand même savoir où il était, insista Ryan d'un air grave qui ne laissait rien présager de bon.

Jana sentit un frisson la parcourir.

— Ryan, tu ne penses pas que c'est Eric Patterson qui m'a agressée, quand même ? Pourquoi aurait-il fait une chose pareille ?

— Je l'ignore. Mais quelqu'un s'en est pris à toi et je

112

veux découvrir qui. Et il semble logique de commencer par Patterson.

Plus rien dans cette situation n'avait de sens pour Jana, mais la certitude que Ryan veillait sur elle lui fit de nouveau monter les larmes aux yeux. Par chance, une infirmière écarta le rideau à cet instant.

— Puisque votre chauffeur est là, on va pouvoir vous laisser sortir, annonça-t-elle. Je vais vous donner vos instructions.

Elle se tourna vers Ryan et ajouta :

— Elle ne doit pas rester seule cette nuit. Et appelez-nous si vous remarquez quoi que ce soit d'inhabituel. Troubles de l'élocution, de la vision, perte d'équilibre, ce genre de choses.

— Je veille sur elle, répondit Ryan. Je vous appellerai en cas de problème.

— Ryan, tu n'es pas obligé, protesta Jana.

— Je reste. Inutile de discuter.

— Merci, chuchota-t-elle, tandis qu'il l'aidait à se redresser.

Elle écouta les instructions de l'infirmière, signa les papiers qu'on lui tendait, puis se retrouva seule le temps de se changer. Quelques minutes plus tard, Ryan la conduisait en fauteuil roulant jusqu'à sa voiture.

— J'aurais pu marcher, fit-elle remarquer.

— Je sais. Mais c'est aussi bien comme ça.

Il la laissa s'installer sur le siège passager et lui tendit son sac à main.

— Tu ne trouves pas bizarre que mon agresseur n'ait pas pris mon sac ? demanda-t-elle.

— Peut-être April l'a-t-elle fait fuir avant, répondit-il en s'installant à son tour. Ou peut-être que ce n'était pas ton sac qui l'intéressait.

— Tu veux dire que c'est moi qui l'intéressais ?

— Trois femmes ont mystérieusement disparu dans le coin, récemment, rappela Ryan.

Il démarra la voiture, avant d'ajouter :

— Et l'une d'entre elles est morte.

Jana sentit son ventre se nouer et elle se mordit la lèvre pour ne pas se remettre à pleurer.

— Je ne pense pas que ce soit lié, dit-elle. Comment serait-ce possible ?

— C'est mon boulot d'envisager une affaire sous tous les angles.

— Je comprends…

Les mains croisées sur les cuisses, Jana regarda la route. Elle avait toujours mal à la tête, mais moins qu'à l'hôpital. Elle était surtout épuisée. Elle aurait voulu se rouler en boule sur son lit, tout oublier et dormir pendant douze heures d'affilée.

Dormir. Où Ryan allait-il dormir ? Il n'y avait pas de canapé dans sa chambre d'hôtel.

— Peut-être devrais-tu me ramener à l'appartement de Jenny, suggéra-t-elle. Je pourrais loger là-bas cette nuit. Je suis sûre que ça ne dérangera pas April.

— Je t'emmène chez moi, annonça-t-il. Pour t'avoir à l'œil.

— Oh…

Elle aurait voulu protester, lui expliquer qu'il n'était pas obligé de se donner cette peine, mais l'idée de passer la nuit seule n'avait rien de séduisant.

— Merci, dit-elle simplement.

— Je fais un crochet par ton hôtel pour que tu récupères tes affaires.

Elle tenta d'établir une liste de ce dont elle aurait

besoin — chemise de nuit, vêtements de rechange, brosse à dents — mais cela lui donna mal à la tête.

Elle ferma les yeux et s'abandonna au ronronnement apaisant du moteur jusqu'à ce que la voiture ralentisse pour entrer dans le parking du motel.

— Ma chambre se trouve sur l'arrière. Numéro 118.

— Je m'en souviens.

Comment avait-elle pu oublier qu'il était déjà venu ? Le baiser qu'ils avaient échangé lui semblait soudain très lointain.

Il se gara sur une place libre en face de sa chambre. Elle ne protesta pas quand il la prit par le bras pour l'aider à marcher, car elle se sentait très abattue. En fouillant dans son sac pour chercher la carte magnétique, elle aperçut les clés de son 4×4.

— Ma voiture…, commença-t-elle.

— On s'en occupera demain matin, répondit-il. Ne t'en soucie pas pour l'instant. Donne, je vais ouvrir.

Elle lui tendit la carte, qu'il inséra dans la fente. Il se figea.

— Quoi ? demanda-t-elle. Que se passe-t-il ?

— Le verrou a été trafiqué.

Il se déplaça pour que la lumière des lampadaires éclaire la serrure électronique et désigna une série de griffures. Sortant un mouchoir de sa poche, il tenta de tourner le bouton de la porte, qui s'ouvrit sans difficulté.

— Je passe le premier.

Elle acquiesça, trop sonnée pour parler. Il dégaina son arme et se glissa à l'intérieur. Jana retint son souffle. Quelques instants plus tard, il ressortit.

— C'est bon. Je crois que personne n'est entré.

Elle le suivit dans la chambre, qui semblait être dans

le même état que celui où elle l'avait laissée. Ryan prit sa valise dans la penderie et l'ouvrit sur le lit.

— Rassemble toutes tes affaires. Tu déménages.

Elle n'eut pas la force de discuter. Ryan disparut dans la salle de bains et revint avec sa trousse de toilette et sa brosse à cheveux.

— Je ferai un rapport dès que tu seras installée. Je préviendrai aussi la direction du motel et j'enverrai quelqu'un pour interroger le personnel et les clients, au cas où.

Lorsqu'elle eut rangé toutes ses affaires, il s'empara de sa valise pour la mettre dans le coffre de sa voiture de fonction. Jana s'efforçait de ne pas trop réfléchir à ce qui venait de se produire, même si l'image de la porte abîmée tournait en boucle dans sa tête.

Ryan vivait dans un quartier résidentiel au nord de Montrose, une rue où s'alignaient une série de duplex tous identiques. La maison était simple, mais ordonnée et confortable. Il la conduisit jusqu'à une chambre située sur l'arrière et posa la valise sur le sol.

— La salle de bains est en face. Je vais chercher des draps propres.

Elle le retint.

— Ne me laisse pas seule…

— D'accord.

Elle hésita un instant, puis se blottit dans ses bras.

— Serre-moi fort. Je n'ai plus peur quand tu me serres contre toi.

Ryan passa ses bras puissants et chauds autour d'elle. Plus rien ne pouvait l'atteindre. Elle ferma les yeux et posa la tête contre son épaule. Elle était trop fatiguée et affaiblie pour retenir le sanglot qui lui déchira la gorge.

— Ça va aller, murmura-t-il en lui caressant la nuque. Tu es en sécurité, maintenant.

— J'ai eu tellement peur. J'aurais pu mourir, ce soir.

Il la serra plus fort.

— Mais tu n'es pas morte. Je vais trouver celui qui a fait ça. Et je ne le laisserai plus jamais te faire de mal.

Elle leva la tête vers lui et la compassion qu'elle lut dans son regard déclencha une nouvelle avalanche de larmes.

— Ce n'est pas juste pour moi que j'ai peur, sanglota-t-elle. Je commence à me dire que je ne reverrai plus jamais Jenny. Elle est peut-être morte.

Il l'attira contre lui avec douceur.

— Tu survivras. Ce sera horrible, mais tu y arriveras. Je t'aiderai.

Elle acquiesça. Pour l'instant, cela lui suffisait.

— Tu veux venir avec moi chercher des draps propres ? demanda-t-il.

— Je me fiche bien des draps. Je veux rester avec toi ce soir. Je… Je ne veux pas être seule.

— D'accord, dit-il en s'emparant de sa valise.

Il la conduisit jusqu'à sa chambre, plus vaste, et meublée d'un grand lit.

— Tu peux te changer ici, dit-il en désignant une porte qui menait à une seconde salle de bains.

Elle sortit sa chemise de nuit de sa valise et s'enferma dans la salle d'eau. La vue des taches brunâtres sur son chemisier lui donna la nausée quand elle se rendit compte qu'il s'agissait de son propre sang séché. Elle roula le vêtement en boule pour ne plus les voir et s'appliqua à se laver le visage et se brosser les dents sans trop se regarder dans le miroir : il lui renvoyait l'image d'une femme très pâle qui ne lui ressemblait pas beaucoup.

Quand elle retourna dans la chambre, Ryan était déjà couché. La lassitude chassa toute gêne et elle se glissa sous les couvertures. Ryan éteignit la lumière et elle resta allongée sur le côté, lui tournant le dos. Soudain, elle sentit ses bras autour d'elle.

— Ça ne te dérange pas ? demanda-t-il.

— Non.

Elle se blottit contre lui.

— Au contraire…

Pour cette nuit au moins, sa présence suffirait à tenir en respect la peur et la douleur qui menaçaient de la submerger de nouveau.

10

Ryan demeura éveillé longtemps, trop conscient de la présence de Jana contre lui, de la douceur de son corps et du parfum de ses cheveux. Il la désirait, mais l'état de vulnérabilité dans lequel elle se trouvait lui interdisait de faire le moindre geste. Pour l'instant, elle avait plus besoin de sa protection que d'autre chose.

Le lendemain, il se réveilla tôt et se glissa hors de la chambre sans un bruit. Rester contre elle était une tentation trop forte. Il était dans la cuisine, en train de boire son premier café, quand elle descendit, habillée mais pâle, les yeux dévorés d'anxiété.

— Comment te sens-tu, ce matin ? demanda-t-il en sortant une seconde tasse d'un placard.

— Un peu mieux, répondit-elle, en évitant son regard. Je suis désolée de m'être montrée aussi collante, hier.

— Je ne me plains pas.

En la voyant rougir, il eut envie de la prendre dans ses bras pour effacer son embarras d'un baiser. Mais le moment était mal choisi.

— Pendant que tu te changeais, hier soir, j'ai signalé la tentative d'effraction au motel. On va essayer de trouver des empreintes digitales, mais je n'ai pas grand espoir.

— Ce matin, je veux juste récupérer ma voiture.

Peux-tu me déposer à l'immeuble de Jenny avant de partir au travail ?

— Oui. Mais, pour l'instant, pas question que tu te balades toute seule.

Elle leva la tête et le regarda dans les yeux pour la première fois depuis son réveil.

— Le médecin n'a rien dit à ce sujet…

— Non. Mais l'acte de vandalisme sur la porte de ta chambre d'hôtel me laisse penser que ton agression n'était pas le fruit du hasard. Quelqu'un essaye de s'en prendre à toi. Et pas question de lui donner l'occasion de recommencer.

— Qui pourrait me vouloir du mal ? balbutia-t-elle.

— Je l'ignore. Mais, tant que nous ne le saurons pas, tu ne restes pas seule.

Il posa sa tasse vide dans l'évier.

— Je vais te déposer à ta voiture avant de partir travailler, mais j'ai appelé quelqu'un qui va veiller sur toi, ce matin.

— Un policier ? demanda-t-elle, méfiante.

— Presque. Une femme de ranger.

Il commença à fouiller dans les placards.

— J'ai des céréales ou des gaufres surgelées, pour le déjeuner…

— Je n'ai pas vraiment faim. Je veux juste récupérer ma voiture.

Il se retourna vers elle et l'attira contre lui.

— Je sais que ça fait beaucoup à encaisser. J'aimerais rendre les choses plus faciles pour toi.

— C'est ce que tu fais rien qu'en étant là.

Ils restèrent ainsi un moment, dans les bras l'un de l'autre. Il humait le parfum floral de ses cheveux et profitait simplement de son contact. Il aurait voulu

120

prolonger cet interlude, mais chaque minute comptait quand on pourchassait un tueur. Au bout de quelques instants, il s'écarta à contrecœur.

— Allons récupérer ta jeep. Ensuite, tu feras la connaissance d'Emma.

— Emma ?

— Emma Ellison. La femme de Graham. Vous pourrez passer la journée ensemble. Je pense que vous allez bien vous entendre.

Dans la voiture, Jana fut reconnaissante à Ryan de respecter son silence. Elle avait mal à la tête et l'estomac noué, tandis qu'elle essayait d'analyser tout ce qui s'était produit au cours des douze heures précédentes. L'agression lui paraissait déjà assez horrible en soi, mais l'incident de sa porte de motel l'avait ébranlée. Elle n'avait jamais véritablement éprouvé un tel sentiment d'insécurité. À présent, sa vie lui semblait bien fragile.

Elle regarda Ryan. Elle savait qu'elle pouvait au moins compter sur lui. Elle n'était pas sûre d'être prête à se reposer autant sur quelqu'un, mais elle lui était reconnaissante d'être à ses côtés. La veille, dans ses bras, elle s'était sentie protégée.

Choyée.

Le fait de dormir dans le même lit aurait pu les mener plus loin, mais le moment n'était pas venu. Trop d'événements graves se produisaient. Comment ne pas gâcher ce qui pourrait se passer entre eux ?

Ça ira mieux ce soir, se dit-elle. Cette journée avec cette Emma lui redonnerait un peu d'assurance. Peut-être Ryan découvrirait-il ce qui était arrivé à Jenny ? Même si c'était de mauvaises nouvelles. Au moins, elle saurait. Cela valait toujours mieux…

Elle chassa les larmes qui lui montaient aux yeux.

Qui espérait-elle tromper ? Rien ne vaudrait jamais mieux que de retrouver Jenny vivante. Ryan entra dans le parking de la résidence.

— Je suis garée là-bas, indiqua-t-elle en désignant les emplacements les plus éloignés.

Ils sortirent du SUV.

— C'est laquelle, la tienne ? demanda-t-il soudain en lui prenant le bras.

Elle releva la tête, l'air inquiet, et son regard tomba sur sa jeep, garée quelques places plus loin, le pare-brise en miettes.

— Oh non…, gémit-elle.

Ryan s'approcha de la voiture. Elle le suivit, sentant sa panique refaire surface en découvrant que la fenêtre du conducteur avait également été brisée et que le fauteuil avait été lacéré. Elle posa une main sur le capot pour ne pas perdre l'équilibre.

— Qui a pu faire une chose pareille ? chuchota-t-elle.

Ryan observa le reste du parking.

— Je ne vois aucun autre véhicule vandalisé.

Jana déglutit avec peine, un goût amer dans la bouche.

— Tu veux dire que c'est ma voiture qui était visée ?

Il la prit doucement par le bras et sortit son téléphone.

— Je vais faire venir une équipe tout de suite. Peut-être aura-t-on la chance de trouver quelque chose.

— Il a dû revenir après que l'ambulance m'a emmenée à l'hôpital.

Elle contemplait sa voiture, sentant une sueur lui glacer le dos. Les lacérations dans le fauteuil avaient quelque chose de personnel. Il y avait de la colère dans ce geste. De la haine.

Ryan raccrocha et passa aussitôt un second appel, avant de se tourner vers elle.

— On va interroger les habitants de la résidence, expliqua-t-il. Peut-être l'un d'entre eux a-t-il entendu ou vu quelque chose. Emma sera là dans quelques minutes.

Jana hocha la tête, trop sonnée pour répondre. Ryan la prit par les épaules pour la forcer à la regarder.

— Je sais que c'est dur, dit-il, mais tu dois te ressaisir. Ne te laisse pas abattre par ce type. Sois forte. Pour Jenny.

Elle acquiesça et inspira profondément.

— Tu as raison, murmura-t-elle.

Elle ne pouvait pas se permettre de s'effondrer maintenant.

— Celui qui a fait ça a détruit ma voiture, mais pas moi. Je ne me laisserai pas faire.

Mieux valait tout mettre en œuvre pour retrouver cet homme, plutôt que de se rouler en boule et se noyer dans ses lamentations. Le coupable avait peut-être quelque chose à voir avec la disparition de Jenny et elle était bien décidée à ne pas le laisser s'en sortir comme ça.

Emma Ellison déboula sur le parking dans un coupé sport rouge et toutes les personnes présentes s'immobilisèrent pour la regarder descendre. Elle était le genre de femme qui ne passait pas inaperçu. Avec son mètre quatre-vingts en talons, son jean moulant qui accentuait ses courbes généreuses, sa crinière bouclée blonde et ses lunettes de soleil, elle avait plus l'air d'une star incognito que d'une femme de flic.

Lorsque Ryan avait contacté le commissaire Ellison la veille pour signaler l'agression dont avait été victime Jana, Emma avait insisté pour venir lui tenir compagnie pendant que Ryan était au travail. Son mari avait transformé ce conseil en ordre… que Ryan avait été trop heureux d'accepter.

— Salut, Ryan ! lança-t-elle en s'approchant. Et tu dois être Jana. Je m'appelle Emma.

Elle lui glissa d'autorité un large gobelet en carton dans les mains. Elle portait un parfum fleuri, discret mais très agréable.

— J'espère que tu aimes le *macchiato* caramel. C'est mon préféré. Et j'ai apporté des muffins ! ajouta-t-elle joyeusement en brandissant un sac en papier. Je sais comment sont les célibataires : ils n'ont jamais rien de bon dans leurs placards pour le petit déjeuner.

— Merci, murmura Jana, en s'efforçant de sourire.

— Emma est la femme de mon commissaire, Graham Ellison, expliqua Ryan. Elle est reporter.

— Je couvre l'ouest du Colorado pour le *Denver Post*, précisa Emma. Allez, inspecteur, au travail ! Rompez ! Jana et moi devons discuter de choses sérieuses.

— De quelles choses ? demanda Ryan.

Emma le regarda, les yeux écarquillés.

— On va parler de toi, évidemment !

Les adieux avec Ryan furent brefs, peut-être parce que Emma ne le quittait pas des yeux. Jana aurait voulu se pendre à son cou et l'embrasser, et peut-être le remercier encore pour tout ce qu'il avait fait pour elle, mais elle dut se contenter d'une simple poignée de main, tandis qu'il lui murmurait :

— À plus tard.

Lorsqu'il fut parti, elle se laissa guider jusqu'à la voiture d'Emma. La jeune femme installa son gobelet dans le présentoir, attacha sa ceinture et se tourna vers Jana d'un air songeur.

— On va commencer par le lac pour prendre notre

petit déjeuner et faire connaissance. Ensuite, on décidera du planning de la journée.

— J'apprécie que tu sois passée me chercher, dit Jana, mais je peux rester seule. Tu pourrais peut-être faire un crochet par chez Ryan, le temps que je récupère mes affaires, et puis me déposer dans une agence de location de voitures ?

— Je pourrais, répondit Emma, mais ça veut dire qu'il faudrait que j'aille faire du shopping toute seule. Et puis, on raterait toutes les deux une occasion de se faire une nouvelle copine. Sans parler du fait que mon mari et Ryan risquent de me passer au barbecue, s'ils apprennent que je t'ai laissée toute seule. J'en frémis d'avance.

Elle baissa ses lunettes de soleil sur le bout de son nez pour regarder Jana.

— Tu ne voudrais pas que je me fasse torturer, quand même ?

Jana rit tant bien que mal.

— Évidemment, présenté comme ça…

— Génial !

Emma démarra et sortit du parking. Jana se retint de se retourner pour observer les policiers rassemblés autour de sa jeep et s'occupa les mains en buvant son café. C'était chaud et sucré. Peut-être exactement ce dont elle avait besoin.

— Comment va ta tête, ce matin ? demanda Emma. J'ai entendu dire que tu avais été assommée.

— C'est mieux qu'hier soir. Merci pour le café, au fait. Ryan en avait préparé mais…

— Mais il était assez fort pour te faire pousser des poils sur le torse, acheva Emma en riant de bon cœur.

Du café de flic. C'est plus la caféine que le goût qui les intéresse. Tu t'y habitueras.

— Oh ! je…

Elle se tut, ne sachant trop comment finir sa phrase.

— Prends un muffin, proposa Emma en lui tendant le sac et une serviette. Laisse-moi deviner : tu étais sur le point de m'assurer que tu étais simplement de passage dans le coin et que tu ne comptais pas rester suffisamment longtemps pour te faire une opinion sur le café de Ryan. Pourtant, en même temps, le mignon petit flic célibataire ne te déplaît pas. Alors ? J'ai raison ?

Jana retira le papier de son muffin et le mordilla du bout des lèvres en hochant la tête. Quand elle s'était réveillée le matin, seule dans le lit de Ryan, elle avait été déçue. Plus elle passait de temps en compagnie de cet homme, plus elle sentait grandir son attirance pour lui. Ils se rencontraient dans les pires circonstances possible — toute personne sensée lui dirait que c'était une très mauvaise idée de démarrer une relation alors qu'elle était chamboulée par la disparition de sa sœur.

Malheureusement, le cœur avait ses raisons…

— Graham et moi nous sommes rencontrés quand une petite frappe m'a tiré dessus, raconta Emma. Il a alors décidé qu'il serait mon garde du corps officiel.

Elle mordit dans son muffin et se mit à mâcher, ses lèvres couleur cerise étirées en un demi-sourire.

— J'ai d'abord pensé que c'était le type le plus insupportable, le plus envahissant et le plus autoritaire que j'avais jamais rencontré… Mais aussi le plus sexy, le plus intelligent et le plus fascinant.

— Le moment est plutôt mal choisi pour entamer une relation, fit remarquer Jana.

— Ma chérie, le moment est toujours mal choisi

pour emtamer une relation avec un flic, rétorqua Emma. Mais il ne faut pas que cela t'arrête. Et je pense que tu intéresses beaucoup Ryan.

— Qu'est-ce qui te fait dire ça ? demanda Jana en détournant le visage pour cacher le rouge qui lui montait aux joues.

— Tu rigoles ? Il te dévorait littéralement des yeux, tout à l'heure.

Peut-être craignait-il simplement qu'elle ne craque d'une seconde à l'autre… Il fallait admettre que, depuis qu'ils se connaissaient, elle allait de mal en pis. La disparition de sa sœur, l'agression, le vandalisme sur sa voiture.

Il était temps de changer de sujet.

— Tu es journaliste, alors ? Tu connais Eric Patterson ?

Emma mit son clignotant pour s'engager sur la voie express.

— On s'est croisés une ou deux fois, mais on n'est pas amis.

— Il te fait quelle impression ?

— On rencontre beaucoup de types dans mon métier. Comme dans tous les métiers, sans doute. Il est ambitieux. Un peu narcissique. Il a une réputation de tombeur.

— Vraiment ? s'étonna Jana.

— Le genre beau parleur qui pense que toutes les femmes le trouvent irrésistible, tu vois un peu ? expliqua Emma. Le genre qui ne m'impressionne pas du tout, personnellement. Mais ça plaît à certaines.

— Il est fiancé à ma sœur.

— C'est ce que j'ai entendu dire.

— Mais Jenny n'est pas du genre à tomber pour un beau parleur. Elle préfère… je ne sais pas… les gars plus modestes. Détendus, à l'aise, avec un solide sens de l'humour.

Elle passa mentalement en revue les quelques relations sérieuses de Jenny : un musicien, un étudiant en informatique, un cow-boy de rodéo. Rien à voir avec Eric Patterson.

— Peut-être ta sœur a-t-elle été attirée par Eric parce qu'il était différent, suggéra Emma. Ou peut-être était-ce une phase où elle voulait essayer autre chose. Certaines personnes font ça, à l'université. Tu sais… ils découvrent la religion, deviennent obsédés par un groupe, se mettent à lire de la philo ou encore à s'habiller comme des stars des années 1950. C'est comme ça qu'on grandit.

— Peut-être. Jenny s'intéressait à des choses différentes depuis quelque temps. Elle ne m'en avait jamais parlé, mais apparemment elle suivait de près le blog de Daniel Metwater.

— Ah, notre prophète local ! Ta sœur ne serait pas la première à tomber sous le charme.

— Que sais-tu de Metwater et de ses adeptes ? demanda Jana. On dirait un genre de secte pour hippies attardés ou je ne sais quoi.

— D'une certaine façon, acquiesça Emma, en buvant une gorgée de café. Metwater est en réalité un type vraiment intéressant. C'est le fils d'un riche industriel. Son frère et lui ont hérité de la fortune familiale, mais le frère a eu pas mal d'ennuis en détournant de l'argent de l'entreprise. Il a mal fini… assassiné par la mafia, paraît-il, même si cela n'a jamais été prouvé. D'après ce que je sais, l'enquête est encore ouverte. Bref. Soi-disant choqué par la mort de son frère, Daniel a renoncé à ses racines capitalistes pour poursuivre des intérêts plus spirituels. Il prêche beaucoup sur la vie à l'écart de la société, en harmonie avec la nature, etc.

— Tu penses qu'il est sincère ? demanda Jana.

— Ses adeptes doivent lui céder officiellement toutes leurs possessions terrestres avant de rejoindre sa « famille ». Pas vraiment cohérent, pour quelqu'un qui appelle à une vie moins matérialiste. Et, pour un type qui prétend porter un message de paix, il est à couteaux tirés avec les rangers.

— Tu crois qu'il a quelque chose à voir avec les disparitions ?

— Peu importe ce que je crois. Mais je peux te dire que les rangers soupçonnent que ce campement est plus qu'un simple rassemblement innocent de pacifistes amoureux de la nature.

Ryan était en route pour le QG des rangers quand Simon l'appela pour lui demander de récupérer le courrier.

— Il arrive à une boîte postale et le secrétaire chargé de le prendre habituellement a oublié, expliqua Simon. Tu n'as qu'à montrer ton insigne et ils ne devraient pas te poser de problèmes.

Vingt minutes plus tard, Ryan entrait dans le QG avec une grande caisse en plastique pleine de lettres et de paquets.

— Simon, il y a une grosse enveloppe pour toi, de la part de la police de Chicago, annonça-t-il.

— Super ! s'écria Simon en s'approchant.

Ryan jeta un œil par-dessus son épaule pour observer l'épaisse liasse de documents qui ressemblaient à des rapports d'enquête.

— C'est une copie des dossiers que les collègues de Chicago ont sur Daniel Metwater et son frère, expliqua

Simon en posant les notes sur son bureau. J'étais curieux de savoir ce qu'ils avaient.

— Que s'est-il passé ? demanda Ryan, qui entendait parler du frère de Metwater pour la première fois.

— Le frère, David, a été assassiné. Les forces de l'ordre locales soupçonnaient la mafia, mais je voulais m'en assurer.

— Bonne idée, intervint Ethan en les rejoignant. Peut-être trouveras-tu quelque chose d'intéressant. Du courrier pour moi, sinon ?

— Non, répondit Ryan. Ni pour moi, d'ailleurs. Carmen, tu as un paquet, en revanche.

Il lui tendit une grosse boîte en carton.

— De la part de Wilma Redhorse. C'est ta sœur ?

— Ma mère, répondit sa collègue en portant la boîte jusqu'à son bureau.

— Ta mère t'envoie des colis au commissariat ? s'étonna Simon en la suivant.

— Des cookies, peut-être ? demanda Ethan, plein d'espoir. Je commence à avoir un petit creux.

— Je ne sais pas…

Elle s'empara d'une paire de ciseaux et se mit à découper les épaisses couches de papier adhésif qui entouraient la boîte.

— Elle m'expédie tout ici, parce qu'elle pense que, si je ne suis pas chez moi, le livreur va abandonner le colis sur le pas de ma porte et qu'on va me le voler.

— Ça arrive, marmonna Ryan en s'asseyant sur le rebord de son bureau. Alors… des cookies, tu crois ?

Elle trancha le dernier ruban, écarta les rabats de carton et sortit une grosse boule de papier de soie.

— Un ballon de foot ! s'écria Ethan. Quelle douce attention maternelle !

— C'est bien emballé, fit remarquer Ethan. Peut-être que c'est une boule de cristal et qu'elle ne veut pas qu'elle se casse.

— Pourquoi ma mère m'enverrait-elle une boule de cristal ? s'agaça Carmen, en commençant à retirer les premières feuilles de papier de soie.

Soudain, elle se figea, l'air horrifié.

— Oh non…, gémit-elle.

— Oh non, quoi ? demanda Ryan en se levant.

Carmen avait pâli. La tête basse, elle entreprit de tout remettre dans le carton à la hâte, mais Simon l'interrompit :

— Tu ne peux plus reculer. C'est trop tard. On veut tous savoir ce que ta mère t'a envoyé, maintenant.

D'un geste rageur, Carmen retira le reste du papier de soie et regarda d'un air furieux l'objet qu'elle tenait à la main. Simon n'en croyait pas ses yeux.

— C'est une couronne ?

Ryan jeta un coup d'œil dans la boîte.

— Il y a aussi une ceinture en tissu, annonça-t-il en sortant le vêtement pour lire l'inscription dorée qui s'étalait sur le satin rouge. « Miss Utah ».

Carmen avait viré à l'écarlate.

— Tu as été une Miss ?

— Ne sois pas si étonné, rétorqua Carmen en lui arrachant la ceinture des mains, pour la fourrer avec la couronne dans le colis. Et, vous tous, pas un mot de plus, sinon…

Elle coinça la boîte sous son bras et sortit de la pièce.

— Qu'est-ce qu'il lui prend ? demanda Randall. Si j'avais été Miss Utah, je serais fier.

— Tu ne peux pas savoir à quel point je suis soulagé

de vivre dans un monde où tu n'as pas été Miss Utah, répondit Simon en riant.

— À propos de Miss, Andi Mattheson va arriver d'une minute à l'autre, annonça Ethan. Marco et Michael sont allés la chercher pour la questionner.

— Appelle-la Astéria, si tu veux qu'elle coopère un minimum, glissa Simon. Même si je doute fort qu'on obtienne quelque chose d'elle. Metwater lui a sérieusement lavé le cerveau.

Il se tourna vers Graham.

— Je peux participer à l'interrogatoire ?

— D'accord, approuva le commissaire. Mais je veux aussi Ryan et Ethan sur le coup. Ils n'ont pas de passif avec Metwater. Pas comme nous. Elle baissera peut-être un peu sa garde avec eux.

— Entendu, dit Ryan. Et merci encore d'avoir envoyé votre femme tenir compagnie à Jana.

— Je n'envoie Emma nulle part, répondit Graham. C'est une femme indépendante qui fait ce qu'elle veut et elle a pensé que Jana ne devait pas rester seule pour l'instant. De plus, malgré son côté glamour, elle sait se défendre. Jana sera en sécurité avec elle.

Peut-être.

Pourtant, Ryan savait qu'il ne connaîtrait pas de repos tant qu'il n'aurait pas arrêté celui qui cherchait à la terroriser. L'arrivée de Marco et Michael le tira de ses pensées. Andi/Astéria les accompagnait. La jeune femme portait une robe blanche vaporeuse qui cachait mal son ventre rebondi et ses longs cheveux blonds lui descendaient presque jusqu'à la taille. Seul le regard glacial qu'elle posa sur les policiers présents contredisait son apparence angélique.

Marco et Michael la conduisirent jusqu'à la salle de

réunion, bientôt rejoints par Ryan et Ethan. Les deux premiers policiers ressortirent et Ryan s'installa en face de la jeune femme. Elle avait le genre de beauté blonde et sophistiquée qui lui avait valu de faire la une de nombreux magazines, journaux et sites people quand elle était adolescente. Elle avait beau avoir détaché ses cheveux et troqué ses robes haute couture contre des blouses en coton, elle était toujours magnifique. Ryan remarquait cependant une sorte de fragilité en elle, comme si elle risquait de voler en éclats à la moindre secousse.

Évidemment, c'était exactement ce que les rangers espéraient : questionner Andi Mattheson jusqu'à ce qu'elle craque et leur donne quelque chose qui lierait Daniel Metwater à la mort d'Alicia Mendoza, et peut-être aux deux autres femmes disparues.

— Nous vous remercions d'avoir accepté cette rencontre, commença Ryan.

— Je n'ai pas eu vraiment le choix, n'est-ce pas ? répliqua-t-elle en le gratifiant d'un regard méprisant qui le fit se sentir tout petit.

— Peut-on vous offrir quelque chose ? demanda Ethan. Un café ? De l'eau ?

— Non.

La porte de la salle s'ouvrit et Simon arriva enfin. Il vint s'asseoir sur la chaise à côté d'elle, ignorant ses deux collègues.

— Mademoiselle Mattheson, vous vivez avec Daniel Metwater, est-ce exact ? commença-t-il.

— Je m'appelle Astéria, rétorqua la jeune femme en lui accordant un regard digne d'une star habituée à tenir à distance des paparazzis importuns.

— D'accord, Astéria, reprit Simon en insistant sur

le prénom avec une touche de sarcasme. Vous vivez avec Daniel Metwater dans son camping-car.

— Non. J'ai ma propre tente.

— Mais vous passez beaucoup de temps avec lui. C'est vous qui avez ouvert la porte à chacune de nos visites, ou presque.

— Je fais office de secrétaire personnelle pour le Prophète.

— Sa secrétaire, répéta Simon.

— Pourquoi pas ? J'ai fait des études supérieures à Brown. Et vous, inspecteur ?

— Tulane.

Cette information surprit Ryan. L'université de Tulane ne faisait pas partie des plus prestigieuses, mais elle avait une solide réputation. Simon ne quittait pas Andi du regard et son expression était particulièrement intense. Ses yeux presque noirs semblaient transpercer la jeune femme, comme pour la mettre au défi.

— Daniel et vous êtes proches, dit-il.

— Si vous me demandez si je couche avec lui, ce ne sont pas vos affaires.

— D'accord, répondit Simon en baissant les yeux.

Ryan décida que le moment était venu d'intervenir :

— En tant que secrétaire personnelle de M. Metwater, c'est vous qui gérez son emploi du temps, non ?

— J'organise ses rendez-vous et son agenda, en effet. Mais je ne surveille pas tous ses mouvements. Je suis son assistante, pas sa baby-sitter.

Elle a reçu des ordres, pensa Ryan. Quelqu'un — Metwater ou son avocat — lui a appris à ne rien révéler des déplacements de Metwater au moment de la disparition des trois femmes.

— Étiez-vous en compagnie de M. Metwater le 22 juillet ? interrogea-t-il.

— Aucune idée. C'était il y a plusieurs semaines.

— Et le 10 août ? demanda Simon en se penchant vers elle. Cela ne fait que quatre jours.

Elle s'écarta en posant une main protectrice sur son ventre.

— Parlez-moi d'une journée que vous n'avez pas passée avec Daniel Metwater, reprit Simon.

— Quelle journée ?

— N'importe laquelle, récemment.

— Je… suis restée tous les jours avec lui depuis… au moins un mois.

— Vous voulez dire que vous avez passé chaque journée entière en compagnie de Metwater, depuis un mois ? insista Simon.

— Oui.

— Vous n'êtes pas partie pour… voyons voir… un rendez-vous chez le médecin ? demanda Simon en jetant un regard appuyé en direction de son ventre.

Elle se frotta nerveusement les mains.

— Je suis en excellente santé. Je n'ai pas besoin de voir un médecin.

— Pas de troubles de la vision ? J'ai remarqué que vous vous frottiez beaucoup les mains. Des fourmillements, peut-être ? Ou des engourdissements ? Avez-vous plus soif qu'à l'ordinaire ?

— Je vais bien, répondit-elle en reculant sa chaise. Pourquoi me faites-vous perdre mon temps ainsi ?

Simon la retint par la main.

— Je veux simplement savoir pourquoi vous n'avez pas quitté le campement depuis un mois. Avant ça, vous

135

vous rendiez en ville avec les autres femmes pour faire des courses ou des lessives. Je vous ai déjà vue.

— Oui, mais nous avons pensé qu'il valait mieux que je reste à proximité de la Famille.

— Qui ça : « nous » ? Était-ce votre idée ou celle de Metwater ?

— Nous avons décidé ensemble.

— Pourquoi ? Qu'est-ce qui a motivé cette décision ?

Simon se rendit compte que son ton était cinglant. Trop cinglant.

— Nous nous inquiétons de votre bien-être et de la santé du bébé, c'est tout, assura-t-il, pour essayer de désamorcer la situation.

Andi ne lui accorda même pas un regard.

— Je n'ai pas besoin de me rendre en ville. J'ai tout ce qu'il me faut au campement et j'y suis en sécurité.

— Et pas à Montrose ? demanda Ryan.

Andi lissa sa robe sur son ventre rebondi.

— Le Prophète a proposé qu'un de ses gardes du corps personnels m'accompagne, si je voulais aller en ville. Mais je n'ai vraiment rien à y faire.

— Les autres femmes n'ont pas de gardes du corps, fit remarquer Simon. Pourquoi vous en faudrait-il un ?

Elle détourna le regard, mais Ryan eut le temps d'apercevoir une lueur troublée dans ses yeux.

— Il s'est passé quelque chose, n'est-ce pas ? demanda-t-il en veillant à parler d'une voix bienveillante.

— Un homme a essayé de m'agresser, alors que je sortais du supermarché, un soir, marmonna-t-elle, le visage baissé. J'ai crié et je me suis débattue. Je lui ai mis un coup de pied dans… le bas-ventre et j'en ai profité pour m'enfuir.

— Pourquoi ne pas l'avoir signalé à la police ? demanda Simon.

— Parce que nous ne mêlons pas la police à nos affaires, rétorqua-t-elle aussitôt en redressant la tête. Si vous connaissiez un peu notre fonctionnement, vous le sauriez. Nous formons une famille. Nous veillons les uns sur les autres.

— Donc, votre réponse à cette agression a simplement été de rester chez vous ?

— Je reste là où je sais être en sécurité.

— Avez-vous pu voir votre agresseur ? demanda Ryan.

— Non. Il faisait noir et il est arrivé par-derrière. J'étais terrifiée à l'idée qu'il fasse du mal au bébé.

Ryan percevait encore la crainte dans sa voix. La méthode utilisée par l'homme était la même que pour Jana, pensa-t-il, en sentant ses cheveux se hérisser sur sa nuque.

— De quel supermarché s'agissait-il ?

— Celui situé au nord de la ville. Je m'étais garée près des grandes bennes, dans l'intention d'y jeter les poubelles du campement.

Le magasin se trouvait à quelques kilomètres à peine de l'appartement de Jenny Lassiter. C'était peut-être une coïncidence.

— D'autres femmes de la Famille ont-elles été agressées ? demanda Ryan.

— Non.

Elle déglutit avec peine et ajouta :

— L'homme me connaissait. Il m'a appelée par mon nom.

— Andi ?

— Non, celui que j'utilise maintenant. Astéria.

Elle posa les mains sur ses yeux, comme pour essayer de chasser les images qui repassaient dans son esprit.

— Il a dit qu'il m'observait depuis un moment et qu'il pensait que je ferais une prochaine victime parfaite.

Simon lui prit le poignet avec douceur pour qu'elle le regarde.

— Vous êtes sûre qu'il a prononcé ces mots, « prochaine victime » ?

Elle hocha la tête.

— J'étais terrifiée. Quand j'ai entendu parler de ces femmes disparues, je me suis demandé…

Sa voix mourut et elle baissa la tête.

— Oui ? l'encouragea gentiment Ryan.

— Je serais peut-être morte ce soir-là, si je n'avais pas réussi à m'enfuir, chuchota-t-elle. Est-ce qu'on m'aurait retrouvée dans un fossé au bord de la route, comme Alicia Mendoza ?

— Où va-t-on ? interrogea Jana, quand Emma et elle eurent avalé leur petit déjeuner.

Emma avait repris la direction de la ville.

— Es-tu déjà allée sur le Boardwalk depuis que tu es arrivée ? demanda-t-elle.

— Je ne suis allée nulle part, à vrai dire.

— Évidemment. Tu as vraiment besoin de te changer les idées. Tu aimes les antiquités ?

— Oui.

— Et l'artisanat, les bijoux, les vieilles pancartes ?

Jana rit.

— Les bijoux, oui. Pour les deux autres, je ne sais pas. Je n'y connais rien.

— Le Boardwalk est une galerie couverte où se trouvent des tas de boutiques d'antiquités et des bazars, au sud de la ville, expliqua Emma. Je suis en train de redécorer la maison dans laquelle vivait Graham quand nous nous sommes mariés. Pour lui donner un petit cachet plus « local », si tu veux. Je suis toujours à l'affût de bonnes affaires.

— Ça me semble parfait.

Quelques heures passées à chiner, c'était exactement ce dont elle avait besoin.

— Ça t'embête qu'on fasse un crochet par mon hôtel, d'abord ? demanda-t-elle. Je devais les appeler ce matin, mais j'ai oublié. Je dois encore régler ma note.

— Aucun problème.

Dix minutes plus tard, Emma garait son coupé devant l'entrée du motel et suivit Jana à la réception.

— Loin de moi l'idée que tu puisses avoir besoin d'un garde du corps, expliqua-t-elle en glissant son bras sous le sien. C'est juste pour faire plaisir à ce cher Ryan. C'est assez sexy, quand un gars devient hyper-protecteur, tu ne trouves pas ?

Ryan était sexy quoi qu'il fasse, pensa Jana. Mais elle n'était pas objective. Qu'y avait-il chez cet homme qui la mettait dans cet état ?

À la réception, l'employé la salua poliment et reprit la clé magnétique.

— Nous espérons que vous avez fait un séjour agréable chez nous, dit-il.

Si on veut…

— Je vous remercie, répondit-elle.

Elle rangea la facture qu'on lui tendait et s'apprêtait à ressortir quand une voix familière l'interpella :

— Exactement la femme que je cherchais !

Eric Patterson s'approchait d'elles au petit trot, un peu essoufflé.

— Ça va ? demanda-t-il.

— Oui.

Elle savait qu'il essayait de se montrer poli, mais il y avait quelque chose chez lui qui ne lui plaisait pas.

— J'ai appris ce qui s'est passé, haleta-t-il en lui prenant la main. Vous auriez pu être tuée.

Merci de me le rappeler.

— Qui vous l'a dit ? marmonna-t-elle en retirant sa main.

— J'ai lu le rapport de la police. Et votre jeep, aussi ! Quel drame…

Il secoua la tête, l'air désolé.

— Je vous déconseille de jouer au loto ces jours-ci. Ce n'est visiblement pas votre semaine de chance.

— Je crois que la chance n'a pas grand-chose à voir avec une agression et du vandalisme, intervint Emma.

— La belle Emma, la salua Eric, d'un ton plus modeste.

— Bonjour, Eric. Tu es vraiment partout, on dirait.

— Comment ça ?

— Si j'ai bien compris, tu étais en compagnie de Daniel Metwater quand les rangers l'ont arrêté hier, et tu as quand même eu le temps de lire les rapports de police. Dis-moi, cher collègue : quand dors-tu ?

Il se rembrunit.

— Je suis passé au commissariat de Montrose, ce matin, pour vérifier la progression de l'enquête sur Daniel Metwater. J'en ai profité pour demander à un agent s'il s'était passé quelque chose d'intéressant pendant la nuit. C'est ce qui fait de moi un bon reporter. Je suis toujours à l'affût.

— Alors, où en est l'affaire avec Daniel Metwater ? s'enquit Jana.

— Il a été relâché ce matin, répondit Eric.

— Vraiment ? s'exclama Emma.

— Pourquoi mentirais-je ? J'ai également une déclaration de son avocat qui certifie qu'aucune charge n'a été retenue contre lui. Les rangers n'ont pas de quoi établir un lien avec le meurtre de cette femme.

— Ryan affirmait cependant qu'ils avaient des preuves, murmura Jana.

— Ils ont une chemise. Ça ne suffit pas. Mais faites-moi confiance : les rangers vont le garder à l'œil. S'il recommence, ils ne vont pas le rater.

— Tu le crois donc coupable ? s'étonna Emma.

— Oh oui ! Regarde-le : bel homme, beau parleur, tombeur… Le séduisant tueur en série, vous voyez le genre.

Jana avait envie de vomir.

— Vous pensez qu'il a également assassiné Lucia Raton et Jenny ? demanda-t-elle.

— J'espère me tromper, mais il faut nous préparer au pire.

Il lui prit de nouveau la main, qu'elle ne retira pas, cette fois, car elle craignait de s'effondrer sous l'effet du chagrin et de la peur.

— Vous devez être prudente, Jana, ajouta-t-il.

— Pourquoi ?

— Parce qu'il ne faudrait pas que celui qui vous a agressée hier soir recommence.

Il se pencha vers elle et déposa un baiser sur sa joue.

— J'ai déjà perdu Jenny, murmura-t-il. Je ne veux pas vous perdre, vous aussi.

11

— Andi Mattheson jure que l'homme qui l'a agressée n'était pas Daniel Metwater.

Simon inscrivit l'information sur le tableau blanc de la salle de réunion, le crissement du marqueur couvrant un instant le bourdonnement des néons. Après que Marco et Michael avaient raccompagné Andi au campement, les rangers s'étaient rassemblés pour revoir les différents éléments de l'enquête.

— Daniel Metwater se trouvait au commissariat de Montrose quand Jana a été agressée et que sa voiture a été vandalisée, fit remarquer Ryan.

— Le labo confirme en revanche que le tissu utilisé pour étrangler Alicia Mendoza provient bien de la chemise découverte dans sa penderie, ajouta Ethan. On attend encore les résultats ADN pour prouver que c'est lui qui l'a portée, mais elle correspond aux autres vêtements.

— Par contre, rien n'indique qu'il a quitté le campement le jour de la disparition d'Alicia, de Lucia ou de Jenny, dit Graham.

— On a une demi-douzaine de témoins prêts à affirmer sous serment que Metwater n'a pas bougé de chez lui, les jours en question, ajouta Marco.

— Et on n'a que la parole d'Andi Mattheson sur sa

prétendue agression, rappela Graham. Elle pourrait très bien avoir inventé toute l'histoire pour renforcer l'alibi de Metwater.

— Peut-être, marmonna Ryan. Mais elle m'a paru véritablement effrayée.

— Par Metwater, peut-être, suggéra Simon. C'est presque comme s'il la retenait prisonnière.

— Nous savons que Jana n'a pas inventé son agression, ajouta Ryan. Et Metwater était bel et bien avec nous au moment des faits.

— Peut-être a-t-il demandé à un de ses disciples de l'attaquer, proposa Marco.

— Peut-être…, dit Graham, avec lassitude. Le problème, dans cette enquête, c'est que nous avons beaucoup trop de « peut-être ».

— Et si on était en train de se planter complètement ? Et si Daniel Metwater n'était pas du tout le tueur, et qu'en nous concentrant sur lui on laissait échapper le véritable coupable ?

— Quels autres suspects potentiels avons-nous ? demanda Graham.

— Il y a ce mystérieux « Easy », rappela Ethan, en tapotant son carnet du bout de son crayon. Quand les femmes du campement ont été interrogées, juste après la disparition de Lucia Raton, elles ont raconté avoir vu la jeune femme en compagnie d'un type surnommé « Easy ». Maintenant, quand on pose des questions sur lui, plus personne ne se souvient de rien.

— La serveuse au café du Lac a aussi aperçu Lucia en compagnie d'un homme, rappela Ethan. Peut-être était-ce ce « Easy ».

— C'est tout ce qu'on a ? demanda Ryan. Un mystérieux « Easy » ?

— C'est comme ça que les gens du campement l'appellent. Il ne ferait pas partie de la « Famille », mais travaillerait de temps en temps pour Metwater.

— Il faut essayer de se renseigner sur ce type, annonça Graham. Faites circuler une description, pour voir si on trouve quelque chose.

— Il reste quand même la chemise, dit Ryan. Comment on explique ça ?

— Quelqu'un pourrait l'avoir mise là pour accuser Metwater, suggéra Ethan.

Graham hocha la tête.

— Qui peut avoir accès à la penderie de Metwater ? demanda-t-il.

— Tous les adeptes, j'imagine, soupira Simon.

— Bon, qu'est-ce qu'on fait, chef ? s'impatienta Marco. On retourne au campement de Metwater pour interroger tout le monde ?

— Cela n'a pas servi à grand-chose jusqu'ici, marmonna Graham.

— Je pense qu'on devrait s'intéresser à Eric Patterson, intervint Ryan.

Tous les autres se tournèrent vers lui.

— Pourquoi Patterson ? demanda Marco.

Ryan se redressa.

— Je me suis mal exprimé, corrigea-t-il. Je pense qu'on devrait lui demander de l'aide. Il écrit un article sur Metwater. Il a accès au campement et semble être en bons termes avec tout le monde, là-bas. Peut-être a-t-il appris quelque chose qui pourrait nous être utile.

— Demander de l'aide à un journaliste, c'est chercher des ennuis, marmonna Simon.

— C'est ce que je pensais aussi... avant d'épouser

144

une journaliste, dit Graham. Ryan, contacte Patterson. Vois s'il a quelque chose à nous donner.

Il se tourna vers le tableau blanc.

— Un des problèmes, reprit-il, c'est que nous ne savons toujours pas s'il existe un lien entre toutes ces enquêtes. On a trois disparitions, avec une victime décédée, et deux agressions. Il s'agit à chaque fois de femmes jeunes qui se trouvent dans la région. En dehors de ça, il ne semble y avoir aucun lien.

— Elles connaissaient toutes le tueur, affirma Ethan.

— Ou pas, fit Simon. Elles ont peut-être été choisies au hasard.

— Ou alors il n'y a pas de lien, dit Marco. Ce sont des enquêtes indépendantes et on perd notre temps à essayer de les relier.

— Il faut trouver quelque chose qui confirme ou infirme ce lien, conclut Graham.

— Ça nous aiderait de savoir ce qui est arrivé aux deux autres femmes disparues, soupira Ethan.

— Il faudrait se concentrer sur ce qu'on sait de la mort d'Alicia, dit Graham.

Il se dirigea vers le tableau et prit le marqueur des mains de Simon.

— Alors, que sait-on ?

— Elle a été tuée juste après sa disparition. Quelques heures plus tard.

— Elle a été étranglée. Le corps a été enterré dans un fossé, au bord de la nationale, dans un endroit où il y a eu des travaux récemment.

— Le tueur était pressé. Il avait une voiture, une camionnette ou un pick-up, s'est garé sur le bas-côté et s'est débarrassé du corps.

— Un petit coup de flemme. Il ne voulait pas se

donner trop de peine, donc il a cherché un emplacement où la terre avait été retournée.

— C'est peut-être un élément, proposa Simon. Il agit vite, en se donnant le moins de mal possible. On cherche d'autres tombes dans des endroits où la terre a été travaillée.

Ryan nota quelque chose dans son carnet.

— Pourquoi tuer une immigrante au milieu de nulle part ? demanda-t-il. Elle n'était pas entrée dans le pays depuis suffisamment longtemps pour qu'il ait pu la suivre. Et elle n'est pas passée près de lieux très fréquentés.

— Metwater peut l'avoir vue, si elle est venue au campement, dit Simon. Par exemple, si elle s'est perdue et a demandé de l'aide.

— À moins que ce ne soit un de ses disciples qui l'ait vue.

— Qui d'autre ?

Ryan leva la tête.

— L'un des archéologues. Leur site n'est pas loin. Et ils connaissaient aussi Jenny Lassiter.

Pourquoi Ryan n'y avait-il pas pensé plus tôt ? Ils étaient tellement concentrés sur Daniel Metwater que le véritable tueur leur avait peut-être glissé entre les doigts.

— Bon, on retourne au site de fouilles pour interroger tout le monde, ordonna Graham. Essayez de savoir si quelqu'un connaissait Lucia Raton. Et renseignez-vous sur tous les membres de l'équipe d'archéologues. Vérifiez les casiers judiciaires. Agressions sexuelles, violences domestiques, harcèlement, ce genre de choses. Tout ce qui pourrait paraître louche.

— Je me charge des archéologues, annonça Ethan en se levant.

146

— Je t'accompagne, dit Ryan. J'irai voir Eric Patterson quand on aura fini.

— Simon et Marco, rassemblez tout ce que vous pouvez sur Easy, demanda enfin Graham. Il faut retrouver ce type avant qu'il ne frappe de nouveau.

Jana se retint de regagner en courant la voiture d'Emma. Elle avait déjà bouclé sa ceinture quand celle-ci se glissa derrière le volant.

— Partons d'ici, supplia-t-elle en coulant un regard vers l'accueil de l'hôtel, où la silhouette d'Eric se découpait derrière les portes vitrées.

— À vos ordres, m'dame ! lança Emma en démarrant. Hé… ça va ?

— Un peu flippée, c'est tout, répondit Jana en frissonnant. Qu'est-ce qu'il a voulu dire, avec ce « je ne veux pas vous perdre aussi » ? Il ne m'a jamais eue, que je sache.

— Peut-être que c'est un de ces types trop familiers, qui ne comprend pas le concept de limites. Ou alors, il a balancé ça justement pour te faire paniquer.

— Je suis officiellement flippée, en tout cas. Et j'ai envie de prendre une douche. Tu crois que ma réaction est exagérée ?

— Non. Mais, plutôt qu'une douche, on pourrait essayer un peu de shopping, pour te remonter le moral ?

Jana hésitait, mais la bonne humeur constante d'Emma la tira de ses angoisses. Les deux jeunes femmes explorèrent de fond en comble une demi-douzaine de magasins d'antiquités et d'artisanat, où Emma fit l'acquisition d'une vieille pancarte de station d'essence.

— Ce sera parfait pour l'anniversaire de Graham,

déclara-t-elle. On pourra l'accrocher sur le balcon, au-dessus du barbecue.

Dans une autre boutique, Jana acheta un bracelet de perles en verre, ainsi qu'un porte-clés en cuivre martelé et en cuir.

— Oh ! c'est joli, ça, approuva Emma en regardant par-dessus son épaule. C'est pour qui ?

Jana fit mine de chercher quelque chose dans son sac.

— Je pensais l'offrir à Ryan, quand tout sera fini, pour le remercier de son aide, marmonna-t-elle vaguement.

— Tu veux dire, comme un cadeau d'adieu ?

— J'ai quand un même un travail et un appartement qui m'attendent à Denver, rappela Jana.

— On a aussi du travail et des appartements à Montrose, tu sais, la taquina Emma. Mais, évidemment, il faut une raison pour rester…

— Je ne peux rien décider avant de savoir ce qui est arrivé à Jenny.

Si sa sœur était morte, pourrait-elle supporter cette ville ?

Après avoir déjeuné dans un salon de thé et visité quelques boutiques supplémentaires, les deux femmes regagnèrent le duplex de Ryan en fin d'après-midi.

— Tiens, tiens, qui est là ? chantonna Emma.

Le véhicule de Ryan se trouvait déjà dans l'allée. Quand Emma se gara, la porte d'entrée s'ouvrit.

— J'allais t'appeler pour savoir si tout allait bien, annonça Ryan en s'avançant à leur rencontre.

— On a eu un programme chargé : shopping, pause déjeuner, et encore shopping.

Elle serra Jana contre elle avec chaleur.

— À bientôt, j'espère.

— Je l'espère aussi. Et merci pour tout.

— Ce n'était rien, vraiment, répondit Emma en balayant l'air de sa main.

— Mais si, insista Jana en lui prenant le bras. Tu m'as écoutée et tu as fait tout ton possible pour me distraire. C'est beaucoup.

— Bonne chance ! J'espère que tu retrouveras ta sœur rapidement.

Elle retourna à sa voiture et lui adressa un petit signe. Jana attendit qu'elle se soit éloignée pour rejoindre Ryan dans la maison.

— Je prépare à manger, annonça-t-il. Tu aimes le poulet ?

— C'est parfait.

Elle posa son sac et ses paquets au bout du canapé, et le suivit dans la cuisine. Il avait enlevé son uniforme et portait un jean et un T-shirt. Ses pieds étaient nus. La version en civil de Ryan était encore plus séduisante.

— Tu as passé une bonne journée ? demanda-t-il.

— Emma est super, répondit-elle en s'appuyant contre le plan de travail, tandis que Ryan ouvrait un placard pour prendre des flacons d'épices. J'ai encore du mal à l'imaginer mariée à ton commissaire. Il semble si sévère, alors qu'elle c'est tout le contraire.

— Il n'est pas sévère quand il est avec elle. C'est peut-être ça, le secret. Comment va ta tête ?

— Je n'ai plus mal, affirma-t-elle en palpant avec précaution la bosse près de sa nuque. Enfin, presque plus. Je suis allée régler ma note à l'hôtel.

— Tant mieux. Je voulais t'en reparler ce matin, mais j'ai oublié.

— Il s'est passé un truc bizarre quand on était là-bas.

Ryan posa ses épices et se tourna vers elle, le visage sérieux.

— Quoi ? Raconte-moi.

— Il y avait Eric Patterson… à l'accueil du motel. Il me cherchait. Il m'a dit que Daniel Metwater avait été relâché sous caution.

— C'est vrai.

— Il m'a également dit que l'avocat de Metwater pense que vous n'avez pas assez de preuves pour le faire inculper.

— Pour l'instant, il a peut-être raison. Sans des preuves plus sérieuses, on doit envisager que Metwater n'est peut-être pas responsable de ces crimes. Ou, en tout cas, pas de tous. Il a peut-être agressé Alicia Mendoza, mais pas les autres. On élargit l'enquête à d'autres suspects.

— Qui ?

— Je ne peux pas te le dire, répondit-il d'une voix douce mais ferme.

Évidemment. Elle comprenait. Elle baissa les yeux vers ses chaussures.

— Eric savait ce qui m'était arrivé et il était aussi au courant pour ma jeep. Ce serait un contact au commissariat qui l'aurait informé.

— C'est ça qui te tracasse ? Le fait que Daniel Metwater soit libéré ?

Il s'approcha d'elle et posa les mains sur ses épaules.

— Je te promets que tu es en sécurité avec moi.

— Je sais. Mais ce n'est pas ce qui me tracasse. Enfin, pas que ça.

— Dis-moi, l'encouragea-t-il.

Elle leva les yeux vers lui, et la tendresse et l'inquiétude qu'elle lut dans son regard la rassurèrent.

— Quand Eric est parti, il m'a embrassée sur la joue en me recommandant d'être prudente. Il a dit qu'il

150

avait perdu Jenny et qu'il ne voulait pas me perdre, moi aussi. La façon dont il a dit ça m'a semblé étrange, comme si je comptais pour lui. Je le connais à peine. Je ne l'apprécie même pas.

— Il te hérisse le poil, c'est tout. Mais peut-être qu'il s'inquiète vraiment pour toi. Tu es la sœur de sa fiancée. Tu es un lien avec elle.

— Peut-être. Selon Emma, il a une réputation de dragueur.

— J'imagine.

— Mais je n'arrive pas à voir Jenny avec un type comme lui. C'est insupportable !

— Oui. Et c'est insupportable de ne pas savoir ce qui est arrivé à ta sœur.

Il retourna à sa cuisine.

— On envisage tous les aspects, dans cette enquête, crois-moi.

— Qu'est-ce que tu as fait, aujourd'hui ? demanda-t-elle, tandis qu'il mesurait ses épices.

— J'ai remonté des pistes pour savoir où elles menaient, répondit-il en sortant une assiette d'escalopes de poulet du réfrigérateur.

— Et où menaient-elles ?

— Nulle part, pour l'instant.

Il saupoudra le poulet de son mélange d'épices.

— Mais demain est un autre jour et j'ai de nouvelles pistes. Peut-être seront-elles plus constructives. Maintenant, occupons-nous de ce poulet pour pouvoir passer à table.

Elle le suivit sur la terrasse et s'installa sur une chaise longue pendant qu'il faisait griller la viande. L'odeur de barbecue se mêlait au parfum des fleurs qui poussaient le long de la bordure.

La scène avait quelque chose de familial, de rassurant.

Jana se sentit coupable d'en profiter, alors que sa sœur était toujours portée disparue.

Jana pensait avoir perdu l'appétit, mais elle engloutit son assiette de poulet et de légumes sautés, accompagnée d'un verre de vin blanc sec.

— Tu me gâtes, soupira-t-elle quand elle eut fini.

— Tu vis des moments difficiles. Tu mérites bien un peu d'attention.

Quand leurs regards se croisèrent par-dessus la table, elle sentit son cœur se réchauffer. La tendresse qu'elle y avait lue plus tôt était toujours visible, mais teintée d'un désir qui faisait écho au sien. La veille au soir, sa blessure et le choc causé par l'agression avaient dressé une barrière infranchissable entre eux. À présent, en revanche, elle ne pouvait plus se réfugier derrière. D'ailleurs, elle n'en avait pas envie.

Elle retira ses chaussures et posa doucement un pied sur les genoux de Ryan. Sa main vint aussitôt se glisser dessus, puis il commença à lui masser les orteils. Jana laissa échapper un gémissement.

— Je te donne trente minutes pour cesser cette torture insupportable.

Il continua son massage, remontant doucement vers son mollet, puis son genou, avant de se pencher pour atteindre sa cuisse. Il s'immobilisa, sans la quitter des yeux.

— Pourquoi t'arrêtes-tu ? demanda-t-elle.

— Je ne sais pas jusqu'où tu veux que j'aille.

Elle aurait pu jouer les effarouchées et faire mine de ne pas comprendre de quoi il parlait, mais elle avait passé l'âge pour ce genre de jeux, si amusants soient-ils.

Elle libéra son pied, se leva et fit le tour de la table

pour le rejoindre. Il se recula sur sa chaise, l'air incertain, jusqu'à ce qu'elle lui prenne le menton pour l'embrasser.

— Pourquoi ne pas voir ce que ça fait de pousser les choses un peu plus loin ? chuchota-t-elle.

Ryan l'attira sur ses genoux et l'embrassa. Un baiser long et enivrant qui se répercuta dans tout son corps, la laissant vibrante et haletante.

— Je pense même qu'on devrait aller beaucoup plus loin, murmura-t-elle en glissant une main sous son T-shirt.

Elle sentit ses muscles tressaillir sous ses doigts.

— Tu es sûre ? demanda-t-il d'une voix rauque.

— Pour l'instant, c'est à peu près la seule chose dont je sois sûre.

Elle embrassa son cou et laissa courir sa langue sur sa veine qui battait.

— Je veux être avec toi.

12

Ryan se leva et conduisit Jana jusqu'à la chambre. Debout près du lit, ils se déshabillèrent l'un l'autre lentement, s'arrêtant souvent pour embrasser une épaule dénudée ou passer la main sur une portion de peau nouvellement exposée. Une tension crépitait entre eux, car ils étaient à la fois impatients et soucieux de profiter de chaque instant, de se laisser porter par la douce torture de l'attente.

Lorsqu'ils furent nus, ils s'allongèrent côte à côte sur le lit pour poursuivre leur exploration. Jana savourait le contact de Ryan et les sensations qu'il faisait naître en elle. Trouver une telle joie au cœur de son chagrin l'émouvait presque aux larmes, mais elle refusait de pleurer.

Ce soir-là était un don du ciel dont elle entendait bien profiter pleinement.

Il commença à embrasser sa poitrine, s'attardant d'abord sur un sein, puis sur l'autre, jusqu'à ce qu'elle se cambre vers lui en haletant. Il descendit alors plus bas, pressant une main contre son ventre pour l'apaiser, et la tension qui montait en elle s'accrut encore. Lorsque ses lèvres trouvèrent son sexe, elle poussa un cri, non pas de douleur mais de plaisir, et elle le sentit sourire contre elle.

Il se redressa, ouvrit le tiroir de la table de nuit et en sortit un préservatif. Quand il fut protégé, elle avança la main vers lui, incapable d'attendre plus longtemps. Elle l'accueillit en elle, enroulant les jambes autour de lui et levant les hanches en cadence, dans un rythme à la fois familier et complètement nouveau. Il lui effleura les cuisses pour la guider, avant de glisser une main entre eux pour la caresser. Son contact sûr ne tarda pas à l'amener rapidement au bord de l'extase.

Elle s'agrippa davantage à lui, tandis qu'il atteignait lui-même l'orgasme, et elle enfouit son front contre son épaule, rassurée par ce contact ferme.

Quand s'était-elle contentée de jouir de la compagnie d'un homme ? Quand une simple présence masculine lui avait-elle suffi ?

Ryan ne fut pas obligé de veiller, ce soir-là. Il dormit, lové contre le corps de Jana, et se réveilla tôt pour lui faire l'amour de nouveau. Évidemment, le fait qu'elle soit la sœur d'une victime compliquait les choses, mais il savait d'expérience que toutes les relations comportaient une part de complexité, sous une forme ou une autre. Il ne regrettait pas qu'un point positif au moins ressorte de l'enquête la plus étrange de sa carrière.

— Je dois retourner sur le site de fouilles ce matin, annonça-t-il lorsqu'ils eurent déjeuné d'un café accompagné de gaufres. Pour interroger Jeremy Eddleston. Je suis déjà passé hier, mais il n'était pas là. L'un de ses étudiants m'a assuré qu'il serait présent aujourd'hui.

— Pourquoi Eddleston ?

Ses cheveux bouclés, encore humides de la douche, encadraient son visage qui avait perdu sa pâleur. Une jolie teinte rosée colorait ses joues et il aimait penser qu'il en était un peu responsable.

— On veut juste clarifier un point ou deux. Je souhaiterais que tu m'accompagnes. Tu pourras attendre dans la voiture le temps que je parle à Eddleston, ensuite on ira au QG des rangers.

— Il faudrait que je me renseigne pour un véhicule de location. Tu n'es pas obligé de faire du baby-sitting avec moi.

— Ce n'est pas du baby-sitting, répondit-il en rinçant sa tasse, avant de la poser sur l'égouttoir. C'est plus une façon de ne pas passer la journée à m'inquiéter pour toi.

— Tu ne pourras pas toujours me garder à tes côtés. Imagine qu'il te faille des semaines pour résoudre cette enquête. Ou que tu ne retrouves jamais celui qui m'a agressée.

Elle avait raison, bien sûr. Ce n'était ni pratique ni juste de la maintenir sous surveillance si longtemps.

— Reste avec moi aujourd'hui. On verra pour la suite.

— Ça me va, dit-elle en repoussant sa chaise. Je vais prendre mon ordinateur, pour travailler un peu en attendant.

Lorsqu'ils arrivèrent sur le site de fouilles, une heure plus tard, Ryan fut surpris de découvrir un camion de déménagement garé près des autres véhicules.

— S'agit-il d'une livraison ou d'un enlèvement ? demanda Jana.

— C'est ce qu'on va savoir tout de suite, répondit-il en s'éloignant de la voiture.

Il se dirigea vers la base de la mesa, où il trouva Jeremy Eddleston entouré de grandes caisses en bois.

— Bonjour, professeur.

Eddleston leva les yeux.

— Que faites-vous ici ? Je suis très occupé, comme vous le voyez.

— Vous déménagez, on dirait ? s'enquit Ryan en se penchant pour lire l'étiquette collée sur la caisse la plus proche. « Département d'archéologie, université du Colorado. »

— On ferme le site pour la saison et on renvoie tout l'équipement et les objets mis au jour à l'université, où ils seront catalogués, nettoyés et étudiés.

— Je ne serai pas long, promit Ryan en sortant son téléphone pour afficher une photo d'Alicia Mendoza. Connaissez-vous cette femme ?

Eddleston se pencha en plissant les yeux.

— Non, dit-il enfin en se redressant.

— Vous êtes sûr de ne jamais l'avoir aperçue par ici ?

— Je me souviendrais de toute personne étrangère à l'équipe. On voit passer quelques randonneurs ou des touristes trop curieux, mais je les renvoie rapidement.

Il baissa ses lunettes de soleil sur son nez pour regarder Ryan par-dessus les verres.

— Je ne devrais pas avoir à vous expliquer que le vol d'objets historiques est un délit… et un problème particulièrement sérieux sur un site aussi isolé.

Les rangers avaient déjà dû enquêter sur le vol de plusieurs artefacts amérindiens importants, survenu sur les terres fédérales, l'été précédent.

— Et elle ? demanda-t-il encore en affichant le portrait de Lucia Raton.

Eddleston retira ses lunettes pour étudier la photo.

— Son visage me dit vaguement quelque chose. Qui est-ce ?

— Une autre jeune femme qui a disparu par ici, quelques semaines avant Jenny Lassiter.

Eddleston remit ses lunettes.

— Je dois l'avoir vue aux informations, dans ce cas.

Ryan rangea son téléphone.

— Avez-vous des détails supplémentaires concernant le jour de la disparition de Jenny, professeur ?

— Je vous ai dit tout ce que je savais.

— Peut-être devrions-nous reprendre tout ça, au cas où vous auriez oublié quelque chose. Quel était son état d'esprit, ce matin-là ? Vous étiez-vous disputés ?

— Elle était comme toujours. Jenny était une jeune femme plutôt joyeuse. Nous ne nous sommes pas disputés. Nous n'avions aucune raison de le faire.

— Elle n'était pas fâchée que vous ayez décidé de la quitter pour retourner vers votre femme.

— Je vous l'ai déjà dit : Jenny comprenait mon choix. Nous sommes des adultes, pas des enfants jaloux.

— Les adultes aussi ont des sentiments. Il ne serait pas étonnant qu'elle se sente blessée.

— Elle n'était pas en colère, répéta-t-il en tapant du plat de la main sur une caisse. Je n'ai rien de plus à vous dire. Au revoir.

Il tourna les talons et s'éloigna vers un bosquet, où un groupe d'étudiants était en train d'emballer des poteries. Ryan retourna à la voiture, agacé. Lorsqu'il se glissa derrière le volant et claqua la portière avec force, Jana leva le nez de son écran.

— Qu'est-ce qui ne va pas ? demanda-t-elle.

— Cette enquête, maugréa-t-il en démarrant le moteur d'un geste rageur. On n'avance pas.

— Tu fais de ton mieux. Et j'apprécie tes efforts. J'espère que les autres familles aussi.

— Le problème, c'est que nous manquons d'informations. Il faut continuer à creuser.

Quand il eut rejoint la voie express, il partit dans la direction opposée à la ville.

— Où va-t-on, maintenant ? demanda Jana.

— Je pensais qu'on pourrait aller boire un café.

— D'accord…, répondit-elle, perplexe.

Le café du Lac était annoncé par un néon vintage dressé au bord de la route. Une truite en bois sculpté ornait le dessus de la porte blanchie par le vent et le soleil. Derrière le comptoir, une serveuse blonde leva le nez de sa caisse.

— Installez-vous où vous voulez ! lança-t-elle.

Ryan se dirigea vers la gauche, vers un box dont les banquettes en skaï rouge étaient zébrées de nombreux morceaux de ruban adhésif gris pour masquer les coupures ; sur le formica de la table, une affichette annonçait un buffet à volonté tous les vendredis soir.

— Vous avez besoin des menus ? demanda la serveuse en s'approchant.

— Juste un café pour moi, répondit Ryan.

— Pour moi aussi, ajouta Jana. Avec du lait.

— Une tranche de tarte, peut-être ? On a pêche et cerise, aujourd'hui.

— Merci, mais ça ira pour moi, dit Jana en souriant.

— Pareil.

Quand la serveuse se fut éloignée, Jana murmura :

— On s'est arrêtés ici pour une raison particulière ?

— C'est ici que Lucia Raton a été vue vivante pour la dernière fois. Elle était en compagnie d'un homme que nous n'avons pas encore réussi à identifier.

La serveuse revint avec deux grandes tasses, un petit pot de lait et une cafetière.

— Le sucre et les édulcorants se trouvent sur le comptoir, annonça-t-elle en remplissant les tasses.

— Pas beaucoup de monde à cette heure, hein ? fit remarquer Ryan en tirant sa tasse vers lui.

— Ça ira mieux pour le déjeuner, quand tous les pêcheurs reviennent du lac. Ils sont affamés… Tant qu'on ne sert pas du poisson, ajouta-t-elle en riant.

— Ça fait longtemps que vous travaillez ici ?

— Dix ans.

Elle regarda autour d'elle en soupirant.

— J'ai même peine à y croire, reprit-elle. Qui voudrait rester dans un taudis pareil pendant dix ans ?

Ryan sortit alors son insigne.

— Ça vous embête si on vous pose quelques questions ?

La femme s'installa sur le bord de la banquette, à côté de Jana.

— Je ne promets pas d'avoir les réponses, mais allez-y.

Il présenta alors la photo de Lucia sur son téléphone et vérifia d'un coup d'œil le nom de la serveuse sur son badge.

— Mary… Vous rappelez-vous avoir vu cette femme par ici ?

Elle étudia la photo avant d'acquiescer.

— C'est la fille qui a disparu il y a quelques semaines. Je me souviens que le shérif a envoyé un de ses gars ici pour poser des questions. Je l'ai vue. Avec un type un peu plus vieux qu'elle. Ils se sont arrêtés pour boire un café, comme vous.

— Reconnaîtriez-vous cet homme ?

— Je crois. J'ai plutôt une bonne mémoire des visages. Les noms, en revanche…

Ryan chercha un instant dans son téléphone et trouva le portrait de Jeremy Eddleston sur le site du département d'archéologie.

— Était-ce lui qui était en compagnie de Lucia ?

Mary se pencha en avant et fit signe que non.

— Ce n'était pas lui. Il est trop vieux et je me serais souvenue de ses joues grêlées. Le type était plus jeune. Il portait une casquette et des lunettes de soleil, mais je pense que je le reconnaîtrais quand même. Il semblait assez… comment dire… protecteur. Elle avait pleuré, je l'ai bien vu, et il essayait de la consoler, je crois.

Ryan retrouva dans son téléphone une photo de Daniel Metwater.

— S'agissait-il de cet homme ?

Mary étudia la photo et secoua de nouveau la tête.

— Je le connais, lui. C'est le prédicateur qui était dans le journal. Je vais vous montrer.

Elle se hâta en direction du comptoir, d'où elle revint avec le *Montrose Daily Press* du jour. Elle désigna un portrait de Daniel Metwater en première page, à côté d'un article intitulé :

UNE VOIX DANS LE DÉSERT :
Le prophète guide ses adeptes pour un pèlerinage local.

L'article était signé Eric Patterson.

— Plutôt beau gosse, ce Metwater, reprit Mary. Je m'en souviendrais s'il était passé par ici.

— Avez-vous revu l'homme qui accompagnait Lucia depuis ? demanda Ryan.

— Non.

La clochette de la porte retentit et deux hommes entrèrent, des pêcheurs à en juger par leur accoutrement.

— Je suis désolée de ne pas pouvoir vous aider plus, lança Mary en se levant pour accueillir les nouveaux clients.

Jana termina son café en regardant Ryan par-dessus sa tasse.

— Quoi ? finit par demander celui-ci.

— J'hésite à te demander si Jeremy Eddleston est un suspect dans l'enquête sur la disparition de ma sœur et le meurtre de cette autre femme.

— Officiellement, Daniel Metwater est notre seul suspect.

— Mais tu n'es pas sûr que ce soit lui le coupable.

— Disons simplement que j'aime aller au bout des choses.

Il sortit son portefeuille et régla les deux cafés. Son téléphone sonna alors qu'ils sortaient.

— Tu dois te rendre à l'ancien site de bûcheronnage, sur Red Creek Road, annonça Randall Knightsbridge dès que Ryan eut décroché. Des randonneurs ont découvert un autre corps.

13

En voyant Ryan se raidir, Jana comprit que quelque chose de grave s'était produit.

— J'arrive tout de suite, annonça-t-il simplement, avant de raccrocher.

Il jeta son téléphone sur le tableau de bord et démarra.

— Que se passe-t-il ? demanda Jana quand ils s'engagèrent sur la voie express.

— Je te dépose chez moi. Tu m'attendras là-bas.

— S'il s'agit d'une urgence, pourquoi ne pas me laisser venir avec toi ? Je pourrais rester dans la voiture, comme ce matin.

— Non. Impossible.

— Pourquoi ? Tu vas perdre du temps à me ramener jusque chez toi.

Les mâchoires crispées, il ne répondit rien.

— Ryan, dis-moi ce qui ne va pas. Ne me tiens pas à l'écart comme ça.

Il lui jeta un rapide coup d'œil.

— Ils ont trouvé un autre corps, lâcha-t-il enfin.

Jana sentit son cœur se serrer, comme si une main invisible lui écrasait la poitrine. Elle s'agrippa aux accoudoirs et s'efforça de ne pas paniquer.

— Est-ce qu'on sait… ?

— Non. Mais c'est pour ça que tu ne peux pas venir.

— Au cas où il s'agirait de Jenny, ajouta-t-elle en étouffant un sanglot.

Du sang-froid, s'ordonna-t-elle.

— Si c'est elle, reprit-elle, il faudra bien que tu me le dises tôt ou tard. Tu aurais peut-être même besoin de moi pour l'identifier.

Cette pensée suffit à lui retourner l'estomac.

— Non. On ne demande jamais aux familles d'identifier un corps sur place.

Elle respira profondément par le nez pour essayer de retrouver son calme.

— Je peux venir avec toi. Je resterai dans la voiture. Je te promets de ne pas m'en mêler ni faire une crise d'hystérie.

— Mauvaise idée.

— Aussi mauvaise que de me laisser mariner chez toi plus longtemps que nécessaire, répondit-elle. Que veux-tu que je fasse, en t'attendant ? Je vais devenir folle à me demander ce qui se passe. Et tu crois que j'ai vraiment envie d'être seule quand tu m'appelleras pour m'annoncer ce que vous avez trouvé ?

Ryan resta silencieux. Au bout de quelques secondes, cependant, il freina avec force et fit demi-tour pour repartir dans la direction du site de bûcheronnage.

— Tu ne quittes pas le véhicule, ordonna-t-il. Et tu ne dis pas un mot.

— Promis, assura-t-elle, à la fois soulagée et emplie d'une peur nouvelle.

Et si elle ne parvenait pas à garder son sang-froid, surtout s'il s'agissait de Jenny ? *Ne pense pas à ça ! Inutile de t'angoisser à l'avance.*

La voiture filait à toute allure sur la nationale, soulevant des nuages de poussière rouge. Sur le côté, le vent dessinait des rides à la surface du lac et le soleil scintillait sur l'eau. De petites barques de pêche dansaient au large comme des jouets d'enfant dans une baignoire. Ryan freina et engagea le SUV sur un chemin de terre qui s'éloignait dans la direction opposée, vers un bosquet épais sur les hauteurs. La température sembla chuter brusquement et le parfum des pins embauma bientôt l'habitacle.

Ils continuèrent ainsi cahin-caha sur plusieurs kilomètres. La forêt s'éclaircissait au fur et à mesure qu'ils prenaient de l'altitude, faisant place à un paysage plus désolé de souches et d'arbres morts. Jana aperçut trois voitures garées devant eux : une vieille jeep rouge, une camionnette verte des Eaux et Forêts et un SUV noir appartenant au shérif du comté. Ryan s'arrêta à côté de ce dernier. Sans un mot, il descendit et se dirigea vers trois hommes et une femme qui étaient en train de discuter.

Jana observa le groupe et décida que la femme et l'homme en civil devaient être des randonneurs, sans doute ceux qui avaient découvert le corps et alerté la police. Ils étaient jeunes — une vingtaine d'années, à peine plus vieux que Jenny. La femme semblait avoir pleuré. Son compagnon la tenait par les épaules et hochait gravement la tête en écoutant Ryan.

Le ranger et les deux autres officiels prirent ensuite la direction de la colline, laissant le couple seul. Le randonneur se tourna alors dans la direction de Jana, puis s'avança vers elle, accompagné par la femme.

Jana sortit du véhicule.

— Bonjour ! lança-t-elle.

— Vous êtes aussi de la police ? demanda le jeune homme.

— Non.

Elle n'avait pas oublié sa promesse à Ryan, mais elle refusait de laisser passer l'occasion d'apprendre des informations qu'il ne partagerait certainement pas avec elle.

— C'est vous qui avez signalé le… ? commença-t-elle, sans pouvoir se résoudre à prononcer le mot « cadavre ».

La femme acquiesça.

— On était en train d'enjamber des troncs pour retrouver la piste quand j'ai trébuché.

Elle frissonna, les yeux fermés, et ajouta :

— Je suis tombée nez à nez avec.

L'homme la serra contre lui.

— Ça va aller, Rennie, chuchota-t-il. J'ai d'abord pensé qu'il s'agissait d'un animal. Vous savez, une biche ou quelque chose du genre. Mais ensuite j'ai vu le crâne. Et les cheveux longs. C'est là que j'ai compris que c'était une personne.

— De quelle couleur étaient les cheveux ? demanda Jana, en essayant de cacher son angoisse.

— Bruns, je crois. Foncés, en tout cas. C'était difficile à dire. Je… Le corps doit être là depuis un moment et les animaux… Enfin, vous voyez…

Jana ferma les yeux et laissa échapper un long soupir. Jenny était blonde. Ce ne pouvait pas être elle.

— On a dû marcher jusqu'à la nationale pour avoir du réseau et appeler la police, expliqua la femme. Ensuite, on a attendu que quelqu'un arrive. Après, j'ai voulu qu'on se remette en route, mais Brian a pensé que ce ne serait pas correct.

— Merci de votre aide, en tout cas, dit Jana.

Un bruit de pneus sur des cailloux attira leur attention

et un second véhicule des rangers se gara derrière celui de Ryan. Les agents Simon Woolridge et Ethan Reynolds descendirent.

— Qu'est-ce que vous faites ici ? demanda Simon à Jana.

— J'étais avec Ryan quand vous avez appelé. C'était plus rapide de venir directement, plutôt que de retourner me déposer en ville.

Avec un grognement, Simon se mit à grimper la colline, suivi par Ethan. À mi-chemin, ils croisèrent Ryan et les deux autres hommes qui redescendaient. Ils s'arrêtèrent pour discuter et Simon sortit un document de sa poche. Ryan le parcourut des yeux, regarda en direction de son véhicule et se renfrogna en découvrant le petit groupe. Il se remit en marche dans leur direction, distançant rapidement ses deux collègues.

— J'avais raison ? demanda Brian, quand il s'approcha. C'était une personne ?

Ryan jeta un regard dans la direction de Jana, avant de répondre :

— On devrait discuter un peu plus loin…

— Tu peux parler devant moi, intervint Jana. Je pense avoir le droit de savoir.

Ryan examina la poussière à ses pieds.

— Vous aviez raison. C'est un corps humain. Une femme, dans un trou creusé à la va-vite, peut-être même simplement abandonnée dans une des ornières laissées par les camions des bûcherons, au printemps. Apparemment, le corps est là depuis un moment. Plusieurs semaines, peut-être plus longtemps.

— Des indices permettent de l'identifier ? demanda Ethan, en les rejoignant. Un vêtement ? Un bijou ?

— Cheveux noirs. La faune du coin a eu le temps

de faire des dégâts, mais parmi les vêtements que nous avons trouvés un peu plus loin il y a une jupe en jean et une veste.

— Ça colle avec la description de Lucia Raton.

Ryan regarda Jana.

— Oui. On en saura plus avec l'autopsie.

— On a une idée de la cause de la mort ? demanda Simon.

Ryan fit signe que non.

— On va devoir attendre le rapport médico-légal. J'ai fait quelques photos avec mon portable, mais il faut envoyer une équipe technique. Je vais redescendre jusqu'à la route et passer des coups de fil, pendant que vous sécurisez le périmètre.

Jana resta silencieuse jusqu'à ce qu'ils aient rejoint la nationale et que Ryan ait terminé ses appels. Enfin, il reposa son téléphone et se tourna vers elle.

— Ça va ?

Elle hocha la tête.

— Je suis soulagée que ce ne soit pas Jenny, chuchota-t-elle. Est-ce que ça fait de moi un monstre ?

— Non, ça veut juste dire que tu es humaine.

Il redémarra et prit la direction de Montrose.

— Je te ramène chez moi.

— D'accord.

Elle savait qu'il avait du travail, même si la perspective de passer la soirée seule avec ses doutes et ses inquiétudes ne la réjouissait guère.

— Je suis vraiment heureuse que ce ne soit pas Jenny, là-haut. Mais ça m'agace de ne toujours pas savoir ce qui lui est arrivé.

— Rien ne prouve que la mort d'Alicia et celle de

Lucia soient liées. Ni que la disparition de ta sœur fasse partie de l'enquête.

— Mais vous ne pouvez pourtant pas écarter l'hypothèse d'un lien entre les trois affaires.

— C'est vrai. Il faut envisager tous les angles.

— Et maintenant ?

— Le médecin légiste va autopsier le corps pour déterminer la cause de la mort et essayer de confirmer l'identité. S'il s'agit de Lucia, on cherchera des points communs avec le meurtre d'Alicia. Parfois, ça donne des indices sur le coupable.

— Avez-vous découvert des similarités, pour l'instant ?

— Jana... Il y a des détails que tu n'as pas à connaître.

Elle détourna le regard.

— Pourquoi devrais-tu décider de ce que j'ai besoin ou non de savoir ?

— Certains détails doivent rester le plus secrets possible, afin d'être utilisables comme preuves. Et puis, à quoi ça va te servir ? Tu vas juste t'inquiéter en essayant de tirer des conclusions.

— Comment sais-tu qu'il n'y a pas de relation ? Peut-être verrai-je quelque chose que tu ne vois pas...

— Et peut-être est-il temps que tu retournes à ta vie et que tu nous laisses nous charger de cette enquête.

Ses paroles firent à Jana l'effet d'une gifle.

— Tu penses que je devrais rentrer à Denver et faire comme si de rien n'était ?

Comme s'il ne s'était jamais rien passé entre toi et moi ?

Ryan soupira.

— Quand je suis redescendu de cette colline et que

169

je t'ai vue parler avec ce couple, la seule chose qui me soit venue à l'esprit, c'est que ta place n'était pas ici. Tu n'avais rien à faire sur les lieux d'un crime et je n'aurais jamais dû t'emmener.

— C'est moi qui ai insisté, protesta-t-elle. Je ne peux pas rester assise à ne rien faire. Je veux être impliquée.

— Mais c'est impossible ! s'écria-t-il en tapant du plat de la main sur le volant, ce qui la fit sursauter. As-tu envisagé que, si tu as été agressée l'autre soir, c'était peut-être parce que le coupable t'avait vue avec moi ? Plus tu te mêles de cette affaire, plus tu te mets en danger. Je refuse de prendre ce risque.

Elle n'en croyait pas ses oreilles. Son cœur battait douloureusement dans sa poitrine et elle dut lutter pour que sa voix ne tremble pas.

— Qu'es-tu en train de suggérer ?

— Rentre à Denver. Je veillerai à ce qu'on désigne un officier de liaison, qui te tiendra informée de tout ce que tu as besoin de savoir.

— Donc, je ne te verrai plus ? se força-t-elle à demander.

— Ce serait plus sûr.

— Ryan, que se passe-t-il ? Tu ne peux pas me faire l'amour le matin et me chasser comme ça l'après-midi.

— On a reçu le rapport de l'équipe technique sur ta voiture. Simon vient de me l'annoncer.

— Qu'est-ce qu'ils ont trouvé ?

Il soupira encore.

— Il y avait une note, par terre. On ne l'a pas vue tout de suite, parce qu'elle était enfouie sous le verre du pare-brise. Elle a sans doute été écrite par celui qui a vandalisé ta jeep.

— Qu'est-ce qu'elle disait ?

Il resta silencieux si longtemps qu'elle eut envie de le forcer à se garer sur le bas-côté pour pouvoir le secouer. Enfin, il répondit :

— Ça disait : « Je t'ai vue avec ce flic. Je ne le laisserai pas t'avoir, parce que tu es à moi. »

Jana déglutit avec peine.

— Ça reste vague comme menace.

— Ça reste une menace. Je ne veux pas que tu te mettes en danger.

— Je crois que je suis plus en sécurité avec toi.

— Tu seras encore plus en sécurité à Denver. On peut même demander à la police locale de te placer sous surveillance. Et surtout tu seras loin du tueur.

— Et encore plus loin de ma sœur.

Et de toi. Elle refusa cependant de prononcer ces mots à voix haute, de crainte de paraître possessive. Elle se redressa sur son siège.

— Je ne retournerai pas à Denver, annonça-t-elle. Pas encore. Si tu veux que je parte de chez toi, je peux me trouver un autre motel.

Il ne répondit rien. Jana sentit les larmes monter, mais elle ne voulait pas lui donner la satisfaction de la voir pleurer. Elle attendrait d'être seule pour laisser libre cours à sa peine. Elle pourrait alors maudire cet homme capable de lui ravir son cœur, puis de le jeter sans le moindre tact.

Dès que Ryan se gara dans l'allée devant chez lui, Jana sortit de la voiture et se dirigea vers la porte d'entrée. Il la rattrapa par le bras.

— Où vas-tu ? demanda-t-il.

— Faire ma valise.

— Non.

— Pourquoi pas ? Il faut que je m'en aille, non ? Tu as dit que tu ne voulais pas être responsable. Parfait. Je vais me chercher un autre endroit où loger.

— Non.

Il l'attira brusquement contre lui et écrasa ses lèvres sur les siennes en un baiser à la fois brûlant et rassurant. Lorsqu'ils se séparèrent enfin, elle se recoiffa d'un geste nerveux.

— J'étais idiot de penser que je pourrais te laisser partir comme ça, marmonna-t-il.

— Tu essayais de te montrer noble.

— Ce n'était pas ton avis tout à l'heure. Tu m'as pris pour une brute sans cœur.

— Une noble brute sans cœur.

Il l'embrassa de nouveau.

— Reste, murmura-t-il. Je ferai de mon mieux pour te protéger.

— Je sais. Et n'oublie pas, ajouta-t-elle en souriant, je surveille aussi tes arrières.

— Je me sens déjà plus rassuré…

— Pas de sarcasme, mon joli.

— Non, vraiment. Et tu sais ce qui serait encore mieux ?

Il l'attira contre lui.

— Voyons…, chuchota-t-elle en lui mordillant le cou. Je parie que je devine en moins de trois essais.

— Comment résister à une femme à la fois belle et intelligente ?

— Rentrons, avant que les voisins ne crient au scandale.

En riant, elle se précipita à l'intérieur. Ses émotions

étaient fragiles et incertaines, mais elle était déterminée à ne pas laisser passer ce tour de montagnes russes. Elle refusait de renoncer à cette portion de bonheur, sous prétexte qu'elle vivait la pire expérience de sa vie.

14

— Je veux rencontrer Eric Patterson, annonça Jana le lendemain matin, pendant le petit déjeuner. Je crois que je vais l'appeler et lui proposer qu'on déjeune ensemble.

— De quoi veux-tu lui parler ? demanda Ryan.

Son instinct lui dictait de ne pas la laisser retrouver ce reporter seule, mais était-ce le flic en lui qui s'inquiétait… ou l'amant jaloux ? Après tout, Eric avait déclaré à Jana qu'il ne voulait pas la perdre…

— Je vais lui demander s'il a appris quelque chose sur Daniel Metwater qui pourrait faire avancer l'enquête. Il a quand même passé pas mal de temps dans le campement.

— J'avais prévu de programmer un entretien avec lui bientôt pour la même raison. Inutile donc de t'imposer ce déjeuner.

Jana reposa sa tasse un peu brusquement.

— Je ne peux pas rester les bras croisés, lâcha-t-elle. Eric me doit bien ça après le lapin qu'il m'a posé et il se confiera sans doute plus à moi.

— Qu'est-ce qui te fait croire ça ? demanda Ryan.

— Sans vouloir te vexer, un entretien avec la police est toujours angoissant. N'oublie pas qu'il a envie de jouer les héros. Il détient peut-être des infos qui pourraient aider les rangers à résoudre cette affaire avant lui. Ce que j'espère, c'est qu'il ne sera pas capable de résister à la tentation de se vanter devant quelqu'un comme moi.

Difficile d'argumenter.

— Sois prudente, répondit simplement Ryan. Ne reste jamais seule avec ce type.

— Tu penses qu'il est suspect dans cette enquête ? s'étonna Jana, soudain troublée.

— Il ne m'inspire pas confiance, c'est tout.

— À moi non plus. Je vais lui donner rendez-vous en ville, dans un endroit public et fréquenté. Je cherche des infos, pas un face-à-face intime. Cela dit, j'aimerais bien découvrir si c'est lui qui a rajouté ces photos dans l'ordinateur de Jenny.

— Sois prudente, répéta Ryan. S'il se met en colère, il ne voudra plus t'aider.

— S'il sait quelque chose…

— Bon, je dois aller travailler, annonça Ryan en reculant sa chaise. Ça ne me plaît toujours pas de te laisser seule, mais je ne peux pas non plus te garder ici prisonnière.

— L'agence de location me dépose ma nouvelle voiture ce matin. Ça ira. Je te promets d'être prudente.

Après un baiser d'adieu passionné, Jana ferma la porte à clé derrière Ryan. Elle appela aussitôt Eric Patterson.

— Jana ! s'écria celui-ci, manifestement ravi de l'entendre. Comment allez-vous ?

— Très bien, Eric. Et vous-même ?

— Super. Les rangers ont découvert le corps de Lucia Raton hier.

— J'étais au courant pour le corps. Ils l'ont identifié ?

Elle était certaine que Ryan ne connaissait pas encore ce détail.

— Je viens de jeter un œil au rapport du légiste. Je suis justement en train de rédiger un article.

— Vous auriez le temps de déjeuner avec moi ? demanda Jana. Étant donné notre dîner raté de l'autre soir…

— C'est une merveilleuse idée. Je sais que votre voiture est immobilisée, mais je peux passer vous prendre. Où logez-vous ?

— Je récupère un véhicule de location ce matin. On pourrait se retrouver à Thai Fusion vers midi et demi ?

— Parfait. Je vous promets qu'il n'y aura pas de lapin au menu, cette fois.

Elle raccrocha, un peu rassurée. Peut-être était-il simplement le genre d'homme à en rajouter dans certaines situations. Après tout, lui aussi avait perdu un être cher et elle était bien placée pour savoir que le chagrin pouvait facilement jouer avec les nerfs.

— Tu as une mine de déterré, lança Randall en voyant Ryan arriver au QG des rangers. La nuit a été dure ?

— Un bon café et il n'y paraîtra plus, marmonna Ryan en se servant une tasse.

Entre ses ébats avec Jana et les heures passées à ruminer les événements de la veille, il n'avait pas beaucoup dormi. Les ébats avaient été délicieux ; la rumination, beaucoup moins. Il avait mal réagi avec Jana et il n'était pas certain qu'elle lui ait totalement pardonné. La note trouvée dans la jeep vandalisée l'avait complètement paniqué.

Ce matin, ils avaient trouvé un compromis. Jana devait rester chez lui en attendant l'arrivée de sa voiture de location. Si elle sortait, elle devait lui indiquer où elle allait et choisir des endroits fréquentés. La situation n'était pas idéale, mais c'était mieux que rien.

Ryan rejoignit ses collègues dans la salle de réunion.

— Quel est le programme ? demanda Simon.

— On va d'abord revoir ce message laissé dans le véhicule de Jana, annonça Graham en désignant une feuille chiffonnée épinglée au tableau. Est-ce lié à notre enquête ou non ?

— J'imagine que c'est toi, « ce flic » auquel il est fait allusion ? interrogea Simon en regardant Ryan.

Ryan préféra ignorer la question.

— Celui qui a rédigé ça la surveille. Ou la surveillait, en tout cas. S'agit-il de notre tueur ?

— Ou d'un petit copain jaloux ? suggéra Randall.

— Pas de petit copain, marmonna Ryan.

— Aucune empreinte, pas d'ADN, aucun signe distinctif sur le papier, soupira Graham. On va rajouter la pièce au dossier, sans se concentrer dessus pour l'instant.

Il se tourna ensuite vers le tableau blanc.

— Nous avons pu identifier le cadavre trouvé hier. Il s'agit de Lucia Raton. Elle a été étranglée, même si on n'a retrouvé aucune trace de l'arme du crime. Le légiste pense qu'il s'agit d'une cordelette, peut-être une corde à linge.

— Même mode opératoire pour se débarrasser du corps, ajouta Ethan. Un vague trou facilement accessible depuis la route. Le tueur n'a pas dû creuser longtemps. Il n'y a jamais beaucoup de passage, là-haut, donc peu de chances que le corps soit découvert.

— Il est possible que les deux affaires soient liées. Quel est le lien entre les victimes et le tueur ?

— Peut-être aucun. Il peut s'agir d'actes aveugles.

— Il les a choisies pour une raison, intervint Graham.

Elles ne se ressemblent pas. Elles n'ont pas le même âge et ne sont pas de la même origine ethnique. Qu'est-ce qui a pu l'attirer ?

— Elles étaient seules et sans défense, proposa Simon. Cela suffit, pour certains prédateurs.

Ryan pensa à Jana. Il avait laissé Jana seule, mais elle n'était pas sans défense. Elle n'errait pas dans la nature, loin de tout et de tous, comme Alicia et Lucia. Ou comme Jenny.

— Où en est-on avec les archéologues ? demanda soudain Graham.

— Pour l'instant, rien de louche, répondit Simon. Aucun casier. Quelques excès de vitesse. Eddleston a été arrêté pour conduite en état d'ivresse, il y a quelques années, mais rien depuis. L'histoire de sa femme a été vérifiée. Le couple consulte un conseiller conjugal. On se concentre sur la bande de Metwater ?

Graham fit signe que non.

— Les avocats de Metwater nous empêchent d'accéder au campement et crient au harcèlement. Le procureur veut qu'on garde nos distances jusqu'à ce que ça se tasse un peu.

— On est des fédéraux. On peut passer outre aux exigences du procureur, rappela Simon.

— J'ai reçu ce matin un appel de mon chef qui a ordonné de cesser nos petites expéditions. La seule façon d'approcher Metwater ou l'un des siens sera d'avoir quelque chose de suffisamment concret pour obtenir un mandat.

— Vous voulez dire que Metwater a des contacts au FBI ? s'étonna Simon.

— Il a visiblement des copains bien placés, soupira

Graham. N'oublions pas qu'avant d'être prophète itiné-rant il venait d'une riche et puissante famille.

— On ne peut pas faire cette enquête pieds et poings liés, protesta Simon. Et quelqu'un doit surveiller Andi Mattheson.

— Pourquoi ? demanda Ethan.

— Je crains qu'elle ne présente des signes de diabète gestationnel. Elle se frotte tout le temps les mains et des fourmillements dans les extrémités font partie des symptômes. Cela dit, le seul moyen de s'en assurer serait une prise de sang.

— Et tu sais tout ça comment ? interrogea Marco.

— J'ai fait du bénévolat à la clinique de mon oncle quand j'étais adolescent.

— Tu ne cesseras jamais de m'étonner, mon vieux.

— Va te faire voir, Marco.

Graham toussota pour les rappeler à l'ordre.

— Des nouvelles d'Eric Patterson ? On devait le garder à l'œil pour savoir s'il avait appris quelque chose ?

— Je suis dessus, répondit Ryan.

Enfin… c'était plutôt Jana qui s'en occupait. Peut-être Ryan pourrait-il découvrir où ils déjeunaient et passer par là, comme par hasard.

— C'est tout ce qu'on a ce matin, reprit Graham. Essayons de faire mieux aujourd'hui.

Ryan quitta la salle de réunion pour regagner son bureau. Il démarra son ordinateur et sortit le dossier sur Jeremy Eddleston. Qu'est-ce qu'une jeune fille belle et intelligente comme Jenny avait bien pu trouver à un type aussi banal ? Il ne semblait avoir aucun autre centre d'intérêt à part l'archéologie. Il passait même ses week-ends à donner des conférences dans les lycées de la région.

Ryan se figea soudain en lisant l'emploi du temps fourni par l'université. Le 15 juillet, Jeremy Eddleston avait animé une conférence intitulée « Introduction à l'archéologie » au lycée de Montrose.

Le lycée que fréquentait Lucia Raton.

Une semaine avant sa mort.

Après avoir signé les papiers de l'assurance, Jana récupéra les clés de sa nouvelle voiture de location. La petite citadine verte n'était pas aussi tape-à-l'œil que le coupé d'Emma, ni aussi plaisante à conduire que sa jeep, mais cela lui permettrait au moins de circuler, le temps que son véhicule soit réparé. Selon le garage, cela prendrait entre dix et quinze jours.

En attendant, elle espérait que son déjeuner avec Eric lui apporterait quelques informations utiles. Elle arriva tôt au restaurant, mais fut surprise de le trouver déjà devant la porte.

— Ravi de vous revoir, Jana, dit-il en la serrant contre lui et en déposant un baiser sur sa joue.

Jana se retint de le repousser et se recula dès qu'elle le put.

— Bonjour, Eric. Ravie de vous revoir aussi. On entre ?

La serveuse les installa à une table au fond et leur apporta les menus.

— Comment va le travail ? commença Jana en faisant mine de consulter la carte.

— C'est le coup de feu ! Mon rédacteur en chef adore les papiers que je lui donne. La semaine prochaine, je vais lui demander une augmentation. S'il refuse, j'irai voir ailleurs. Avec le succès que j'ai depuis quelque temps, je n'aurai aucun mal à trouver un job dans un journal plus important. Je pourrais devenir le nouveau correspondant local pour le *Denver Post*.

— Je croyais que c'était Emma Ellison qui en était chargée…

— Pour l'instant, oui, répondit-il avec un grand sourire. Mais, si un meilleur concurrent se présente, elle pourrait bien perdre sa place. C'est comme ça que ça marche, dans le milieu.

La serveuse vint prendre leur commande.

— Et vous, comment allez-vous ? demanda Eric quand elle fut repartie. Votre tête ?

— Mieux, merci. J'ai lu votre portrait de Daniel Metwater dans le journal de Montrose. Beau travail.

— N'est-ce pas ? s'esclaffa-t-il. Ce type est tellement narcissique. Je n'avais qu'à poser une question et il ouvrait les vannes ! J'en ai appris plus que je ne l'espérais sur sa prétendue Famille, sa mission et tout le tralala.

— Avez-vous découvert des indices qui l'impliqueraient dans les meurtres ou dans la disparition de Jenny ? demanda Jana à voix basse, en se penchant vers lui.

— J'ai trouvé des trucs vraiment louches, affirmat-il en se reculant pour laisser la serveuse déposer leurs assiettes devant eux. Je ne suis pas encore prêt à les partager, mais je vous assure que ça va faire du bruit.

— Qu'avez-vous trouvé ? insista-t-elle en cachant à grand-peine son enthousiasme.

— Je ne peux rien vous dire. Non pas que je n'en aie pas envie, mais ce serait trop dangereux.

— Dangereux ?

Il avait le regard brillant.

— Metwater a de l'argent et de l'entregent, chuchotat-il sur un ton plein de mystère. On dit même qu'il a des liens avec la mafia. Le milieu du crime organisé trempe peut-être dans cette affaire.

— Qu'est-ce que la mafia viendrait faire dans la mort de ces deux femmes ? Ou dans la disparition de Jenny ?

— Elles ont sans doute vu quelque chose au campement de Metwater qu'elles n'auraient pas dû voir…, confia Eric en commençant sa soupe miso aux crevettes. Metwater n'a pas eu d'autre choix que de les éliminer. Bien sûr, il ne s'en est certainement pas chargé lui-même, mais je suis certain que c'est lui qui a commandité l'action.

Jana en avait la nausée.

— Vous pensez qu'il a ordonné l'assassinat de ma sœur ?

— Je n'ai pas encore toutes les preuves nécessaires, mais… évidemment, on ne sera sûr de rien tant qu'on ne l'aura pas retrouvée, donc il est important de continuer les recherches. Mais quelque chose me dit que la mafia sait s'y prendre pour cacher un corps.

La mafia ? Cela semblait… surréaliste.

— Quelque chose ne va pas avec votre plat ? demanda soudain Eric. Vous ne mangez rien.

— Je crois que je suis trop inquiète pour Jenny, avoua-t-elle en repoussant son assiette.

Il acquiesça, sans cesser de mâcher.

— Il y a de quoi s'inquiéter, admit-il, entre deux bouchées.

Comment sa sœur, si drôle, si gentille et si intelligente, avait-elle pu se retrouver avec un type pareil ? pensa Jana, qui parvenait à peine à masquer sa haine.

— La colocataire de Jenny m'a dit que vous étiez passé à l'appartement, l'autre jour, dit-elle.

— Vous m'avez fait suivre ? demanda-t-il avec un petit sourire peu convaincant.

182

— Je lui ai parlé d'une série de photos de vous et Jenny qui se trouvaient dans l'ordinateur portable de Jenny. Je suis certaine qu'elles n'y étaient pas la veille. Je me suis dit que vous les aviez peut-être ajoutées entre-temps.

Il secoua la tête, sans quitter son plat des yeux.

— Jenny a toujours eu beaucoup de photos de nous deux. Son fond d'écran est un selfie de nous ensemble, si je me souviens bien.

— Eric, ces photos n'étaient pas là la veille. Les rangers l'ont confirmé.

— Vous voulez dire *le* ranger, non ? J'ai remarqué que Ryan Spencer et vous étiez assez proches…

— Ne détournez pas la conversation, rétorqua-t-elle. Que se passe-t-il, Eric ?

— Comment ça ?

— Toutes les personnes à qui j'ai parlé ont semblé étonnées d'apprendre vos fiançailles avec Jenny. Le Pr Eddleston affirme n'en avoir été informé qu'après sa disparition.

— Je vous l'ai dit : on voulait garder le secret jusqu'à ce que Jenny ait l'occasion de vous l'annoncer en personne, répondit-il en tapotant la table du bout de sa fourchette. C'était pour vous faire une surprise. Vous devriez être contente, pas méfiante.

— Heidi, la copine de Jenny, et April n'en avaient jamais entendu parler non plus. En fait, April pensait que Jenny n'était pas plus intéressée que ça par vous.

— Quelle bande de menteuses !

Son exclamation résonna dans le restaurant, faisant sursauter Jana.

— Calmez-vous, Eric.

Saisissant son verre d'eau, il en vida la moitié d'un trait, une lueur de rage inquiétante dans le regard.

— J'aime Jenny, reprit-il, après s'être essuyé la bouche. C'est blessant d'entendre quelqu'un suggérer le contraire.

— Je n'ai pas dit que vous ne l'aimiez pas, reprit Jana, en s'efforçant de ne pas le provoquer. Mais peut-être l'annonce des fiançailles était-elle un peu prématurée ? Peut-être aviez-vous l'intention de demander Jenny en mariage, mais que vous n'avez pas eu le temps de le faire.

— Nous sommes fiancés. Je suis désolé si ça vous embête, mais c'est la vérité.

— J'essaye juste de comprendre. Je ne voulais pas vous insulter.

— Jenny est tout pour moi. Si elle a disparu, je ne m'en remettrai jamais.

Pourquoi Jana ne parvenait-elle pas à se débarrasser de l'impression qu'il récitait un rôle bien répété ? Le costume de l'amant éploré ne lui allait pas du tout. Ils terminèrent le repas en silence, puis Eric demanda l'addition.

— Je vais passer ça en frais professionnels, expliqua-t-il en sortant son portefeuille. On ne peut pas me reprocher d'interroger la sœur d'une disparue, non ?

Une fois dehors, il prit le bras de Jana pour la raccompagner vers le parking. Jenny dut faire un effort pour ne pas se dégager et courir vers sa voiture. Elle soupira de soulagement en reconnaissant le SUV noir et blanc garé à côté de son véhicule de location.

— Qu'est-ce qu'il fiche encore ici, lui ? grommela Eric en la lâchant.

15

Quand Jana approcha avec Eric, Ryan sortit de sa voiture. La vue de sa haute silhouette élancée déclencha des frissons dans tout son corps.

— Quelle bonne surprise ! s'écria-t-elle en se précipitant vers lui, avant d'ajouter plus doucement : Comment savais-tu que j'étais ici ?

— On garde un œil sur toi.

Il se tourna vers Eric.

— Comment allez-vous, Patterson ?

— Vous n'avez pas une enquête en cours, vous ? demanda Eric, à peine poli.

— Je ne pense qu'à ça.

— Je dois filer, marmonna le reporter. À une prochaine fois, Jana. Je vous tiendrai au courant si je trouve quoi que ce soit d'intéressant.

Ryan le regarda s'éloigner, puis quitter le parking à bord de sa Toyota.

— Alors, ce déjeuner ?

— Comme toutes mes autres rencontres avec lui, répondit Jana. C'était bizarre.

Quand Ryan retira ses lunettes de soleil, le bleu intense de ses yeux fit naître une boule d'excitation dans son ventre.

— Bizarre comment ?

— Il pense que Daniel Metwater a demandé à la mafia de tuer les femmes disparues, sous prétexte qu'elles auraient vu quelque chose à son campement. A priori, je trouve ça complètement dingue, mais Emma m'a raconté qu'on soupçonnait que le frère de Metwater avait été assassiné par la mafia.

— C'est une hypothèse. Mais rien n'indique que Metwater soit lui-même en cheville avec le crime organisé.

— Je n'arrive pas à savoir si Eric est sérieux ou s'il a inventé cette histoire pour moi…

— A-t-il la moindre preuve ?

— Non. Il a dit qu'il était encore en train de rassembler des faits.

— Ça veut dire qu'il n'a rien.

— C'est ce que j'ai pensé… Je lui ai parlé des photos qu'on a trouvées dans l'ordinateur de Jenny, également. Il affirme que ce n'est pas lui qui les y a mises, qu'elles y ont toujours été.

— On sait que c'est faux, répondit Ryan.

Jana se mordit la lèvre inférieure.

— Qu'est-ce qui se passe ? demanda Ryan.

— Je… Je crains d'avoir poussé le bouchon un peu loin, avec lui.

— Comment ça ?

— Je lui ai dit que je ne croyais pas à cette histoire de fiançailles. Que personne ne semblait être au courant, avant la disparition de Jenny, et que tous ceux qui connaissaient bien ma sœur étaient aussi surpris que moi. Ça l'a mis très en colère.

— Tu l'as traité de menteur. C'est un peu normal.

— Et s'il mentait bel et bien ? Ce serait important, non ?

— En effet. C'est pour ça qu'on l'a à l'œil. On va

creuser davantage… Essayer de savoir où il était et ce qu'il faisait au moment des disparitions.

— Quand auras-tu des réponses ? demanda Jana.

— Sans doute pas aujourd'hui. On est débordés. J'allais interroger Jeremy Eddleston de nouveau, quand j'ai reçu un appel pour revenir rencontrer un suspect dans cette affaire de vol de plantes. Je me suis dit que j'en profiterais pour passer te voir.

— J'en suis heureuse. Ça m'a permis de me débarrasser plus vite d'Eric.

— Qu'est-ce que tu as prévu, cet après-midi ? demanda-t-il en la raccompagnant à sa voiture.

— Je vais retourner chez toi travailler. Peut-être que quelques colonnes de chiffres m'aideront à oublier un peu Jenny.

— Chacun son truc…, la taquina-t-il en se penchant pour l'embrasser doucement sur les lèvres. À plus tard ?

— Avec joie.

Elle était encore surprise de cet éclair de bonheur dans l'obscurité de ces journées, mais elle était bien décidée à ne pas s'en priver.

Le lendemain matin, Ryan et Ethan retournèrent au site de fouilles pour interroger Jeremy Eddleston sur ses liens avec Lucia Raton.

— C'est plutôt mince, comme piste, fit remarquer Ethan, tandis que le SUV avançait cahin-caha sur le chemin de terre. On n'a même pas encore réussi à récupérer la liste des étudiants présents au séminaire. Si ça se trouve, Lucia n'y était pas.

— Je pense quand même que le professeur ne nous dit pas tout, répondit Ryan. Il y a quelque chose… je ne sais pas… quelque chose d'évasif chez lui.

— Les flics rendent toujours les gens un peu nerveux, tu le sais bien.

— Mais certaines personnes ont de bonnes raisons de l'être.

Arrivés sur le parking, ils constatèrent que le camion de déménagement avait disparu. Il n'y avait plus que deux voitures. Les deux rangers sortirent de leur véhicule et firent le reste du chemin à pied.

— Où est le Pr Eddleston ? demanda Ryan aux deux étudiants encore présents sur les lieux.

— Il est parti il y a une demi-heure à peine, répondit un jeune homme blond avec une queue-de-cheval.

— Vous auriez dû le croiser, ajouta sa collègue, une fille aux cheveux coupés court et teintés en rose vif.

— Nous n'avons vu personne, dit Ryan.

— Difficile de rater quelqu'un, sur ces petites routes, fit remarquer Ethan. Sauf s'il a pris une autre piste pour nous éviter.

— Où allait-il ? interrogea Ryan.

— À l'université, j'imagine, fit la jeune femme, l'air étonné.

— Ou chez lui, fit l'étudiant. Il n'a rien dit. Et on n'a pas posé de questions. Il nous a juste demandé de terminer de ranger avant de partir.

— Que se passe-t-il ? s'exclama soudain la fille. Est-ce que le professeur a des ennuis ?

Eddleston risquait d'en avoir si Ryan apprenait qu'il trempait dans les disparitions ou qu'il était responsable de l'agression de Jana. Dans ce cas, il entendait bien tout faire pour s'assurer que le professeur croupisse en prison pendant de longues années. Sans répondre, il tourna les talons et retourna au SUV.

— Qu'est-ce que tu en penses ? demanda Ethan.

— On pourrait lancer un appel aux autres pour qu'ils le retrouvent, proposa Ryan.

— Parce qu'il nous a caché qu'il avait fait un séminaire au lycée de Lucia ? On ne sait pas si elle y a assisté. Et, même si c'est le cas, il ne l'a peut-être pas remarquée.

— On ne l'a pas croisé en venant ? marmonna Ryan en contemplant la plaine. Bizarre…

Il se demandait si Eddleston était là, quelque part, à attendre leur départ.

— Même s'il nous évite, reprit Ethan, ça ne fait pas de lui un coupable.

— Mais dans le cas contraire ? Si Lucia avait bien assisté à son séminaire et qu'Eddleston l'ait repérée à ce moment-là ? Et si c'était pour ça qu'elle est morte ?

Jana avait envie de prendre l'air. Rester avec Ryan était une chose, car il savait lui changer les idées… Mais se retrouver seule dans ce logement peu familier la rendait nerveuse. Elle n'avait pas encore complètement digéré la rapidité avec laquelle il avait été prêt à la renvoyer à Denver, deux jours plus tôt. Il prétendait que c'était pour la protéger, mais elle n'était pas une fleur fragile ni un oiseau qu'on garde en cage.

Au moins n'avait-il pas insisté pour qu'elle reste enfermée, ce jour-là. Il aurait cependant préféré — elle l'avait compris à sa moue quand elle avait annoncé son intention d'aller chez le coiffeur, puis de faire quelques courses. Elle n'avait rien contre les gaufres surgelées et les céréales, mais elle n'aurait pas refusé un yaourt au petit déjeuner et il n'y avait pas le moindre fruit dans toute la maison.

Il n'avait pourtant pas protesté davantage. Peut-être

ses craintes s'apaiseraient-elles quand elle serait rentrée saine et sauve, le soir.

Arrivée au salon de coiffure, elle s'installa pour qu'on s'occupe d'elle. Elle avait besoin de se détendre. Elle essayait de ne pas penser à sa dernière visite à Montrose. Sa sœur et elle s'étaient alors offert une manucure pédicure et avaient bavardé sans arrêt, assises côte à côte dans leurs fauteuils massants. Elle était assaillie par ce genre de souvenirs. Elle espérait seulement qu'un jour elle pourrait les accueillir avec tendresse, plutôt qu'avec cette sourde angoisse.

Après le coiffeur, elle prit le chemin du supermarché. Dans les allées, elle repéra une promotion sur un rôti de porc et décida de préparer à dîner pour Ryan, ce soir-là. Une demi-heure plus tard, elle retournait à sa voiture, quatre sacs dans les bras. Au lieu de rentrer directement au duplex, elle s'engagea sur la voie express et sortit de la ville.

Elle avait envie de rouler un peu pour se vider la tête.

En passant devant la bretelle qui menait au parc national, elle se demanda si Ryan se trouvait au QG des rangers ou en train de suivre une piste quelque part. Ses mains se crispèrent sur le volant. Elle se sentait tellement impuissante. C'était elle qui connaissait Jenny, elle qui l'aimait, et pourtant elle devait rester les bras croisés et laisser les autres la chercher.

Elle ralentit en arrivant à la sortie pour la Mystic Mesa. Elle pouvait aller parler au Pr Eddleston de nouveau, mais il n'aurait sans doute rien à lui dire de plus. Elle pouvait aussi rendre visite au campement de Daniel Metwater, en prétendant par exemple qu'elle s'intéressait à ses enseignements.

Elle chassa rapidement cette idée idiote. Elle n'allait

pas jouer les détectives amateurs, et se mettre à farfouiller chez les autres ne lui attirerait que des ennuis.

Elle décida donc de pousser jusqu'au lac. Le soleil scintillait sur l'eau bleutée, qui reflétait les falaises ocre alentour. Au bout de quelques kilomètres, elle s'arrêta près d'une aire de pique-nique sur la berge. L'endroit était désert et elle s'assit un instant à l'une des tables ombragées pour profiter du parfum des buissons de sauge qui poussaient sur le sol caillouteux.

Elle se souvenait d'une sortie en bateau avec leur père, quand elle avait une douzaine d'années — Jenny devait en avoir six. Il adorait pêcher et les emmenait souvent, même si l'idée d'accrocher des asticots à un hameçon les faisait couiner de dégoût, ce qui ne manquait jamais d'effrayer les poissons. Leur père, cependant, ne s'en agaçait pas et savourait ces moments passés avec ses filles. C'était de bons souvenirs.

Elle aurait aimé qu'il soit à ses côtés, en cet instant. Comment aurait-il enduré la disparition de sa plus jeune fille ?

Peut-être qu'elle est morte…

Jana frissonna violemment.

Trahissait-elle Jenny en envisageant cette issue ? Transpercée de chagrin, elle se força à regarder la réalité en face. Malgré tout, Ryan avait eu raison : il lui faudrait bien tôt ou tard reprendre le cours de sa vie. Peut-être valait-il mieux affronter le pire que de rester pour toujours dans cet état d'incertitude, sans la moindre lueur d'espoir ni même une chance de faire son deuil.

Soudain, une autre voiture vint se garer près de la sienne. Surprise, elle vit une silhouette familière en sortir.

Eric Patterson.

— Que faites-vous ici ?

— Je vous cherchais.

— Pourquoi ?

La question était peut-être grossière, mais elle n'avait plus envie de se montrer polie avec lui. Si jamais elle retrouvait sa sœur, la première chose qu'elle lui demanderait serait ce qu'elle avait bien pu trouver à ce type.

— Il faut qu'on parle, Jana, annonça Eric en avançant vers elle.

Il portait un pantalon kaki, des bottines de randonnée et un coupe-vent bleu. Ses yeux étaient dissimulés derrière des lunettes de soleil.

— Nous n'avons rien à nous dire, rétorqua-t-elle.

Il y avait quelque chose dans son attitude — son arrogance, peut-être — qui lui donnait envie de fuir en courant. Il fut pourtant plus rapide et plongea vers elle pour la saisir par les poignets.

— Lâchez-moi ! s'écria-t-elle en se débattant. Vous me faites mal !

— Vous aussi, vous m'avez fait mal, répondit-il en serrant davantage.

Il était beaucoup plus fort qu'il ne paraissait et, lorsqu'elle tenta de lui donner un coup de pied pour se défendre, il la jeta par terre et appuya un genou sur sa poitrine pour la maintenir en place.

Elle le regarda, le souffle court.

— Que me voulez-vous ?

— Je t'ai vue avec ce flic ! gronda-t-il en s'approchant au point qu'elle perçut son haleine sur son visage. Comment as-tu pu me trahir de cette façon ?

— Je... Je ne sais pas de quoi vous parlez !

Jana tenta de se soulever pour se libérer, mais Patterson tint bon. Elle tourna la tête de tous les côtés, dans l'espoir de trouver de l'aide, mais il n'y avait personne sur cette portion de route désolée et les barques des pêcheurs flottaient trop loin sur le lac pour qu'on l'entende.

— Je vais devoir te punir, à présent, reprit Eric.

Il sortit un tissu blanc de sa poche et le lui glissa autour du cou.

— Au revoir, ma chérie, marmonna-t-il en commençant à serrer.

16

Ryan passa le reste de la matinée au commissariat des rangers, à essayer de retrouver la trace de Jeremy Eddleston.

— Il ne répond pas à son bureau ni sur son téléphone portable. J'ai appelé l'université, mais personne n'a de ses nouvelles depuis hier. Sa femme non plus.

— A-t-elle signalé sa disparition ? demanda Randall.

— Elle dit qu'il est sans doute terré quelque part dans les entrailles de l'université, en train de cataloguer ses trouvailles du site de la Mystic Mesa, expliqua Ryan. Elle n'avait pas l'air plus affolée que ça.

— C'est étrange, fit remarquer Ethan. Ça ne l'inquiète pas qu'il ne rentre pas et n'appelle pas ?

— Apparemment, cela n'a rien d'inhabituel, répondit Ryan. Mme Eddleston m'a dit très exactement : « Mon époux et moi sommes très indépendants. Si je devais alerter la police chaque fois qu'il passe la nuit à l'université ou sur un site de fouilles, on me prendrait pour une folle. »

— Tu l'as déjà interrogée ? demanda Ethan.

— Oui. Elle a un alibi solide pour l'après-midi de la disparition de Jenny : un rendez-vous avec un conseiller conjugal.

— A-t-elle été surprise d'apprendre que son mari avait eu une aventure avec Jenny ?

— Non. Eddleston pensait peut-être qu'elle n'y voyait que du feu, mais j'ai plutôt l'impression qu'elle est au courant de tous les faits et gestes de son époux.

— Disait-il la vérité quand il parlait de réconciliation ?

— Je crois. Mme Eddleston ne m'a pas semblé être du genre à couvrir son mari. Elle a laissé entendre que c'est principalement elle qui finance le train de vie du ménage.

— Alors, où est notre professeur ? demanda Randall.

— Je pense qu'il nous évite, répondit Ryan en s'étirant sur sa chaise. À mon avis, il va finir par réapparaître chez lui ou à l'université et on pourra le coincer. En attendant, concentrons-nous sur un autre suspect.

— Qui ça ?

— Je creuserais bien un peu le cas d'Eric Patterson.

— Il affirme qu'il travaillait au journal, l'après-midi de la disparition de Jenny, rappela Ethan. Aucun de ses collègues ne se souvient spécifiquement l'avoir vu à la rédaction ce jour-là, mais personne ne peut certifier non plus qu'il n'était pas là. Son ordinateur professionnel indique qu'il était bel et bien connecté.

— Ce n'est pas difficile de trafiquer ce genre de données, marmonna Ryan.

— Et il a un lien très précis avec Jenny Lassiter, ajouta Randall. Mais pouvons-nous prouver qu'il connaissait Lucia ou Alicia ?

— Peut-être devrions-nous regarder de plus près les articles qu'il rédige pour le journal, suggéra Ethan. Peut-être a-t-il interviewé des lycéens pour un de ses papiers.

— Je ne vois pas comment il aurait pu croiser Alicia, répondit Ryan. Sa mort me fait plus l'effet d'un crime isolé. Elle a croisé le mauvais type quand elle s'est perdue dans le désert et il l'a étranglée. Peut-être a-t-elle refusé ses avances. Ou alors, c'était juste comme ça.

— Ce qui nous ramène à Daniel Metwater et Jeremy Eddleston, conclut Randall. Les deux se trouvaient dans le secteur quand Alicia s'est éloignée de son groupe.

— Je déteste ce genre d'affaires, soupira Ethan. Au bout d'un moment, tout le monde semble suspect.

— D'ailleurs, il pourrait s'agir de plusieurs suspects, rappela Randall.

— Pff… À la télé, ils arrivent toujours à bien ficeler leur histoire. Je me demande bien pourquoi on n'a pas de scénariste, nous…

— Ravi de voir que vous bossez comme des dingues, lança Simon en entrant dans la pièce.

Il jeta son sac à dos sur une chaise.

— On réfléchit à voix haute, répondit Ryan. Tu as de nouvelles pistes pour nous ?

— Peut-être…

Il sortit un dossier de son sac et le leur tendit.

— On a enfin réussi à obtenir la liste des élèves inscrits au séminaire d'archéologie du lycée de Montrose. Le nom de Lucia Raton y figure.

— Ah ! s'écria Randall en s'emparant du document. Donc Eddleston et elle ont bien été en contact.

— L'un des profs du lycée m'a assuré que Lucia était assise au premier rang et qu'elle a posé beaucoup de questions, ajouta Simon. Eddleston l'a forcément remarquée.

— Je crois qu'il va falloir retourner faire une petite visite à Mme Eddleston, chantonna Ethan. On va la pousser un peu plus pour découvrir ce qu'elle sait et si elle a eu des nouvelles de son mari.

Jana se réveilla dans l'obscurité, le corps meurtri. Elle avait la gorge en feu et peinait à déglutir. Recroquevillée en position fœtale, elle se sentait ballottée dans tous les sens et chaque mouvement faisait naître de nouvelles douleurs. Quand ses yeux s'accoutumèrent à la pénombre, elle comprit qu'elle était dans le coffre d'une voiture, le dos contre la roue de secours, allongée sur une vieille couverture râpeuse.

Lentement, en s'efforçant de ne pas faire le moindre bruit, elle étira son corps le plus possible et porta une main à sa gorge. Elle avait quelque chose de noué autour du cou, mais le lien était lâche. En tirant, elle parvint à se libérer d'une sorte de bande de tissu et inspira avidement l'air vicié. Malgré la douleur, la certitude d'avoir échappé de peu à la mort déclencha une décharge d'adrénaline en elle.

Réfléchis, s'ordonna-t-elle. Elle devait évaluer la situation. Elle était enfermée dans le coffre d'une voiture qui roulait assez vite. La route semblait lisse. Ils se trouvaient donc probablement sur du goudron. La voie express, probablement. Elle ignorait combien de temps elle était restée évanouie, mais sans doute plusieurs minutes. Son agresseur l'avait étranglée avec ce bout de tissu, avant de la charger dans le coffre de sa voiture. Il ne lui avait pas ligoté les pieds ni les mains, ce qui indiquait qu'il la croyait soit morte, soit mourante. Où la conduisait-il ? Cherchait-il un endroit pour se débarrasser de son corps ?

L'idée la fit frémir, mais elle s'efforça de rester concentrée. Elle ne pouvait pas commencer à paniquer maintenant. Elle devait garder la tête froide. Elle examina de nouveau sa prison. N'avait-elle pas lu quelque part que les coffres disposaient d'un système d'ouverture intérieur, au cas où un enfant se retrouvait coincé dedans ? Elle palpa les parois, jusqu'à sentir une sorte de proéminence rugueuse qui avait peut-être autrefois été une manette. S'était-elle cassée accidentellement… ou avait-elle été intentionnellement sciée ?

Une fois encore, elle dut lutter contre la panique qui menaçait de l'envahir. Ses doigts se refermèrent sur le manche d'une pelle pliante — le genre utilisé pour déblayer la neige. Un démonte-pneu aurait été préférable, mais la pelle ferait l'affaire.

Son ravisseur la croyait morte. Lorsqu'il ouvrirait le coffre, il ne s'attendrait pas à ce qu'elle bondisse sur lui. Elle le frapperait de toutes ses forces avec son arme de fortune, en espérant lui casser le nez.

Et ensuite ? Elle n'avait pas la moindre idée de l'endroit où il la conduisait. Il ne lui servirait à rien de courir à l'aveuglette dans les bois. Même si elle trouvait une route, elle n'était pas certaine de croiser quelqu'un.

Il lui faudrait prendre la voiture pour se sauver. Elle allait devoir continuer à frapper l'homme jusqu'à lui faire perdre connaissance. Ensuite, elle récupérerait les clés, sauterait dans le véhicule et tenterait de gagner une station-service avec un téléphone. Là, elle appellerait Ryan. Et elle ne lui en voudrait même pas s'il lui répétait : « Je te l'avais bien dit. »

— Je ne sais pas où se trouve mon mari, monsieur le ranger.

Melissa Eddleston était mince et blonde, âgée d'une cinquantaine d'années, avec de grands yeux d'un bleu très vif et des traits harmonieux. Décidément, pensa Ryan, le vieux professeur d'archéologie doit avoir un charme caché pour séduire des femmes aussi belles. Il avait été chargé d'interroger de nouveau Mme Eddleston, tandis qu'Ethan et Randall se rendaient à l'université.

— Je vous l'ai déjà expliqué : il est sans doute quelque part à la fac, perdu dans ses archives. L'avez-vous cherché là-bas ?

— Deux de mes collègues s'y trouvent en ce moment même, précisa Ryan. Mais ils ne l'ont pas localisé, pour l'instant. Il n'est pas au site de fouilles et ne répond pas au téléphone. Il n'a pas non plus allumé son ordinateur à son bureau depuis hier matin.

— Malheureusement, Jeremy est la caricature parfaite du professeur d'université distrait et déconnecté de tout, soupira Mme Eddleston. Il lui arrive souvent d'éteindre son portable quand il est plongé dans le travail. Croyez-moi, il est quelque part là-bas en train de s'émerveiller devant des éclats de poterie ou des lambeaux de mocassins.

Ryan parcourut du regard le salon de leur spacieuse demeure, construite sur une vaste propriété. Deux canapés jumeaux en cuir blanc entouraient une table en verre design, des fauteuils assortis en tapisserie dorée et des abat-jour blanc et doré complétaient le décor, donnant à la pièce une élégance un peu aseptisée. Pas vraiment sa tasse de thé.

— Où vivait le professeur, quand vous étiez séparés ? demanda-t-il.

Mme Eddleston pinça les lèvres.

— Je ne vois pas le rapport.

— J'essaye de savoir où nous pourrions le chercher.

— Il avait un appartement sur la 5e. Le genre d'endroit pas cher, plein d'étudiants et de jeunes divorcés.

Il détestait cet endroit. Je suis sûre qu'il n'y remettrait pas les pieds aussi facilement.

— La liaison de votre mari avec Jennifer Lassiter… Était-ce la première fois qu'il était infidèle ?

Elle pâlit.

— Je ne suis pas certaine qu'on puisse parler d'infidélité, quand le couple est séparé, rétorqua-t-elle d'une voix crispée.

— Avant votre séparation, vous avait-il déjà trompée ? poursuivit Ryan, impitoyable.

Il avait besoin de réponses, si inconfortables soient-elles.

— Je ne suis pas sûre de comprendre la pertinence de cette demande.

— Votre réticence me laisse penser que ce n'était pas la première fois.

Elle baissa la tête et perdit un peu de sa contenance impeccable.

— Je suis certaine d'une autre occasion, murmura-t-elle. Mais j'avais déjà eu des doutes à deux reprises. C'est pour cela que je voulais qu'on se sépare. Mais Jeremy a vieilli et il est plus sage, à présent. Il voit notre conseiller conjugal. Je suis sûre qu'il est sincère dans son désir d'être fidèle.

— Ses amantes étaient-elles toutes de jeunes femmes comme Jennifer ?

— Il est professeur à l'université. Il travaille entouré de jeunes femmes qui se jettent à ses pieds.

Elle renifla avec mépris.

— Jennifer, en tout cas.

— Vous savez que Jennifer Lassiter est portée disparue, rappela Ryan.

— Oui. Mais je peux vous assurer que Jeremy n'a rien à voir avec ça.

— Comment pouvez-vous en être aussi sûre ?

— Parce qu'il était avec moi l'après-midi de sa disparition. Il a quitté le site de fouilles plus tôt pour assister à notre premier rendez-vous avec le conseiller.

— À quelle heure était le rendez-vous ?

Selon ses collègues, Jenny était partie se promener vers 13 heures.

— De 14 heures à 15 heures. Je vous l'ai déjà dit.

— Vous avez évoqué un rendez-vous avec un conseiller conjugal. Sans faire allusion à votre mari.

— Vraiment ? s'étonna-t-elle. Peu importe. Il était avec moi. Nous sommes allés boire un café, après, puis nous sommes rentrés chez nous, où nous avons passé la soirée.

Pour être à l'heure, Eddleston avait dû quitter le site de fouilles vers 13 h 15. Si Jenny avait été vue pour la dernière fois à 13 heures, alors cela ne laissait pas beaucoup de temps pour la kidnapper, peut-être la tuer, puis faire disparaître les preuves éventuelles.

— Et votre mari est resté avec vous entre 14 heures et le lendemain matin ? demanda-t-il.

Elle fronça les sourcils.

— Madame Eddleston… Je peux vous convoquer au commissariat, si j'ai l'impression que vous me cachez quelque chose.

— Il était en retard au rendez-vous… Pas de beaucoup. Une vingtaine de minutes, peut-être. Il a prétexté un impératif professionnel et je l'ai cru. Je le crois toujours. Pourquoi me posez-vous ces questions ?

— Savez-vous qu'une seconde jeune femme… une

lycéenne… a disparu quelques semaines avant Jennifer ? Une fille du nom de Lucia Raton ?

— J'en ai entendu parler aux infos, en effet.

— Savez-vous que votre mari connaissait Lucia ?

— Quoi ? s'écria-t-elle, avec une inquiétude qui semblait sincère. Comment ? Une lycéenne ? Jamais il…

— Il a participé à un séminaire d'introduction à l'archéologie dans son lycée.

— C'est fréquent. Il adore faire découvrir sa passion aux jeunes.

— Il n'a jamais fait allusion à Lucia ?

— Pourquoi ? Il avait peut-être un faible pour les femmes, mais pas aussi jeunes, monsieur Spencer. Nous avons deux filles !

— Et Alicia Mendoza ? Vous a-t-il jamais parlé d'elle ?

— Non. Je n'ai jamais entendu ce nom.

— Inutile de harceler ainsi ma femme, monsieur Spencer.

Surpris, ils se tournèrent tous les deux. Jeremy Eddleston se tenait à l'entrée du salon, le visage gris, les traits tirés. Il semblait avoir vieilli de dix ans.

— Je sais que vous me cherchez, soupira-t-il en s'avançant dans la pièce. Je suis prêt à tout vous raconter.

17

Jana comprit que la voiture venait de s'engager sur une route de terre quand elle la sentit ralentir brusquement et que le terrain devint beaucoup plus accidenté. Elle tenta de s'agripper tant bien que mal à l'intérieur du coffre, mais chaque trou, chaque bosse la secouait douloureusement. Les dents serrées, elle s'efforçait de ne pas crier, terrifiée à l'idée que son ravisseur apprenne qu'elle était encore en vie.

Soudain, le véhicule sembla s'élancer à l'assaut d'une côte car Jana glissa en direction du pare-chocs et resta coincée là. Se dirigeaient-ils vers l'ancien site de bûcheronnage ? Peut-être son agresseur avait-il pensé que les rangers reviendraient sur les lieux, après y avoir découvert le corps de Lucia Raton.

Plusieurs minutes passèrent — combien, elle n'en savait rien, mais cela lui parut une éternité —, puis la voiture s'arrêta. Jana s'empara de la pelle et se prépara à l'action. Elle entendit une portière s'ouvrir, puis claquer. Des pas crissèrent et on introduisit une clé dans la serrure. Lorsqu'elle entrevit un rai de lumière, elle leva la pelle, prête à frapper.

— Oh non, pas de ça !

Patterson la saisit à deux mains pour la tirer hors du véhicule, la forçant à abandonner son arme. Elle se cogna violemment les genoux contre le rebord du coffre, mais continua à lutter, profitant de la force que lui conférait sa terreur.

Il la lâcha d'une main, juste le temps de la frapper, un coup brutal sur le côté de la tête, qui la laissa étourdie. Sous le choc, elle se mordit la lèvre au sang. Elle s'efforça de retrouver son équilibre et de regarder le tueur. Dans son esprit tourbillonnaient les mille choses qu'elle aurait voulu lui dire — insultes infâmes ou accusations virulentes. Au lieu de ça, tout ce qu'elle fut capable de proférer fut :

— Qu'avez-vous fait à Jenny ? Où est ma sœur ?

Il eut un sourire qui lui donna la nausée.

— J'aimais Jenny, soupira-t-il. Mais elle refusait de m'aimer. Je lui ai promis que je prendrais soin d'elle… Que nous pourrions être ensemble pour toujours, mais elle répétait qu'elle ne pouvait pas rester avec quelqu'un comme moi.

— Que lui avez-vous fait ?

— La même chose qu'à Lucia et Alicia. Ce que je vais te faire à toi.

Il la maintenait toujours d'une seule main. Elle tenta de se libérer, mais ses doigts se refermèrent sur son poignet avec encore plus de force, au point qu'elle craignit un instant qu'il ne lui brise les os.

— Pourquoi les avez-vous tuées ? demanda-t-elle.

— Je devais m'assurer de faire les choses bien quand le tour de Jenny viendrait, expliqua-t-il. Je devais m'entraîner pour que tout soit parfait. J'ai rencontré Lucia alors qu'elle faisait du stop. J'allais rendre visite à Metwater et elle revenait de son campement. J'ai donc fait demi-tour pour lui proposer de la déposer. Je l'ai emmenée boire un café. J'ai vu que je pouvais l'aider.

Elle n'est plus malheureuse, à présent. Elle n'est plus rien du tout.

Jana sentit son estomac se révolter. Sa gorge et son poignet lui faisaient atrocement mal, mais elle s'efforçait de garder les idées claires. Elle devait le faire parler, gagner du temps.

— Et Alicia ? balbutia-t-elle.

— Mon intention n'était pas de la tuer, mais quand je l'ai aperçue, marchant seule au bord de la route, j'ai pensé que ça valait la peine d'essayer une deuxième fois. Pour parfaire ma technique.

Il fronça les sourcils.

— J'ai fait une troisième tentative, avec Andi Mattheson, la protégée de Daniel Metwater, mais elle a réussi à s'échapper. Je ne voulais pas que cela se produise avec Jenny.

Elle le regarda longuement. Cet homme était fou, ce qui le rendait encore plus effrayant. Comment raisonner avec quelqu'un comme lui ?

— J'ai échoué avec Andi, reprit-il, mais c'est elle qui m'a donné l'idée de faire accuser Metwater. Il se croit tellement supérieur, avec toutes ces femmes qui l'adulent. Les rangers ne peuvent déjà pas l'encadrer, alors… C'était d'autant plus facile de le faire passer pour un coupable. C'est moi qui ai placé la chemise déchirée dans la penderie et ils se sont jetés là-dessus comme des chiens sur un os. Ils n'ont jamais pensé à moi. Après tout, je suis aussi innocent que l'agneau qui vient de naître.

Il eut un rire qui fit frissonner Jana.

— Et tu sais le plus beau, dans toute cette affaire ? poursuivit-il. C'est que j'ai eu l'occasion de rédiger mes meilleurs articles. Je serais surpris de ne pas remporter au moins un prix de l'Association de presse pour mes papiers sur ce tueur en série terrorisant le petit comté rural. Ce pourrait être exactement l'ouverture que j'attendais pour accéder à un grand journal national. Finalement, c'est vrai ce qu'on dit : aide-toi et le ciel t'aidera.

Jana avait envie de vomir, mais elle devait le faire parler encore. Elle n'avait aucune idée de l'heure, mais si elle parvenait à tenir jusqu'à ce que Ryan rentre à la maison… Elle savait que le ranger s'inquiéterait de ne pas la trouver chez lui et qu'il partirait à sa recherche. Certes, les chances qu'il la retrouve sur cette petite route déserte étaient minces, mais c'était son meilleur espoir.

— C'est vous qui m'avez agressée, l'autre soir, près de l'appartement de Jenny, murmura-t-elle.

— J'ai été interrompu, répondit-il, encore agacé. Mais je vais enfin pouvoir terminer ce que j'avais commencé.

Il lui serra davantage les poignets.

— Non ! s'écria-t-elle.

Sa réaction le surprit, car il relâcha son étreinte un instant, juste assez pour qu'elle se libère. Il se jeta sur elle, mais ses doigts se refermèrent sur son T-shirt. Jana entendit le tissu se déchirer et lâcher subitement, la propulsant en avant. Elle se rattrapa, les mains tendues, sur le gravier du sentier et s'efforça de se remettre debout le plus vite possible. Elle s'élança sur le terrain instable, tandis que son agresseur la poursuivait en jurant.

— Tu ne peux pas m'échapper ! hurla-t-il.

Jeremy Eddleston se laissa lourdement tomber sur le canapé en cuir blanc, en face de Ryan. Mme Eddleston les regardait tour à tour d'un air las.

— Vous savez qu'on essaye de vous contacter depuis hier ? commença Ryan.

— Oui… Quand j'ai vu votre véhicule prendre la direction du site, j'ai tourné dans un canyon pour attendre que vous soyez passés. J'ai pensé que vous veniez pour moi. Que vous aviez découvert mon secret. J'ai passé les vingt-quatre dernières heures à rouler, pour réfléchir à ce que je devais faire. J'ai dormi dans ma voiture, garée derrière une station d'essence abandonnée au milieu de nulle part.

Il frotta son menton mal rasé.

— Autant vous dire que je n'ai pas fermé l'œil. Je savais que si vous parliez à mon entourage vous finiriez par découvrir la vérité. J'ai décidé qu'il valait mieux jouer cartes sur table, avant de creuser ma tombe un peu plus.

— Qu'avez-vous à me raconter ? demanda Ryan, avec un frisson inquiet.

— J'ai menti quand j'ai dit que je n'avais pas vu Jenny l'après-midi de sa disparition. Je l'ai vue.

Ryan attendit. Le silence était souvent plus efficace que des questions pour obtenir la vérité. Eddleston jeta un regard en coin à sa femme, qui se détourna.

— J'ai quitté le travail tôt, cet après-midi-là, reprit-il. Vers midi. J'ai retrouvé une amie pour déjeuner, dans ce snack près du lac.

— Une amie ? répéta Mme Eddleston d'une voix glaciale.

— Nous terminions notre café quand Jenny est entrée avec Eric Patterson. Elle n'avait pas l'air de bonne humeur et, à peine installés, ils se sont mis à se disputer.

Ryan s'efforça de contenir la colère qui bouillait en lui.

— Pourquoi ne nous l'avez-vous pas dit plus tôt ?

— Parce que je savais que Melissa finirait par l'apprendre, répondit Eddleston en regardant de nouveau sa femme.

— Qui était-ce, cette fois ? demanda Melissa Eddleston. Encore une de tes étudiantes ?

— Peu importe, soupira son mari. C'est terminé entre nous. Je te le promets.

— Tes promesses ne valent plus rien. Qui était-ce ?

Il pinça les lèvres, le visage pâle. Ryan sortit son calepin de sa poche.

— Je vais avoir besoin du nom pour vérifier votre histoire, annonça-t-il.

— Lisa Cole, murmura Eddleston avec un nouveau regard penaud en direction de sa femme. C'est mon assistante d'enseignement à l'université.

Melissa poussa un cri étouffé et quitta la pièce.

— Je crois qu'elle ne me le pardonnera pas, cette fois, soupira Eddleston en la suivant des yeux.

Il se tourna de nouveau vers Ryan et reprit son récit :

— Ils se sont disputés pendant une dizaine de minutes. Jenny répétait qu'elle voulait qu'il lui fiche la paix. Lui disait qu'il l'aimait et qu'ils étaient faits l'un pour l'autre. Finalement, elle s'est levée en criant qu'elle ne l'aimait pas et elle est sortie en claquant la porte. Il s'est précipité pour la suivre.

— Ils sont partis ensemble ? demanda Ryan.

— Je ne sais pas. Quand Lisa et moi sommes sortis sur le parking, cinq minutes plus tard, ils avaient déjà disparu.

— Et Lucia Raton ? demanda Ryan.

— Lucia Raton ? répéta Eddleston, les yeux écarquillés.

— Elle a assisté à votre conférence sur l'archéologie au lycée de Montrose, quelques jours avant sa disparition.

— Vraiment ? Je ne m'en souviens pas, désolé.

— Une jolie fille. Assise au premier rang. Elle a posé beaucoup de questions.

— Peut-être…, soupira-t-il en hochant la tête. Je participe à tellement de conférences qu'elles finissent toutes par se mélanger.

— Donc, vous ne vous souvenez pas d'une jolie jeune fille fascinée par vous et l'archéologie ?

— J'ai mes faiblesses, inspecteur, mais les enfants n'en font pas partie.

— Je vais vous poser une dernière fois la question : avez-vous eu la moindre relation avec Lucia Raton ? L'avez-vous vue ou lui avez-vous parlé ? Avez-vous la moindre idée de ce qui a pu lui arriver ?

— Non. Je vous assure que je ne l'avais jamais remarquée avant.

Il regarda fixement Ryan et ajouta :

— Je n'ai pas fait de mal à Jenny. Elle était mon amie. Je sais que vous n'allez pas me croire, mais c'est la vérité. Et je me suis efforcé d'être là pour elle. Elle semblait en avoir besoin.

— Pourquoi ? N'avait-elle pas des amis de son âge ?

— Je l'ignore. Mais elle disait qu'elle m'aimait bien parce qu'elle se sentait en sécurité avec moi.

Il soupira.

— Le père de Jenny était mort quand elle était encore petite. C'est douloureux pour l'ego, mais peut-être voyait-elle en moi une sorte de figure paternelle.

Ryan rangea son carnet et se leva.

— Et maintenant ? demanda Eddleston.

— Trouvez-vous un bon avocat pour la procédure de divorce.

— Vous ne m'arrêtez pas ? J'ai pourtant dissimulé des informations importantes pour votre enquête.

— C'est vrai, mais je ne vais pas vous inculper. Et, même si l'infidélité est une manie répugnante, ce n'est pas interdit par la loi.

De retour dans sa voiture, Ryan appela Ethan, mais tomba sur son répondeur. Son collègue ne devait pas avoir de réseau. Il lui résuma donc l'entretien en laissant un message.

« Je vais vérifier l'histoire de la copine, expliqua-t-il. Mais j'ai l'impression que le professeur nous dit la vérité, cette fois. »

Il raccrocha et s'apprêtait à contacter son commissaire, quand son téléphone vibra. C'était Simon.

— Simon ? Quoi de neuf ? demanda-t-il en décrochant.

— Où es-tu ? Où est Jana ?

— Jana est chez moi, pourquoi ?

Elle avait parlé d'aller faire des courses, ce matin-là, mais elle devait être rentrée depuis longtemps.

— Tu dois la joindre à tout prix. Je crois qu'elle est peut-être en danger.

Ryan démarra sa voiture en réfléchissant à toute allure.

— Pourquoi en danger ? Qu'est-ce que tu as trouvé ?

— Je suis retourné au campement de Daniel Metwater, ce matin, expliqua Simon. J'ai parlé avec Andi Mattheson. Elle m'a dévoilé qui était cet Easy.

— Easy ? répéta Ryan en s'engageant sur la voie express, en direction de son domicile.

— L'homme qui a été vu en compagnie de Lucia Raton avant sa mort. Metwater avait ordonné à ses adeptes de ne pas mentionner son nom, mais j'ai réussi à convaincre Andi. Easy, c'est Eric Patterson.

— Quoi ?

— Easy, c'est Eric Patterson. Ce n'est pas simplement un journaliste qui a décidé de rédiger un portrait de Daniel Metwater. Il traîne avec le groupe depuis plusieurs semaines.

— Pourquoi Jana serait-elle en danger ?

— Andi affirme qu'Eric et Jenny Lassiter n'ont jamais été fiancés. Il avait bien acheté une bague, mais elle ne l'a jamais acceptée. Andi les a vus se disputer, quelques semaines avant la disparition de Jenny. Elle prétend aussi que Patterson parle aujourd'hui de Jana comme il parlait de Jenny avant sa disparition. Comme quoi ils sont faits l'un pour l'autre, ce genre de choses.

Ryan enclencha sa sirène et son gyrophare, et appuya sur l'accélérateur.

— Je vais retrouver Jana, annonça-t-il. J'espère seulement qu'il n'est pas trop tard.

Jana perdit l'équilibre et glissa dans une forte pente ; les cailloux déchirèrent son jean et lui griffèrent les bras.

— Arrête ! hurlait Eric, au-dessus d'elle. Tu ne m'échapperas jamais.

À côté d'elle, des roches volèrent en éclats et, lorsqu'elle leva les yeux, elle vit Eric, debout au sommet de la côte, un revolver à la main. Il pointa de nouveau son arme vers elle.

Prise de panique, elle se redressa et roula sur le côté, dans un buisson d'épineux. Elle tenta de se relever, se prit les pieds dans une racine et manqua de se tordre la cheville sur les cailloux instables, mais la peur la poussait en avant. Elle n'avait pas la moindre idée de l'endroit où elle se trouvait ni de la distance qui la séparait du véhicule d'Eric, mais elle devait continuer à avancer. Elle ne se laisserait pas tuer. Elle refusait de mourir.

Au bout de quelques minutes, cependant, elle dut s'arrêter. Elle avait les poumons en feu et chaque souffle était une lutte. Elle s'adossa au tronc d'un antique pin et scruta les alentours pour guetter le moindre signe de son poursuivant. Elle ne vit rien et n'entendit rien d'autre que sa propre respiration haletante. Pas même un oiseau ne pépiait. Le silence était total.

Elle palpa sa poche pour trouver son téléphone. Par miracle, l'appareil ne s'était pas cassé dans sa chute, mais il n'y avait aucun réseau. Elle composa néanmoins le numéro d'urgence, espérant que cela fonctionnerait quand même. Elle savait que les forces de l'ordre étaient parfois en mesure de retrouver des personnes grâce à leurs portables.

Encore fallait-il que quelqu'un ait remarqué son absence… Pour le reste du monde, elle était joyeusement en train de faire des courses à Montrose. Quand Ryan rentrerait-il chez lui pour se rendre compte qu'elle avait disparu ? Il allait peut-être devoir travailler tard.

Quelqu'un apercevrait-il sa voiture près de l'aire de pique-nique, au bord du lac ? Signalerait-on ce véhicule abandonné ? Combien de temps faudrait-il à ce signalement pour remonter jusqu'à Ryan ? Elle déglutit avec peine. S'il apprenait qu'elle était en danger, elle était certaine qu'il viendrait à son secours. Mais le savait-il ?

18

Ryan composa le numéro de Jana et attendit impatiemment.

« Bonjour, vous êtes sur le… »

« Jana, c'est Ryan. Rappelle-moi vite. C'est urgent. »

Il raccrocha d'un geste rageur et jeta son téléphone sur le tableau de bord. Où était-elle ? Il accéléra de nouveau. Arrivé au croisement de sa rue, il freina à peine pour négocier le virage, faisant crisser ses pneus sur l'asphalte, et s'arrêta dans un dérapage devant chez lui. Il avait cependant déjà remarqué que l'allée était vide. Aucune trace de la voiture de location verte que Jana avait récupérée la veille.

Il sortit de son véhicule et entra chez lui.

— Jana ? appela-t-il, effrayé de sa propre panique. Jana, tu es là ?

Aucune réponse. Il retourna en courant à son SUV pour l'appeler de nouveau sur son portable. De nouveau, la messagerie. Il raccrocha et composa aussitôt le numéro du commissariat des rangers.

— Où en est-on ? demanda-t-il quand Randall Knightsbridge décrocha.

— Simon et moi sommes passés au journal, en espérant prendre Eric Patterson par surprise, expliqua son collègue. Le rédacteur en chef ne l'a pas vu de la matinée, malgré une réunion importante du comité de rédaction. On a vérifié son appartement, il n'y était pas non plus.

Ryan étouffa un juron.

Évidemment.

Ça aurait été trop simple.

— On a émis un signalement, poursuivit Randall. Simon et Marco sont retournés au campement de Metwater, au cas où Patterson pointerait le bout de son nez là-bas. On a laissé deux gars au journal et deux chez lui.

— Je vais au café du Lac, annonça Ryan. Eddleston m'a appris qu'Eric s'y était rendu avec Jenny, l'après-midi de sa disparition. Je vais essayer d'obtenir une confirmation de son identité et vérifier aussi si c'est lui qui a été aperçu en présence de Lucia. Des nouvelles de Jana ?

— Non, désolé. Tu ne l'as pas vue non plus ?

— Non.

— On continue à chercher. Tiens bon.

Il n'eut pas le cœur de demander à Randall pourquoi il se sentait le besoin de l'encourager. Ses sentiments pour Jana devaient être évidents aux yeux de ses collègues, alors même qu'il n'avait pas osé les partager avec Jana. S'il la revoyait… Non. Quand il la reverrait, il lui dirait qu'il l'aimait et qu'il ne voulait plus jamais la quitter.

Le parking du restaurant était vide, mais deux véhicules stationnaient près de la porte de service. Aucun signe de la Toyota de Patterson. Ryan se gara et entra. Mary leva le nez d'un magazine.

— Bonjour, inspecteur, lança-t-elle. Le café vous a plu à ce point ?

— Je cherche quelqu'un, expliqua-t-il en sortant une photo d'Eric Patterson. Reconnaissez-vous cet homme ?

Elle observa l'écran, la tête penchée sur le côté, puis acquiesça :

— Ça pourrait bien être le type.

Ryan sentit son ventre se nouer.

— Quel type ?

— Celui qui était avec la fille qui a disparu.

— Vous êtes sûre qu'il n'est pas revenu depuis ?

Quand elle recula un peu, l'air craintif, il se rendit compte qu'il avait aboyé sa question. Il s'efforça de respirer calmement.

— Quelqu'un m'a dit l'avoir vu ici, il y a quelques jours, avec une autre jeune femme, expliqua-t-il.

— Oh… Alors, ce devait être quand je suis allée rendre visite à ma sœur, répondit Mary. J'ai pris cinq jours de congé, la semaine dernière.

— Qui vous a remplacée ?

— Bernadette pendant deux jours et Shelly, le reste du temps.

— Il me faut leurs coordonnées. Je dois leur parler.

Il jeta un coup d'œil dans le café et demanda encore :

— Vous êtes sûre que ce type n'est pas venu aujourd'hui ?

— Non, mon beau. Juste les pêcheurs habituels, un couple de campeurs et des ouvriers qui travaillaient sur la route.

Elle gribouilla quelques lignes sur son bloc-notes, arracha la feuille et la lui tendit.

— Voici les numéros de Bernadette et Shelly.

— Et cette femme ? s'enquit Ryan en lui montrant une photo de Jana. Vous l'avez vue ?

— Non, pas depuis qu'elle est venue avec vous, hier. Elle est mignonne, hein ? C'est une amie proche ?

— Oui.

Et il espérait bien qu'elle le resterait. Il prit la feuille de Mary et lui glissa une de ses cartes en échange.

— Appelez-moi tout de suite si vous croisez cet homme ou cette femme ici, recommanda-t-il.

— Pas de problème.

Elle posa la carte près de la caisse.

— Attendez ! ajouta-t-elle avant qu'il s'en aille.

Elle gagna la cuisine et revint avec un gobelet de café à emporter.

— Vous avez l'air d'en avoir besoin. C'est la maison qui offre. Et j'espère que vous retrouverez votre amie.

Ryan se remit en route, ne sachant plus trop quelle direction prendre. Eric Patterson avait sans doute enterré deux autres femmes dans le secteur et, selon toute probabilité, Jenny Lassiter était morte, elle aussi. Il ignorait en revanche si Eric avait tué ses victimes à l'endroit où il les avait rencontrées ou s'il les avait emmenées dans ces lieux reculés pour accomplir son forfait.

Il espérait que c'était la deuxième solution. Il avait besoin de croire que Jana était encore en vie, qu'il avait encore le temps de la sauver.

Il arriva à hauteur de la sortie menant à l'ancien site de bûcheronnage. Une équipe médico-légale avait déjà fouillé les lieux, sans découvrir de nouvelle tombe. Eric avait laissé Alicia Mendoza dans un fossé creusé par un groupe d'ouvriers.

Ryan réfléchit. À quel autre endroit était-il susceptible de trouver de la terre assez meuble pour intéresser un assassin cherchant à se débarrasser d'un cadavre ?

Lorsqu'il passa devant l'aire de pique-nique, un éclat vert attira son attention aux abords du lac. Une voiture. Il freina avec force et fit demi-tour. Il était déjà en train de transmettre le numéro de la plaque quand il sortit ct s'approcha, le téléphone collé à l'oreille.

— Ce véhicule appartient à l'agence de location VIP, répondit la standardiste, à l'autre bout de la ligne.

Ryan n'eut pas besoin d'en savoir plus. Après avoir glissé son téléphone dans sa poche, il enfila en toute hâte des gants de latex. La portière côté conducteur n'était pas verrouillée et il reconnut aussitôt le sac à main de Jana, posé sur le siège voisin.

Il examina le reste du véhicule et trouva quatre sacs de courses dans le coffre. La viande était encore fraîche au toucher ; la voiture n'était donc pas là depuis long-temps. Mais depuis combien de temps exactement ?

Il se dirigea ensuite vers la table de pique-nique la plus proche, où il repéra aussitôt des marques au sol — des lignes parallèles entre la dalle de béton et le parking, comme si on avait tiré quelque chose… Ou quelqu'un. Les traces s'arrêtaient brusquement, à quelques dizaines de centimètres d'empreintes de pneus indistinctes. Ryan s'agenouilla pour les examiner de plus près.

À première vue, cela ressemblait à une grosse berline, mais il n'était expert. Impossible pour lui de dire s'il s'agissait de la Toyota de Patterson, mais la probabilité lui semblait dangereusement élevée.

Il sortit de nouveau son téléphone et appela le commissariat des rangers. Ce fut l'inspecteur Michael Dance qui répondit.

— J'ai retrouvé la voiture de Jana, annonça aussitôt

Ryan. Sur l'aire de pique-nique, près du lac. Il y a des traces de lutte sur le parking et des empreintes de pneus. Il faut envoyer du monde sur place pour prendre des photos et des mesures. Et il faut organiser des recherches le plus vite possible.

— Carmen est disponible, répondit Michael. Elle arrive. Je mets tout le reste de l'équipe sur le coup. Et toi ? Où vas-tu ?

— Je ne sais pas. Je te le dirai quand j'y serai.

Dans sa voiture, Ryan sortit une carte détaillée du secteur, qui affichait toutes les routes, tous les sentiers forestiers, les aires de repos et de camping possibles. À l'aide d'un crayon, il entoura le site de bûcheronnage, où le corps de Lucia avait été trouvé, puis la portion de route en construction où les ouvriers avaient découvert Alicia. Il étudia le réseau routier, les cours d'eau et les courbes de niveau entre ces deux points et repéra bientôt un chemin portant l'indication suivante :

« PRIVÉ — passage interdit sans autorisation. »

Il se terminait en cul-de-sac sur une zone plus accidentée, marquée de deux pioches croisées.

Une mine.

Son cœur s'affola. Cela pouvait signifier soit un réseau de galeries, soit un puits. L'endroit parfait pour se débarrasser d'un cadavre.

Eric Patterson ne prenait même pas la peine d'être discret. Il fonçait à travers les fourrés avec la subtilité d'un grizzly furieux, écrasant les feuilles, cassant des branchages sur son passage.

— Tu ne peux pas m'échapper ! répétait-il. Quand je veux quelque chose, je l'obtiens toujours.

Jana non plus ne renonçait pas, bien décidée à ne pas se laisser impressionner par ses menaces brutales et à ne pas abandonner sans lutte. Elle se redressa et se remit à courir. Elle espérait avoir repris la direction de la route. Si seulement elle pouvait parvenir à la voiture avant lui, elle aurait peut-être une chance.

Au bout de quelques centaines de mètres, elle se rendit compte qu'elle n'entendait plus Eric derrière elle. Il avait aussi cessé de tirer. Avait-elle réussi à le semer ? Elle réduisit l'allure, l'oreille aux aguets. Jetant un regard par-dessus son épaule, elle ne vit que les troncs blancs des trembles qui jaillissaient du sol comme des épines de porc-épic.

Elle ralentit encore, pour reprendre un peu son souffle. Si seulement son téléphone fonctionnait, elle aurait pu se servir de la géolocalisation pour se repérer.

Évidemment, si son téléphone fonctionnait, elle aurait aussi pu appeler à l'aide…

Elle reprit sa course, mais s'arrêta brusquement au bout de quelques mètres, dérapant sur des cailloux qui dégringolèrent le long d'une pente abrupte, jusqu'au fond d'un canyon. Elle contempla la large crevasse qui s'ouvrait devant elle. Le soleil se reflétait sur le ruisseau qui coulait au fond.

— Attention à la marche, avertit une voix derrière elle.

Elle fit volte-face.

Eric était là, son arme à la main, assez près pour ne plus rater sa cible. En quelques pas, il fut sur elle et la saisit par le bras.

— Je t'avais dit que tu ne m'échapperais pas, ricana-t-il en la tirant brusquement dans la direction d'où il venait.

— Où m'emmenez-vous ? demanda-t-elle en avançant tant bien que mal.

— Tu vas rejoindre ta petite sœur chérie. Vous serez réunies pour l'éternité. C'était ce que tu voulais, non ?

Ses paroles et le ton presque joyeux sur lequel il les avait prononcées laissèrent Jana sans force. Elle sentit ses genoux flancher et faillit tomber. Eric la força à se remettre sur ses pieds d'un geste brusque et enfonça le canon de son arme dans ses côtes.

— Pas de blagues, gronda-t-il. Je n'ai pas l'intention de te tuer tout de suite, mais je n'hésiterai pas à tirer s'il le faut.

C'était donc bien le sort qu'il lui réservait si elle ne parvenait pas à s'échapper avant. Il avait déjà prouvé qu'il courait vite, et il connaissait apparemment bien la zone. Elle l'imagina en train d'explorer les bois pour préparer ses crimes et planifier le meurtre de la femme qu'il prétendait aimer.

Pourrait-elle lui arracher son arme ? Elle en doutait. Il avait le doigt sur la détente. Un faux mouvement et il ferait feu. Une seule balle, presque à bout portant, serait mortelle.

Elle pouvait essayer de le faire tomber, mais il la tenait si fermement qu'il risquait de l'entraîner dans sa chute.

C'est sans espoir ! criait une petite voix dans sa tête.

Non ! protesta-t-elle. Elle savait que seuls ceux qui ne renonçaient pas survivaient à ce genre de situations. Elle refusait de baisser les bras.

Ils sortirent bientôt du sous-bois pour grimper la côte qu'elle avait descendue plus tôt.

— Où allons-nous ? s'enquit-elle.

— Je te l'ai dit : on va retrouver ta sœur.

— Mais où ?

Il eut un petit rire.

— Tu es bien comme elle… Curieuse de tout.

Toujours à poser des questions : « Qu'est-ce que tu fais ? » « Pourquoi tu fais ça ? » « Où est-ce qu'on va ? » C'était une des choses que j'aimais bien chez elle, en fait. Elle était intelligente et futée. Elle aurait fait une excellente journaliste.

L'entendre parler ainsi de Jenny mettait Jana au comble de la rage. Si seulement elle avait pu canaliser sa colère pour en faire une arme, elle aurait brisé Patterson sur place.

— Où m'emmenez-vous ? demanda-t-elle encore, en espérant que la réponse lui permettrait d'échafauder un plan d'évasion.

— Regarde par terre. Que vois-tu ?

Elle baissa les yeux vers ses pieds.

— De… de la roche.

Elle avait les mains et les genoux endoloris par sa chute sur les cailloux, certains gros comme son poing, d'autres de la taille de sa tête.

— Ce sont des déchets de mine, expliqua-t-il. Ils proviennent de celle de Molly May. Ils ont trouvé pas mal d'or, dans le coin, dans les années 1870, mais plus personne ne vient jamais par ici.

— Vous m'emmenez dans une ancienne mine ?

C'était désespéré.

Le Colorado était quadrillé de mines comme celles-ci. Au fil du temps, des hommes y avaient extrait, avec plus ou moins de succès, de l'or, de l'argent, du cuivre, du fer, du charbon et d'autres minerais. Lorsqu'un filon cessait d'être exploitable, il était abandonné et se remplissait d'eau et de débris. Les mines les plus accessibles étaient condamnées par une grille ou une barrière, afin d'empêcher la chute de randonneurs ou d'animaux, mais celles qui étaient situées plus haut, loin des sentiers battus, restaient ouvertes.

C'était l'endroit rêvé pour se débarrasser d'un corps, pensa Jana en ravalant la boule qui se formait dans sa gorge.

— Avance, ordonna Eric en la tirant par le bras. Je n'ai pas la journée devant moi.

Une structure en rondins se dessina bientôt, vestige d'un ancien accès. Jana s'arrêta.

— Je ne veux pas entrer là-dedans.

Elle craignait qu'il ne se mette de nouveau en colère, mais Eric se tourna vers elle avec une étonnante tendresse.

— On est presque arrivés, assura-t-il. Il n'y a qu'une cinquantaine de mètres à parcourir avant le premier puits. C'est là que Jenny t'attend. Tu vas être tellement contente de la voir.

Jana se mordit la lèvre, craignant de se mettre à pleurer. Elle ne voulait pas lui donner cette satisfaction.

— J'ai peur du noir, chuchota-t-elle.

Elle ne mentait pas.

— Ne t'inquiète pas, répondit Eric. Je connais le chemin.

— Mais il va faire très sombre, insista-t-elle, en espérant que sa terreur ne s'entendait pas trop dans sa voix.

Patterson la lâcha, mais son arme était toujours pointée sur elle. Il fouilla dans la poche de sa veste et sortit une petite lampe-torche.

— Tu vois ? dit-il avec douceur. J'ai pensé à tout. Allez, viens, maintenant.

Ryan fit rugir le moteur de sa voiture sur le sentier de montagne. Ses pneus dérapaient sur les cailloux, qui ricochaient contre le bas de caisse. Pied au plancher, il manœuvrait tant bien que mal le SUV, qui glissa plusieurs fois dangereusement vers le bas-côté. L'heure n'était pas à la prudence ; il espérait seulement qu'il n'était pas trop tard.

Quand il avait quitté la voie express, il avait coupé son gyrophare et sa sirène, par précaution : si Eric Patterson se trouvait dans le secteur, il était inutile de l'avertir de son arrivée. Il ne savait pas encore comment il allait intervenir, mais il verrait bien le moment venu.

Devant lui, le soleil se reflétait sur quelque chose de métallique et il ralentit en reconnaissant la Toyota de Patterson. Le coffre était ouvert et une pelle à neige jaune gisait par terre. Ryan se gara juste derrière, afin de prévenir toute fuite, puis coupa le moteur pour étudier la scène. Un sentier partait de la voiture et s'élevait vers le sommet. Il n'avait cependant aucune idée de la distance qui le séparait de la mine.

Une douce brise bruissait dans les arbres qui entouraient la petite clairière, portant avec elle le parfum des pins et le chant musical des oiseaux. Dans d'autres circonstances, l'endroit aurait été idyllique, mais une atmosphère pesante venait polluer le tableau.

Ryan sortit son arme de service et prit la direction du bosquet, pour rester à couvert. Avançant aussi vite que possible sans faire de bruit, il s'élança sur la piste. Au bout de cinq minutes de montée, l'entrée d'une petite mine apparut sur le flanc de la montagne, une bouche noire et béante renforcée par des troncs d'arbres.

Il traversa la clairière en courant pour gagner l'ouverture et resta là un instant, le temps de reprendre son souffle, l'oreille aux aguets.

Des bribes de conversation lui parvenaient faiblement depuis l'intérieur de la galerie, trop indistinctes pour qu'il puisse en comprendre le sens. Le cœur battant, il s'engouffra dans le tunnel, se plaqua contre la paroi humide et commença à avancer à pas lents vers une vague lueur qu'il apercevait au loin. Au fur et à mesure, les voix se faisaient plus précises.

— Reste là, debout contre les boisseaux…

Une voix d'homme. Eric Patterson.

— Qu'est-ce que vous allez faire ? demanda Jana d'une voix qui tremblait.

Ryan s'efforça de ne pas réagir et continua d'approcher aussi discrètement que possible.

— Je ferai tout pour que ce soit sans douleur, assura Eric. Si tu coopères, ce sera beaucoup plus facile pour toi.

— Vous allez me tuer. Comment voulez-vous que ce soit facile ?

— Écoute, si tu résistes, je vais simplement te pousser là-dedans et tu mourras de faim au fond de ce trou. C'est ça que tu veux ?

Ryan n'eut pas besoin d'en entendre plus.

— Les mains en l'air ! hurla-t-il en se ruant vers le bout du tunnel.

Patterson fit volte-face et tira, mais sa balle ricocha sur la roche au-dessus de l'épaule droite de Ryan, faisant voler des éclats de granite. Avec un cri, Jana se jeta au sol près du puits de mine. Eric se tourna vers elle et la mit en joue.

— Si vous faites un pas de plus, Spencer, je la tue, menaça-t-il.

— Alors, tu mourras juste après, répondit Ryan. C'est ça que tu veux ?

— Tu n'aurais jamais dû t'en mêler, cracha Eric. Si tu n'avais pas essayé de me prendre Jenny, rien de tout cela ne serait arrivé.

— Je ne connaissais même pas Jenny, protesta Ryan.

— Ne mens pas ! s'emporta Eric en dirigeant son arme vers lui. D'abord, il y a eu ce professeur... Qu'est-ce qu'elle pouvait bien lui trouver, à ce vieillard décati ? Je pensais avoir réglé la question en m'assurant qu'elle ne puisse plus jamais me quitter. Mais ensuite tu es arrivé, et je t'ai vu l'embrasser. Ça m'a écœuré. Tu aurais dû rester en dehors de tout ça.

— Posez cette arme, lança Ryan. Vous ne résoudrez rien en faisant une victime de plus.

— N'approche pas, Spencer !

Ryan eut juste le temps de plonger. Le coup résonna avec force dans la mine et l'odeur de poudre devint bientôt insupportable. Ryan roula sur le côté et aperçut Eric qui titubait, tandis que Jana tentait de le déstabiliser en le saisissant par la cheville.

Patterson la mit en joue, mais il n'eut pas le temps de tirer. La balle de Ryan le frappa en pleine poitrine et le propulsa jusqu'au trou, dans lequel il tomba avec un grand cri.

Ryan rampa jusqu'à Jana, qui était allongée par terre, le visage contre le sol, les épaules tremblantes. Il la prit dans ses bras.

— Tu es blessée ? murmura-t-il en lui caressant les cheveux. Il t'a fait mal ?

Elle leva vers lui des yeux baignés de larmes.

— Il l'a tuée, hoqueta-t-elle. Il a tué Jenny. Elle est au fond de ce puits de mine. Il lui a tiré dessus et l'a abandonnée là-dedans.

Il attira sa tête contre son épaule pour tenter d'endiguer ses pleurs. Aucune parole n'aurait pu apaiser sa peine. Quand ses sanglots se calmèrent enfin, il déposa un baiser sur ses cheveux.

— Mais il ne t'a pas tuée, toi, murmura-t-il.

Il l'aida à se remettre debout.

— Heureusement que tu es arrivé, chuchota-t-elle en reniflant. Je me répétais que, si je pouvais tenir assez longtemps, quelque chose se produirait. Je devais continuer à y croire. Ne pas renoncer.

— C'est ce que j'aime chez toi.

Il l'embrassa de nouveau, sur les lèvres cette fois, et elle se lova contre lui, les mains dans ses cheveux. C'était un baiser désespéré, un baiser de soulagement, mais plein d'une passion née des événements tragiques qu'ils venaient de traverser.

Pourtant, cela ne rendait pas les sentiments qu'il éprouvait pour elle moins réels.

— Le moment est mal choisi…, balbutia-t-il. Et je ne te demande rien. Mais je veux juste que tu saches combien je t'aime.

— Je t'aime aussi, répondit-elle. En dépit de tout le reste, je t'aime. C'est dingue et complètement inattendu, mais je ne peux pas m'en empêcher.

— Police ! cria soudain une voix derrière eux. Ryan, tu es là ?

— Par ici ! appela Ryan.

Des bruits de pas se firent entendre et, quelques secondes plus tard, Ethan, Simon et le reste de la brigade apparurent au bout de la galerie.

— Eric Patterson est mort, annonça Ryan. Il est tombé au fond de ce puits de mine. Le corps de Jennifer Lassiter s'y trouve sans doute aussi.

— Tu es blessé, Ryan ? s'inquiéta aussitôt Graham.

— Non, commissaire. Tout va bien.

Les rangers s'écartèrent pour les laisser passer.

— Et maintenant ? demanda Jana, quand ils furent sortis de la galerie.

— Je te ramène à la maison.

— Non, je veux parler d'Eric… et de Jenny.

— On va remonter les corps. Ensuite, il faudra que tu décides de ce que tu veux faire. Si tu veux organiser des obsèques ou une cérémonie, je t'aiderai. Sinon, on peut te trouver quelqu'un pour t'accompagner dans les démarches.

— Pauvre Jenny, soupira Jana en s'appuyant sur son épaule. Si seulement j'avais su ce qu'elle traversait, j'aurais pu…

— Elle ne voulait pas t'inquiéter. Elle pensait pouvoir se débrouiller toute seule. J'ai parlé au Pr Eddleston ce matin, qui m'a expliqué que ta sœur appréciait sa compagnie parce qu'elle se sentait en sécurité avec lui. Je crois qu'elle s'est rapprochée d'Eddleston pour se débarrasser d'Eric. Elle espérait qu'il la laisserait tranquille, s'il apprenait qu'elle était avec quelqu'un d'autre.

— Il était fou… Tu as entendu ce qu'il a dit ? Il parlait comme si Jenny et moi étions la même personne.

Elle le regarda, les yeux dévorés d'inquiétude.

— J'allais oublier… Il m'a avoué avoir assassiné Lucia et Alicia. Selon lui, c'était pour s'entraîner avant de tuer Jenny. Et c'est lui qui m'a agressée l'autre soir, devant l'appartement de Jenny.

Elle plaqua une main sur sa bouche pour étouffer un sanglot.

— Il faudra que tu fasses une déposition, plus tard, répondit Ryan. Mais, pour l'instant, n'y pense plus.

— Je dois tout te raconter avant d'oublier des détails. Il a dit que c'était lui qui avait mis la chemise dans la penderie de Daniel Metwater, pour le faire accuser. Oh ! et puis, il a aussi agressé Andi Mattheson.

Ryan hocha la tête. Les rangers avaient donc raison de soupçonner que tous ces faits étaient liés.

— Tu feras ta déposition demain. Pour l'instant, rentrons à la maison.

Elle le regarda un instant.

— Chez toi… Ce n'est pas chez moi, fit-elle remarquer.

— Ça pourrait le devenir, si tu veux.

Il ouvrit la portière côté passager.

— Est-ce que ça te plairait ?

— Je veux rester avec toi. Pas juste maintenant. Je ne veux pas retourner à Denver, sauf pour fermer mon bureau et rendre mon appartement. Je ne veux pas te quitter.

— Moi aussi, je veux que tu restes vivre avec moi.

Il l'embrassa de nouveau, avec douceur, comme si elle était faite de la porcelaine la plus fine. Elle semblait fragile et précieuse, alors qu'il connaissait sa force immense. Il le fallait bien, avec tout ce qu'elle avait enduré au cours de cette journée.

Elle lui sourit à travers de nouvelles larmes.

— Tu crois que ça peut marcher ? Les circonstances ne sont pas idéales pour démarrer…

— Ça ne pourra aller qu'en s'améliorant. Et, quoi qu'il arrive, nous le vivrons ensemble. Si tu le veux.

— Oui, je le veux.

Elle passa les bras autour de son cou et le serra avec force.

— Je ne renonce jamais. Tu l'as compris, non ?

— Tout ce qui compte, c'est que tu ne renonces pas à nous.

— Fais-moi confiance.

228

— Je sais.

Ce n'était pas une promesse pour toujours. Il n'était pas question de mariage. Pas encore. Mais avec un peu de chance cela viendrait. À présent qu'il avait trouvé cette femme, il n'était pas près de renoncer, lui non plus.

JULIE MILLER

Un allié très séduisant

Traduction française de
HERVÉ PERNETTE

BLACK ROSE

HARLEQUIN

Titre original :
KANSAS CITY COP

1

Le reflet du soleil sur la neige était aveuglant et l'agent Gina Galvan, qui avait un début de migraine, plissa douloureusement les yeux.

— Non, *tía* mamie, je ne peux pas, dit-elle dans son téléphone.

Assise sur le siège passager de la voiture de patrouille, Gina adressa un regard d'excuse à Derek Johnson, son équipier. Elle était contrariée que ses problèmes familiaux viennent interférer dans son travail.

— Je termine mon service à 19 heures et, s'il nous reste de la paperasse à remplir, je finirai plus tard. C'est pour cette raison que j'ai laissé ma voiture à la maison et que j'ai pris le bus, ce matin. Je pensais que Sylvie pourrait vous conduire, papi et toi, chez le médecin.

— Sylvie n'est toujours pas rentrée de l'école, répondit sa grand-tante Lupe, qu'elle appelait « *tía* mamie » depuis toujours.

— Quoi ? Mais où est-elle ?

— D'après Javier, elle est sûrement partie faire un tour avec son copain. Tu sais, ce jeune que nous n'aimons pas trop.

— Vraiment ?

Gina fronça les sourcils, à la fois inquiète pour sa jeune sœur et en colère. Ce fameux copain avait beaucoup trop d'argent pour le gagner honnêtement. Mais Bobby Estes, puisque tel était son nom, en mettait plein la vue à Sylvie avec ses belles voitures et ses airs charmeurs, et Sylvie, qui était naïve et rêveuse, n'y résistait pas. Mais Bobby Estes avait beau prétendre être un type comme les autres, Gina le considérait comme une menace pour sa sœur, et elle n'aimait pas la savoir avec lui.

— Il va encore falloir que je lui remette les idées en place, marmonna-t-elle.

Cependant, ce n'était pas cela qui permettrait à son grand-oncle d'arriver plus vite chez le médecin. Gina se massa la nuque pour évacuer la tension.

Derek lui donna un petit coup de coude.

— Ce soir, tu veux que je te raccompagne chez toi ?

Non, ce n'était pas ce dont elle avait besoin, mais son collègue, à sa décharge, n'entendait que la moitié de la conversation. Gina lui adressa un sourire. Cela faisait maintenant deux ans qu'ils étaient équipiers au sein du service de police de Kansas City.

— Non, merci, c'est juste un malentendu entre ma sœur et moi.

— Familles, je vous aime ! lança Derek avec ironie.

Gina savait qu'il entretenait des rapports tendus avec son père. Quant à sa mère, elle avait demandé le divorce depuis de nombreuses années et était partie refaire sa vie ailleurs sans se préoccuper de lui.

Tous deux avaient eu une enfance compliquée, ce qui leur faisait un point commun. Cela avait d'ailleurs contribué à consolider leur relation professionnelle. En guise de réponse, elle leva les yeux au ciel.

Derek sourit.

— Passe le bonjour à ta grand-tante, dit-il.

— Derek te passe le bonjour, répéta-t-elle sans attendre dans son téléphone.

— Apprends-lui à parler espagnol et invite-le à dîner à la maison un soir, répondit Lupe.

— D'accord, répliqua Gina.

Lupe se mit à parler de choses et d'autres et Gina se contenta de brèves réponses. Tandis qu'elle gardait son téléphone à l'oreille, elle observait ce qui se passait autour d'elle. Parce que c'était son travail d'être à l'affût du moindre événement suspect, mais surtout parce qu'elle ne connaissait que trop bien les discours de sa grand-tante.

Soudain, elle se redressa sur son siège. Un homme grand et large d'épaules en tenue de sport venait de tourner à l'angle de Pennsylvania Avenue et partait en petites foulées. Voir quelqu'un faire son jogging dans ce quartier était pour le moins inhabituel. Peut-être était-ce un de ces nouveaux riches qui avaient acheté des locaux ou un loft pour une bouchée de pain, convaincus qu'ils allaient contribuer à transformer l'image de cette partie de la ville. Cette pensée lui arracha un petit sourire ironique. Des gens qui avaient de l'argent venaient s'installer par ici de leur plein gré alors que ceux, comme elle, qui y avaient grandi faisaient tout leur possible pour en déménager au plus vite…

Elle continua d'observer cet homme. Il était grand, mince et musclé. Très séduisant. Et, vu l'allure à laquelle il courait, il était évident qu'il était en parfaite condition physique. Elle qui faisait énormément d'efforts pour garder la forme savait de quoi elle parlait.

Quand la voiture de patrouille passa à sa hauteur, l'homme tourna légèrement la tête et lui adressa un salut poli auquel elle répondit d'un mouvement de la tête. Elle continua à l'observer aussi longtemps que possible dans le rétroviseur. Vraiment, il n'y avait pas à dire, c'était un beau mec, songea-t-elle. Elle étouffa un soupir. Se rincer l'œil, c'était bien tout ce qu'elle pouvait se permettre, car elle n'avait absolument pas le temps ne serait-ce que d'envisager d'avoir une relation avec un homme.

Le beau jogger disparu de son champ de vision, elle jeta discrètement un regard à son équipier. Derek était lui aussi plutôt joli garçon, mais il avait un visage trop poupin à son goût.

— Devons-nous faire un détour par chez toi ? lui demanda ce dernier. J'aimerais bien avoir une conversation avec ta sœur.

Gina fut quelque peu agacée. Que sous-entendait-il, qu'elle n'était pas capable de régler ses problèmes toute seule ?

Elle lui indiqua d'un geste de se concentrer sur la conduite. Puis, posant la main sur le haut-parleur de son téléphone, elle rétorqua :

— C'est plutôt calme pour le moment. Ça te dirait de t'arrêter à un *coffee-shop* ? Une boisson chaude nous ferait le plus grand bien.

Sa suggestion eut l'effet escompté. Derek avait une nouvelle mission et ne se mêlerait plus de ses problèmes familiaux.

— Entendu, dans cinq minutes tu auras un bon café chaud entre les mains.

Derek tourna au premier carrefour et remonta une petite rue étroite aux maisons délabrées et aux trottoirs jonchés d'ordures. Gina connaissait très bien ce quartier. Trop bien. Elle avait beau être très attachée à Kansas City, chaque fois qu'elle passait dans le coin, elle avait la sensation de manquer d'air et l'envie de partir très loin la taraudait.

Elle repoussa ses pensées et se tourna du côté de sa portière pour se concentrer sur la conversation avec sa grand-tante.

— As-tu appelé Sylvie ? lui demanda-t-elle.

— Oui, mais elle ne répond pas.

— Et Javier ?

Javier était son frère. Il avait vingt et un ans, mais il était encore très immature. Gina espérait que, rapidement, il se montrerait plus responsable et que son grand-oncle pourrait enfin pleinement profiter de sa retraite.

— Il ne peut pas vous emmener, lui ?

— Il est déjà parti. Il fait des heures supplémentaires à son travail.

Bien. Ça, pour le moment, c'était un souci en moins. Tant que Javier n'aurait qu'une idée en tête : gagner — honnêtement — assez d'argent pour se payer une voiture, il ne suivrait pas le mauvais chemin qu'avaient emprunté ses anciens amis.

— Je vois.

— Rollo dit qu'il peut conduire, reprit Lupe d'une voix incertaine.

Gina changea de position sur son siège.

— Non, c'est hors de question. Il est suivi par un médecin précisément parce que, la dernière fois qu'il a pris le volant, il a fait un malaise.

— Qu'est-ce que je fais, alors ? demanda Lupe.

Gina se sentit coupable. Sa grand-tante et son grand-oncle s'étaient sacrifiés pour les élever, sa sœur, son frère et elle, après la mort de leur mère, et voilà que maintenant, alors qu'ils approchaient tous deux des quatre-vingts ans, leur sort, leur santé plutôt, était suspendu aux caprices d'une ado.

— Je vais tenter de convaincre Sylvie de rentrer aussi vite que possible. Si je ne te rappelle pas d'ici dix minutes, téléphone au médecin pour reporter le rendez-vous à demain. Demain je pourrai vous emmener. J'ai seulement un test de tir à passer dans le cadre de ma candidature pour intégrer le SWAT.

— Entendu, faisons comme ça. Mais, tu vois, si tu avais quelqu'un dans ta vie pour t'aider, ce serait bien.

Gina roula les yeux. Pour sa grand-tante, réussir dans la vie signifiait avant tout se trouver un mari et avoir des enfants. Mais pas pour elle.

— À plus tard, je t'embrasse, dit-elle pour clore la conversation.

— Je t'aime, Gina, répondit Lupe. Tu es la meilleure des filles.

À peine eut-elle raccroché que Derek se garait devant un *coffee-shop*. Mais, au lieu de descendre de voiture, il posa nonchalamment une main sur le volant et se tourna vers elle, un sourire aux lèvres.

— Alors, encore une fois, Sylvie n'en fait qu'à sa tête ?

Gina ne vit pas l'intérêt de démentir.

— Elle était censée conduire mon grand-oncle et ma grand-tante chez le médecin. Au lieu de quoi elle traîne quelque part avec un garçon potentiellement dangereux et trop vieux pour elle.

Derek secoua la tête.

— Quand elle est maquillée, elle fait beaucoup plus que dix-sept ans, tu sais.

Il baissa les yeux.

— Et elle a de longues et belles jambes, comme sa grande sœur, ajouta-t-il.

Gina composa le numéro de sa sœur et, de sa main libre, donna une bourrade sur l'épaule de son équipier.

— Dis donc, tu reluques ma petite sœur ?

— Hé, il n'y a pas de mal à se faire du bien.

— Oui, eh bien, évite de le faire avec ma petite sœur, compris ? Elle n'a que dix-sept ans. Tu pourrais avoir des problèmes avec le service. Et avec moi.

Derek leva les mains.

— Laisse tomber le service, c'est de toi que j'ai peur. Bientôt, tu feras partie des meilleurs éléments de l'unité d'élite de la police de Kansas City, alors je vais éviter de te contrarier.

Gina grimaça comme elle tombait sur la messagerie de Sylvie.

— La barbe ! maugréa-t-elle.

Elle rangea son téléphone et tendit la main.

— Tu pourrais me prêter ton téléphone ? demanda-t-elle à Derek. Peut-être que, si elle ne reconnaît pas le numéro, elle décrochera.

— Cela signifie qu'ensuite j'aurai le numéro de ta sœur, tu en es consciente ?

— Elle a dix-sept ans ! répéta fermement Gina avec un sourire tandis que Derek sortait son portable.

Gina était elle-même ado quand sa mère était décédée et que leur père, qui ne s'occupait déjà plus d'eux depuis longtemps, avait officiellement renoncé à ses droits parentaux. Ils étaient allés vivre avec leur grand-tante et leur grand-oncle, dans un quartier légèrement moins défavorisé que celui où ils habitaient avant. Lupe et Rollo avaient toujours mis en avant l'importance de l'éducation et du travail, ils avaient été naturalisés américains à la sueur de leur front, ils étaient pauvres mais fiers. Gina avait été très sensible à leur discours et, très vite, elle s'était fait la promesse de subvenir aux besoins de sa famille. Son désir de protéger les siens s'était mué en volonté de protéger la veuve et l'orphelin, et c'est ainsi qu'elle avait intégré la police de Kansas City. Mais elle n'oubliait pas d'où elle venait et était consciente du chemin qu'il restait à parcourir pour que sa famille et elle soient définitivement à l'abri du besoin et du danger.

— Et puis, ne va pas me porter la poisse, je n'ai pas encore intégré le SWAT.

Sa grand-tante et son grand-oncle étaient superstitieux et leur nature déteignait quelque peu sur elle. En tout cas, elle refusait d'aller trop vite en besogne. Si elle parvenait à être effectivement admise dans l'unité d'élite dirigée par le capitaine Michael Cutler, elle accéderait à de nouvelles fonctions — une promotion qui s'accompagnerait d'une belle hausse de salaire et qui lui permettrait de s'installer, en compagnie de sa famille, dans un quartier beaucoup plus reluisant et sûr. Se fixer des objectifs élevés et faire tout son possible pour les atteindre ne lui faisait pas peur. D'autant plus que subvenir aux besoins de sa famille ne constituait pas sa seule motivation… Elle en avait une autre, beaucoup plus égoïste… : avoir de l'espace, vivre dans un endroit où ils ne seraient pas tous les uns sur les autres, où elle n'aurait pas à partager sa salle de bains avec quatre personnes.

— Je ne suis pas la seule candidate sur la liste du capitaine Cutler, reprit-elle, la gorge serrée. Nous sommes au moins dix, toi y compris d'ailleurs.

— Ouais, mais c'est toi la meilleure.

— Arrête ça.

Elle croisa les doigts, déposa un petit baiser dessus et

les porta à son cœur. C'était une habitude qu'elle avait depuis l'enfance pour se porter bonheur.

— Nous avons tous nos qualités respectives.

— Je ne fais que répéter ce qu'a dit Cutler à l'issue de la dernière session de tests. McBride a été le meilleur au tir. Quant à toi, ma petite équipière, le capitaine a affirmé que tu étais la dernière qu'il aimerait affronter en combat singulier. J'espère que tu apprécies le compliment à sa juste valeur.

Elle se retint de rétorquer à Derek qu'elle n'était pas sa « petite équipière », ni sa petite quoi que ce soit, d'ailleurs. Mais elle avait déjà suffisamment de conflits à gérer.

— Toi aussi tu te débrouilles bien, sans quoi tu aurais déjà été écarté. Le capitaine Cutler tient ce genre de propos seulement pour nous stimuler.

— Oh ! mais je n'ai pas baissé les bras. Pour intégrer l'unité, il me suffit de finir cinquième, alors j'ai encore mes chances.

— Cinquième ? répéta Gina dans un éclat de rire. Tu ne vises pas assez haut, Derek.

— Non, je suis réaliste. Je n'arriverai à finir ni devant toi ni devant Cho. Il est trop fort aux épreuves écrites et sur les évaluations de procédures.

Gina ne pouvait pas dire le contraire. Colin Cho était un autre candidat sérieux. En ce moment, il était en convalescence. Lors d'un banal contrôle routier en pleine nuit, il s'était fait tirer dessus et, sans son gilet pare-balles, il y serait certainement resté. Finalement, il s'en était sorti avec deux côtes cassées.

— En parlant de Cho, tu sais comment il va ?

— J'ai entendu dire qu'il était passé au poste il y a quelques jours, ce qui signifie qu'il va mieux, mais il va rester cantonné encore un moment à la paperasse, il n'est pas prêt à retourner sur le terrain. Du coup je me demande si sa candidature à l'unité d'élite va être maintenue.

— Cho est un trop bon élément pour qu'ils l'écartent, répliqua Gina, tout en essayant de joindre sa sœur à partir du téléphone de son coéquipier.

— Oui, mais il y a une date butoir, lui rappela Derek. Si, à celle-ci, il n'est pas en mesure de passer les tests physiques…

Après plusieurs sonneries, quelqu'un décrocha enfin.

— Téléphone de Sylvie Galvan, déclara une voix masculine.

Gina grimaça en comprenant qu'elle avait au bout du fil ce satané type qu'elle considérait comme un gangster en devenir. Elle se retint de jurer. Mais, si elle voulait que sa sœur rentre à la maison et emmène son grand-oncle chez le médecin, elle devait faire preuve de diplomatie.

— Bobby, passe-moi Sylvie.

— C'est ta terrible grande sœur, entendit-elle Bobby annoncer.

En fond, Gina entendait des bruits de moteur et de klaxon, ce qui signifiait qu'ils étaient en voiture.

— Hé, Gina, qu'est-ce que tu me donnes pour que je te passe Sylvie ?

Cette fois, Gina entendit le rire de sa sœur, ce qui ne manqua pas de la hérisser. Bien. Tant pis pour la diplomatie.

— Bobby Estes, tu fiches la paix à ma sœur et tu me la passes tout de suite, sinon…

— Bla bla bla, la coupa Bobby.

— Qu'est-ce que tu veux ? geignit Sylvie quand, enfin, Gina l'eut en ligne.

— Tu as oublié le rendez-vous de *tío* papi chez le médecin.

Gina en vint directement au fait plutôt que de perdre son temps à sermonner sa sœur en vain.

— Tu m'avais promis que tu l'emmènerais.

— Javier peut le faire.

— Non, il est au travail. Et, encore une fois, c'était ta responsabilité.

Quand elle entendit sa sœur soupirer d'exaspération, Gina ferma le poing pour contenir sa colère.

— Tu veux être traitée comme une adulte, oui ou non ?

— Je viens seulement de sortir de l'école.

— Tu as fini les cours depuis une heure et demie. Je comptais sur toi. Je ne te cherche pas des noises, c'est pour aider Lupe et Rollo que je t'avais demandé de les emmener. Tu préfères leur expliquer pourquoi tu les as oubliés ?

Gina entendit Bobby pousser un grognement.

— Ta grande sœur te casse encore les pieds ? l'entendit-elle demander à Sylvie. Elle est jalouse de nous, tu le sais. Raccroche.

— Arrête, Bobby, protesta Sylvie, qui semblait irritée par l'attitude de son petit copain.

Gina en fut ravie.

— À quelle heure est son rendez-vous ?

— 16 h 45. Tu es où ? Tu as encore le temps d'y aller ?

— Ouais, je vais les emmener.

Dieu merci, Sylvie n'avait pas encore complètement oublié ce que Lupe et Rollo avaient fait pour eux depuis qu'ils les avaient recueillis.

— Il faut que je rentre, l'entendit-elle déclarer à l'intention de Bobby.

— Je t'ai dit que je voulais t'emmener dîner et te montrer le club de mon pote, répondit Bobby d'un ton plaintif. Ce n'est pas parce que Gina est flic qu'elle a le droit de décider de ce qu'on doit faire ou pas. En tout cas, moi, je ne marche pas.

— Calme-toi, Bobby. Conduis-moi à la maison, c'est tout ce que je te demande.

Sylvie s'efforçait de prendre un ton caressant.

— Je te revaudrai ça plus tard.

— Promis ?

— Promis.

— Oh ! j'aime quand tu me parles comme ça.

Gina regretta de ne pas pouvoir attraper Sylvie par le col pour la faire sortir de la voiture de Bobby sans attendre. Savoir sa petite sœur entre les pattes de ce voyou lui déplaisait souverainement.

— Sylvie ?

— Je vais appeler Lupe pour la prévenir de mon arrivée.

— Bobby n'a pas besoin de te raccompagner jusqu'à la porte. Si *tía* mamie le voit, elle…

— Salut.

— Salut, grande sœur, ajouta Bobby d'un ton railleur.

Sylvie avait raccroché. Gina poussa un soupir agacé en rendant son portable à Derek.

— T'ai-je déjà dit que je donnerais cher pour me servir de Bobby Estes comme d'un punching-ball ?

Derek éclata de rire.

— Oui, quelques fois.

Il ouvrit sa portière et un courant d'air glacé s'immisça dans l'habitacle et la fit frissonner.

— Et moi je ne cesse de te répéter que, le jour où tu auras besoin de moi pour lui régler son compte, je serai ravi.

Le support indéfectible de son équipier lui fit du bien.

— Bobby est trop malin pour se laisser piéger. Il sait comment s'y prendre pour me provoquer, mais il est également conscient des limites à ne pas dépasser pour éviter de me donner une bonne raison de l'arrêter. Et Sylvie ne le dénoncera jamais.

— Encore une fois, tu n'as qu'un mot à dire et je serai là, Gina, répéta Derek qui s'apprêtait à sortir. Je laisse tourner le moteur pour que le chauffage ne s'arrête pas.

Mais, à ce moment-là, la radio se manifesta. Il se réinstalla sur son siège pour écouter le message.

— Bien, je crois que nous pouvons oublier le café, fit-il.

Il referma sa portière tandis que la standardiste répétait :

— À toutes les unités présentes dans la zone de Westport, nous venons de recevoir un appel pour signaler une violente dispute. Soyez prudents, le suspect est armé d'un couteau.

— C'est chez les Bismarck, déclara Derek, sourcils froncés, tandis qu'il redémarrait. Je croyais que Vicki Bismarck avait obtenu un ordre du tribunal qui interdisait à son ex-mari de l'approcher.

— C'est le cas.

Ce n'était pas la première fois qu'ils devaient se rendre en urgence chez les Bismarck. Ils n'étaient qu'à quelques rues de là. Gina décrocha le micro de la radio pendant que Derek actionnait la sirène.

— Unité 4-13, message reçu, on y va.

Tandis qu'elle entrait le nom du suspect dans l'ordinateur portable fixé au tableau de bord, elle oublia ses propres problèmes. Elle n'aimait pas les interventions pour violences domestiques. Ils se retrouvaient toujours dans des situations imprévisibles.

— Je crois que Gordon Bismarck n'a pas digéré le divorce, dit-elle.

Le casier judiciaire de l'intéressé défila à l'écran. Gina émit un sifflement.

— Il a été condamné tellement de fois pour violences domestiques qu'une page n'y suffit pas.

Elle leva la tête vers Derek.

— Apparemment, c'est un sanguin qui ne redoute pas la bagarre. Tu es prêt ?

— Ne t'inquiète pas, tu es là pour me couvrir, et moi je suis là pour toi.

Quand ils arrivèrent devant la maison, Gina souhaita de tout cœur que son binôme soit aussi déterminé qu'il l'affirmait, car il y avait peu de chances que les trois motos et la vieille camionnette garée le long du trottoir appartiennent à des badauds attirés par le bruit.

Derek coupa le moteur et poussa un juron.

— Ils s'y sont mis à combien pour venir terroriser cette femme ? J'espère que Vicki va bien. À ton avis, dois-je appeler des renforts ?

— Pas pour le moment.

Gina repéra quatre types qui bloquaient l'accès à la porte d'entrée de la maison. Des hommes d'âge mûr, costauds. L'un d'eux arborait des tatouages qui témoignaient qu'il avait déjà fait de la prison. Un autre buvait nonchalamment à une flasque qu'il rangea ensuite dans sa poche de veste. Peut-être étaient-ils armés. Gina aurait parié que c'étaient d'anciens compagnons de cellule de Gordon Bismarck. Elle prit une grande inspiration avant d'ouvrir sa portière.

— Garde ta radio ouverte, conseilla-t-elle à Derek.

Elle descendit de voiture, la main sur la crosse de son revolver.

— Messieurs, veuillez vous écarter, dit-elle au quatuor.

Le type à la flasque lui adressa un regard moqueur.

— Tu veux qu'on t'emmène faire un tour, ma belle ?

Derek vint se poster à côté d'elle.

— Au cas où vous n'auriez pas bien compris, ma collègue vient de vous demander de remonter dans vos véhicules et de vous en aller.

— On attend Gordon, rétorqua un autre en indiquant du pouce la porte derrière eux.

De l'intérieur leur parvinrent alors des bruits de verre brisé, puis une voix féminine effrayée :

— Gordon, arrête !

— J'ai payé pour cette maison ! rétorqua une voix masculine.

Mieux valait intervenir sans tarder, se dit Gina. Mais ils ne pouvaient pas ignorer ces types.

— Écoutez, reprit-elle d'un ton autoritaire, nous n'en avons pas après vous mais, si vous nous obligez à vérifier que vos véhicules sont bien enregistrés légalement ou à pratiquer un test d'alcoolémie, alors ça risque de se compliquer pour vous.

Le tatoué fut le premier à réagir.

— Les gars, je refuse que mon agent de probation ait vent de cette histoire, maugréa-t-il en se dirigeant vers sa moto.

Un second lui emboîta le pas.

— Je m'en vais aussi. Gordon n'a pas besoin de nous

pour s'occuper de Vicki. Ma femme est déjà sur les dents parce que je ne suis pas rentré de la nuit.

Le troisième traîna des pieds, mais finit par rejoindre la camionnette. Cependant, il se contenta de s'installer derrière le volant et laissa la portière ouverte. Il regarda en direction du type à la flasque.

— Qu'est-ce que je fais, Denny ? lui lança-t-il. J'avais promis à Gordon de le raccompagner chez lui.

L'homme à la flasque gardait les yeux sur elle, s'avisa Gina.

— Nous ne faisons rien d'illégal, ma belle, lui dit-il. Nous sommes là à discuter devant la porte de la maison d'un ami à nous.

— Je suis l'agent Galvan et je vous prierai de ne pas me manquer de respect, rétorqua Gina qui se retint de lui dire ses quatre vérités.

Mais elle n'avait pas le droit de perdre son sang-froid. Elle était flic, et son devoir était de montrer à cet homme qui détenait l'autorité sans pour autant sortir des limites autorisées.

— M. Bismarck n'aura pas besoin que vous le raccompagniez chez lui.

Le type dans la camionnette claqua la portière et démarra. Gina sourit à l'homme à la flasque et brandit une paire de menottes.

— Vous vous appelez Denny, c'est bien ça ? Il y a largement assez de place à l'arrière de notre voiture pour M. Bismarck et vous-même.

Elle fit un pas en avant pour lui montrer qu'elle ne plaisantait pas.

— Avez-vous vraiment envie d'être inculpé pour entrave à agent dans l'exercice de ses fonctions, protection d'un suspect et conduite d'un véhicule à moteur en état d'ivresse ?

— Vous ne pourrez pas me mettre ça sur le dos.

— Si j'étais vous, je ne parierais pas là-dessus, intervint Derek tandis que la camionnette et les deux motos s'éloignaient. Ma collègue n'est pas du genre à lancer des paroles en l'air.

Gina fixa l'homme face à elle. À son regard, elle devina qu'il bouillait de rage.

— Vous vous en allez gentiment ou je vous passe les bracelets ?

— Je n'aime pas qu'une femme me dise quoi faire, marmonna le dénommé Denny, qui se dirigea néanmoins vers sa moto.

Il enfourcha son engin, démarra et lança quelques paroles que le bruit du moteur les empêcha de distinguer clairement. Gina aurait parié qu'il avait dit à Derek de tenir son équipière en laisse. Très vite, il fut loin, mais elle eut la certitude que, si elle le rencontrait de nouveau, elle aurait tout intérêt à redoubler d'attention.

— Assure-toi qu'ils ne reviennent pas, dit-elle à Derek avant de frapper à la porte de la maison. Ici la police de Kansas City ! lança-t-elle.

À l'intérieur, la voix féminine cria et la voix masculine poussa une série de jurons.

— Vicki Bismarck, tout va bien pour vous ? C'est la police. On nous a signalé des cris. Je vais entrer.

Vingt minutes plus tard, Gina et Derek étaient parvenus à isoler Vicki Bismarck et son ex-mari dans deux pièces distinctes de la maison transformée en champ de bataille. Gina avait glissé dans un sachet à indices le cutter que Gordon avait laissé tomber quand elle l'avait menacé de son revolver. Bismarck était dans un état second. Sans doute avait-il un peu trop fait la fête avec ses amis, au point de ne plus être suffisamment lucide pour comprendre que se présenter chez son ex-femme malgré une décision de justice qui le lui interdisait était tout sauf une bonne idée.

Gina l'entendait continuer à vociférer dans l'autre pièce, sous la surveillance de Derek, tandis qu'elle s'assurait que Vicki n'était pas blessée. Elle réfléchissait déjà aux suites à donner à cette intervention. Même si Vicki refusait de porter plainte — ce qui était plus que probable —, elle pourrait quand même boucler Bismarck pour effraction, non-respect d'une décision de justice et trouble à l'ordre public. Au moins, pendant quelque temps, Vicki pourrait dormir sans crainte de voir débarquer son ex-mari.

Vicki ne paraissait pas sérieusement blessée, mais elle se massait l'épaule comme si on lui avait tordu le bras. Gina regarda autour d'elle : il y avait des chaises renversées, un téléphone portable brisé dans un coin. Tout indiquait que l'altercation avait été sérieuse.

Elle remit une chaise sur ses pieds et invita Vicki à s'asseoir.

— Vous voulez bien me laisser examiner votre bras ? lui demanda-t-elle doucement.

Vicki acquiesça. Gina s'agenouilla devant elle. La pauvre femme avait des bleus sur toute la longueur du bras, sans aucun doute possible causés par une poigne d'homme. Elle se redressa et se dirigea vers le réfrigérateur.

— Une poche de glace devrait vous faire du bien, dit-elle.

Soudain, elle entendit un bruit d'échauffourée à

côté. Elle se retourna et, au même moment, entendit son équipier s'écrier :

— Gina, attention !

Gina vit alors l'ex-mari de Vicki débouler dans la pièce, les yeux injectés de sang.

— Vous voulez m'arrêter, c'est ça ? gronda-t-il en se jetant sur elle.

— Gordon ! hurla Vicki. Non !

2

Gina ne prit pas le temps de se demander comment Bismarck avait échappé à Derek. Évitant sans aucun problème le coup qu'il cherchait à lui porter, elle le fit chuter d'un balayage des jambes, lui passa un bras dans le dos et lui appliqua un genou entre les reins pour l'immobiliser.

— Mes menottes sont presque trop petites pour ses poignets, gronda Derek qui s'empressa de lui venir en aide.

Il s'agenouilla et saisit le bras de Bismarck.

Celui-ci se tortillait dans tous les sens pour se libérer, mais c'était peine perdue. Il ne cessait de jurer contre la terre entière. Gina lui prit l'autre bras pour le faire tenir tranquille.

— Ne me mettez pas en colère, monsieur Bismarck, vos amis m'ont déjà passablement agacée.

Il parut alors se souvenir de leur existence.

— Denny ! Al ! Jim ! J'ai besoin…

Gina lui appliqua le visage au sol.

— Non, non, inutile, ils sont déjà partis. Alors maintenant comportez-vous comme un gentil garçon et suivez mon équipier jusqu'à la voiture où vous pourrez vous calmer et reprendre vos esprits.

— Comment ça, ils sont partis ?

— Absolument, monsieur Bismarck, personne ne vous viendra en aide.

— Je ne veux pas qu'il me touche, protesta Bismarck tandis que Derek le prenait par le bras pour le relever. Il n'a rien à faire chez moi.

— Je crains que vous n'ayez pas votre mot à dire, répliqua Gina, qui tint Bismarck en respect jusqu'à ce qu'il se calme.

Elle leva les yeux vers Derek. Il saignait du nez, mais rien de grave a priori.

— C'est bon, tu le tiens ?

— Oui, merci. Désolé de l'avoir laissé filer, je n'avais pas remarqué que le second bracelet n'était pas complètement refermé. Ce qui m'a valu un coup de coude bien placé.

Vexé d'avoir laissé échapper l'homme dont il avait la garde, il le manipulait avec un peu plus de rudesse que nécessaire tandis qu'il le poussait vers la porte.

— On ajoutera brutalité envers un représentant des forces de l'ordre aux charges retenues contre vous. Allez, en avant !

Derek fit sortir Bismarck et claqua la porte derrière lui. Gina inspira plusieurs fois à fond pour tempérer les effets de l'adrénaline. Par la fenêtre, elle vit son équipier ouvrir la portière de la voiture et pousser sans ménagement le suspect sur la banquette arrière. Une fois qu'il eut refermé la portière, elle se détendit. Tout était sous contrôle.

Mais, quand elle vit Derek sortir une cigarette et l'allumer, elle marmonna un juron et prit le micro de sa radio.

— Derek, tu ferais mieux d'appeler le central pour

les avertir qu'on amène le suspect. Moi, je termine de prendre la déposition de la victime.

— Du calme, Gina, laisse-moi reprendre mes esprits.

Il tira une bouffée de sa cigarette avant d'ajouter :

— Entendu, je les appelle.

Gina secoua la tête. Même s'il vivait mal d'avoir laissé Bismarck lui échapper, Derek n'avait pas une réaction à la hauteur. Il faudrait qu'elle en discute avec lui. Viser une cinquième place, ce n'était pas non plus la bonne attitude. Si le capitaine Cutler s'apercevait qu'il se reposait sur ses lauriers, il n'hésiterait pas à le rayer de la liste des candidats à l'unité d'élite. Sans la moindre hésitation.

Mais, avant de se préoccuper de jouer à la grande sœur avec son équipier, elle avait encore à faire. Elle retourna dans la cuisine, où Vicki s'efforçait de remettre un peu d'ordre.

— Il est parti ? demanda-t-elle d'une voix faible.

Elle avait les yeux brillants et gonflés.

— Il est enfermé à l'arrière de la voiture de patrouille et j'ai fait partir ses amis. Il ne vous fera plus de mal. En tout cas, pas aujourd'hui.

— Merci, répondit Vicki, qui jeta les morceaux d'une assiette à la poubelle. Et Derek va bien ?

— Derek ?

— L'agent Johnson.

Vicki rougit.

— Je me disais que Gordon s'était peut-être fait des idées en voyant un autre homme dans la maison et…

Elle haussa les épaules et laissa tomber son explication maladroite.

— Je me souviens de vous deux, vous êtes déjà

intervenus ici, reprit-elle. Et je pense que Gordon s'en souvient également.

— Ne vous inquiétez pas pour l'agent Johnson, il s'en remettra. Vous permettez ?

Elle brandit son téléphone portable et, quand Vicki acquiesça, prit quelques photos des bleus sur son bras.

— Je les ajouterai à mon rapport.

— Et si je ne porte pas plainte ? s'enquit Vicki. Vous comprenez, les amis de Gordon risquent de revenir. Et Denny est son grand frère. Il veille sur lui.

Gina se dit qu'elle n'avait pas vécu ce qu'avait enduré Vicki et qu'elle n'avait pas le droit de la juger. Elle prit une serviette et sortit des glaçons du réfrigérateur qu'elle mit dedans.

— Quoi que vous décidiez, je dois conduire votre ex-mari au poste. Il a résisté à un agent et l'a frappé. En outre, il n'a pas respecté l'injonction du tribunal de rester à l'écart de vous.

Elle appliqua la poche de glace contre l'épaule de Vicki.

— Vous devriez aller voir un médecin. Souhaitez-vous que j'appelle une ambulance ?

Vicki fit non de la tête.

— Je ne peux pas me le permettre.

— Voulez-vous que j'appelle une autre voiture de patrouille pour vous emmener aux urgences ? Ou alors, je peux revenir et vous y conduire moi-même une fois que votre ex-mari sera au poste.

— Non, plus de policiers, s'il vous plaît, répliqua Vicki, qui se laissa tomber sur une chaise. La police rend Gordon complètement fou.

— Et qu'est-ce qui l'a mis en colère, aujourd'hui ?

Objectivement, Gina se souciait peu de le savoir.

Quelle que soit la raison, la violence était inacceptable. Mais faire parler la victime pourrait lui permettre d'apprendre un élément important pour faire en sorte que Bismarck reste durablement en cellule et loin de son ex-femme.

— J'ai l'impression qu'il avait beaucoup bu, ajouta-t-elle.

Vicki hocha la tête.

— En ce moment, il dort chez Denny.

Gina sortit un carnet et nota les informations.

— Cela fait maintenant un moment que Gordon n'a plus de travail. Il s'est fait renvoyer de son dernier emploi. Et moi, je n'ai retrouvé un travail que récemment et je n'ai pas encore été payée. Alors je lui ai demandé s'il avait touché son chèque d'indemnité chômage, car il avait promis de m'aider pour les dépenses quotidiennes.

— Et c'est ça qui l'a fait sortir de ses gonds ?

— Il n'aime pas parler d'argent. Mais ce n'était pas la raison de sa colère. Dès son arrivée, il s'est mis à me crier dessus. Et Denny m'a dit qu'il m'avait vue parler avec un autre homme.

Elle haussa les épaules. Ce mouvement lui fit mal et lui arracha une grimace.

— Je travaille dans un magasin d'outillage à deux rues d'ici, reprit-elle. Évidemment, la plupart des clients sont des hommes et il faut bien que je m'adresse à eux et que je me montre polie. Mais je suppose que Denny est allé raconter à son frère que je leur faisais du charme.

Gina évita de livrer son sentiment à Vicki sur le comportement de son ex-mari, mais elle n'en pensait pas moins.

— Quand avez-vous fait un véritable repas pour la dernière fois ?

Si Vicki avait besoin d'argent pour le quotidien, elle devait se restreindre sur tout. Gina sortit une barre énergétique de sa poche de veste et la lui tendit.

— Tenez.

Elle sortit également la carte d'une association d'aide aux femmes isolées.

— La prochaine fois que vous aurez besoin de faire des courses, allez là-bas, n'appelez pas Gordon. Ils vous fourniront des produits de base. N'hésitez pas à donner mon nom, ça les mettra en confiance.

Vicki parvint à esquisser un sourire.

— Merci beaucoup. Cela fait des mois que je n'ai pas mangé de chocolat.

Après avoir pris quelques notes supplémentaires sur les relations de Vicki avec son ex-mari, Gina considéra qu'elle en savait assez.

— Vous devez vous faire examiner par un médecin, insista-t-elle. Le plus tôt possible. Avez-vous quelqu'un qui peut vous conduire à l'hôpital ou chez votre médecin traitant ?

— Je peux appeler ma sœur. Elle ne cesse de me dire que je devrais venir m'installer chez elle.

— Bien, répliqua Gina qui lui tendit son téléphone. Que diriez-vous de profiter de ma présence pour l'appeler ?

Vicki hésita.

— À mon retour, Gordon sera-t-il sorti ?

— Je peux m'arranger pour le garder en cellule quarante-huit heures. Et davantage s'il n'obtient pas sa libération sous caution.

Gina avait le pressentiment que Bismarck ne sortirait pas de sitôt, mais elle ne souhaitait pas donner de faux espoirs à Vicki.

— Nous pourrons mettre en place des patrouilles

régulières dans le quartier pour vérifier que son frère et ses amis ne reviennent pas rôder dans les parages. Pour le moment, allez voir un médecin, restez quelques jours chez votre sœur. Reposez-vous et prenez contact avec l'association dont je vous ai parlé.

— Merci.

Vicki composa le numéro de sa sœur et sourit de nouveau.

— J'avoue que ça m'a fait du bien de vous voir maîtriser Gordon aussi facilement. Pourtant, vous n'êtes pas plus grande que moi. Peut-être devrais-je prendre quelques cours d'autodéfense.

Gina lui retourna son sourire et sortit sa carte.

— Tout est une question de volonté. Tenez, n'hésitez pas à m'appeler quand vous le souhaiterez. J'ai des collègues, en plus de moi-même, qui seront ravis de vous donner quelques leçons d'autodéfense.

Vicki ne semblait pas totalement convaincue d'être capable de se défendre seule mais, au moins, se dit Gina en quittant la maison, elle avait pris contact avec sa sœur et s'était arrangée pour passer la nuit chez elle. Il faisait déjà sombre et le ciel semblait chargé de neige. Gina avait beau être couverte, elle frissonna et regretta que le printemps soit encore si loin.

Ignorant le regard hostile que lui adressa Gordon Bismarck, affalé à l'arrière de la voiture, elle rejoignit Derek qui battait la semelle un peu plus loin.

— Bismarck ne t'a pas gravement blessé, n'est-ce pas ? demanda-t-elle à son équipier.

Derek se passa la main sur l'arête du nez.

— Non, seul mon amour-propre a encore du mal à s'en remettre. Je ne sais même pas s'il a fait exprès de m'assener ce coup de coude. Je me suis retrouvé sonné avant de comprendre ce qui m'arrivait.

— Aïe.

— Je te serais reconnaissant de ne pas faire mention de cet incident auprès des collègues. Je crains que ça ne fasse pas bon effet sur le capitaine Cutler.

— Nous sommes équipiers, Derek, nous devons nous soutenir mutuellement.

— Et garder nos petits secrets ?

— Dans une certaine mesure.

Derek partit d'un petit rire.

— Je te dois un café pour de bon, maintenant.

Gina rit à son tour. Son aversion pour le froid n'était un secret pour personne. Contrairement au manque de compétence de Derek pour maîtriser un homme violent. Peut-être n'était-il pas prêt à intégrer l'unité du capitaine Cutler, finalement… Elle le vit contourner la voiture et ouvrir la portière côté conducteur.

— Allez, dit-il, mets-toi vite au chaud et…

À cet instant, un coup de feu retentit et déchira l'atmosphère glaciale.

Derek écarquilla les yeux de surprise avant de s'effondrer.

— Derek !

Gina plongea au sol comme une seconde balle fusait sur le pare-brise blindé de la voiture. Puis parvint à monter dans la voiture. Une fois à l'abri dans l'habitacle, elle sortit son arme.

Mais où était le tireur ? Et qui était-ce ? Denny Bismarck ou un de ses acolytes était-il revenu pour se venger ? Ou pour libérer Gordon Bismarck ?

Elle n'avait pas entendu de bruit de moteur, ni vu personne. Pourtant, il y avait bien quelqu'un.

— Derek ? Je t'en supplie, parle-moi.

Pas de réponse. Il y eut un nouveau tir, et une balle alla se ficher dans la carrosserie de la voiture. Gina se recroquevilla entre le siège conducteur et le volant, priant pour qu'un passant ou un curieux alerté par les coups de feu ne soit pas blessé.

D'une main tremblante, elle s'empara du micro de sa radio pour lancer un appel :

— Ici l'agent Galvan, unité 4-13. Nous avons besoin de renforts de toute urgence, un tireur nous a pris pour cibles.

Elle précisa où ils se trouvaient et insista à nouveau sur l'urgence de la situation.

À l'arrière de la voiture, Bismarck poussait des jurons. En revanche, Derek ne se manifestait toujours pas. Elle commença à envisager le pire, elle se sentit coupable. Elle avait échoué à le protéger.

— Derek ? appela-t-elle de nouveau.

Le tireur était-il parti ? Il n'y avait pas eu de nouveaux coups de feu… Après un dernier regard dans le rétro-viseur, elle ressortit prudemment de la voiture et la contourna, son arme pointée devant elle.

— Police ! Lâchez votre arme ! lança-t-elle.

Elle regarda dans la direction des coups de feu. Au bout de la rue, elle distingua la silhouette d'un homme dans un vieux SUV. C'était certainement lui, le tireur. Elle se redressa légèrement.

— Lâchez votre arme et descendez du véhicule ! cria-t-elle.

Elle remarqua alors que l'homme tenait un objet devant lui. Oui, c'était un fusil. Et il la visait.

Il n'y avait aucun doute sur son intention.

Elle ajusta et s'apprêta à faire feu.

Trop tard. Un coup de feu retentit et elle sentit une balle lui transpercer l'épaule, là où son gilet pare-balles ne la protégeait plus. L'impact la fit tomber en arrière, et son arme lui échappa des mains.

Malgré la douleur, elle se mit à crapahuter en arrière pour s'éloigner du tireur et être à l'abri derrière la voiture. Elle avait du mal à respirer et à rester lucide, elle espéra que le son de sirènes en approche qu'elle entendait n'était pas le fruit de son imagination.

Elle vit Vicki Bismarck entrouvrir sa porte, ainsi que Derek, allongé au sol, de l'autre côté de la voiture. Était-il encore en vie ?

— Derek ?

Était-ce lui la cible du tireur ? Ou bien elle ?

Son épaule la faisait souffrir, son bras droit tout entier était engourdi. Elle réussit néanmoins à saisir sa radio de la main gauche. Du coin de l'œil, elle vit le SUV sortir de sa place de stationnement et partir dans la direction opposée. Elle était trop loin pour lire la plaque d'immatriculation ou même être certaine de la couleur du véhicule. Elle avait peur, elle était inquiète de ne plus sentir son bras. Soit le tireur avait eu un énorme coup de chance en l'atteignant précisément à l'endroit où elle n'était pas protégée, soit c'était un tireur d'élite. Sa vision se brouillait, elle était parcourue de frissons.

— Restez à l'intérieur ! entendit-elle soudain un homme crier. Loin des fenêtres !

Gina distingua un bas de pantalon de jogging et des chaussures de sport. Quelqu'un venait vers elle. De sa main valide, elle chercha son arme à tâtons.

— Mademoiselle ?

Quand elle vit son visage, elle découvrit que c'était le beau jogger qu'ils avaient croisé un peu plus tôt.

— Tout va bien, mademoiselle.

Il avait un téléphone plaqué à l'oreille. Il s'agenouilla pour ramasser le revolver qu'elle avait laissé tomber dans la neige et le lui montra.

— Ne vous inquiétez pas, j'ai votre revolver.

Elle tendit la main gauche pour qu'il le lui donne.

— Attention, le tireur…

— Il s'est enfui.

L'homme eut un interlocuteur en ligne et lui parla. Gina capta quelques bribes de la conversation. De sa main libre, l'homme la palpait doucement, comme pour s'assurer qu'elle n'avait pas d'autres blessures.

— Non, je n'ai pas pu lire la plaque, disait-il à son correspondant, elle était couverte de boue. Écoutez, je répondrai à vos questions plus tard mais, pour le moment, je vous demande d'envoyer une ambulance. Et vite !

Il raccrocha et rangea son téléphone dans sa poche. Il se pencha davantage sur elle. De près, il était encore plus séduisant.

— Vous avez été touchée à l'épaule ? lui demanda-t-il.

Elle acquiesça.

— J'ai l'impression de vous connaître, dit-elle.

Elle n'eut pas le temps de se demander pourquoi il lui semblait aussi familier. L'homme s'empara des clés fixées à sa ceinture et se redressa. Elle le vit ouvrir le coffre de la voiture et en sortir la trousse de premiers secours. Comment savait-il qu'elle était rangée là ? Il se comportait comme un flic, son ton au téléphone était celui d'un policier. C'était au capitaine Cutler qu'il la faisait penser, oui, c'était cela. Pourtant, ce n'était pas lui, même si cet homme avait les yeux aussi bleus.

L'homme s'agenouilla de nouveau à côté d'elle, une

compresse à la main. Quand il la glissa sous sa veste pour l'appliquer contre sa blessure, elle grimaça de douleur.

— N'ayez crainte, j'ai une formation de secouriste. Je m'appelle Mike Cutler.

Gina n'arrivait pas à rester tranquille. Elle était flic, elle s'était fait tirer dessus et le suspect était en fuite. Il y avait une procédure à suivre, elle devait faire son boulot. Elle serra les dents et redressa la tête.

— Occupez-vous de mon équipier. Il est lui aussi touché.

— Vous perdez trop de sang. Je dois stopper l'hémorragie avant de vous laisser.

Gina avait de plus en plus de mal à garder les yeux ouverts, elle se sentait dériver.

— Agent Galvan ? Gardez les yeux ouverts, s'il vous plaît. Quel est votre prénom ?

— Gina.

— Gina ? répéta-t-il avec un sourire. Gardez vos beaux yeux bruns ouverts, je veux continuer à les voir, d'accord ?

Elle acquiesça. Lui aussi, il avait de beaux yeux. Il n'était certainement pas du quartier, sinon, elle l'aurait remarqué. Il continuait à lui parler pour qu'elle reste consciente :

— Vous avez l'impression de me connaître parce que vous êtes flic et que vous connaissez certainement mon père.

Mike Cutler. « Mon père. » Gina eut un éclair de lucidité.

— Le capitaine Cutler ? Oh ! mon Dieu, j'ai un entretien avec lui… Ne lui dites pas que je me suis fait tirer dessus, d'accord ?

Mais elle se rendit compte que l'homme n'était plus auprès d'elle. Elle eut un instant de panique.

— Cutler ?

— Je suis là.

Elle soupira de soulagement, ce qui lui déclencha une quinte de toux.

— Doucement. Je vérifiais seulement comment allait votre partenaire.

— Alors ?

— Il est inconscient. Apparemment, il a été touché au bras. Peut-être a-t-il heurté le trottoir ou la voiture en tombant car il a une marque sur le nez.

— Non, ça, c'était… avant, dit-elle en essayant de désigner la maison.

— Avant quoi ?

Elle avait de plus en plus de mal à rassembler ses pensées et à les exprimer. Toutefois, elle n'avait pas oublié sa mission.

— Le suspect ?

Elle voulut rouler de côté pour se redresser, mais elle n'arrivait pas à s'appuyer sur son bras droit.

— Doucement, Gina, restez allongée. Une ambulance est en chemin. Vous êtes blessée à l'épaule et je ne crois pas que la balle soit ressortie, vous ne devez pas bouger.

Il défit la fermeture Éclair de sa veste, l'enleva et l'en couvrit.

— Le type à l'arrière de la voiture est furieux, mais il n'a rien et il ne sortira pas. Et la dame dans la maison est effrayée, mais elle n'est pas blessée. Alors restez tranquille, c'est tout ce que je vous demande. Vous m'entendez, Gina ?

Il lui passa la main sur la joue, et elle se rendit compte

combien elle avait froid. Elle aurait voulu se blottir contre lui et sentir sa chaleur l'envelopper.

— Restez avec moi, ajouta-t-il.

— … Beau… mec…

— Pardon ?

Elle ne put empêcher ses yeux de se fermer.

— Gina !

Elle sentit les mains de l'homme au-dessus d'elle presser contre son épaule, entendit une dernière fois sa voix.

Puis il n'y eut plus rien.

3

Six semaines plus tard

— Il tire ! Et il marque !

Le ballon de basket traversa le cercle sans même effleurer le filet. Troy Anthony fit pivoter son fauteuil roulant sur le parquet du mini-terrain du centre de rééducation physique. Ses mèches de cheveux tressés tombaient sur ses épaules musclées. Mike Cutler le vit lever un bras vainqueur avant de pointer un doigt vers lui.

— C'est toi qui payes les bières ! s'écria Troy.

— D'où sors-tu cela ?

Mike saisit le ballon après un rebond au sol, fit quelques dribbles et le lança brusquement à son partenaire qui le narguait. Avec Troy, qui était à la fois son meilleur ami et son associé, c'était impossible de ne pas se sentir bien. Celui-ci avait d'ailleurs improvisé ce petit match pour détendre l'atmosphère.

— Je croyais qu'on jouait uniquement pour que je retrouve le sourire.

Troy attrapa sans peine le ballon et le relança illico.

— Tu parles, en fait, je jouais pour gagner. Tu as la tête ailleurs.

Mike, qui intercepta maladroitement le ballon, sentit ses mains chauffer. Effectivement, il était distrait.

— Entendu, on ira au Shamrock ce soir et ce sera ma tournée, marmonna-t-il.

Il se cala le ballon sous le bras et se redressa pour sortir du fauteuil roulant qu'il avait utilisé pour jouer. Il s'assouplit les jambes puis poussa le fauteuil pour le ranger dans la réserve, songeant une fois de plus qu'il avait de la chance de ne plus être obligé de porter de corset ni d'attelles.

Oui, il n'avait pas à se plaindre, il s'en était bien sorti. Douze ans plus tôt, il n'était plus en mesure de marcher, après un grave accident de la route dans lequel il avait eu les deux jambes brisées. Alors, avoir quelques douleurs dans le bassin ou les genoux quand le temps changeait ou qu'il se levait le matin, c'était vraiment un moindre mal.

Des images de l'époque où Troy et lui passaient des heures à jouer au basket en fauteuil roulant s'imposèrent à lui. Cette pratique faisait partie du programme de rééducation que celle qui, finalement, était devenue sa belle-mère leur avait concocté à tous deux. Troy, lui, avait eu moins de chance. Il avait reçu une balle perdue dans une rixe de quartier qui ne le concernait ni de près ni de loin et ne recouvrerait jamais l'usage de ses jambes. Depuis l'époque de leurs accidents respectifs, ils étaient restés amis et, maintenant qu'ils étaient adultes et tous deux diplômés, ils s'étaient associés pour ouvrir leur propre clinique de rééducation physique, à Kansas City.

— Allez, arrête, ne fais pas comme si j'avais profité de la situation. Je t'ai déjà dit que tu n'étais pas obligé d'être en fauteuil pour jouer contre moi. Même si tu étais debout, je te battrais quand même. En tout cas, aujourd'hui, j'aurais gagné à coup sûr.

Troy fit rouler son fauteuil pour s'approcher de lui. Son sourire permanent avait disparu.

— La perte de cette subvention t'a vraiment affecté, pas vrai ? Ou alors tu n'as pas le moral à cause d'une fille ?

Cela faisait maintenant quelque temps que Mike ne s'était pas engagé dans une histoire sentimentale.

— Non, ce n'est pas à cause d'une fille.

Troy attrapa une serviette et en tendit une autre à Mike. Il essuya la transpiration sur son front et lui adressa un sourire entendu.

— Pas de fille du tout ? Eh bien, moi, ça me casserait le moral à coup sûr !

— Tu es un petit rigolo, Troy.

Mike appréciait les efforts de son ami pour le faire changer d'humeur. Mais il n'arrivait pas à surmonter sa déception de la veille quand, après avoir reçu le courrier, il avait ouvert une enveloppe et était tombé sur une lettre qui lui avait appris que leur demande de subvention pour leur centre de rééducation avait été rejetée.

— Je m'y suis pris comme un manche pour monter notre plan de financement, dit-il. Entre notre apport personnel et le prêt accordé par la banque, nous avions suffisamment d'argent pour lancer l'infrastructure, mais j'aurais dû prendre en compte que les débuts seraient compliqués. Si nous n'avons pas rapidement plus de clients, nous ne tiendrons pas longtemps. Si nous avions un accord avec un hôpital…

— Oui, mais nous préférons garder notre indépendance, c'est bien ce dont nous étions convenus, non ?

Troy n'avait nul besoin de lui rappeler que, quand ils avaient décidé de lancer leur activité, leur objectif était avant tout de se mettre au service des plus modestes. Il ouvrit le bac à linge sale du vestiaire pour que son ami puisse y déposer sa serviette avant de faire de même avec la sienne.

— Nous voulions être là où les gens qui ont le plus besoin de nous peuvent nous trouver.

— J'y crois toujours, répliqua Mike.

Il fixa le logo du centre de rééducation brodé sur la poche de sa chemise de travail avant de l'enfiler.

— Mais nous devons être conscients que, souvent, ces gens n'ont pas de mutuelle, ni même les moyens de nous payer. Je croyais sincèrement que le fonds de développement urbain nous accorderait une subvention.

— Nous en obtiendrons d'autres.

Troy passa sa chemise à son tour et ôta les mitaines qu'il utilisait pour jouer au basket.

— Caroline nous a promis de lever des fonds à notre profit afin de te remercier d'avoir été là pour elle.

— Sauf que c'était avant qu'elle refuse ma demande en mariage, précisa Mike.

Qu'il puisse en parler maintenant signifiait que c'était avant tout son ego qui avait souffert de ce refus, reconnut Mike. Néanmoins, cette affaire lui avait servi de leçon et il n'était pas près de se lancer dans une nouvelle histoire. S'il n'était pas capable de faire la différence entre une relation amicale qui pouvait aller un peu plus loin et une véritable histoire d'amour, alors mieux valait qu'il garde ses distances. Trop souvent, il s'était retrouvé dans le rôle du grand frère avec qui il est facile de se confier ou du copain toujours prêt à offrir du réconfort. Il pourrait toujours se fier sans restriction à sa famille, à un ami tel que Troy, mais en aucun cas aux élans de son cœur.

— Non, je refuse de relancer Caroline. Je ne lui ai pas demandé de m'épouser pour mettre la main sur son argent et je ne vais pas l'accepter aujourd'hui en guise de lot de consolation.

Troy savait toujours quand il était inutile d'insister et que mieux valait lancer une plaisanterie.

— Tu pourrais peut-être revendre la bague de fiançailles que tu lui avais achetée. Ça couvrirait nos frais pour le mois à venir.

Mike retourna un regard noir à son ami avant d'éclater de rire.

— Je dirais plutôt que ça nous permettrait de tenir une semaine de plus, maximum.

— Et tu t'étonnes qu'elle t'ait dit non ?

Ils continuèrent à rire de bon cœur et finirent de ranger le matériel avant l'arrivée de leur premier et unique client de la matinée.

— Tu es malin, Mike, tu trouveras un moyen de nous maintenir à flot, déclara Troy le plus sérieusement du monde, cette fois.

— Sans que tu doives hypothéquer ton appartement ou moi, ma maison ?

— Tu me verras ravi de me mettre en quête de nouveaux clients sans attendre. Ou de clientes, de préférence. Ce soir, au Shamrock, c'est la soirée des filles. Ce sera l'occasion pour moi d'user de mon charme légendaire.

— Pauvre type.

— Tu as une meilleure solution ?

— Pas dans l'immédiat.

— Tu te tracasses trop avec ça, Mike. Nous sommes ouverts depuis moins d'un an. Je suis sûr que nous ne tarderons pas à avoir davantage de clients, et des clients qui auront les moyens de payer. Je le sens.

Il leva le poing, comme pour inciter son ami à absorber une partie de son optimisme.

Mike hocha la tête. Peut-être avait-il en effet bien besoin de s'en remettre davantage à la confiance des autres qu'à celle qu'il avait en lui. Il ferma le poing et l'appliqua contre celui de Troy, dans une attitude complice.

— Alors je dois seulement me montrer patient, c'est bien ça ? maugréa-t-il toutefois.

— Personne ne redoute les problèmes mieux que toi.

Mike grimaça.

— Je suis censé le prendre comme un compli…

Il fut interrompu par la porte qui s'ouvrait. Frannie Messner, qui s'occupait de la gestion administrative du centre, fit son entrée.

— Bonjour.

— Hé, salut, joli rayon de…

Quand il remarqua que Frannie avait les yeux rouges et gonflés, Troy n'osa pas terminer sa phrase. Il fit rouler son fauteuil pour ramasser la boîte de mouchoirs en papier posée sur le bureau et la tendit à la jeune femme. Celle-ci renifla et prit la boîte.

Que se passait-il ? Avait-elle appris une mauvaise nouvelle ? Mike s'avança vers elle et lui passa un bras autour des épaules.

— Frannie, ça va ?

Elle était très pâle. Elle tira quelques mouchoirs de la boîte et s'essuya le coin des yeux.

— Leo a obtenu sa libération sur parole. Il sort demain.

Leo. Son ex-mari. Ce n'était en effet pas une bonne nouvelle pour elle.

— A-t-il pris contact avec toi ? lui demanda Mike.

— Il est censé ne pas en avoir le droit.

— Est-il passé outre ? insista Mike.

Frannie baissa les yeux et secoua la tête.

Troy récupéra la boîte de mouchoirs et la déposa sur ses genoux.

— L'injonction du tribunal de ne pas t'approcher est toujours en vigueur ? lui demanda-t-il à son tour.

Frannie avait le visage défait. En l'espace de quelques mois, elle avait beaucoup changé, elle avait énormément gagné en confiance en elle. Mais, là, elle paraissait être revenue en arrière.

Comme elle ne répondait pas, Mike se posta face à elle.

— Appelle ton avocat et assure-toi que c'est bien le cas. Sinon, demande-lui un rendez-vous pour qu'il effectue sans attendre une nouvelle demande. Si tu le souhaites, Troy ou moi, nous pouvons t'accompagner.

Troy adressa un regard inquiet à Frannie avant de se détourner pour aller reposer la boîte de mouchoirs.

— Oui, si tu veux, je t'accompagne, dit-il. Mais il nous faudra prendre ma camionnette. Si ça ne t'ennuie pas et si tu ne redoutes pas ma conduite, pas de problème.

Qu'arrivait-il à Troy ? La majorité du temps, il était sûr de lui et lançait des blagues à tout va. Sauf quand il avait affaire à l'assistante administrative qu'ils avaient engagée. Au départ, Frannie avait été leur toute première cliente. Mais, en plus de devoir subir de nombreuses séances de rééducation physique après un accident de la circulation causé par l'imprudence de son ex au volant, Frannie cherchait un nouveau travail. C'est ainsi qu'ils lui avaient proposé le poste. Non seulement il correspondait à ses compétences, mais sans doute Frannie avait-elle apprécié l'idée de travailler pour le fils d'un flic et un paraplégique. À leur façon, tous deux avaient un profil « rassurant » qui lui convenait.

Mike, en tant que fils d'un éminent représentant de la police de Kansas City, savait s'y prendre pour protéger une femme. La règle numéro un consistait à éviter les situations dangereuses.

— Tu sais que nous sommes prêts à te laisser le temps nécessaire pour régler tes soucis personnels. Assure-toi que ton ex n'a pas le droit de t'approcher. Pendant quelque temps, si tu le souhaites, Troy ou moi, nous te suivrons jusque chez toi quand tu repartiras le soir. Et, si malgré tout il t'appelle ou tente de t'interpeller, préviens immédiatement la police.

— Je peux sans attendre faire un tour chez toi pour vérifier tes serrures, tes fenêtres et ta porte, renchérit Troy.

— Oui, bonne idée, approuva Mike.

— Mon immeuble n'est pas accessible aux gens à mobilité réduite, intervint Frannie, qui renifla de nouveau. Je suis désolée.

Troy haussa les épaules puis lui prit la main pour la réconforter. Mike était de plus en plus convaincu que son ami avait un faible pour Frannie.

— Ne t'excuse pas, ce n'est pas ta faute.

Mike hésita sur la conduite à tenir. Il ne voulait pas froisser son ami, mais devait montrer à Frannie qu'il la soutenait.

— Dans ce cas, je passerai chez toi ce soir en sortant d'ici, dit-il.

Au moins, quand elle était au centre de rééducation, Frannie se sentait en sécurité. Elle rangea le mouchoir en papier dans sa poche de pantalon et esquissa un timide sourire.

— Merci, les gars, vous êtes vraiment des patrons de rêve.

Quand elle avait commencé à travailler pour eux, elle n'avait pas énormément d'expérience, mais elle s'était rapidement montrée très compétente et, quand leurs clients arrivaient, ils appréciaient d'être accueillis par cette jeune femme souriante et pleine de bienveillance. Elle passa un bras autour de sa taille et le serra contre elle. Puis elle se tourna vers Troy, le prit par les épaules et se baissa pour l'étreindre également.

— Merci encore à vous deux.

Puis, se redressant :

— Mike, ton client est arrivé. Il se change dans le vestiaire.

Au même moment, Chaz Kelly, le pompier en retraite avec qui Mike avait rendez-vous et qui avait subi une opération du genou, fit son apparition.

— Bonjour tout le monde, lança-t-il. Alors, les gars, vous êtes prêts à faire transpirer ce bon vieux Chaz ?

Frannie, qui avait sursauté quand Chaz avait ouvert la porte, fit de son mieux pour reprendre une posture normale.

— Mike, dit-elle, ton père est là.

— Ici ?

Mike fronça les sourcils. Quand son père lui rendait une visite surprise, c'était rarement pour lui annoncer une bonne nouvelle.

— Tout va bien ? s'inquiéta-t-il.

— Il ne m'a pas dit pourquoi il souhaitait te voir, répondit Frannie. Mais je pense que c'est professionnel. Il est en uniforme, et il y a quelqu'un avec lui. Ils t'attendent dans ton bureau. Je vais préparer du café et me passer un peu d'eau sur le visage.

Tandis que Frannie s'éloignait, Mike sortit son portable pour vérifier s'il n'avait pas raté un appel ou un message pendant qu'il jouait au basket avec Troy. Mais son père n'avait pas cherché à le joindre, ce qui l'intrigua davantage.

Troy lui saisit le bras pour attirer son attention.

— Je m'occupe de Chaz. Vas-y, ne fais pas attendre ton père.

Troy fit pivoter son fauteuil en direction du gymnase.

— Allez, venez, Chaz, on va commencer par un petit échauffement. J'espère que vous avez bien respecté le régime que nous vous avions conseillé de suivre.

Chaz et Troy continuèrent leur discussion en s'éloignant et Mike se dirigea vers son bureau.

— Papa ?

Michael Cutler se tenait dans l'encadrement de la porte. Mike lui donna l'accolade pour le saluer.

— Un problème ? dit-il.

— Non, ne t'inquiète pas, je vais bien et tout le monde à la maison est en pleine forme.

Comme son père s'écartait pour le laisser entrer, Mike identifia alors la personne qui l'accompagnait.

— Agent Galvan ? s'exclama-t-il.

La policière aux cheveux et aux yeux sombres ne cacha pas sa surprise, elle non plus.

— Mais oui, bien sûr, c'était vous ! s'écria-t-elle.

Gina Galvan était plus petite que dans son souvenir. Mais, la seule fois où il l'avait rencontrée, elle était allongée au sol dans une mare de sang et sa priorité n'avait pas été alors de déterminer quelle taille elle faisait… Il l'observa plus en détail. Outre l'attelle qui lui soutenait le bras, il nota qu'il y avait quelque chose de changé dans sa coiffure. Elle n'était pas en uniforme, aujourd'hui, et portait un chemisier et un jean qui moulaient admirablement ses formes. Il se reprocha aussitôt cette dernière pensée… tout à fait déplacée.

— Le jour où je me suis fait tirer dessus, c'est vous qui m'avez aidée alors que vous faisiez votre jogging, poursuivait la jeune femme. Vous deux, vous vous ressemblez tellement que j'avais fini par croire que j'avais été victime d'hallucinations.

Mike partit d'un petit rire. Ce n'était évidemment pas la première fois qu'on lui disait que son père et lui se ressemblaient énormément.

— On ne m'avait encore jamais dit que je pouvais être la cause d'hallucinations. De fantasmes, à la limite, mais…

Il ne termina pas car Gina fronça les sourcils. Son père détourna le regard, gêné par son humour maladroit. Bien. Mieux valait qu'il laisse les blagues à Troy.

Gina Galvan avait le regard déterminé et se tenait droite, et Mike comprit qu'elle n'était pas là pour plaisanter. Il le regretta car il avait l'intuition que, quand ses jolies lèvres se détendaient, elle devait avoir un sourire magnifique.

Calme-toi, Cutler. Il était évident que son père et Gina Galvan n'étaient pas venus lui rendre une visite de courtoisie.

Son père les considéra tour à tour.

— Je n'étais pas certain que vous vous souviendriez l'un de l'autre. Mais, vu les circonstances dans lesquelles vous vous êtes rencontrés, il est inutile que je fasse les présentations.

— Oui, monsieur.

Gina n'était pas en service, de toute évidence, mais elle s'exprimait néanmoins comme un flic.

Mike les invita à s'asseoir puis fit le tour de son bureau.

— Et comment se passe votre convalescence ?

Gina le fixa de ses grands yeux sombres. Son regard lui fit comprendre que c'était une question à ne pas poser.

— A-t-on retrouvé le tireur ?

— Non.

Aïe. Deuxième mauvaise question…

— J'en suis désolé. Et je m'en veux de ne pas avoir été en mesure de donner une description plus précise du suspect lorsque j'ai fait ma déposition en tant que témoin. Si seulement j'avais réussi à lire sa plaque d'immatriculation. Mais tout l'arrière du véhicule était couvert de boue séchée et de neige.

Gina acquiesça.

— Cet homme a sans doute fait nettoyer sa voiture juste après pour éviter qu'on recherche une voiture sale.

— Oui, sans doute. Et comment va votre équipier ?

— Il a repris le travail.

— Voilà une bonne nouvelle.

Ou pas, à en juger par le regard irrité qu'elle lui adressa. Mais, même quand elle arborait une expression sévère, Gina Galvan était vraiment très jolie. Elle avait les pommettes hautes, les lèvres pleines, des yeux sombres et sensuels. Et de beaux cheveux noirs.

— Vous avez coupé vos cheveux depuis la dernière fois, non ?

Misère, ces mots lui étaient sortis de la bouche ! En présence de son père, qui plus est…

— La dernière fois que vous m'avez vue, j'étais étendue en sang dans la neige.

Elle avait un léger accent chaleureux qui contrastait avec ses paroles sèches et concises.

— En fait, reprit-elle, porter les cheveux longs, ce n'est pas très pratique avec…

Elle désigna son bras blessé.

— … ça. Et je préfère ne pas m'en remettre à ma tante ou à ma sœur pour me coiffer tous les jours.

— Oui, je comprends.

— Mais pourquoi parlons-nous de mes cheveux ?

Son accent fut plus prononcé et son ton plus sec. Était-elle en colère ? Cherchait-elle à lui faire comprendre que ses compliments ne l'intéressaient pas ? Elle prit une grande inspiration puis croisa deux doigts et les porta successivement à ses lèvres et à son cœur avant de reposer la main sur ses genoux. Ce devait être un petit rituel pour se calmer car, immédiatement, elle reprit une posture moins raide et une voix plus douce.

— Vous m'avez sauvé la vie, monsieur Cutler. Je vous suis redevable. Merci beaucoup.

Il avait entendu les coups de feu alors qu'il faisait son jogging quotidien. Qu'aurait-il pu faire d'autre que voler à son secours ?

— Appelez-moi Mike. Et je vous en prie, c'était tout naturel. N'importe qui en aurait fait autant.

Était-ce là le but de sa visite ? Le remercier ? Pourtant, elle n'avait pas dissimulé sa surprise en comprenant que c'était bel et bien lui qui l'avait aidée.

Et son père n'était pas venu par hasard. Mike en eut la confirmation lorsque ce dernier déclara :

— Agent Galvan, vous pouvez nous laisser quelques minutes ?

Instantanément, Gina se leva.

— Oui, monsieur.

Mike se leva également car Frannie était à la porte avec un plateau sur lequel elle avait posé trois tasses de café et du sucre. Il écarta quelques papiers pour qu'elle puisse poser le plateau sur le bureau.

— Merci beaucoup. Frannie, tu veux bien faire visiter le centre à l'agent Galvan pendant que je discute avec mon père ?

— Oui, bien sûr.

Elle avait encore les yeux gonflés, mais semblait avoir recouvré une contenance. Elle sourit à Gina et l'invita à la suivre.

Quand elles furent sorties, Mike ferma la porte puis revint s'asseoir face à son père.

— Alors, dois-je m'inquiéter de cette visite impromptue ?

4

Son père pinça les lèvres et esquissa un léger sourire.

— Eh bien…

Mike but une gorgée de son café avant de la recracher illico.

— Pardon. Je crois que Frannie a encore nettoyé la cafetière au vinaigre.

— Et elle ne l'a pas rincée ?

— J'irai discrètement préparer une autre cafetière quand elle ne sera pas dans son bureau. Aujourd'hui, elle est quelque peu distraite à cause de son ex qui doit être libéré sur parole.

— Leo Messner ?

Mike acquiesça.

— Je vais me renseigner pour savoir qui est son agent de probation, proposa son père. Ça nous permettra de le garder à l'œil.

— Merci. Normalement, il ne devrait pas avoir le droit d'entrer en contact avec elle, mais on ne peut pas savoir si son séjour en prison l'aura fait réfléchir ou l'aura au contraire rendu encore plus vindicatif. De notre côté, Troy et moi-même ferons tout notre possible pour qu'il n'arrive rien à Frannie.

— Je n'en doute pas, fils. Je connais ta générosité.

— Ce n'est pas seulement une question de générosité, tu sais.

Son père le transperça du regard, lui donnant l'impression de lire directement en lui. Il avait évidemment compris que Mike sous-entendait qu'il avait besoin de se faire pardonner ses erreurs de jeunesse, mais son père s'inquiétait parfois qu'il ne parvienne pas à laisser cela derrière lui. Mike lui sourit pour le rassurer.

— Mais tu n'es pas venu ici pour parler de moi ou de mon assistante. Je suppose que ta visite a un rapport avec l'agent Galvan ?

Son père acquiesça.

— Je t'amène une nouvelle patiente.

Mike pointa son épaule du doigt.

— Elle a subi une intervention chirurgicale ?

— Oui, car la balle lui a causé une lésion au poumon. L'opération s'est bien passée et elle a récupéré sans encombre.

Son père prit une expression grave.

— Mais la balle lui a également causé des dégâts à l'épaule et le chirurgien a dû intervenir directement sur les muscles et les nerfs. C'est pour cette raison qu'elle porte une attelle.

— Et quelles sont les séquelles ?

— C'est toi l'expert, mais je sais qu'elle n'a pas recouvré l'usage normal de sa main. Elle n'arrive plus à tenir un revolver.

— Six semaines après avoir été blessée ? C'est beaucoup trop tôt, elle ne devrait même pas essayer.

— Sauf que tu ne connais pas Gina.

Son père se pencha en avant, comme s'il souhaitait lui faire une confidence.

— Ce n'est pas… comment dire… une petite chose

fragile, et ce n'est pas non plus quelqu'un d'un abord facile. Encore moins depuis son accident. Elle a déjà laissé tomber le kiné qui s'occupait d'elle, et un autre a refusé de travailler avec elle après l'entretien préalable.

— Mais tu penses que, moi, j'ai tellement besoin de nouveaux patients que je ne peux pas me permettre de refuser de la prendre en charge ?

— Non, ce n'est pas du tout ce que je pense.

Michael Cutler se renfonça dans son fauteuil et lui adressa un sourire paternel.

— Je te connais mieux que quiconque, je sais que tu as du tempérament et que ce que tu as vécu t'a rendu plus fort. Et, s'il y a bien quelqu'un qui peut aider Gina, c'est toi.

Mike fut touché par le compliment, de même qu'il avait été sensible au fait que Troy lui affirme qu'il lui faisait confiance pour trouver une solution à leurs problèmes. Finalement, le seul à douter de ses capacités, c'était lui.

— Quel était le problème avec les précédents kinés ? Elle refusait d'effectuer les exercices de rééducation ?

— Non, c'était plutôt le contraire. Elle en faisait trop.

Mike acquiesça.

— Je vois. Et, à vouloir trop en faire, on se fait plus de mal que de bien.

— C'est une jeune femme ambitieuse. Déterminée à améliorer sa propre condition sociale et celle de ses proches, qui dépendent d'elle financièrement. Et c'est un bon flic. Elle dispose d'un bon instinct, elle est très rigoureuse à l'entraînement et elle est intelligente. Certains malfrats l'ont parfois sous-estimée et, chaque fois, ils n'ont pas tardé à le regretter. Avant son accident, j'étais prêt à l'intégrer dans mon unité. Et je n'ai pas perdu ce projet de vue.

Son père haussa légèrement les épaules et prit une posture embarrassée.

— Mais, si elle n'est pas en mesure de manier une arme à feu avec dextérité, elle ne me sera d'aucune utilité.

— Autrement dit, tu me demandes de l'aider à récupérer ses capacités au plus vite pour que tu puisses l'intégrer dans ton équipe.

— Je souhaite avant tout que tu l'aides à se reconstruire physiquement et mentalement. C'est pour elle que je te le demande, pas pour moi.

À quelques encablures du centre de rééducation, la pauvreté, le trafic de drogue aux mains des gangs de rue et la prostitution sévissaient. Grandir dans cette partie de la ville était tout sauf facile. Jillian, la seconde épouse de son père, était bien placée pour le savoir. Elle avait vécu dans un des quartiers les plus difficiles de Kansas City et avait failli y rester. Mike savait que l'unité de son père intervenait régulièrement dans ces quartiers. Qu'une jeune femme qui y avait grandi ait réussi à s'extraire de son milieu, à obtenir un bon travail et soit guidée par la volonté d'aider les siens ne le laissait pas indifférent. Son père en était évidemment conscient et savait sur quelle corde jouer pour s'assurer de sa collaboration.

— Aide-la à reprendre confiance en elle. La police de Kansas City a besoin d'elle, elle a besoin de ce boulot et, si elle est en pleine possession de ses moyens, j'aurai besoin d'elle.

Mike se passa la main sur la mâchoire et ravala son orgueil avant de poser une question avec laquelle il n'était pas à l'aise :

— A-t-elle les moyens de payer ?

— Si sa mutuelle ne couvre pas tout, je payerai la différence moi-même.

— Tu crois à ce point en elle ?

— Oui.

— Alors c'est d'accord.

Touché par la confiance que lui témoignait son père, Mike repoussa son fauteuil et se leva.

— Je le ferai pour toi, papa.

— Merci. Je savais que je pouvais compter sur toi.

L'affaire étant entendue, son père se leva à son tour. De la tête, il désigna les factures impayées posées sur un coin du bureau.

— As-tu obtenu la subvention que tu espérais ?

— Non.

— Et j'imagine qu'il est hors de question que tu fasses appel à la fondation de Caroline.

— Oui.

Michael Cutler secoua la tête puis se dirigea vers la porte.

— Pour être tout à fait honnête, je pense que tu t'es évité de nombreux tracas en quittant Caroline, fils. C'est une fille bien mais, Jillian et moi, nous ne nous sommes jamais autant ennuyés que le soir où nous avons dîné avec ses parents. Par ailleurs, si elle n'est pas capable de t'aimer pour qui tu es, mais pour celui qu'elle aimerait que tu sois…

— Oui, oui.

Mike sourit et tapota amicalement l'épaule de son père.

— Joli discours de père protecteur.

— Je suis bon, n'est-ce pas ? rétorqua Michael Cutler.

Ils rirent de bon cœur. Puis Michael Cutler posa la main sur la poignée de la porte et reprit son sérieux.

— Dis-moi, Gina n'aurait pas un faible pour toi, par

hasard ? Car sa réaction quand elle t'a reconnu ne m'a pas échappé, tu sais.

— Mais non, éluda Mike. C'est parce qu'elle s'est souvenue que c'est moi qui lui avais porté secours, c'est tout.

Son père n'insista pas, heureusement. Et Mike se sentit soulagé que son père n'ait pas posé la question inverse…

— Tu me tiendras informé des progrès de Gina ?

— Est-elle au courant des dispositions que tu as prises pour elle ?

— Elle sait que je souhaite la voir intégrer mon unité et que c'est pour cette raison que je lui ai proposé de lui faire rencontrer un nouveau kiné. Je suis passé la prendre chez elle ce matin, car elle ne sera pas en mesure de reprendre le volant avant deux semaines, au minimum.

— Et elle sait que si, une fois encore, sa rééducation est un échec elle n'intégrera pas ton unité ?

— Je constate que tu as compris sans que j'aie besoin de t'expliquer. Je te reconnais bien là, tu as hérité de la perspicacité de ta mère.

Ils sortirent dans le couloir et rejoignirent le hall d'entrée.

— On se voit jeudi soir à la soirée de Will ?

— Oui, je lui ai promis de passer.

Troy fit alors son apparition et arrêta son fauteuil juste devant eux.

— Capitaine, fit-il en lui tendant la main, je tenais à vous saluer avant votre départ.

— Salut, Troy, répondit Michael Cutler, qui serra chaleureusement la main de l'associé de son fils. Content de te voir.

— Moi aussi, monsieur.

Frannie et Gina attendaient derrière Troy. C'était étonnant de les voir l'une à côté de l'autre, car elles ne pouvaient être plus différentes. Frannie, longiligne, avait le teint pâle, les cheveux clairs, alors que Gina, plus petite de taille et aux rondeurs féminines, avait la peau mate et les cheveux noirs.

Tandis que Mike les observait, son père et Troy continuaient de discuter.

— Il faudra que tu viennes dîner un de ces quatre. Jillian sera ravie de te voir, disait Michael Cutler.

— Vous pouvez lui dire que ce sera avec grand plaisir. Dès que j'aurai un moment de libre, je vous ferai signe.

— Entendu.

Ils se serrèrent de nouveau la main, puis Michael Cutler tourna la tête vers Gina.

— Vous êtes sûre que vous ne voulez pas que je vous attende pour vous reconduire chez vous ?

— Merci beaucoup, monsieur, mais vous avez du travail. Quant à moi, cela fait des années que je dois me débrouiller pour rentrer à la maison par mes propres moyens.

— Ne t'inquiète pas, je m'arrangerai pour qu'on la raccompagne, papa.

— Bien.

Père et fils échangèrent un dernier salut avant que Michael s'en aille.

Il y eut un léger moment de gêne quand ils se retrouvèrent tous quatre dans le hall d'entrée. Finalement, Mike fit un pas de côté pour laisser passer Troy, qui retourna auprès de son patient. Frannie s'excusa et se dirigea vers son bureau, et Gina resta seule avec lui. Elle ne lui arrivait même pas à l'épaule, mais ses cheveux sombres et luisants, son joli visage et ses courbes généreuses n'en étaient pas moins agréables à regarder.

— Vous savez, je ne vous ai pas demandé de me servir de chauffeur, déclara-t-elle alors d'un ton sec.

Mike fut brusquement ramené à la réalité. Gina était peut-être agréable à regarder, mais travailler avec elle n'allait pas être de tout repos. Cependant, il aimait relever les défis et il n'allait pas se laisser impressionner.

— Vous ne m'avez pas non plus demandé de me charger de votre rééducation. Et pourtant je vais le faire.

Il l'invita à le suivre dans son bureau et ferma la porte derrière elle.

— Asseyez-vous. Avant toute chose, je dois remplir un formulaire.

Gina posa les yeux sur le siège qu'il lui avait indiqué, mais resta debout.

— J'ai déjà subi deux évaluations préalables. Trois si on compte le médecin qui m'a ensuite dirigée vers un kiné.

— Eh bien, moi, je ne dispose d'aucune information sur vous, alors asseyez-vous, s'il vous plaît.

Il s'installa et ouvrit un formulaire de renseignements sur son ordinateur.

Elle tapota son bureau du doigt.

— Écoutez-moi bien, blondinet, votre père est mon supérieur hiérarchique et a donc autorité sur moi. Ce qui n'est pas votre cas.

« Blondinet » ? C'était bien la première fois qu'il se voyait affublé de ce sobriquet.

Pourquoi ne pouvait-elle pas se contenter de l'appeler Mike ?

— Entendu, restez debout. Mais j'ai néanmoins besoin de quelques renseignements sur vous.

Il entra son nom dans le formulaire.

— Vous vous croyez drôle ? Vous ne connaissez rien de moi et de la vie que je mène.

Il décida d'ignorer ses propos.

— Âge ? Adresse ? Numéro de téléphone ? Médecin traitant ?

À mesure qu'elle répondait — du bout des lèvres —, il continua à entrer les données.

— Quel est votre objectif ?

Elle poussa un soupir, marmonna quelques mots en espagnol, puis se laissa tomber sur la chaise face à lui.

— Mon objectif ? Vous n'en avez aucune idée ?

Puis, articulant avec exagération, elle ajouta tout d'une traite :

— Je veux être en mesure de reprendre mon boulot le plus vite possible. Et ne pas être cantonnée aux tâches administratives. Je veux être capable de tenir de nouveau une arme et intégrer l'unité de votre père.

— Vous voulez que je lui parle en bien de vous ?

Il la fixa droit dans les yeux.

— Parce que, je vous préviens, ça, il va falloir que vous le méritiez. Mon père et moi, nous sommes très proches, mais quand il est question de boulot notre lien de parenté n'entre pas en ligne de compte.

Mike se laissa retomber dans son fauteuil.

— Mais j'imagine que vous n'êtes pas non plus du genre à vous laisser influencer par quiconque.

— Vous cherchez à me mettre en colère ?

— J'ai comme l'impression qu'il n'y a pas beaucoup à faire pour y arriver.

Elle écarquilla les yeux et prit un air contrit.

— Je suis un peu à fleur de peau depuis…

Elle ne continua pas, parut chercher ses mots puis se pencha en avant et reprit :

— Parviendrez-vous à me faire récupérer l'ensemble de mes capacités ? Parce que, si je ne suis plus en mesure d'être flic, je ne sais pas… Enfin, ma famille compte énormément sur moi et… d'habitude, je surmonte mes ennuis toute seule. Mais là…

Elle releva la tête, comme si adopter une attitude fière pouvait dissimuler la vulnérabilité qu'elle venait de laisser transparaître.

— Je dois réussir à me remettre complètement.

En d'autres termes, elle l'appelait au secours. Ce n'était pas une bonne nouvelle. Les femmes aux abois avaient toujours été son talon d'Achille. Caroline avait eu désespérément besoin de lui pour reconstruire sa confiance en elle et tenir tête à ses parents. Frannie avait eu besoin de lui pour recouvrer un sentiment de sécurité. Ce n'étaient là que deux exemples, mais il y en avait eu d'autres. D'où lui venait ce besoin de les aider ? Peut-être était-ce pour lui une façon d'expier ses erreurs de jeunesse, ou bien de trouver un sens à son existence et de s'entendre dire qu'il était utile.

Et peut-être était-il trop borné pour envisager l'échec, car il s'entendit répondre :

— Si vous me laissez faire, vous recouvrerez l'ensemble de vos capacités. Mais il va falloir que vous acceptiez de recevoir des ordres de la part de quelqu'un d'autre que mon père. Est-ce trop pour vous ? De faire ce que je vous demande ? Ou, plutôt, de ne *pas faire plus* que ce que je vous demande ? précisa-t-il avec emphase. Si vous forcez, si vous vous montrez trop impatiente, vous risquez de ralentir vos progrès.

— Je suis capable de faire davantage que ce que les

précédents kinés me demandaient. Je suis dure au mal et je fais de l'exercice physique depuis le lycée. Si vous faites votre boulot, je ferai le mien.

Ce n'était pas exactement ce qu'il espérait entendre, mais il s'en contenterait. Si Gina voyait cela comme une compétition, alors elle en aurait pour son argent et, à la fin, elle gagnerait. Il lui tendit la main pour la mettre au défi de la lui serrer avec celle glissée dans son attelle.

Un éclair passa dans son regard. Elle extirpa son bras de l'attelle et lui tendit la main. Elle parvint à ouvrir le pouce et l'index, mais les autres doigts restèrent mollement pliés. Il lui prit la main et lui palpa chaque doigt. Puis il la relâcha doucement et se leva.

— Alors, c'est d'accord, c'est moi qui prend en charge votre rééducation ? Pour tout ce qui concerne votre santé, c'est moi le patron ?

Il la dominait de sa hauteur, mais Gina n'en était en rien impressionnée. Elle se leva à son tour et remit son bras dans l'attelle.

— Vous voulez être le patron, blondinet ? Alors allons-y, inutile de perdre davantage de temps.

Une heure plus tard, Gina avait le front et le cou perlés de gouttes de transpiration et son bras gauche tremblait à cause des efforts supplémentaires qu'elle avait dû faire pour compenser la faiblesse du droit. Mike commençait à comprendre pourquoi elle ne s'était pas entendue avec ses précédents kinés. Gina était une véritable athlète qui avait énormément de mal à accepter de ne pas pouvoir se servir normalement de son bras et de sa main. La session avait été intense, Gina s'était pliée sans rechigner à tous les exercices qu'il lui avait imposés et en avait même redemandé, même quand le but de l'exercice était précisément de lui faire prendre conscience de ses limites actuelles.

Son père avait raison : la récupération de Gina dépendrait autant, voire plus, de ses progrès psychologiques que de ses progrès physiques. Une fois la séance terminée, il la raccompagna à la porte, lui conseilla, pour la prochaine fois, de porter autre chose qu'un jean et lui détailla ce qu'elle devait faire au quotidien et ce qu'elle devait éviter.

Comme c'était un garçon bien élevé, il lui remit sa veste en place sur son épaule blessée. Pour toute réponse, il obtint un vague grognement et ne sut pas si c'était parce que son geste lui avait occasionné une douleur ou parce qu'elle n'appréciait pas sa galanterie. Mais ce n'était en aucun cas un remerciement. Néanmoins, il l'aida à sortir ses cheveux de son col. Ils étaient soyeux et humides.

— De rien, lui souffla-t-il.

De nouveau, en retour, il obtint un grognement ; au lieu de s'en offusquer, il partit d'un petit rire et la contourna pour lui ouvrir la porte.

— Comment allez-vous rentrer chez vous ?

Gina observa les quelques voitures garées sur le parking et le long de la rue.

— Si les trottoirs sont à peu près déneigés, je peux rentrer à pied.

Du pouce, il indiqua son pick-up garé juste derrière.

— Je vous raccompagne.

— Vous allez quitter votre travail au beau milieu de la journée pour me reconduire chez moi ?

Un coup de vent lui envoya ses cheveux dans les yeux. Il se retint de tendre la main pour les remettre en place.

— À ce que j'ai compris, vous n'habitez pas très

loin et mon prochain rendez-vous est après déjeuner. Et, en cas d'urgence, Troy sera là.

— Vous êtes mon kinésithérapeute, pas mon chauffeur, lui rappela-t-elle.

— Comme vous voudrez. À demain ?

— Sans faute.

— Dans l'intervalle, ne faites pas d'efforts inutiles, compris ? Vous pouvez effectuer quelques exercices pour assouplir vos doigts, mais en aucun cas courir ou soulever des poids.

Elle repoussa une mèche de cheveux de ses yeux et la glissa derrière son oreille.

— Et les étirements de yoga, c'est autorisé ?

— Si c'est pour assouplir une partie de votre corps, oui, bien sûr. En revanche, ne faites pas d'exercices d'équilibre. Si par malheur vous veniez à chanceler et à devoir vous rattraper sur votre bras blessé, vous seriez bonne pour deux semaines supplémentaires d'invalidité. Dans le pire des cas, vous pourriez même garder des séquelles permanentes.

— Compris.

Elle descendit du trottoir et se dirigea vers le parking.

— Vraiment ? la provoqua-t-il.

Lancer une promesse et s'y tenir, c'étaient deux concepts distincts.

Elle soupira et se retourna pour lui faire face.

— Vous êtes toujours aussi têtu ?

— C'est vous qui m'y obligez.

— Je ne compte pas m'excuser d'avoir du tempérament.

— Je ne vous le demande pas.

Cependant, il avait besoin d'être sûr d'avoir sa confiance.

— Moi, je ne compte pas m'excuser d'être sympathique.

— Qu'ai-je dit qui…

— « Blondinet » ?

Elle pinça les lèvres et parut s'astreindre à ne pas répondre. Peut-être admettrait-elle que ce n'était pas très gentil d'affubler quelqu'un de ce sobriquet. Mais, compte tenu d'où elle venait, elle ne devait pas souvent côtoyer des types sympathiques. Dommage qu'elle ne l'ait pas connu quand il était adolescent. Sinon, elle aurait compris que, s'il était resté le même, il n'aurait pas obtenu de diplômes, n'aurait pas été en mesure de monter sa propre société et ne serait donc pas aujourd'hui en position de lui venir en aide.

Il l'observa minutieusement et devina qu'elle se demandait quoi dire. *Eh oui, ma belle, il y a une différence entre être sympathique et être naïf.*

— Je vous présente mes excuses, monsieur Cutler.

Sans même un sourire, elle tourna les talons et s'éloigna. Bien. Il ne devait pas se faire d'illusions. Gina n'était pas près de devenir son amie. Mieux valait qu'il se fasse une raison et laisse de côté l'attirance qu'il éprouvait pour elle. Mais peut-être trouveraient-ils malgré tout un terrain d'entente.

Il se fourra les mains dans les poches et évalua mentalement l'itinéraire qu'elle devrait emprunter pour rentrer chez elle. Quand il effectuait son jogging quotidien, il couvrait à peu près trois fois la distance. Sauf qu'il n'était pas en convalescence après avoir reçu une balle et ne sortait pas d'une séance de rééducation. Au mieux, il faudrait à Gina marcher une bonne demi-heure avant de pouvoir se reposer.

Peut-être aurait-il dû insister pour la raccompagner. Il joua avec ses clés de voiture dans sa poche, se demandant avec quelle véhémence Gina protesterait s'il la rattrapait, s'arrêtait à sa hauteur et…

Mais que se passait-il ?

Il plissa les yeux. Au loin, Gina pressait le pas. Mike la vit traverser la route puis tourner la tête de tous côtés. Pourquoi ? Avait-elle vu quelque chose qui l'avait alertée ou quelqu'un qu'elle connaissait ?

Intrigué, Mike traversa le parking au pas de course. Le feu rouge l'empêchait de traverser mais, d'où il était, il voyait Gina de l'autre côté de la rue.

Elle marchait normalement à présent, mais ne cessait de jeter des coups d'œil à droite et à gauche.

Il la vit sortir son téléphone et regarder par-dessus son épaule. Il suivit son regard et comprit ce qui avait attiré son attention : un coupé noir était venu se ranger le long du trottoir et roulait lentement pour rester à la hauteur de la jeune femme. Mike avança pour tenter de lire la plaque d'immatriculation. D'autres véhicules arrivèrent derrière le coupé noir et changèrent de file pour le dépasser. Par la vitre, Mike remarqua que le conducteur portait une casquette. Mais qui était-ce et que faisait-il ? Suivait-il Gina ?

Quand il vit le conducteur lever le bras, Mike se mit à courir. Bon sang, le type au volant avait une arme.

— Gina ! cria-t-il.

Elle fit volte-face. Au moment où il entendit crier son nom, le conducteur du coupé changea de file et accéléra brusquement dans un crissement de pneus.

Mike, ayant rattrapé Gina, la prit par la taille pour la protéger. Avant que le coupé soit loin, il eut le temps de voir que le conducteur n'avait pas d'arme, mais avait tendu le bras et pointé deux doigts pour faire comme s'il tirait un coup de feu.

— Mais qu'est-ce que vous fichez, blondinet ? s'écria Gina, furieuse.

Son téléphone lui avait échappé des mains. Heureusement, il ne s'était pas brisé en tombant.

Un piéton ramassa le téléphone et le tendit à la jeune femme. Mike vit que l'homme l'observait d'un œil méfiant, comme s'il se demandait s'il n'était pas en train d'agresser Gina. Mais celle-ci lui sourit pour le rassurer et le remercia. Mike s'écarta alors de la jeune femme. Il ne l'avait tenue que quelques secondes, il avait agi d'instinct, dans le seul but de la protéger, et pourtant il était dans tous ses états. Il ne la voyait plus comme une patiente, mais comme une femme très séduisante qui l'attirait énormément.

— Ça va ? parvint-il à lui demander.

— Vous me suiviez ? lui demanda-t-elle sèchement en retour.

— Moi, non, mais on dirait que ce n'est pas le cas de tout le monde, répliqua-t-il en désignant la route d'un geste. Qu'est-ce que ça signifie ?

Gina avait les yeux baissés sur son téléphone. Et Mike constata qu'elle était toujours en ligne.

— Je vais bien. Laissez-moi faire mon boulot, dit-elle avant de porter son téléphone à son oreille et de transmettre un numéro de plaque d'immatriculation à son interlocuteur. Je n'ai pas vu les deux derniers chiffres, ajouta-t-elle.

— Trois et six, intervint Mike.

Elle leva vivement les yeux vers lui.

— Vous parlez de la plaque du coupé Mercedes ?

Il acquiesça.

— Allô, Derek ? La plaque se termine par trente-six.

Oui, elle semblait tourner dans le quartier. Tiens-moi au courant de ce que ça donne. Merci.

Elle raccrocha et rangea son téléphone dans sa poche.

— Que faites-vous ici ? Et, je vous préviens, c'est la dernière fois que vous m'attrapez de cette façon.

— Je veux savoir pourquoi ce type vous a menacée.

Elle plissa les yeux et contempla son visage.

— Que vous arrive-t-il ? ajouta-t-elle alors d'un ton plus amène.

Au moment de traverser, il avait fait un faux mouvement qui lui avait engourdi la cuisse gauche. Sans doute avait-elle remarqué sa grimace. Mais il s'en remettrait, là n'était pas l'important. Il souhaitait comprendre ce qui se passait.

— Répondez à ma question.

Elle regarda autour d'eux et, comme des gens descendaient d'un bus qui s'était arrêté à leur hauteur, elle déclara tout bas :

— Je suis flic.

Mike s'appuya d'une main contre le mur derrière elle.

— Vous n'êtes pas en uniforme. Ce qui signifie que soit ce type a un sixième sens pour déceler les flics, soit sa menace était personnelle. L'avez-vous reconnu ? Est-ce l'homme qui vous a tiré dessus ?

Deux personnes qui attendaient à l'arrêt de bus tournèrent la tête dans leur direction, et Gina baissa la voix :

— Vous avez vu ce qui s'est passé. Le conducteur se comportait de manière suspecte et j'ai fait mon boulot en le signalant.

Elle cherchait à en rester là, mais Mike lui posa une main sur la hanche pour éviter qu'elle s'éloigne. Elle marmonna quelques mots en espagnol puis le fixa droit dans les yeux.

— Je suppose que je l'ai regardé avec trop d'insistance, c'est pourquoi il a fait comme s'il avait une arme pour me faire savoir qu'il m'avait repérée. Il a dû trouver ça drôle.

Mike resta impassible.

— Vous êtes une dure à cuire, je l'ai compris. Mais on ne vous a jamais appris à répondre poliment à une question ? Je vous rappelle que j'ai grandi parmi les flics et que, par conséquent, je sais interpréter certains comportements. Vous étiez en alerte. Même si vous m'avouez que ce type vous a fait peur, je vous assure que vous ne baisserez pas dans ma considération — d'autant plus que vous êtes en convalescence, que vous n'étiez pas armée et que vous étiez seule.

Un bref instant, elle détourna le regard. C'était la première brèche dans son armure qu'elle laissait transparaître. Il continua à la fixer en silence et attendit qu'elle s'exprime. Enfin, elle daigna lui en dire un peu plus :

— J'ai déjà vu cette voiture. Depuis deux semaines, elle rôde dans mon quartier après la tombée de la nuit. Et, maintenant, voilà que…

Elle se rapprocha de lui pour s'assurer que les gens qui passaient à côté d'eux ne l'entendent pas.

— Vous vous souvenez du véhicule d'où je me suis fait tirer dessus ?

— Oui mais ce n'était pas une voiture de ce type. Avez-vous reconnu le conducteur ?

Mike avait cependant du mal à se convaincre que ce type, qui conduisait alors un vieux SUV, ait eu les moyens de s'offrir une Mercedes.

— Je n'ai pas vu le visage de l'homme qui m'a tiré dessus. Mais, le type d'aujourd'hui, il me semble l'avoir déjà vu.

— À quelle occasion ?

— Je n'en suis pas certaine. Mais ça aurait pu être le petit copain de ma sœur. Il ne m'aime pas, et c'est réciproque. Ou alors, ça aurait pu être un des types auxquels je me suis frottée il y a quelques semaines… juste avant que je me fasse tirer dessus. En tout cas, s'il était là, je doute que ce soit une coïncidence.

Que ce soit pour le remettre à sa place ou lui avouer son inquiétude, Gina le regardait droit dans les yeux. Mike était admiratif de son aplomb. Mais, derrière cette façade, il sentait suinter son inquiétude.

— Je n'ai pas vu le visage de cet homme, reprit-elle. Il portait une casquette et les vitres de sa voiture étaient légèrement teintées. Je ne saurais même pas dire de quelle couleur étaient ses cheveux ni quel âge il pouvait avoir. Vous non plus, j'imagine ?

Elle avait peur et ce n'était pas difficile de comprendre qu'elle n'éprouvait pas souvent ce sentiment. Il lui posa la main sur le bras pour la rassurer. Mais elle ne devait pas non plus avoir l'habitude d'accepter facilement le réconfort.

— Non. Mais vous pensez que cette voiture vous suivait ? Est-ce pour cette raison que vous avez demandé qu'on fasse une recherche sur sa plaque minéralogique ?

— Mon équipier va se renseigner, oui. Techniquement, je suis en arrêt de travail. Donc, il me fait une faveur.

Savoir l'homme qui lui avait tiré dessus dans la nature et ne pas être en mesure de l'identifier si par malheur il tentait de finir le boulot avait de quoi la rendre nerveuse, effectivement. Même si elle était flic et n'était pas peureuse de nature.

— Venez, je vous raccompagne.

— Non.

298

Elle le repoussa, mais parut s'en vouloir de se montrer brutale.

— Non, merci, répéta-t-elle d'un ton plus doux en posant une main sur son torse. C'est probablement quelqu'un qui vit dans mon quartier. Il y a pas mal de malfrats par ici et beaucoup savent que je suis flic. C'est possible que ce type m'ait reconnue. Et puis, peut-être que je me fais des idées. Après ce qui s'est passé il y a quelques semaines, je deviens méfiante dès que je vois un véhicule ralentir ou s'arrêter près de moi.

Elle avait toujours la main posée sur sa poitrine, et Mike fut surpris qu'elle ne l'ait pas retirée. Et encore plus surpris par la sensation que lui provoquait ce simple contact. Gina l'attirait. Très fort. Mais il ne devait pas se faire d'illusions. Cette attirance n'était pas réciproque. Gina traversait un moment difficile, sans doute ce geste lui permettait-il de recouvrer une contenance. Il pouvait bien lui accorder cela.

— À votre place, je ne chercherais pas à repousser trop vite mes soupçons, Gina. Votre méfiance est normale, ce n'est pas de la paranoïa.

Ôtant sa main, elle esquissa un sourire.

— Vous êtes mon kiné, murmura-t-elle, pas mon conseiller *ni* mon garde du corps.

Mike haussa les épaules.

— Et que diriez-vous de me considérer comme un ami ?

Après tout, cet échange ne ressemblait plus vraiment à celui d'un kiné et de sa patiente.

— Peut-être est-ce en effet un peu loin pour que je rentre à pied.

Voulait-elle qu'il la raccompagne ? Mike comprit cependant, en voyant un bus à l'approche, que telle n'avait jamais été l'intention de Gina. Son téléphone sonna. Elle décrocha et s'écarta de lui pour prendre sa place dans la file des gens qui attendaient de monter dans le bus.

— À demain matin… Mike.

Elle avait hésité avant de prononcer son prénom, comme si cela lui coûtait.

— Avez-vous besoin que je vous passe vous chercher ?

— Vous n'êtes pas mon chauffeur, rétorqua-t-elle d'une voix plus forte pour être entendue malgré le bruit du moteur du bus.

— Je ne vous le propose pas par sympathie, mais seulement parce que ce serait plus simple, répliqua-t-il d'une voix forte également.

Mais elle était déjà dans le bus et parlait dans son téléphone. La porte se referma et le bus démarra.

Il le regarda s'éloigner puis tourner au carrefour. Il observa le trafic pour vérifier que la Mercedes n'était pas en vue. Peut-être que cet incident n'avait effectivement rien à voir avec la fusillade de l'autre soir, mais mieux valait être prudent.

Sortant son téléphone, il enregistra le numéro de la plaque d'immatriculation de la Mercedes avant de l'oublier. Il demanderait à son père ou à un de ses collègues ce qu'ils pourraient lui apprendre sur le propriétaire de cette voiture.

Le soir de la fusillade, il n'avait pas cherché à identifier le vieux SUV. Sa priorité avait été de porter secours aux blessés. Cette voiture avait-elle éveillé un souvenir dans le subconscient de Gina ? Ou bien était-elle réellement terrorisée et faisait-elle tout pour le dissimuler ?

Mike n'était pas flic mais, par imprégnation, il

raisonnait comme s'il en était un. Et il avait besoin de réponses à ses questions.

Le tireur la suivait-il partout pour connaître les lieux qu'elle fréquentait, ses habitudes, dans le but de finir le boulot ? Et, dans ce cas, s'en était-il pris à elle pour des raisons personnelles ?

Gina était-elle en grand danger ?

Étant donné qu'elle était en arrêt de travail, qui pourrait veiller sur elle, venir à sa rescousse en cas d'urgence ? Peut-être n'avait-elle pas besoin de lui mais, comme elle n'était pas capable de tenir une arme, comment ferait-elle pour se défendre seule ?

5

— Je vous ai déjà dit que vous n'étiez pas mon chauffeur, blondinet, déclara Gina, qui attrapa au vol de la main gauche la serviette que Mike lui avait lancée.

Elle était légèrement essoufflée après une nouvelle séance intense. Elle s'essuya le front et le cou.

— Je peux me rendre au poste toute seule.

Il fallait qu'elle limite son temps de présence en compagnie de Mike Cutler au strict minimum. Car, au bout d'une semaine de séances quotidiennes avec lui, force lui était de reconnaître qu'elle l'appréciait un peu trop. En dehors de ses qualités professionnelles évidentes.

C'était en effet un excellent kiné, qui appréhendait les problèmes de ses patients globalement. Ainsi, dans son cas à elle, il prenait en compte ses capacités physiques au-dessus de la moyenne et l'autorisait à se servir de ses jambes et de son bras gauche pour compenser la faiblesse de son bras droit. Par conséquent, elle n'avait pas le sentiment, en plus de la frustration que lui provoquait son incapacité temporaire, que sa condition physique générale se dégradait.

— Après une telle séance, je suis sûr que vous n'avez plus beaucoup d'énergie dans les jambes, alors je refuse de vous laisser marcher, répliqua Mike.

Il ramassa sa serviette et s'épongea le visage.

— Donc je vous conduis là-bas.

Avait-il donc du temps à revendre ? Songeuse, Gina remit en place son attelle. À part un pompier en retraite qui venait pour son genou et dont s'occupait plus spécifiquement Troy, elle n'avait pas croisé grand monde depuis qu'elle fréquentait le centre de rééducation. Et, quelques jours plus tôt, elle avait surpris une conversation entre Frannie et Mike qui faisait état des problèmes de trésorerie du centre.

Ils étaient issus de deux milieux différents mais, apparemment, grandir dans un environnement « privilégié » ne garantissait pas de réussir tout ce qu'on entreprenait, se dit Gina. Cependant, le fait que Mike Cutler ait choisi d'exercer dans cette partie de la ville alors qu'il vivait dans un quartier plus huppé et certainement dans une maison plus confortable qu'elle ne laissait pas de l'intriguer. Et la rendait un petit peu jalouse. Au moins, lui, il devait disposer d'une salle de bains qu'il n'était pas obligé de partager avec quatre autres personnes et pouvait prendre une douche quand bon lui semblait.

Il s'assit sur le banc face à elle et prit un ton sérieux :

— La perspective de retourner au poste de police vous rend-elle nerveuse ? Si oui, on peut évaluer les progrès de votre capacité à tenir une arme ici. Même si, je ne vous le cache pas, je préfère qu'on le fasse sur le pas de tir du commissariat.

— Je comprends tout à fait que vous ne souhaitiez pas introduire une arme ici. Et ne vous inquiétez pas, retourner au poste me réjouit au contraire. Cela me permettra de demander à mon équipier s'il y a du nouveau dans l'enquête sur la fusillade dont nous avons été victimes. Bien sûr, je ne pourrai rien faire officiellement, mais…

Dans son for intérieur, Gina était loin de ressentir une assurance aussi grande. Comment réagirait-elle en effet si elle découvrait qu'elle n'arrivait toujours pas à tenir correctement une arme au bout de sept semaines d'incapacité ? Ou que cette visite sur son lieu de travail lui occasionnait plus de frustration qu'autre chose ?

Peut-être devrait-elle finalement accepter l'offre de Mike de l'y emmener et de la ramener chez elle ensuite, songea-t-elle. Si son orgueil en prenait un coup, elle n'aurait aucune envie de s'en aller prestement pour se retrouver à attendre le bus.

Elle baissa la tête pour échapper au regard perçant de Mike. Il semblait guetter la moindre altération de son expression, comme s'il cherchait à déceler ses pensées.

— Mais vous aimeriez avoir un minimum la main sur une enquête qui vous concerne au premier chef, non ? reprit-il.

Gina se dit qu'il avait suffi de quelques secondes pour que, ce soir-là, devant la maison de Vicki Bismarck, la situation lui échappe complètement.

En revanche, elle était contrariée que ce… beau mec parvienne aussi facilement à percevoir son inquiétude et à lire dans ses pensées. Cependant, elle n'était pas prête à l'admettre, ni devant lui ni devant qui que ce soit d'autre. Et si, pour clore la discussion et éviter qu'il ne la pousse trop dans ses retranchements, elle devait accepter qu'il lui serve de chauffeur elle ferait cette concession.

— C'est d'accord, vous pouvez m'emmener.

Il haussa les sourcils, sans chercher à dissimuler son étonnement. Mais Gina n'en fut pas quitte pour autant : un autre tourment, tout aussi dérangeant, s'empara d'elle comme Mike se levait et que son large torse emplissait totalement son champ de vision.

— Parfait, fit-il. Laissez-moi un quart d'heure pour me doucher et me changer et, ensuite, on y va.

D'accord, beau mec. Quand elle prit conscience qu'elle était tellement sous son charme qu'elle respirait à fond pour inhaler un peu du parfum qu'il dégageait, Gina eut un mouvement de recul.

— Dix minutes, pas plus, rétorqua-t-elle, désireuse de ne rien lui concéder avant tout pour repousser l'attirance qu'elle éprouvait pour lui. Vous croyez que j'ai toute la journée devant moi ?

Mike éclata de rire. Elle sourit puis se leva pour se diriger vers les vestiaires. D'où lui venait ce besoin de faire des plaisanteries ? Mike Cutler était son kiné, à la limite elle pouvait le considérer comme un ami, mais c'était tout. Elle avait trop de soucis, trop de responsabilités pour se laisser distraire et gaspiller son énergie en badinage ou autres futilités.

Mike avait toutefois raison sur un point : elle avait besoin de maîtriser sa vie et de recouvrer le contrôle de son avenir. Et, comme pour prouver à Mike qu'elle n'avait pas baissé sa garde, elle répéta avant d'entrer dans le vestiaire :

— Dix minutes, blondinet.

Elle avait appris depuis longtemps comment s'y prendre pour se doucher et s'habiller en un laps de temps réduit. Elle se sécha les cheveux et les recoiffa aux doigts avant de s'habiller. Depuis qu'elle était blessée, elle portait un soutien-gorge qui se fermait sur l'avant et privilégiait les tuniques avec seulement quelques boutons pour pouvoir les enfiler plus facilement. Mais, si elle avait suivi le conseil de Mike et portait son survêtement du service de police de Kansas City pour ses séances de rééducation, elle n'avait pas envie de se présenter devant ses collègues dans cette tenue. Ce serait déjà suffisamment difficile de s'y montrer sans porter l'uniforme, ce qui indiquerait qu'elle y était seulement de passage.

Mais le jean slim qu'elle avait emporté n'était pas facile à enfiler et, comme elle ne pouvait pas se servir de ses deux mains, c'était encore plus compliqué. Après quelques contorsions, elle dut se rendre à l'évidence : elle allait devoir ravaler sa fierté et demander de l'aide. Quand elle entendit une voix féminine de l'autre côté de la porte de la cabine, elle sauta sur l'occasion et entrebâilla la porte.

— Excusez-moi, pourriez-vous m'aider à…

Quand elle découvrit Frannie occupée à plier des serviettes, les yeux gonflés, comme si elle venait de pleurer, elle resta interdite. Celle-ci ne l'avait même pas entendue. Gina s'éclaircit la gorge pour indiquer sa présence.

— Tout va bien ?

Frannie sursauta et fit volte-face.

— Oh ! pardon, je ne vous avais pas vue. Avez-vous besoin d'aide ?

Gina désigna son jean.

— Je n'arrive pas à l'enfiler.

— Ah, oui, bien sûr, attendez, laissez-moi faire.

Frannie posa la serviette qu'elle avait en mains et s'empressa de venir l'aider.

— Voilà, c'est fait. J'ai entendu Mike dire que vous deviez faire très attention à votre bras droit.

— Merci.

Gina se chargea elle-même de remonter la fermeture Éclair et de fermer le bouton.

— Ça me servira de leçon. Désormais, je m'en tiendrai au survêtement.

Frannie s'était remise à plier les serviettes. Gina songea que ce n'étaient pas ses affaires, mais elle voyait bien que Frannie avait des ennuis et elle n'avait pas envie de faire comme si de rien n'était. Elle s'approcha d'elle et lui tendit une serviette à plier.

— Que s'est-il passé ? Et ne répondez pas « rien », car il est évident que vous avez pleuré.

Frannie prit la serviette et soupira.

— J'ai reçu un coup de fil.

— De votre ex ?

Frannie tourna vivement la tête. Gina lui prit la main pour la rassurer.

— J'ai surpris une conversation entre Troy et vous hier à propos de la demande d'une injonction du tribunal contre votre ex pour qu'il ne vous approche pas. Je suis flic, je ne peux pas m'empêcher de chercher à en savoir plus sur les gens que je côtoie.

Frannie esquissa un sourire pour indiquer qu'elle comprenait.

— En fait, nous en parlions parce que Troy m'a conduite au tribunal pour effectuer cette demande. Vous savez qu'il ne peut pas se servir de ses jambes et, par conséquent, il a une camionnette adaptée avec un accélérateur et un frein manuels. Je lui ai fait remarquer qu'il roulait très vite et il a commencé à s'en prendre à sa camionnette, qui selon lui était trop vieille et qu'en plus il n'avait pas eu le temps de nettoyer avant de m'y faire monter. J'ai cru qu'il m'en voulait de ma remarque et j'en ai été attristée.

— Étiez-vous déjà montée en voiture avec Troy auparavant ?

Frannie fit non de la tête.

Gina se dit que la réaction de Troy tenait de l'orgueil masculin blessé. Elle avait d'ailleurs remarqué à la façon dont Troy regardait Frannie qu'elle ne devait pas lui être indifférente. Peut-être avait-il mal vécu qu'indirectement elle souligne son handicap.

— Vous savez, ce n'est pas parce qu'on vous parle un peu sèchement qu'on va s'en prendre à vous.

— Je sais. En outre, d'habitude, Troy est vraiment gentil et drôle. Il était peut-être seulement dans un mauvais jour.

Elle trouvait des excuses à tout le monde. C'était typique des femmes maltraitées.

À bien des égards, Frannie lui rappelait Vicki Bismarck. Elle se demanda où en était cette histoire. Gordon Bismarck était-il toujours en prison ? Son grand frère Denny et ses acolytes avaient-ils cherché à intimider Vicki ? Celle-ci était-elle allée voir un médecin ? S'était-elle installée chez sa sœur ? Avait-elle porté plainte contre son ex-mari ?

Ou alors, Denny et ses copains étaient-ils déterminés à se venger des policiers qui avaient arrêté son frère ? Était-ce Denny qui se trouvait dans le SUV d'où avaient été tirés les coups de feu qui l'avaient atteinte ? Gina porta les doigts à son épaule droite. Elle se remémora l'instant où elle avait compris qu'elle avait été touchée, se rappela les coups de feu qui n'avaient cessé de retentir, la neige maculée de sang.

Elle en eut des frissons et s'arracha à ce souvenir. Les Bismarck, ce n'était plus son problème. Et tout le service de police de Kansas City travaillait pour découvrir qui s'en était pris à deux des leurs. Enfin, tous sauf elle. Elle n'était pas habituée à se retrouver dans la position de la victime. Elle n'aimait pas être au cœur d'une enquête et, dans le même temps, mise en retrait.

Toutefois, elle pouvait aider Frannie. Elle s'assit et tapota le banc à côté d'elle. Elle était persuadée que les larmes de Frannie n'étaient pas exclusivement liées à sa petite altercation avec Troy.

— Parlez-moi de ce coup de téléphone.

— L'appel de Leo ?

Frannie hésita un instant puis, finalement, s'assit.

— Ce matin, je me préparais à partir au travail. Le répondeur s'est déclenché avant que je puisse décrocher. J'ai immédiatement reconnu sa voix. Il disait que je lui manquais, qu'il m'aimait toujours.

Après un instant, la jeune femme ajouta :

— Et il veut me voir.

— A-t-il le droit de vous appeler ?

Quand Frannie fit non de la tête, Gina eut la velléité de sortir son téléphone pour signaler l'infraction. Mais elle ne devait pas oublier qu'elle n'était pas en service. Elle devrait se contenter de donner un conseil à Frannie.

— Même s'il se montre poli et courtois et que vous songez à lui donner une chance de se justifier, ne cédez pas et prévenez la police.

Sans doute le dénommé Leo avait-il été avisé de l'injonction du tribunal et considérait-il qu'il avait les moyens de convaincre Frannie d'y renoncer.

— Gardez une trace de tous les contacts qu'il prend avec vous, que ce soit par téléphone, mail ou en direct. Connaissez-vous son agent de probation ? Lui aussi doit être averti de ce coup de fil.

Frannie se redressa et acquiesça.

— Oui, je sais que c'est ce que je suis censée faire. Je peux également demander à Mike de m'aider. Il m'a assuré que son père ferait son possible.

Puis, d'ajouter, avec un pauvre petit sourire :

— Je suis vraiment gourde. Quand Leo est près de moi, j'ai tellement peur que je ne peux plus penser à quoi que ce soit d'autre. Avez-vous déjà ressenti cela ?

Elle se leva brusquement et se remit à plier les serviettes.

— Excusez-moi, je suis stupide de vous poser cette question. C'est évident que, vous, vous n'avez peur de rien.

Gina songea qu'elle se trompait. La crainte de ne jamais récupérer complètement l'usage de sa main droite la terrifiait. Et elle avait peur de perdre son boulot, de ne plus avoir les moyens d'aider les siens ni de leur offrir la vie qu'ils méritaient.

— Disons plutôt que ce ne sont pas les gens qui me font peur.

Et encore, ce n'était pas tout à fait vrai. Car un homme qui lui avait déjà tiré dessus était quelque part, en liberté. Et, dès qu'elle avait repris connaissance à l'hôpital, elle s'était demandé si cet homme serait arrêté un jour. En outre, Derek et elle s'étaient fait de nouveaux ennemis : Gordon Bismarck, son frère Denny et ses copains. La recherche du SUV dans lequel avait fui le tireur n'avait rien donné, malgré d'importants moyens déployés. Et le résultat des recherches sur la plaque minéralogique du coupé que Mike et elle avaient vu une semaine plus tôt avait conduit à une impasse. En effet, selon Derek, le véhicule correspondant au numéro de la plaque appartenait à un vieux monsieur qui ne se servait quasiment plus de sa voiture et qui n'avait même pas remarqué qu'on lui avait volé ses plaques.

Gina songea aussi qu'elle n'avait pas non plus éliminé Bobby Estes de la liste des suspects potentiels. Elle n'aurait pas été étonnée qu'il s'en prenne à elle et aille jusqu'à tirer sur des flics. Il était tout à fait du genre à conduire une voiture volée et à vouloir se débarrasser de l'encombrante grande sœur de sa copine, qui n'était pas dupe de sa véritable nature.

Ses collègues avaient sans doute également dressé la liste des criminels connus qui vivaient dans le quartier où la fusillade avait eu lieu et vérifié leur alibi pour ce jour-là. En tout cas, elle, c'est ce qu'elle aurait fait. Mais elle ne participait pas à l'enquête. Et, tant que des éléments probants n'auraient pas été découverts pour remonter à un suspect, le tireur resterait libre comme l'air et aurait l'avantage de la connaître alors qu'elle ne savait même pas à quoi il ressemblait.

— Je sais ce qu'est la peur, je peux vous l'assurer, dit-elle à Frannie. Mais vous devez être déterminée à ne pas la laisser régir votre vie.

— Plus facile à dire qu'à faire.

— C'est vrai. Mais, chaque jour, vous devez vous astreindre à vous montrer plus forte que la peur. Et, si un jour vous n'y arrivez pas, vous devez redoubler d'efforts le lendemain.

Frannie serra une serviette contre elle et hocha vigoureusement la tête. Sentant qu'elle ne prêchait pas dans le désert, Gina poursuivit :

– Si Leo vient vous voir en personne, appelez le 911. S'il cherche à s'en prendre physiquement à vous, défendez-vous. De toutes vos forces. Visez les points faibles : l'entrejambe, les yeux, l'arête du nez.

Frannie lui prêtait une attention totale, à présent.

— Et criez le plus fort possible. Si votre ex cherche

à vous voir ici, je ne me fais pas de souci pour vous en tout cas. Mike et Troy viendraient à votre secours dans la seconde. Ce sont des types bien.

Frannie acquiesça de plus belle.

— Oh ! ça oui. Tous deux ont vécu des choses terribles, mais ils s'en sont relevés plus forts. Et ils sont tellement généreux. N'importe quelle fille aurait de la chance qu'ils…

Elle eut le rose aux joues et n'acheva pas sa phrase.

— Pour moi, Mike est comme un grand frère, dit-elle à la place.

Gina n'avait pas oublié le point de départ de leur conversation.

— Et Troy ?

Frannie rougit plus encore. Intéressant.

— Ce sont les meilleurs, répondit Frannie, qui éludait quelque peu la question. Je parlerai à Mike et j'appellerai l'agent de probation de Leo.

Elle finit de plier les serviettes et ramassa le panier à linge. Avant de sortir du vestiaire, elle se retourna et répéta :

— Les yeux, le nez, les bijoux de famille.

Gina sourit.

— Et criez de toutes vos forces.

— Merci.

De quoi ? Pour elle, aider une femme à se défendre était la moindre des choses. Cependant, se sentir utile lui avait fait du bien et elle termina de s'habiller le cœur plus léger. Mike ne manquerait certainement pas de lui faire remarquer qu'il lui avait fallu plus de dix minutes pour être prête à partir. Il lancerait un mot d'esprit et s'attendrait à la voir rire. Et, si elle n'y prenait pas garde, sans doute rirait-elle volontiers de bon cœur.

« Tous deux ont vécu des choses terribles… »

Qu'était-il donc arrivé à Troy et à Mike pour que Frannie se montre si admirative à leur égard ?

Et, elle-même, pourquoi était-elle aussi curieuse de connaître la réponse ?

— J'aimerais commencer par passer voir mon équipier, dit Gina en entrant dans l'ascenseur.

— Quel étage ? demanda Mike.

— Nos bureaux…

Elle ne termina pas. Elle espérait que le sien n'avait pas été assigné à quelqu'un d'autre pendant son absence. Pourtant, elle savait qu'elle avait été remplacée pour les patrouilles, qui s'effectuaient toujours en binôme.

— Le bureau de Derek, corrigea-t-elle, est au troisième étage.

Elle regarda l'heure sur l'écran de son portable.

— À cette heure-ci, les agents sont certainement sur le point de partir sur le terrain.

— Pas de problème, mon emploi du temps est souple, répondit Mike. Aujourd'hui, la priorité est de vérifier que notre première phase de travail a porté ses fruits et que, bientôt, vous pourrez de nouveau vous servir normalement de votre main.

Gina soupira.

— Je souhaite de tout cœur que ce moment arrive le plus tôt possible.

— Je ne peux pas préjuger du délai de récupération complet. C'est votre corps qui décide. En revanche, je vous promets de faire en sorte que votre corps soit dans les meilleures dispositions possible pour que cette récupération se fasse sans encombre. Vous devez seulement vous montrer patiente et ne pas relâcher vos efforts.

Mike était appuyé dos contre la paroi de l'ascenseur et la dominait d'une bonne tête.

Gina avait l'habitude d'être plus petite que la majorité des hommes et, par conséquent, d'être souvent la plus petite dans cet univers essentiellement masculin. Mais, en général, son uniforme, son arme à sa ceinture et son expression résolue compensaient sa taille modeste. Là, Mike Cutler emplissait l'espace réduit de sa présence et la faisait se sentir plus minuscule que d'habitude — et appartenir au sexe dit faible… Elle n'aurait pas su dire si c'était seulement dû au fait qu'elle n'était pas en tenue ou à l'attitude protectrice de Mike, qui lui ouvrait les portes et restait en permanence juste à côté d'elle. Elle ne s'était jamais considérée comme fragile. Depuis l'enfance, elle n'avait jamais eu besoin de personne pour la protéger. L'absence de père et une mère rarement présente l'avaient poussée à se construire très tôt une armure, à apprendre à se battre et, parce qu'elle se servait aussi de sa tête, à avoir raison de types physiquement plus forts qu'elle. Elle s'occupait de sa famille et d'elle-même toute seule. Elle n'était pas du style à avoir besoin d'un homme pour veiller sur elle.

Quand bien même l'homme en question sentait bon et était très bien fait de sa personne.

— Je suis votre seule patiente de la journée ? lui demanda-t-elle avant tout pour ne pas s'appesantir sur ses pensées.

— Ouais. Les affaires tournent au ralenti.

Son impression ne l'avait donc pas trompée, songea-t-elle.

— Il faut dire que vous n'avez pas choisi le meilleur endroit de la ville pour attirer une clientèle aisée. Avez-vous songé à nouer un partenariat avec un hôpital ? Ou même à vous rapprocher de Westport ? Je suis sûre que cela changerait les choses car il y a beaucoup de gens qui craignent de venir trop près de No man's land. Vous savez, on appelle ainsi la partie de Kansas City qui n'a pas encore été rénovée…

— Je connais très bien No man's land. Je suis fils de flic, je vous rappelle. Et sinon, oui, nous avons étudié la possibilité de nous affilier à un hôpital. Et nous sommes exactement là où nous souhaitons être. Notre but, c'est précisément d'être là pour venir en aide aux plus démunis. Et nous sommes nos propres patrons. Troy a grandi dans ce quartier, et moi j'y ai vécu pas mal de choses.

— Vous y avez vécu pas mal de choses ? répéta Gina. Qu'entendez-vous par là ? Que vous avez traîné dans la rue ? Que vous avez enfreint la loi ? Et moi qui vous considérais comme l'archétype du jeune homme issu de la classe moyenne des beaux quartiers !

Le regard irrité qu'il lui lança la surprit. M. Bonnes Manières avait-il une blessure secrète qu'elle venait de piquer au vif ? Il changea de position.

— Vous avez beau m'appeler « blondinet », je ne suis pas celui que vous croyez.

— C'est-à-dire ? Vous avez dissimulé une antisèche dans votre trousse quand vous étiez à l'école ? Vous avez grillé un feu rouge ?

Son regard s'assombrit. Gina se sentit coupable. Elle se souvint alors du commentaire de Frannie, comme quoi il avait vécu des événements terribles. Était-elle allée trop loin ?

Elle essaya de prendre le sujet à la légère pour ramener un sourire sur le beau visage de Mike.

— Quoi, vous ne vivez pas dans un quartier tranquille ? Vous n'avez pas un bout de terrain autour de votre maison ?

Mince… Il ne se déridait toujours pas. Alors elle joua son va-tout.

— En fait, j'espérais que vous disposiez d'au moins trois salles de bains car je comptais vous rendre visite et passer un après-midi entier dans votre baignoire.

Cette fois, il ne put s'empêcher d'émettre un petit rire.

— C'est vrai, vous voulez venir prendre un bain chez moi ?

Il lui adressa un grand sourire espiègle et sexy. Puis il se pencha sur elle et lui susurra d'une voix grave :

— Ça peut s'arranger, je n'aurais rien contre.

Gina n'aurait pas su dire à quand remontait la dernière fois où elle avait rougi au point d'avoir une bouffée de chaleur.

— Non, ce que je voulais dire, c'est que… notre maison est toute petite. Je partage la salle de bains avec quatre personnes et… je ne peux jamais prendre mon temps.

Elle se maudit d'être aussi déstabilisée par son sous-entendu.

Ce n'était pas son petit ami ni un homme auquel elle devait s'attacher.

Par chance, les portes de l'ascenseur s'ouvrirent et elle put échapper au rire de Mike.

Mais, quand ils sortirent de l'ascenseur et que Mike salua avec enthousiasme trois agents du SWAT qui se trouvaient là, Gina se sentit à nouveau très mal à l'aise car elle avait la désagréable impression que Mike Cutler était plus à sa place qu'elle sur son propre lieu de travail.

Pourtant, elle connaissait ces trois agents puisque c'étaient eux qui dirigeaient les séances d'entraînement des candidats sélectionnés pour intégrer l'unité du capitaine Cutler. Celui aux cheveux noirs, le sergent Rafe Delgado, était même pressenti pour prendre la tête de la nouvelle équipe dont elle espérait faire partie un jour.

Il était évident que ces trois agents étaient amis de longue de date avec Mike, sinon ce dernier ne leur aurait pas demandé à chacun des nouvelles de leurs familles.

— Rassure-moi, Miranda, fit-il en se tournant vers la seule femme de l'unité, qui était enceinte. On ne te laisse plus aller sur le terrain dans ton état ?

Pour Gina, Miranda Gallagher était un modèle. Elle avait eu l'occasion d'échanger quelques fois avec elle, et celle-ci lui avait donné quelques conseils pour se faire respecter dans un univers très largement masculin. Miranda posa la main sur son ventre.

— Pour le moment, les gars me laissent encore conduire la camionnette mais, bientôt, je vais être confinée à l'entretien du matériel et, ensuite, je partirai en congé maternité.

Gina se sentait tellement de trop qu'elle songea à reprendre l'ascenseur ou à suivre discrètement les deux agents qui venaient de passer près d'elle pour s'engager dans l'escalier. Mais, alors, Mike posa la main au bas de son dos pour l'inciter à s'avancer.

— Vous connaissez tous Gina Galvan, n'est-ce pas ?

Le sergent Delgado acquiesça.

— Bien sûr, c'est notre meilleure recrue. Tu nous manques beaucoup à l'entraînement, Gina.

Holden Kincaïd, un autre agent présent, renchérit :

— Oui, c'est vrai, c'est grâce à elle que nous continuons à nous entraîner aussi dur. Sinon, on ne serait plus à la hauteur.

— Salut, Gina, lui lança Miranda Gallagher avec un sourire.

Gina se sentit mieux. Finalement, elle n'était pas ostracisée.

— Bonjour, agent Gallagher.

Miranda inclina la tête.

— Tu sais comment je t'ai demandé de m'appeler.

— Oui, pardon. Bonjour, Miranda.

Le sergent Delgado pointa son bras.

— J'ai entendu dire que c'était Mike qui s'occupait de ta rééducation. Ça se passe bien ?

— Oui, très bien.

Gina lança un coup d'œil à Mike. Il avait toujours la main en bas de son dos et, quand elle en prit conscience, elle sentit des frissons d'excitation inattendus la parcourir.

— Oui, elle progresse de jour en jour, enchérit-il. Lentement mais sûrement.

— J'en suis ravi, intervint Holden Kincaïd, qui se tapota la cuisse. Tiens, Mike, puisqu'on se voit, j'aurais un truc à te demander.

— Qu'est-ce qui t'arrive ?

— Depuis que j'ai dérapé sur un toit la semaine dernière, j'ai mal au genou, et ça ne s'arrange pas. Qu'est-ce que je peux faire à part prendre des anti-inflammatoires ?

— Vous devriez aller au centre de Mike pour suivre quelques séances de rééducation, intervint Gina.

— Bonne idée, répliqua Holden avec un signe de tête. En plus, ce n'est pas très loin d'ici, je pourrais y aller après déjeuner ou en fin de journée.

Dans son dos, Gina sentit les doigts de Mike se crisper. Drôle de façon de la remercier.

— Passe un coup de fil à mon assistante, fit-il, on

te trouvera facilement un créneau au moment où ça t'arrange.

— Entendu, merci.

— Bon, excusez-moi de jouer les rabat-joie, dit le sergent Delgado en consultant sa montre, mais nous avons une inspection ce matin. Nous serions bien inspirés de descendre au garage pour mettre la camionnette en ordre.

— Ça m'a fait plaisir de vous voir, dit Mike.

— À nous aussi.

Il y eut une nouvelle séance d'échange de poignées de main et d'accolades, puis les trois agents entrèrent dans l'ascenseur.

Mike se pencha alors vers elle.

— Je n'ai pas besoin que vous fassiez ma publicité, vous savez.

— Et moi, je n'avais pas besoin que vous vous sentiez obligé de m'inclure dans la conversation.

Il haussa les épaules.

— Éviter à quelqu'un de se sentir mal à l'aise ou exclu d'un groupe, c'est normal. Pourquoi ne supportez-vous pas que je sois sympathique avec vous ?

Elle se posta face à lui.

— Vous savez que ces trois agents sont mes supérieurs hiérarchiques, n'est-ce pas ? Je ne devrais pas discuter avec eux comme si c'étaient des amis.

— Désolé, je ne pensais pas vous mettre dans l'embarras en agissant ainsi… Moi, j'ai pour ainsi dire grandi avec eux. C'est quasiment comme si j'avais rencontré des membres de ma famille.

Gina se radoucit.

— D'accord. Pendant un moment, j'ai eu peur que vous ne leur forciez la main pour me permettre d'intégrer leur unité. Je veux réussir à gagner ma place au mérite, pas parce que je suis l'amie du fils du capitaine.

Mike se redressa et haussa les sourcils.

— Ah, parce que maintenant nous sommes amis ? Et moi qui croyais que, quoi que je fasse, vous ne cesseriez jamais de vous opposer à moi…

Elle ne répondit pas et refusa de lui retourner son sourire amusé. Mike finit par partir d'un petit rire puis indiqua le bureau du sergent, où ils devaient se procurer des badges visiteurs.

— Bien. Rendons-nous comme deux bons amis dans le bureau de votre équipier.

6

— Tu as parlé au type à qui on a volé ses plaques d'immatriculation ? demanda Gina à Derek tandis qu'elle lisait son rapport sur l'écran de son ordinateur.

Son collègue avait-il toujours été aussi désinvolte pour rédiger ses rapports ou bien était-ce elle qui était trop à cheval sur ce qu'ils devaient contenir ? Ou alors, faisait-il le minimum d'efforts parce que en ce moment elle n'était pas là pour le rappeler constamment à l'ordre ?

— Cet homme est-il lié de près ou de loin aux frères Bismarck ou à Bobby Estes ? Tu as cherché ?

Assis sur un coin du bureau, Derek haussa les épaules.

— Écoute, j'ai effectué une recherche sur ces plaques seulement pour te rendre service. Et je ne suis pas allé plus loin pour la bonne raison qu'il n'y avait eu aucun délit.

Gina secoua la tête et ferma la page. Au moins, une souris d'ordinateur était plus facile à maîtriser qu'une arme, alors elle se rendrait utile en effectuant elle-même le travail de recherche que son collègue n'avait pas fourni.

— Rouler avec des plaques volées, ce n'est pas un délit, peut-être ? ne put-elle toutefois s'empêcher de relever avec véhémence. Cela ne t'est pas venu à l'idée de transmettre cette info aux collègues qui enquêtent sur les réseaux de revente de véhicules volés ? Tu sais que je soupçonne Bobby Estes d'être impliqué dans une affaire de ce genre. Sinon, comment pourrait-il se permettre de circuler dans des voitures différentes ? Quant à Denny Bismarck, continua-t-elle sur sa lancée, la mécanique, c'est son truc. Tu te souviens de l'aspect de sa moto ? Est-ce qu'il travaille dans un garage ou une entreprise de fabrication de pièces détachées ? Car un type avec ce profil pourrait facilement aussi voler des plaques d'immatriculation.

En relevant la tête, elle remarqua que Mike était, un peu plus loin, en grande conversation avec Atticus Kincaïd, un des vétérans du service. Ce dernier avait-il un lien de famille avec Holden Kincaïd, le tireur d'élite de l'unité du capitaine Cutler ?

Quand ils avaient traversé les locaux, tout à l'heure, Gina s'était rendu compte que presque tout le monde connaissait Mike, au point qu'il lui semblait davantage chez lui, ici, qu'elle-même qui faisait pourtant partie de la police de Kansas City depuis six ans. Tout ça parce qu'il était le fils de Michael Cutler, un homme important. Si elle avait encore besoin d'une preuve que Mike et elle n'appartenaient pas au même monde, c'était celle-ci.

— Ça y est, tu as fini ton laïus ? intervint Derek, qui la sortit de ses pensées. T'inquiète, j'ai bien transmis ces infos aux collègues.

Gina tourna vivement la tête vers lui.

— Et qu'ont-ils dit ?

Derek haussa les épaules à nouveau.

— Je leur ai transmis l'info, c'est tout.

Gina se passa nerveusement la main dans les cheveux.

— Et, du côté de l'enquête sur la fusillade, il y a du nouveau ?

Elle ne concevait pas que Derek ne se montre pas assidu sur une enquête qui le concernait au premier chef puisque lui aussi avait été blessé par le tireur inconnu. Il acquiesça, se redressa pour ouvrir un tiroir de son bureau et en sortit un dossier.

— L'agent Grove et son équipier ont convoqué Denny Bismarck et ses copains pour les interroger. Ils ont admis avoir eu des mots avec nous, mais ils n'ont rien voulu lâcher d'autre. Et ils se sont mutuellement fourni un alibi en affirmant s'être rendus au Sin City Bar après avoir quitté la maison des Bismarck.

— Et quelqu'un du bar peut le confirmer ?

Gina ramassa un bloc-notes et un crayon pour tout écrire. Elle s'était entraînée avec Mike à tenir un stylo. Son écriture était encore un peu tremblotante mais, au moins, elle était lisible. Et mettre des infos par écrit lui donnait l'impression de travailler pour de bon.

— Ça, il faut le demander à Grove. Sinon, tout est dans le dossier.

— Tu n'as pas suivi les développements toi-même ? s'étonna Gina.

— J'étais à l'hôpital.

— Je sais, mais après ?

— Non.

— Quatre types qui se fournissent mutuellement le même alibi, ce n'est pas solide. De plus, ce n'était pas la première fois que nous devions intervenir pour empêcher Gordon Bismarck de s'en prendre à son ex-femme. Et si, cette fois, c'était un piège pour nous faire venir et s'attaquer à nous ?

— C'est quoi, toutes ces questions ? rétorqua Derek,

sur la défensive. Écoute, Gina, je ne cherche pas à devenir enquêteur. Mon but, c'est d'intégrer le SWAT.

— Être le meilleur flic possible, ce devrait être ça, ton objectif.

Elle se leva, rangea ses notes. Mais l'attitude de Derek la contrariait.

— Tu n'as donc pas envie de voir le type qui nous a tiré dessus derrière les barreaux ? Moi, je ne pense qu'à ça.

— Moi, je veux seulement laisser cet épisode derrière moi.

Derek se passa la main sur les cheveux, le regard inquiet.

— Selon les médecins, j'ai subi un choc à la tête en tombant. Je me souviens avoir entendu un coup de feu, m'être effondré, puis… je me suis réveillé à l'hôpital. Entre les deux, c'est le trou noir.

Il secoua la tête, l'air dépité.

— Tu sais, tu n'es pas la seule à avoir souffert, ce jour-là.

— Pourquoi ne m'en as-tu rien dit ?

Elle lui prit la main pour le réconforter.

— Je suis désolée, j'ignorais tout cela. Je ne te critique pas. Tu dois être aussi affecté que moi. Mais moi je veux des réponses, obtenir justice. Pour nous deux.

— Je sais.

Derek lui tapota affectueusement la main.

— Je ne voulais pas non plus faire quoi que ce soit qui risque de causer des problèmes à Vicki. Alors j'ai laissé glisser.

— « Vicki » ? Vicki Bismarck ?

Gina fronça les sourcils. Un détail qui l'avait chiffonnée le jour de leur intervention lui revint brusquement en mémoire.

— Vicki et toi, vous vous connaissez personnellement ? Je vous ai entendus vous appeler par vos prénoms respectifs.

Derek haussa une fois de plus les épaules et se mit à ranger des papiers sur son bureau.

— On est sortis une ou deux fois ensemble. C'est tout.

— Attends, tu es en train de me dire que tu es sorti avec une victime rencontrée à la suite d'une intervention ? Une femme qui a subi des violences domestiques ? Et quand êtes-vous sortis ensemble ? Avant le jour où nous avons été pris pour cibles ?

— Vicki est vraiment sympa. Très timide mais adorable.

Gina en resta bouche bée. Après quelques secondes, elle parvint à se reprendre.

— Derek, tu sais combien Gordon Bismarck est jaloux. S'il a appris que tu sortais avec son ex-femme, cela a pu suffire pour qu'il souhaite s'en prendre à nous.

Derek se détourna, contrarié.

— Tu ne peux pas affirmer que c'est lui qui est à l'origine de cette embuscade, maugréa-t-il.

Gina lui bloqua les mains pour qu'il lui accorde toute son attention. Cette conversation était trop importante.

— As-tu interrogé Gordon ? Sais-tu s'il vous a vus ensemble, Vicki et toi ?

— Non et, si je m'acharne après lui, il risque de se retourner contre Vicki.

— Vicki compte-t-elle toujours pour toi ?

— Je ne l'ai pas revue depuis le jour des tirs. Laisse tomber, Gina.

— Écoute, je ne te reproche pas de chercher à la

protéger. Mais j'ai besoin de réponses. Je veux que l'auteur de ces tirs soit arrêté. Pas toi ?

— Si, bien sûr.

Derek baissa les yeux.

— Tu crois que je ne me sens pas coupable ? Je n'ai aucun souvenir qui puisse me permettre de donner un signalement de ce type et, maintenant, voilà que tu sous-entends que mon comportement pourrait être à l'origine de cette attaque. Moi, je pensais que c'était simplement le fait d'un malade qui ne supporte pas les flics.

Cette hypothèse ne pouvait pas être totalement écartée, songea Gina. Elle se perdait toutefois en conjectures quant à l'attitude de son collègue. Pourquoi ne consacrait-il pas le maximum de temps à tenter de découvrir la vérité ? Dans le cas inverse, ressentir de la culpabilité, n'avoir plus que des souvenirs partiels et s'inquiéter du bien-être d'une victime l'aurait-il empêchée de suivre toutes les pistes possibles ?

Le téléphone du bureau de Derek sonna ; il prit une grande inspiration et décrocha à la seconde sonnerie.

— Agent Johnson. Pardon ? Maintenant ? Il ne manquait plus que ça…

Gina vit son équipier froncer les sourcils.

— Non, non, c'est bon, merci, ajouta-t-il avant de raccrocher.

— Un problème ?

Derek tira sur ses manches et se redressa.

— Restons-en là pour aujourd'hui, d'accord ? J'ai un visiteur. Il arrive.

Et il lui adressa une moue d'excuse en précisant :

— Je ne te conseille pas de rester.

— Hein ?

Tout d'abord interloquée, Gina comprit où Derek

voulait en venir lorsqu'elle vit un homme d'âge mûr vêtu d'une veste froissée, les cheveux longs, la barbe mal entretenue, se diriger vers eux. Il portait un badge visiteur.

— Papa, qu'est-ce que tu fais là ?

— Ah, mon garçon.

Harold Johnson serra son fils contre lui. Quand il se redressa, il se tourna vers elle et lui sourit.

— *Señorita* Galvan. Je ne m'attendais pas à vous trouver là.

Gina se rappelait parfaitement les fois précédentes où elle avait rencontré le père de Derek. Il avait souvent trop bu et faisait des commentaires inappropriés.

— Agent Galvan, Harold. Ou alors vous pouvez m'appeler Gina. Vous vous souvenez ?

— Toutes mes excuses. Mais vous me rappelez tellement cette petite serveuse mexicaine qui m'apportait des tequilas quand j'allais chez Alvarez. Et, elle, elle tenait absolument à ce que je l'appelle « *señorita* ».

Il accompagna ses propos d'un petit rire.

— Papa, ça suffit, intervint Derek, exaspéré par les plaisanteries déplacées de son père.

Harold Johnson posa la main sur l'épaule de son fils.

— Tu pardonneras à un vieil homme comme moi, mais certaines habitudes ont la vie dure, que veux-tu. Venez là, ma belle.

« Ma belle » ? C'était censé être mieux ? Quand, à sa grande surprise, Harold Johnson la prit dans ses bras, Gina se raidit.

— Je suis heureux que, mon garçon et vous, vous soyez encore de ce monde. Quand j'ai reçu ce coup de fil pour m'avertir qu'on vous avait tiré dessus, je n'ai jamais eu aussi peur de toute ma vie.

Gina vit alors une main se poser sur le torse de Harold pour le repousser gentiment.

— Doucement, monsieur, elle est blessée.

Avant même d'entendre sa voix, Gina avait deviné que c'était Mike qui était venu à la rescousse. Elle avait senti sa présence. Et elle en éprouva du réconfort. À vrai dire, elle n'avait pas eu mal, mais la familiarité inconvenante du père de Derek lui était insupportable et elle était heureuse de pouvoir se servir de son épaule blessée comme prétexte.

— Oui, Harold, renchérit-elle, je dois faire très attention à mon épaule et à mon bras jusqu'à la fin de ma convalescence.

Le vieil homme hocha la tête.

— Je suis désolé pour vous. Comment se fait-il que vous n'ayez pas vu non plus le tireur ? Derek lui tournait le dos, mais il a dit que, vous, vous étiez face à lui.

Gina ramena doucement son bras le long de son corps, choquée par cette accusation indirecte. Évidemment, que son fils soit adulte ou pas, son père s'inquiétait pour lui et souhaitait comprendre pourquoi il avait été blessé.

— J'ai entendu les coups de feu, commença-t-elle. Mais je n'ai pas vu…

— Non, bien sûr que vous ne l'avez pas vu, sinon vous auriez averti mon garçon. Et il n'aurait pas été blessé.

— Papa, intervint Derek, mal à l'aise.

Gina vit alors Mike venir se poster juste à côté d'elle. De nouveau, il adoptait une attitude protectrice.

— Mike Cutler, fit-il en tendant la main au père de Derek.

Harold lui serra la main, tout en paraissant se demander à qui il avait affaire.

— Harold Johnson. Je suis le père de Derek. Vous êtes flic ?

— Non, seulement un ami.

Derek se chargea de terminer les présentations d'un air contrit :

— C'est le fils du capitaine Cutler, papa.

— Hein ? Vous êtes le gamin du capitaine Cutler ?

Gamin n'était pas franchement le terme approprié, songea Gina, si l'on prenait en considération la carrure athlétique de Mike. Harold Johnson ne semblait pas non plus comprendre que Mike ne s'était pas seulement présenté par politesse…

Le vieil homme esquissa un sourire.

— Oui, maintenant que vous me le dites, je vois la ressemblance. Votre père a sélectionné mon fils pour intégrer prochainement son unité, se rengorgea-t-il. C'est une belle promotion, avec un meilleur salaire à la clé.

— Oui, Gina m'en a parlé, répondit Mike.

Puis d'ajouter en fixant Derek :

— Félicitations. Mon père n'est pas du genre à faire ce choix à la légère. Si mes renseignements sont exacts, il n'a retenu que dix candidats.

— Hélas, on dirait bien qu'il n'en reste plus que neuf, rétorqua Harold Johnson en la pointant du doigt.

Gina riposta sans attendre :

— Harold, le capitaine Cutler n'a pas encore rendu sa décision finale et, d'ici là, je compte bien faire tout mon possible pour être choisie. Par ailleurs, je vous rappelle que moi aussi j'ai été blessée dans cette fusillade. Derek n'est pas le seul à avoir souffert.

— Oh oh ! j'ai touché un point sensible, on dirait, répliqua le vieil homme dans un éclat de rire. Je suis désolé, ma belle, je pensais que…

— *Agent* Galvan, le reprit Gina.

Comment Derek avait-il pu supporter de grandir aux côtés d'un homme aussi lourd ?

Son équipier lui adressa un regard d'excuse avant d'inviter son père à s'éloigner de quelques mètres.

— Qu'est-ce que tu fais là ? Tu as besoin de quelque chose ? l'entendit-elle demander à Harold.

— Y a-t-il un endroit où on pourrait parler en privé ? questionna celui-ci à voix haute. C'est personnel.

Derek parut soulagé d'avoir un prétexte pour emmener son père dans une salle d'interrogatoire.

— J'ai parlé à un avocat, et…

Gina ne comprit pas la suite des propos de Harold Johnson, qui parlait avec animation tandis que Derek et lui se dirigeaient vers la salle du fond. Elle se rendit compte alors qu'elle avait la main posée sur le bras de Mike. Était-ce pour dissuader Mike de s'en prendre à ce vieillard impossible ? Ou bien l'avait-elle fait inconsciemment, afin de lui faire savoir qu'elle avait besoin de sa présence rassurante pour surmonter cette difficile visite sur son lieu de travail habituel ?

Elle s'empressa de retirer la main et croisa son regard.

— On y va ? lui demanda-t-il.

Gina tapota la poche dans laquelle elle avait rangé ses notes.

— Oui, j'ai collecté assez d'infos pour suivre quelques pistes de mon côté.

Mike haussa les sourcils.

— N'êtes-vous pas en arrêt de travail ?

— Passer quelques coups de fil à droite et à gauche, ça ne peut pas faire de mal.

— Et si un de ces coups de fil met en alerte la mauvaise personne, comme ce conducteur qui vous a menacée l'autre jour ? Et si c'était lui le tireur et qu'il avait cherché à déterminer si vous étiez capable de l'identifier ? Ce n'est pas prudent de mener l'enquête alors qu'en ce moment vous n'êtes pas en service et ne portez pas d'arme.

— Vous n'avez vraiment pas besoin de me le rappeler, répliqua-t-elle sèchement avant de se diriger vers les ascenseurs. Mais je ne supporte pas de rester sans rien faire. Au minimum, je relancerai régulièrement les enquêteurs chargés de rechercher le tireur pour m'assurer qu'ils ne négligent rien.

Après quelques secondes, Gina recouvra son calme. Mike n'avait pas complètement tort, songea-t-elle. Lancer des recherches de son côté sans être certaine qu'ensuite elle pourrait les poursuivre jusqu'au bout n'était pas très pertinent. Car, même si elle parvenait à identifier l'homme qui lui avait tiré dessus, elle devrait ensuite s'en remettre à ses collègues pour qu'ils procèdent à l'arrestation. Si elle tentait d'interpeller ce type toute seule, elle prendrait des risques énormes. Quand elle était en pleine possession de ses moyens, elle n'avait déjà pas réussi à éviter à son équipier d'être blessé. Alors que s'imaginait-elle ? Si jamais cet homme sentait qu'elle était sur le point de remonter jusqu'à lui, il risquait de faire beaucoup de mal. À elle, à ses proches, à des innocents…

Elle se sentit inutile. Elle détestait ça. Et, si elle agissait sans discernement, elle deviendrait en plus un danger pour les autres.

Mike et elle attendaient toujours devant les ascenseurs quand elle vit Derek sortir de la salle d'interrogatoire en tirant son père par la manche. Apparemment, les « affaires de famille » dont Harold était venu lui parler n'étaient pas du goût de son équipier, vu son air exaspéré. Des bribes de leur conversation leur parvinrent. Gina capta des mots comme « poursuites », « incompétence », « argent facile ». De quoi était-il question ? Harold suggérait-il à son fils de porter plainte contre le service de police ? Contre elle-même, au motif qu'elle n'avait pas su protéger son équipier ? Le but de la manœuvre était-il de tenter de glaner des dommages et intérêts ?

Avisant sa présence devant les ascenseurs, Harold Johnson se libéra de l'étreinte de son fils pour se diriger vers elle.

— Arrangez-vous pour faire entendre raison à mon garçon, *chica*. Pour son bien.

— De quoi parlez-vous ?

— Laisse-la en dehors de ça, papa. Tu m'as déjà assez cassé les pieds avec tes entourloupes. Je suis désolé, Gina. Tu ne m'en veux pas ?

Elle fit non de la tête. Derek était son équipier, mais également son ami. Il avait besoin qu'elle le soutienne, pas qu'elle le bombarde de questions et encore moins qu'elle le tienne pour responsable du comportement pour le moins inapproprié de son père.

— Allez, viens.

Derek prit son père par l'épaule et le tira en direction de l'escalier.

La porte de l'ascenseur s'ouvrit enfin et, d'un geste, Mike l'invita à y monter. Elle s'appuya dos contre la paroi.

— Ce type en est resté à l'âge de pierre, dit-elle avec un soupir. Féminisme et égalité entre les races, pour lui, ce sont des gros mots.

— Vous parlez du père ou du fils ?

— Du père, évidemment, précisa-t-elle en haussant

les épaules, ce qu'elle regretta car elle ressentit une vive douleur. La seule autre jeune femme hispanique qu'il connaisse, c'est la serveuse du bar qu'il fréquentait. Et donc, pour lui, toutes les hispaniques sont des serveuses ? C'est à peine s'il ne m'a pas ouvertement reproché que Derek se soit fait tirer dessus. Car, évidemment, pour lui, une petite hispanique ne peut en aucun cas être un bon flic et, en faisant équipe avec moi, son fils est forcément en danger.

Mike croisa les bras et se posta face à elle.

— Il vous a vexée, on dirait. Vous ne vous sentez tout de même pas responsable de ce qui est arrivé à votre équipier, n'est-ce pas ?

Bonne question. Elle écarta cette idée.

— Non, le seul responsable, c'est le type qui nous a tiré dessus et que hélas je n'ai pas pu identifier.

— Cependant, Harold Johnson a réussi à insinuer de la culpabilité en vous. Ce qui m'étonne, car ce type m'a plutôt fait l'effet d'être un guignol et, connaissant votre caractère bien trempé, vous devez avoir l'habitude de remettre à leur place des gens de cet acabit.

— Oui, en temps normal, je ne me gêne pas, mais…

Elle se mordit la lèvre.

— … En ce moment, je ne suis pas bien dans ma peau, et me retrouver ici est plus dur que je ne l'aurais cru. J'ai l'impression de ne plus faire partie du service. Je ne sais plus rien des affaires en cours, je n'arrive pas à avoir une conversation suivie avec des gens avec lesquels je travaille depuis six ans. Harold Johnson est du genre à m'irriter à chaque fois, mais je m'échine à rester correcte avec lui par respect pour Derek. Mais aujourd'hui, c'est vrai, il m'a vexée. Et j'ai serré très fort les poings pour me retenir de le frapper.

Mike eut un petit rire.

— Et si je vous disais que moi j'ai eu très envie de lui assener un crochet à la mâchoire pour le faire taire ?

Gina sourit. Ils étaient sur la même longueur d'onde et, même si elle avait du mal à le reconnaître, sentir sa présence à côté d'elle était réconfortant. Il dégageait tellement de force et d'assurance !

— C'est la première fois que vous revenez ici depuis que vous avez été blessée ? lui demanda-t-il.

— La seconde mais, la fois précédente, je suis passée très vite, juste le temps de signer ma déposition et quelques formulaires administratifs. Sinon, quelques-uns de mes collègues sont passés me voir à l'hôpital. Mais je n'ai pas fait grand-chose pour rester en contact avec eux depuis. J'étais trop obsédée par…

Elle baissa les yeux sur leurs mains, qu'ils avaient tous deux posées sur la rampe d'appui de l'ascenseur. Elles étaient très différentes en taille, en couleur de peau. Pourtant, étrangement, celles de Mike dégageaient non seulement de la force, mais aussi de la délicatesse. Il était différent des hommes qu'elle avait pris le temps de connaître. Non seulement il était très séduisant, mais c'était quelqu'un de très attachant. Petit à petit, il était devenu un ami. Un ami sur lequel elle pouvait compter. Il l'avait très vite comprise, il avait saisi sa détresse, mais l'avait poussée à ne pas se laisser abattre et, surtout, à utiliser son énergie et sa frustration de manière positive. C'était quelqu'un d'honnête et de drôle.

— Avant, j'étais l'égale des gens que nous avons croisés aujourd'hui. Désormais, j'ai l'impression d'être redevenue une débutante, d'avoir de nouveau tout à prouver pour gagner ma place parmi eux.

Il couvrit sa main de la sienne et ce petit geste renforça le lien qu'elle sentait se tisser entre eux.

— Vous êtes une battante, je suis sûr que peu des membres de l'unité de mon père seraient capables des efforts que vous fournissez pour remonter la pente.

— Vous plaisantez ? Ce sont les meilleurs agents de la police de Kansas City.

— Mais, à l'exception de Miranda, ce sont des hommes. Et les hommes sont des patients très difficiles à gérer.

— Moi non plus je ne suis pas facile à gérer, admit-elle.

— Non, mais vous êtes mignonne, répliqua-t-il d'une voix rauque.

— « Mignonne » ? Jamais personne ne m'a dit cela. À part Harold Johnson, peut-être. On m'a déjà dit que j'étais forte, têtue, que j'avais du caractère, à la limite, mais certainement pas que j'étais *mignonne*.

— En fait, je craignais de me faire frapper si je vous disais que vous étiez sexy. Et je refuse que vous risquiez de vous faire mal au bras.

Pour la seconde fois de la journée, Gina se sentit rougir. Étrangement, les propos de Mike ne l'irritaient pas. Au contraire, elle était flattée et recouvrait de la confiance en elle.

— Restez-en à « mignonne », alors, blondinet. C'est tout ce que je peux accepter pour le moment.

— Je m'en contenterai.

Il lui fit tourner la main.

— Serrez ma main. Aussi fort que possible.

Gina fut troublée.

— C'est un nouvel exercice ?

— Un échauffement. Faites-moi confiance.

Elle put facilement remuer son pouce et son index, mais dut se concentrer pour bouger les autres doigts.

Après quelques secondes, elle les sentit trembler. Elle voulut retirer la main, mais il la retint.

— Alors ? Que ressentez-vous ?

— Eh bien, je perçois la chaleur de votre peau.

L'espoir gonfla en elle.

— Ça fait longtemps que je n'avais plus de sensations dans ces trois doigts-là.

Mike la fixa de ses yeux bleus. Il sourit.

— Le retour de sensations signifie-t-il que je fais des progrès ? balbutia-t-elle.

Il acquiesça.

— Absolument. De petits progrès, mais bien réels. Tout à l'heure, je vous ai vue écrire. Vous avez saisi le stylo sans hésiter. Ça aussi, c'est un progrès.

Gina fut traversée par une pensée qui tempéra son enthousiasme.

— Tenir une arme, ce sera une autre paire de manches. C'est beaucoup plus lourd qu'un stylo. Et perdre le contrôle d'une arme peut avoir des conséquences autrement plus graves que faire une rature.

Mike lui serra de nouveau la main.

— Vous allez réussir. J'ai confiance en vous.

Et, portant sa main à ses lèvres, il déposa un petit baiser sur le bout de ses doigts. Gina frémit. La sensation de sa barbe de trois jours sur ses doigts lui procurait un délicieux frisson.

Mike était-il en train de devenir davantage qu'un ami ?

Elle avait envie de se hisser sur la pointe des pieds pour lui donner un baiser. Mais elle revint à la raison. Mike n'était pas pour elle. Ni lui ni aucun autre homme. Elle n'avait pas le temps pour une relation, elle avait d'autres priorités. Recouvrer ses capacités, s'occuper de sa famille. Mais elle avait le droit de reconnaître qu'il l'attirait et d'apprécier son soutien, non ?

Elle lui retourna son sourire.

— Vous êtes un type bien, Mike Cutler.

Il haussa les épaules.

— Je n'arrête pas de vous le dire.

7

Le lundi suivant, après sa séance quotidienne au centre de rééducation, Mike la conduisit de nouveau au service de police pour une deuxième session d'entraînement sur le pas de tir. Il était très exigeant, sans se montrer cassant, et Gina adorait relever les défis qu'il lui lançait. Même si, en dehors de leur goût commun pour l'exercice physique, elle doutait encore qu'ils aient beaucoup d'atomes crochus, elle appréciait énormément ces séances. Mike savait la recadrer quand c'était nécessaire, il la faisait rire et se montrait très attentif à ce qu'elle ne se fasse pas mal, même quand il lui demandait d'effectuer un exercice plus poussé.

Aujourd'hui était un grand jour. Elle n'allait pas se contenter de manipuler son arme, mais tirerait pour de bon. Et Mike l'avait prévenue qu'il se servirait du résultat de ce test pour évaluer à quelle échéance elle pourrait reprendre le service actif.

À part l'agent chargé de contrôler les entrées sur le pas de tir, il n'y avait personne. Ils purent donc prendre leur temps pour effectuer quelques exercices préalables de dextérité. Elle s'entraîna à charger puis décharger son arme, la première fois des deux mains, la seconde fois d'une seule main, ce qui fut évidemment plus laborieux et ne manqua pas de l'irriter. Enfin, Mike mit son casque antibruit et lui prit son arme.

— Vous êtes sûr que c'est prudent ? s'inquiéta-t-elle. L'arme est chargée, aujourd'hui.

Mike fit quelques mouvements pour lui montrer qu'il savait parfaitement manier un revolver.

— Je suis fils de flic, j'ai toujours vu des armes autour de moi. Mon père a très tôt fait en sorte de nous mettre en garde, mon frère et moi, pour qu'on ne cherche pas à s'amuser avec au risque qu'un drame survienne.

Elle mit à son tour son casque antibruit tandis qu'il ajustait. Il tira six fois et, si sa vue ne la trompait pas, il avait mis dans le mille cinq fois.

— Frimeur, lui lança-t-elle sur le ton de la plaisanterie pour masquer le fait que son adresse l'avait laissée bouche bée d'admiration.

Il sourit et reposa son arme.

— À vous.

Il recula pour l'inviter à se placer devant lui. Immédiatement, elle sentit sa chaleur l'envelopper. Pourtant, il ne la tenait pas dans ses bras, il souhaitait seulement être derrière elle pour l'aider, sa démarche était purement professionnelle. Il fallait qu'elle se concentre.

Néanmoins, elle avait du mal à faire abstraction de leur proximité. Plus encore quand il tendit le bras pour poser la main sur son poignet.

— Attendez avant de tirer. Commencez par vous exercer à lever votre arme et à viser.

À part la semaine précédente, quand elle était revenue ici avec Mike dans le cadre de sa rééducation, Gina n'avait plus utilisé son arme depuis le jour où, peu après sa sortie de l'hôpital, elle avait fait comme si elle pouvait reprendre l'entraînement normalement.

Le revolver lui avait alors échappé des mains et, si la sécurité n'avait pas été enclenchée, le coup aurait pu partir. Cet incident lui avait au moins servi de leçon. Et lui avait fait pleinement prendre conscience de son handicap et de ses conséquences.

Aujourd'hui, elle savait qu'elle ne devait pas espérer de miracle. Mais elle était également déterminée à ne pas se laisser démoraliser. Le cœur qu'elle mettait à l'ouvrage et la patience de Mike allaient payer, non ?

Elle croisa les doigts et les porta à ses lèvres puis à son cœur.

— Vous êtes superstitieuse ?

— Avoir un petit rituel pour se porter chance avant une épreuve, ça ne peut pas faire de mal.

Elle assura sa prise sur son arme de la main droite et s'aida de la gauche pour la stabiliser.

Elle sentit alors Mike lui déposer un léger baiser à la base du cou.

— Pour vous porter doublement chance, dit-il.

La sensation de son baiser et sa voix rauque firent monter une douce chaleur en elle. Et elle se sentit plus confiante.

— Allons-y.

Elle leva son arme et inclina légèrement la tête pour mieux viser. Quand elle posa un doigt sur la détente, elle bougea légèrement, mais rectifia sa position à l'aide de sa main gauche. Puis elle pressa la détente, et le revolver émit un cliquetis.

— Encore une fois, lui dit Mike, qui lui posa la main sous le coude.

Elle visa et pressa la détente de l'arme non chargée. *Clic.*

— Encore. Et efforcez-vous de bien contrôler la position de votre arme.

Clic.

— Maintenant, servez-vous de votre main gauche seulement pour stabiliser votre arme, pas pour assurer la prise.

Elle s'efforça de serrer plus fort de la main droite. Ses doigts tremblèrent. Lentement, Mike retira sa main et recula d'un pas.

— Cette fois, vous faites tout toute seule.

Gina pinça les lèvres et banda ses muscles pour ne pas flancher sous le poids du revolver.

— Pan.

Parfait. Elle avait pressé la détente sans que le revolver bouge.

— Super, l'encouragea Mike. Maintenant, enclenchez un chargeur pendant que je mets une nouvelle cible en place.

Quand il revint, il se posta derrière elle, lui posa une main sur l'épaule pour l'aider à absorber le recul et lui ordonna de faire feu. Avec de vraies balles, cette fois. Au quatrième tir, Gina sentit son épaule s'engourdir. Au sixième, ses mains tremblaient.

— Doucement, l'avertit Mike, qui lui posa une main sous le coude.

Elle réussit à ne pas flancher et à extraire les douilles toute seule avant de poser son arme. Elle poussa un soupir de contentement et ôta son casque.

— Je l'ai fait.

— Eh oui. Bravo !

Il lui posa les mains sur les hanches pour la faire s'écarter et prit le revolver pour le ranger. Il l'effleurait souvent, sans pour autant avoir les mains baladeuses, et elle ne s'en plaignait pas.

— Avez-vous déjà songé à utiliser une arme moins lourde ? lui demanda-t-il.

Elle fit non de la tête tandis qu'elle retirait ses lunettes de protection.

— J'ai besoin d'une arme puissante. Alors, comment m'en suis-je sortie ? Avant ma blessure, je mettais dans le mille à chaque fois.

Mike sourit et pressa le bouton pour faire revenir la cible.

— Attendez, on va vérifier.

— Si j'y étais obligée, j'apprendrais à tirer de la main gauche.

Mike fit la grimace.

— Et comment feriez-vous pour assurer votre prise et viser juste ? Nous n'avons pas la même force dans les deux bras. Et mieux vaut que le plus fort compense pour le plus faible.

Était-ce une métaphore ? Voulait-il dire par là qu'il était fort et elle faible ? Elle se réprimanda aussitôt. Où allait-elle chercher de telles inepties ? Ce qu'il voulait sûrement dire, c'est qu'il la jugeait en bonne voie de recouvrer l'intégralité de ses moyens et qu'elle n'avait donc pas besoin de penser à un plan B.

Mike rangea son casque de protection. La cabine de tir était petite et ils y étaient à l'étroit. Et cette proximité qu'elle partageait avec lui lui faisait venir de drôles d'idées en tête. Force lui était de reconnaître que, depuis le jour où elle l'avait aperçu en train de faire son jogging, elle s'autorisait à penser à autre chose qu'aux objectifs qu'elle se fixait. Certes, elle considérait toujours qu'il était un peu trop bien pour une fille comme elle qui avait grandi dans un quartier défavorisé, mais, sans son appui, elle ne serait sans doute pas aujourd'hui sur la voie d'un rétablissement complet. Et, pour elle qui n'avait jamais eu grand monde sur qui compter, Mike Cutler avait pris une place importante.

Avant même que la cible arrive, elle constata qu'elle ne devait pas s'emballer.

— Six sur six, c'était avant, dit-elle en grimaçant.

Elle avait tiré une fois dans le mille, deux fois légèrement en dessous, deux fois un peu plus loin et une fois complètement à côté.

— Au moins, tous les tirs sont dans le papier, vous ne m'avez pas blessé et vous êtes, vous aussi, indemne, lança Mike en souriant.

Son humour tempéra sa déception.

— Vous avez raison. Il y a deux mois de ça, je n'arrivais même plus à tenir une arme, répondit-elle, résolue à adopter une attitude positive. Je m'améliore. Je dois seulement me montrer patiente.

— « Patiente » ? Je ne savais même pas que ce mot faisait partie de votre vocabulaire.

— Ah ah ! Vous voyez, tous mes efforts, tous *nos* efforts, plutôt, me font devenir philosophe. J'ai envie de fêter ça.

— Fêter ça ?

Gina tendit la main pour caresser la joue de Mike. Celui-ci esquissa un sourire.

— Merci, dit-elle.

Et, cédant à son instinct, elle se hissa sur la pointe des pieds pour lui donner un petit baiser sur la joue.

Alors Mike l'enlaça et l'embrassa… sur la bouche. Gina, loin de le repousser, se pressa contre lui tandis que leur baiser s'intensifiait. Ce moment était délicieux, elle le laissa se prolonger encore et encore.

— J'aime votre façon de faire la fête, murmura Mike le temps de reprendre son souffle avant de passer la main sous sa veste pour explorer son dos.

Puis, tandis qu'il l'embrassait de nouveau, il posa les deux mains sur ses hanches, puis les fit remonter doucement jusqu'à ses seins. Elle poussa un gémissement, à la fois de plaisir et de frustration. Car elle aurait aimé sentir ses mains sur sa peau, sans la barrière de ses vêtements.

Mais une autre pensée la traversa : tout allait trop vite, ce qui devait être un petit baiser pour le remercier était en train de les emmener vers autre chose qui changerait irrémédiablement leur relation.

— Mike...

Elle fit un énorme effort pour le repousser. Mais il ne se laissa pas faire et l'embrassa de nouveau.

Et elle succomba.

— Hé, Gina, tu es là ? appela alors une voix familière du dehors.

Il y eut des bruits de pas, puis d'autres voix.

Gina, repoussant Mike plus brutalement cette fois, s'empressa de se redresser.

Bien qu'ayant dû entendre lui aussi les voix et les bruits de pas, il lui lança un regard interrogateur. Que voulait-il ? Qu'elle lui fasse un dessin ? Qu'elle s'excuse d'interrompre ce qui, de toute façon, n'aurait jamais dû avoir lieu ? Qu'elle lui assure qu'elle ne regrettait pas ce qui venait de se passer ? Objectivement, elle n'était pas sûre du dernier point.

— Je sais que le moment est mal choisi, mais il va falloir que nous parlions de ça, murmura Mike.

— À quoi faites-vous allusion ? Ça n'a aucune importance, laissez tomber.

Elle réajusta sa coiffure et remit ses vêtements en place.

— Vous n'êtes pas mon…

Petit ami ? Que devait-elle dire pour qu'il comprenne que jamais elle n'avait eu l'intention que ce petit baiser de remerciement aille aussi loin ?

— Ah, te voilà.

Derek fit son apparition. Il jeta un regard à Mike puis l'observa en plissant les yeux, comme s'il suspectait qu'ils n'avaient pas fait que tirer au revolver.

— Tout va bien ?

— Oui, bien sûr, répondit-elle, trop vite.

Derek ne parut pas douter de sa réponse.

— Que fais-tu là ? dit-elle du ton le plus naturel possible. Et avec ton père, au fait, ça s'est arrangé ?

— Oui. Il était parti sur un autre délire pour se faire de l'argent facile, mais je lui ai dit d'arrêter d'agir comme un gamin. Je suis désolé de la façon dont il s'est comporté avec toi l'autre jour.

Il sourit puis reprit :

— J'ai appris que tu étais là alors je suis venu te faire une surprise.

— Une surprise ? répéta-t-elle.

Derek fit un pas de côté pour laisser entrer deux hommes vêtus de l'uniforme du SWAT.

— Elle est là, les gars.

Alex Taylor, un de ses instructeurs, s'avança et lui sourit.

— Hé, Galvan, on a entendu dire que tu étais là, alors on a décidé de passer te dire bonjour et prendre de tes nouvelles.

L'homme qui l'accompagnait n'était autre que Trip Jones. Il avoisinait les deux mètres et avait une allure intimidante, mais c'était un géant au cœur d'or.

— Hé, ça fait plaisir de te voir sans ton attelle et sans blouse d'hôpital, lui dit-il avec un grand sourire.

— Merci, moi aussi je préfère ça.

Elle sortit de la cabine. Alex Taylor serra la main de Mike.

— Salut, Mike, comment t'es-tu retrouvé en compagnie de cette tornade ?

— Je suis son kiné.

Bien, apparemment, Mike connaissait définitivement tout le monde au sein du service de police. Gina avait encore du mal à évacuer la tension que ce baiser échangé avec lui avait provoquée et à trouver les mots pour discuter avec ses collègues, mais lui, au contraire, ne semblait avoir aucune difficulté à échanger des plaisanteries avec eux.

— Je me charge de faire en sorte qu'elle soit de nouveau opérationnelle rapidement, ajouta Mike.

— Ne fais pas trop de zèle, répliqua Alex avec un sourire avant de poser la main sur l'épaule de Trip. Au fait, Gina, tu sais que, depuis la fois où tu as envoyé Trip au tapis, il s'entraîne tous les jours à répéter la prise avec laquelle tu l'as eu pour que ça ne lui arrive plus ?

Trip rétorqua lui aussi sur le ton de la plaisanterie :

— Elle ne m'a pas envoyé au tapis, j'ai trébuché. D'ailleurs, c'est le même problème avec toi, crevette. Parfois, je ne te vois pas et je bute sur toi.

— Ouais mais, attention, tu sais que je peux t'attraper aux genoux, relança Alex.

— Et moi je peux te mettre K-O en deux secondes. Un point c'est tout, termina Trip.

Derek et Mike avaient ri pendant cet échange. Cependant, Gina eut l'impression que Mike se forçait. Quant à Derek, elle sentait qu'il cherchait avant tout à se faire bien voir par tous les moyens des membres de l'unité d'élite.

— Comment se fait-il que vous connaissiez tous si bien Mike ? intervint-elle. C'est à croire que le capitaine Cutler organise des barbecues dans son jardin l'été.

Trip se posa les mains sur les hanches et réfléchit avant de répondre :

— Eh bien, voyons… Mike, nous l'avons rencontré le jour de la prise d'otages dans la clinique où il effectuait sa rééducation, après son accident. Bien qu'en fauteuil roulant, il a réussi à venir nous ouvrir la porte pour nous permettre d'intervenir.

— Une prise d'otages ? répéta Derek.

— Oui, poursuivit Trip. Un malade qui avait pété les plombs et qui s'en était pris à Jillian.

Puis d'ajouter, en adressant un clin d'œil à Mike :

— Jillian, vous savez qui c'est, hein ? Aujourd'hui, c'est la seconde épouse du capitaine Culter. Mais, à l'époque, c'était surtout la kiné attitrée de Mike à la clinique.

Gina se taisait, médusée. Les mots « accident », « fauteuil roulant » tournaient dans sa tête.

— Non, attends, fit soudain Alex en claquant des doigts. Mike, nous l'avions rencontré avant. Tu te souviens de la fois où nous devions intervenir dans un immeuble désaffecté de No man's land ? Nous n'étions plus en service, mais le capitaine nous a appelés en urgence.

Alex posa la main sur le bras de Mike.

— Troy et toi, vous étiez dans la camionnette de ton père. Tiens, comment va Troy, d'ailleurs ? Vous travaillez ensemble maintenant, c'est ça ? Les affaires tournent bien ?

— Disons que ça ne nous ferait pas de mal d'avoir quelques patients supplémentaires, admit Mike. Mais, comme me l'a fait remarquer Gina, nous ne nous sommes pas installés dans la partie de la ville la plus prospère. Mais nous tenons le coup. Et je suis sûr que notre ténacité finira par payer.

Pendant qu'ils discutaient, Derek ramassa les cibles de papier usagées dans la cabine. Il en contempla une et poussa un sifflement d'admiration.

— Waouh, Gina, c'est ta cible ? On dirait que tu es prête à reprendre le boulot.

— Non, c'est celle de Mike, répliqua Gina, qui ravala son orgueil. La mienne, c'est celle-ci, dit-elle en la désignant.

— Ah.

Derek ne sut pas quoi ajouter. Alex, qui ne semblait pas quoi dire non plus, dissimula sa gêne en simulant une quinte de toux.

Trip Jones, lui, qui était connu pour sa franchise, n'y alla pas par quatre chemins.

— Pour intégrer notre équipe, il va falloir que tu fasses beaucoup mieux que ça.

Mike lui sauva la mise, et elle lui en fut reconnaissante.

— Gina fait des progrès tous les jours, déclara-t-il. Ce n'est que sa deuxième séance de tir depuis le début de sa rééducation. D'ici quelques semaines, vous verrez qu'elle fera mieux que vous.

— Oui, sans doute. Quand elle veut quelque chose, elle l'obtient, répondit Alex avec un sourire, et Gina sentit son moral remonter en flèche.

Trip tendit la main à Mike.

— À bientôt, Mike. Tu fais du bon boulot.

Et, se tournant vers elle :

— Remets-toi vite. Nous avons besoin d'éléments comme toi.

Soudain, la porte s'ouvrit brusquement.

— Taylor, Trip !

Le capitaine Cutler fit son entrée et s'avança vers eux à grands pas.

— Préparez-vous, nous devons aller établir un périmètre de sécurité. Un homme armé est en fuite.

— Oui, monsieur, répondirent d'une seule voix Alex et Trip.

Et ils partirent sans attendre.

— Ah, Johnson, reprit le capitaine en avisant la présence de Derek. Vous n'êtes pas en patrouille à ce que je vois.

Derek se redressa.

— Non, monsieur, pour le moment j'ai des rapports à rédiger au bureau.

— Ça te dirait de nous accompagner ? Ça serait l'occasion pour toi d'effectuer un entraînement en situation réelle.

— Avec plaisir, monsieur.

Gina serra le poing de frustration.

— Prépare-toi et retrouve-nous à la camionnette. Nous devons partir au plus vite. Attention, tu ne seras qu'un observateur, tu devras rester à couvert. Compris ?

— Oui, monsieur.

Derek partit à son tour à grands pas. Gina dut se retenir de le suivre tant cela la démangeait.

Le capitaine Cutler les salua brièvement, Mike et elle, avant de tourner les talons pour repartir.

— Désolé, je ne peux pas m'attarder, se justifia-t-il. Gina le suivit.

— Monsieur, aurai-je moi aussi bientôt l'occasion de vous accompagner en mission ?

Le capitaine Cutler s'arrêta et prit une expression ennuyée.

— Excusez-moi, Gina, mais pour le moment je ne peux rien vous promettre. Tant que vous ne serez pas complètement rétablie…

— Je comprends, monsieur. Excusez-moi de vous avoir retardé.

Mike vint se poster à côté d'elle et lui posa la main sur les épaules. Pour la consoler de s'être vu rappeler que, pour le moment, elle n'était pas à la hauteur ?

— Qu'est-ce qui se passe ? demanda-t-il à son père.

Le capitaine Cutler hésita avant de déclarer :

— Encore un type qui a tiré sur un flic : Frank McBride.

Gina sentit son sang se glacer. D'abord, c'était Colin Cho qui avait été pris pour cible, ensuite Derek et elle. Et maintenant Frank McBride ?

— Est-ce que Frank est…

— Une ambulance a été envoyée sur place. Pour l'instant, je n'en sais pas plus.

— Vas-y, papa, intervint Mike. Fais attention à toi et tiens-nous au courant.

Le capitaine Cutler leur adressa un nouveau signe de tête puis s'en alla rejoindre ses hommes.

Trois attaques contre des policiers en l'espace de quelques mois. Gina fit quelques pas. Elle était trop nerveuse pour tenir en place. Elle s'en voulait terriblement de ne pas pouvoir être aux côtés de ses collègues.

— Mais qu'est-ce qui se passe ? se demanda-t-elle à voix haute.

— Je n'en sais rien, répondit Mike, mais on dirait bien que la police de Kansas City est la cible d'un malade.

8

— Tu crois qu'il y a un lien entre toutes ces attaques ?
demanda Mike à son père qu'il avait en ligne. Ça fait trois
fois que des flics de Kansas City sont pris pour cibles.

Après en avoir terminé avec leur séance de tir, Gina
et lui étaient restés dans les locaux du service de police,
dans l'attente de nouvelles de l'agent blessé. Quand ils
avaient appris que Frank McBride avait dû subir une
intervention mais que, au grand soulagement de tous, il
était hors de danger, Gina l'avait autorisé à la reconduire
chez elle. Troy se chargeait de fermer le centre et de
raccompagner Frannie. Pas de problème de ce côté-là,
donc. La nuit tombait et le trafic était très dense, car
c'était l'heure à laquelle les gens rentraient chez eux.

Mike mit le haut-parleur pour que Gina puisse écouter
la réponse de son père.

— Pas seulement des flics de Kansas City, lui soufflat-
t-elle alors en se penchant vers lui. Le point commun
entre Cho, Derek, McBride et moi, c'est aussi que nous
sommes tous candidats pour intégrer le SWAT.

Mike hocha la tête en signe d'acquiescement.

— Pour moi, cette affaire prend un tour personnel,
poursuivait son père. Tous ceux qui ont été visés par
ces attaques font partie des candidats que nous entraî-
nons depuis plusieurs mois afin que certains d'entre

eux intègrent mon équipe. Peut-être que ce type s'est donné pour but d'éliminer les meilleurs.

— Oui, Gina vient justement de me le signaler.

Son père baissa la voix.

— Elle est avec toi ?

— Oui, je la reconduis chez elle.

— Tant mieux. J'ai appelé mon équipe à la plus grande vigilance, et je vais faire de même avec tous les candidats à l'intégration du SWAT. Sois prudent, toi aussi, Mike. Le fait que tu es mon fils et que tu côtoies beaucoup de policiers t'expose peut-être aussi au danger. Il est possible que ce type s'amuse à tirer sur des flics au hasard. Mais je sens que c'est plus compliqué que ça, qu'il y a une logique derrière ses agissements. J'aimerais me convaincre qu'il ne cherche pas à tuer pour de bon, mais je sens qu'en fait, petit à petit, il affine son mode opératoire. Et, si par malheur il finit par réussir à tuer, il risque d'y prendre goût et de devenir encore plus zélé.

Mike jeta un regard à Gina. Imaginer que ce type pourrait de nouveau s'en prendre à elle lui était insupportable. Il avait eu beau essayer de se montrer plus distant après le baiser qu'ils avaient échangé, rien n'y faisait. L'attirance qu'elle exerçait sur lui était de plus en plus forte.

— Merci pour les nouvelles, papa. Et transmets mes amitiés à McBride. J'espère qu'il sera vite remis sur pied.

Mike raccrocha et posa son téléphone sur le tableau de bord.

— Ce doit être une coïncidence, fit Gina après un moment de silence. Les candidats présélectionnés pour intégrer l'unité d'élite portent tous l'uniforme, et non pas la tenue du SWAT, ce qui signifie qu'il est impossible de les distinguer des autres flics de Kansas City. Comment le tireur saurait-il à qui s'en prendre ?

Mike haussa les épaules. Il avait plusieurs hypothèses.

— Et cette voiture dont vous vous demandiez si elle ne vous suivait pas ? Il est possible aussi que ce type se planque à la sortie du centre d'entraînement du poste de police ou bien qu'il vous ait repérés, les uns et les autres, quand vous accompagnez l'unité de mon père sur le terrain. Ou alors, il pourrait aussi avoir réussi à s'introduire dans la base informatique du service. Il y a sûrement de nombreuses façons d'obtenir ces informations.

Elle émit un grognement.

— Voilà qui n'est guère rassurant.

— Oui, c'est vrai, dit-il.

Puis, après un soupir :

— Vous n'êtes pas la seule à souhaiter coincer ce type, vous savez. Pour moi aussi, cette affaire prend un tour personnel.

Elle tendit la main et lui tapota le bras, comme si elle pensait que c'était *lui* qui avait besoin d'être réconforté.

— N'ayez crainte, votre père a trop d'expérience pour que le tireur ose s'en prendre à lui.

Sauf si son père représentait en quelque sorte la cible ultime et que Gina, Derek et les autres ne lui servaient qu'à « s'échauffer » ou à brouiller les pistes, songea Mike avec effroi.

Il voulut recouvrir la main de la jeune femme de la sienne, mais Gina se libéra, comme si, après le baiser qu'ils avaient échangé, elle ne souhaitait plus qu'ils aient le moindre geste d'intimité. Certes, elle ne niait pas l'attirance qu'ils éprouvaient l'un pour l'autre, mais elle refusait clairement d'y céder. Soit parce qu'elle refusait de se lancer dans une relation, soit parce qu'elle restait sur de mauvaises expériences. Ou alors, dans son esprit, avouer avoir un faible pour quelqu'un était synonyme de vulnérabilité, et donc incompatible avec l'image de dure à cuire qu'elle s'efforçait de cultiver.

Décidément, elle aussi était une énigme.

À un carrefour, elle lui indiqua où tourner. Ils venaient d'entrer dans un quartier de petites maisons très modestes, tassées les unes contre les autres, où les trottoirs et les cours n'étaient pas bien entretenus. Gina se passa la main sur le bras pour chasser un frisson, et il monta le chauffage. Mais il avait l'intuition que ce n'était pas le froid qui lui avait provoqué ce frisson. Soudain, alors qu'il pensait qu'ils allaient arriver chez elle sans qu'ils se parlent de nouveau, Gina déclara :

— Si toutes ces attaques ne sont que des diversions ou des répétitions, comme vous dites, alors qui est la véritable cible de ce type ? Ou alors, si c'est seulement la haine des flics qui le guide, pourquoi n'est-il pas allé jusqu'à tuer ?

— Remercions Dieu qu'il ne soit pas allé jusque-là.

— Sérieusement, pourquoi ? Est-ce seulement de la maladresse ? Est-ce qu'il joue avec nos nerfs ?

Elle soupira et continua de passer en revue les différentes possibilités.

— Et si finalement tout cela n'avait pas de rapport avec le fait que nous soyons flics ? Et s'il y avait un autre lien entre nous quatre dont nous n'avons même pas conscience ? Et si c'était le port de l'uniforme qui lui était insupportable ? Comment savoir qui nous devons mettre en garde ou pas ? Qui protéger ?

— Même si je ne suis pas flic, je suis tout aussi

déterminé que vous à retrouver l'auteur de ces attaques. Et déterminé aussi à vous protéger.

— Je peux le faire toute seule.

— C'est ça. Et comment pensez-vous être capable de vous protéger efficacement alors que vous avez cette affaire qui vous pèse, que vous devez prendre soin de votre famille, que vous avez l'ambition de réussir à intégrer l'unité d'élite de la police et que, ah, oui, j'oubliais, que vous devez aussi penser à vous rétablir ?

Elle secoua la tête avec obstination.

— Vous n'êtes pas mon garde du corps, blondinet.

Mike poussa un soupir d'agacement.

— Cette attitude de dure à cuire commence à être un peu éventée.

— Regardez autour de vous, rétorqua-t-elle. Vous comprendrez pourquoi j'ai plutôt intérêt à être une dure à cuire, comme vous dites.

Mike s'exécuta. Sur un trottoir, il repéra les restes d'une carcasse de voiture partie en fumée, quelques types louches qui rasaient les murs. Il songea à son adolescence, quand il traînait à No man's land avec des individus peu recommandables. Et si c'était Gina, la véritable cible ? ne put-il s'empêcher de penser. La menace venait-elle d'un homme qui vivait dans son quartier ?

— Ceux-ci, ils font partie d'un gang, dit Gina au moment où ils passaient à la hauteur d'un petit groupe.

Un membre du groupe parut reconnaître Gina et fit un geste obscène.

Mike serra le volant de colère. Il repensa au conducteur de la voiture qui avait fait semblant de lui tirer dessus l'autre jour.

— Je suppose qu'ils savent que vous êtes flic ?

— Oui, bien sûr. Celui qui nous a adressé un bras
d'honneur est dans la classe de ma sœur. Et mon frère
traînait avec les deux autres. À leur petit niveau, ils
font partie des Westside Warriors. Ils sont plus bêtes
que méchants et, de toute façon, ils ne feraient rien de
répréhensible sans que leur chef leur en donne l'ordre.

— Représentent-ils une menace pour votre frère
ou votre sœur ?

— Eux, non.

Sa réponse laissait entendre que d'autres, en revanche,
pouvaient en représenter une. Gina eut un sourire amer.

— Vous comprenez pourquoi j'ai absolument besoin
d'obtenir cette promotion au travail ? Pour emmener
ma famille loin d'ici.

Mike ne sut pas quoi répondre. Ce quartier était
incontestablement dangereux. Mais ça lui faisait mal
d'observer que le danger qui l'entourait et le poids de ses
responsabilités l'affectaient au point de lui faire adopter
une posture rigide. S'il avait pu, ne serait-ce qu'un bref
instant, faire revenir sur son visage un véritable sourire,
il aurait été le plus heureux des hommes.

— Et moi qui croyais que, votre seule ambition,
c'était d'avoir une baignoire pour vous toute seule.

Elle tourna vivement la tête vers lui puis, après
quelques secondes, finit par étouffer un éclat de rire.

— Je suis quelqu'un de sérieux avec des problèmes
sérieux. Je n'ai pas le temps de plaisanter avec vous.

Mike sourit.

— Pourtant, rire fait partie intégrante du programme
de rééducation que j'ai prévu pour vous. Rire au moins
une fois par jour.

Elle changea de position sur son siège et pointa le
doigt devant elle.

— Tournez ici. C'est un peu plus loin, la maison de brique avec les volets noirs.

Mike nota immédiatement que la maison semblait bien entretenue, comme si ses propriétaires tenaient à garder leur dignité.

— Votre père vous a-t-il dit autre chose sur la fusillade d'aujourd'hui ? lui demanda Gina.

— Pas vraiment, non. Son équipe a passé le quartier au peigne fin, mais ils n'ont pas trouvé le moindre signe du tireur.

— Ils n'ont aucune piste ?

Mike se demanda si Gina avait envisagé de devenir enquêtrice au lieu de chercher à intégrer l'unité de son père. Car poser des questions, observer l'environnement dans lequel elle se trouvait, tout cela lui était parfaitement naturel.

— Ils ont seulement déterminé que McBride avait été victime d'une embuscade et que les tirs provenaient d'un véhicule non identifié, comme pour Derek et vous. McBride se rendait dans un bar où on avait signalé une rixe. Pas très loin du poste de police, d'ailleurs. Mais le tireur avait filé avant l'arrivée des renforts.

— Et je parie que personne n'a pu donner de description du tireur ni de son véhicule.

— Les deux seuls témoins sont les types à l'origine de la bagarre. Et ils étaient sérieusement éméchés. Quant à McBride, il était en train de séparer les deux hommes quand les tirs ont éclaté.

Comme il n'y avait pas de place de stationnement disponible devant sa maison, Gina lui indiqua d'entrer dans une allée.

— Il n'y a pas eu de passants blessés ?

Mike s'arrêta.

— Non, seul McBride a été touché. Ce qui confirme que c'est bien lui qui était visé.

Gina défit sa ceinture de sécurité et se pencha en avant.

— Attendez, est-ce que par hasard cette rixe a eu lieu au Sin City ?

— Oui, comment l'avez-vous deviné ?

Elle tapa du plat de la main sur le tableau de bord.

— C'est le bar où les motards que Derek et moi avons chassés de chez les Bismarck prétendent être allés avant que nous nous fassions tirer dessus. J'aimerais beaucoup interroger les clients de ce bar pour savoir si, aujourd'hui, les frères Bismarck et leurs copains étaient là-bas. Ils détestent les flics. Cette bagarre n'en était peut-être même pas une, le but étant de faire venir les flics.

— Mais comment auraient-ils su que McBride répondrait à l'appel ?

— Rien ne dit que c'était précisément lui qui était visé. Le tireur était peut-être déterminé à faire feu sur le premier flic qui se présenterait. Ou alors, il était dans le secteur depuis plusieurs jours et savait que c'était celui de Frank.

Elle continuait à penser tout haut.

— Savait-il dans quel secteur Derek et moi étions censés patrouiller ? Idem pour Colin Cho ?

Puis, s'apprêtant à sortir de la voiture, elle ajouta :.

— Il faut que je vérifie si quelqu'un a suivi cette piste.

Elle voulut ouvrir la portière et poussa un grognement de dépit comme elle n'arrivait pas à la manœuvrer de son épaule blessée.

Mike lui saisit le poignet gauche pour la retenir.

— Je sais ce que vous avez en tête.

Elle se crispa.

— Non, vous n'en savez rien.

Mike serra plus fort pour éviter qu'elle se libère de son étreinte.

— Votre intention, ce n'est pas de passer deux ou trois coups de fil, mais de vous rendre en personne au Sin City pour mener l'enquête, hein ? Mais pas question que vous y alliez ce soir. Vous voilà arrivée chez vous, alors rentrez et restez tranquille. En tout cas, ne comptez pas sur moi pour vous y conduire.

Gina sourit un bref instant puis tenta de nouveau d'ouvrir la portière.

— Je n'ai pas besoin de vous pour aller où bon me semble. J'appellerai un taxi.

— Le bar sera fermé ou alors les enquêteurs chargés de l'affaire auront déjà interrogé tout le monde.

— En gros, vous cherchez à me dire que je ne ferais que me mettre en travers de leur chemin, que je ne leur serais d'aucune aide ?

— Je dis seulement que ce serait de la folie d'agir dans la précipitation. En outre, vous avez besoin de repos et d'avaler quelque chose car vous avez déjà sauté le déjeuner.

— Vous n'êtes pas ma nounou, Cutler.

— Ni votre chauffeur, je sais, et pourtant je viens de vous reconduire chez vous. Je ne suis pas votre ami, et pourtant je ne pense qu'à votre bien. Je ne suis pas votre petit copain…

Elle le fixa de ses yeux noirs.

— Et pourtant vous m'avez embrassé comme…

Elle ne le laissa pas terminer sa phrase et libéra son bras.

— Oubliez ce baiser. Je me suis laissé emporter. Je voulais seulement vous remercier.

— Une dure à cuire comme vous ne peut pas s'intéresser à un gentil garçon bien sous tous rapports comme moi, n'est-ce pas ?

Pourquoi ne cessait-il de revenir sur ce point, déjà suffisamment pénible pour elle ? Sans doute parce que son ego était blessé. Il se pencha vers elle et ouvrit lui-même la portière passager.

— Allez, filez si c'est ce que vous voulez. Vous êtes prête à tout affronter sauf ce qui se passe entre nous.

Sans un mot, Gina sortit et contourna la voiture. Mais Mike était lui aussi descendu et lui bloqua le passage.

Elle se posa les mains sur les hanches et leva le menton avec un air de défi.

— Bien, crevons l'abcès, blondinet. Vous allez me raconter que, quand vous étiez ado, vous traîniez à No man's land ? Que vous n'êtes pas aussi gentil que vous le laissez paraître et que, finalement, nous avons suffisamment de points communs pour qu'une histoire entre nous fonctionne ?

Mike fut traversé par un souvenir d'adolescence, avec toute la souffrance qui l'accompagnait. La mort de sa mère, victime d'un cancer, lui avait causé tellement de chagrin qu'il s'était mis à faire n'importe quoi. Et il l'avait payé au prix fort : un accident de la route, à cause de l'alcool, avait coûté la vie à son meilleur ami. Lui, il avait perdu l'usage de ses jambes pendant de nombreux mois et avait dû faire une croix sur ses ambitions de devenir joueur de football américain.

Mais, désormais, il parvenait à surmonter la douleur et la culpabilité que ravivait ce souvenir. Ou, plutôt, il le transformait en énergie positive. Quand il voyait quelqu'un en détresse et sentait qu'il pouvait l'aider, il se donnait à fond. Comme avec Gina. Mais, pour qu'il puisse l'aider efficacement, encore fallait-il qu'elle se débarrasse de l'armure qu'elle s'était forgée.

— Disons seulement qu'après la mort de ma mère j'ai traversé une mauvaise passe. Et que je cherchais à No man's land de quoi anesthésier ma souffrance.

Elle fut prise de court. La colère reflua de son regard.

— Vous preniez de la drogue ? Vous aviez un dealer à No man's land ?

Il secoua la tête.

— Non, je consommais avant tout de l'alcool. J'avais des amis qui ne voyaient pas d'inconvénient à vendre de l'alcool à un mineur.

Gina baissa les yeux et resta de longues secondes silencieuse. Cherchait-elle à remodeler l'image qu'elle avait de lui, à l'imaginer en adolescent rebelle ? Finirait-elle par le voir comme quelqu'un qui avait eu une adolescence difficile, mais qui, finalement, avait remonté la pente, ce qui, d'une certaine façon, correspondait plus ou moins à son parcours à elle ? Ou alors, verrait-elle précisément en lui ce qu'elle cherchait à fuir ?

Elle releva les yeux.

— Comment est morte votre mère ? La mienne a succombé à un cancer.

Pour la première fois, elle s'exprimait sans chercher à apparaître comme quelqu'un que rien ne pouvait atteindre, mais avec douceur et compassion.

Mike en fut ému et, encouragé par son changement d'attitude, eut envie de la prendre dans ses bras. Il posa la main sur le capot de sa voiture, tout près de sa main à elle. Et, quand il étira les doigts et effleura les siens, elle ne les retira pas. Enfin, il avait la sensation qu'une autre dimension de compréhension mutuelle s'ouvrait entre eux.

— Elle est morte d'un cancer également. Ce fut long et douloureux. Je l'ai très mal vécu et j'ai très mal réagi.

— Est-ce ainsi que vous avez rencontré Troy ? Faisait-il partie d'un gang ?

— Lui, non. En revanche, il a été victime d'un règlement de comptes entre bandes rivales et a pris une balle perdue.

— Attendez… Tout à l'heure, Trip et Alex ont mentionné que, après un accident, vous vous étiez retrouvé en fauteuil roulant ? Est-ce parce que vous conduisiez sous l'empire de l'alcool ? Et comment avez-vous réussi à récupérer l'usage de vos jambes ?

Il songea que Gina ferait décidément une bonne enquêtrice.

— Si je réponds à vos questions, répondrez-vous aux miennes ?

Elle soutint son regard et hésita. Puis elle retira la main et redressa les épaules. Elle avait vraiment du mal à se débarrasser de sa carapace.

— D'accord, quelle est votre question ?

— Avez-vous l'intention de vous rendre seule au Sin City ce soir ?

Elle n'avait même pas besoin de répondre. La contrariété qu'il ait deviné ses projets était inscrite sur son visage. Mike secoua la tête. Franchement, comment espérer qu'une relation avec une femme aussi têtue et indépendante fonctionne ? Mieux aurait valu qu'il se fasse une raison, qu'il laisse ses sentiments de côté et se concentre sur le meilleur moyen de la protéger.

— Et que diriez-vous si, demain matin, je passais vous prendre et que nous nous rendions au Sin City ensemble avant votre séance de rééducation ? Je crois qu'ils ouvrent aux alentours de 10 heures. Ainsi, vous ne risquez pas de venir empiéter sur l'enquête en cours.

— Et que comptez-vous faire pour vous assurer que, ce soir, je resterai tranquille ? Vous garer dans un coin et dormir dans votre voiture ?

À peine eut-elle lancé cette pique que son expression changea.

— Oh non, ne me dites pas que vous comptiez réellement le faire ! s'écria-t-elle. Dans ce quartier, un véhicule comme le vôtre a de grandes chances de se retrouver en pièces détachées avant demain matin.

— Je ne partirai pas.

— Comme vous voudrez.

Elle était agacée qu'il se montre aussi têtu qu'elle.

— Je vous promets d'attendre demain matin pour aller là-bas si vous, en retour, vous me promettez de rentrer chez vous et de ne pas vous mettre en danger à cause de moi.

Il ne pouvait pas conclure un tel accord. Ce serait trop facile. Il resta campé sur ses jambes, mains dans les poches.

— Bien, conclut Gina. Moi, je rentre.

Elle se dirigea vers la porte. Il lui emboîta le pas.

— Qu'est-ce que vous faites ?

— Je m'assure que vous rentrez sans encombre.

— Non mais, sérieusement, que voulez-vous qu'il m'arrive entre ici et la porte ?

Elle jeta alors un regard à la rue et il devina qu'elle revivait le soir où elle s'était fait tirer dessus. En allant de la porte d'entrée de la maison de Vicki Bismarck à la voiture de patrouille garée devant.

Il lui posa la main en bas du dos pour la rassurer, regarda à droite et à gauche puis l'incita à avancer.

— Permettez à un gentil garçon de mettre en pratique les bonnes manières que sa maman lui a apprises, d'accord ?

Gina eut une petite grimace, mais ne protesta pas.

— Et vous ne cessez de me dire que vous n'êtes pas le type bien sous tous rapports que je vois en vous. Quel Mike Cutler dois-je croire ?

— Les deux, répondit-il avec un sourire.

Gina sortit sa clé quand ils furent à la porte, mais celle-ci s'ouvrit avant qu'elle ait le temps de l'insérer dans la serrure.

Un homme trapu, aux tempes grisonnantes, qui s'appuyait sur une canne, apparut.

— Gina, tu es tellement en retard. Nous commencions à nous inquiéter.

Mike vit l'homme l'observer avec attention.

— Tu nous as amené un ami ?

— Bonsoir, *tío* papi.

Gina s'avança et embrassa son parent tandis que Mike restait discrètement en retrait. Une petite femme aux cheveux gris bouclés, un torchon à la main, apparut derrière le vieil homme. Elle échangea quelques mots en espagnol avec Gina puis toutes deux s'embrassèrent également. Gina se tourna alors vers lui pour faire les présentations.

— Voici Mike Cutler, mon kiné. Mike, je vous présente mon grand-oncle, Rollo Molina, et ma grand-tante, Lupe.

Mike leur adressa un sourire à tous deux.

— Bonsoir, monsieur, bonsoir, madame.

— Mike Cutler, Mike Cutler, répéta le vieil homme, qui lui tendit la main. Je suis heureux de rencontrer l'homme qui a sauvé la vie à ma nièce. Et maintenant vous la voyez tous les jours. Plus que nous. Quand elle n'est pas là, nous avons tendance à nous inquiéter, mais pas si elle est avec vous.

— Donc elle vous a parlé de moi ?

Pourquoi en était-il surpris ? Surtout, pourquoi savoir qu'elle avait parlé de lui à sa famille le touchait-il autant ? Gina le fixa de ses yeux sombres. Elle semblait l'avertir de ne pas y attacher trop d'importance. Et, en effet, pour lui, c'était important. Vu la façon dont son grand-oncle avait répété son nom, elle n'avait pas dû se contenter de faire allusion à lui une ou deux fois.

— Je suppose que c'est parfois difficile de la suivre à la trace, ajouta-t-il en adressant un clin d'œil à Gina.

Rollo éclata de rire et l'invita à entrer avant de refermer la porte derrière lui.

— Elle a du caractère, non ?

— Oui, je vous le confirme.

Gina roula les yeux.

— *Tío* papi…

Lupe, la grand-tante de Gina, se faufila devant sa nièce et le prit par le bras.

— Alors c'est vous, l'ami de Gina. Celui qui l'aide à se sentir beaucoup mieux. Mon Dieu, vous êtes tellement grand. Et vous avez les yeux tellement bleus ! Magnifiques !

Mike jeta un regard à Gina. Elle rougissait, comme si c'était à elle qu'on avait adressé ce compliment.

— *Tía* mamie… Mike m'a seulement raccompagnée. Il ne va pas rester.

— Quoi, il ne reste pas dîner ?

Lupe lui serra le bras plus fort.

— J'ai préparé de la soupe de poulet et du cheese-cake. Vous aimez ça ?

366

— Oui, madame, mais je ne veux pas vous importuner...

— Non, non, allez, entrez.

Un jeune homme aux cheveux noirs attachés en queue-de-cheval sortit alors de la cuisine, une part de gâteau à la main.

— Javier, le gâteau, c'est pour le dessert, le réprimanda Lupe.

— Mais j'ai faim, moi, répondit le dénommé Javier d'un ton plaintif.

Et Mike l'entendit ajouter :

— Qui est-ce ?

— C'est Mike, l'ami de Gina.

Le jeune homme jeta un regard interloqué à la grand-tante de Gina.

— Mike Cutler ?

— C'est mon frère, Javier, expliqua Gina.

— Salut, Mike.

— Salut, répondit Mike, une fois de plus touché d'avoir été identifié.

— Où est Sylvie ? demanda Gina à son frère.

Celui-ci avala une dernière bouchée de gâteau avant de répondre :

— Elle est sortie.

Mike sentit aussitôt que Gina s'était tendue.

— Sortie ? Faire une course ou... traîner ?

Entre le regard gêné que Javier adressa à sa grand-tante et le soupir que poussa Rollo, Mike devina que le comportement de Sylvie déplaisait à sa famille. Gina sortit son téléphone.

— Je ferais peut-être mieux de vous laisser, suggéra Mike, qui ne voulait pas s'immiscer dans leurs affaires.

— Range ça, intervint Lupe, qui posa la main sur le

bras de Gina. Nous avons un invité. Si Sylvie ne veut pas manger avec nous, tant pis.

Puis, d'un geste, elle écarta son petit-neveu du passage.

— Va te laver les mains, tu as besoin de manger comme il faut avant de partir travailler.

Puis, prenant son hôte par le bras, elle le poussa vers la cuisine. Mike songea qu'en dépit de son apparence fragile la vieille dame dégageait une énergie prodigieuse.

— *Tía* mamie…, commença Gina.

— Madame Molina, je vous assure que vous ne devez pas vous sentir obligée de…

— Vous avez sauvé la vie à notre Gina, le coupa-t-elle.

Elle lui indiqua une chaise autour de la table.

— Asseyez-vous, je m'occupe de tout.

Mike comprit qu'il n'avait d'autre choix qu'obtempérer. Lupe s'activa aussitôt aux fourneaux. Quelques instants plus tard, elle posait un plat fumant sur la table et Gina, Rollo et Javier vinrent eux aussi s'asseoir.

Mike apprécia autant la compagnie de la famille de Gina que la cuisine de Lupe. Il avait beau ne pas très bien parler espagnol, il n'eut aucun mal à suivre les échanges, les uns et les autres ayant tendance à passer d'une langue à l'autre sans même s'en rendre compte. Lupe et Rollo étaient volubiles et charmants ; Javier, le frère de Gina, s'intéressait au football américain et à la mécanique. Gina, elle, parlait très peu, mais Mike avait l'intuition que ce n'était pas son comportement habituel. Mais, au moins, elle avait cessé de lui faire comprendre par des regards acérés qu'il devait partir le plus vite possible.

En fait, elle semblait surtout chercher à deviner ce qu'il pensait de sa famille. Il comprenait parfaitement qu'elle se soucie du bien-être des siens. C'étaient des gens très attachants. Et peut-être commençait-elle à se dire qu'il n'était pas seulement un jeune homme gentil et poli, mais quelqu'un à la personnalité complexe qui avait davantage de points communs avec elle qu'elle ne le pensait au départ.

Javier avala une troisième part de gâteau avant de partir prendre le bus pour se rendre à son travail de gardien de nuit dans un immeuble de bureaux. Avant cela, Mike avait répondu à de nombreuses questions : non, il n'était pas marié, oui, son père dirigeait l'équipe que Gina souhaitait intégrer, non, il ne vivait plus avec son père et sa belle-mère, mais possédait son propre logement sur Blue Ridge Boulevard. Et, oui, il considérait que Gina faisait d'énormes progrès et reprendrait prochainement son travail, même s'il refusait de s'engager sur un délai précis et ne pouvait pas promettre qu'elle réussirait à être admise au sein de l'unité d'élite.

La famille de Gina ne fut pas avare de réponses non plus. Il apprit comment Gina, Sylvie et Javier s'étaient retrouvés à venir vivre chez leurs grand-oncle et tante, qui ne manquèrent pas d'exprimer combien ils étaient fiers de leurs neveu et nièces. Gina, dès qu'elle avait gagné sa vie, avait commencé à les aider financièrement, Javier avait obtenu son diplôme de mécanique et Sylvie, si tout se passait bien, serait dans quelques mois en mesure d'entrer à l'université.

Ils prenaient le café quand soudain, dehors, un crissement de pneus se fit entendre. Suivi d'un claquement de portières et d'éclats de voix.

Immédiatement, tous échangèrent des regards inquiets. Gina se leva brusquement et quitta la cuisine. Tout dans son attitude exprimait la colère.

— Gina ! fit Rollo en cherchant sa canne.

Mike indiqua à Rollo et Lupe de rester assis.

— J'y vais, ne bougez pas, dit-il en se levant.

Rollo et Lupe se prirent la main, l'air angoissé. Cela ne présageait rien de bon.

— Gina ? appela Mike qui marchait à grands pas pour la rattraper.

Mais celle-ci l'ignora et traversa la rue pour se diriger vers un coupé de luxe garé de l'autre côté. Devant la voiture, un jeune type embrassait une fille aux longs cheveux noirs bouclés.

— Sylvie ! cria Gina.

Sylvie ? C'était *elle* sa petite sœur ? Avec ses bottines, sa minijupe et sa taille qui devait avoisiner le mètre quatre-vingts, elle avait une allure de jeune femme, pas d'ado.

D'instinct, Mike posa les yeux sur la plaque d'immatriculation. Mais elle était différente de celle de la voiture que conduisait l'homme qui avait menacé Gina à la sortie du centre de rééducation. Pour autant, ce jeune type qui, à son âge, conduisait déjà une voiture que tout le monde, loin de là, ne pouvait s'offrir attirait immédiatement les soupçons.

— Gina, arrêtez-vous.

Elle n'en fit rien. Mike hâta encore le pas pour la rattraper.

— Je t'appelle demain, entendit-il le loubard glisser à la sœur de Gina tandis que, du coin de l'œil, celui-ci les regardait avancer vers eux.

Sylvie s'écarta de lui et traversa la rue. La lumière des réverbères éclaira son visage. Le maquillage qui avait coulé sur ses joues indiquait qu'elle avait pleuré.

Elle avait également une marque qui ressemblait à un coup.

— T'a-t-il frappée ? s'écria Gina en attrapant sa sœur par les bras et en la fixant droit dans les yeux.

Sylvie renifla.

— Je vais bien.

— Dis-moi ce qui s'est passé.

— Laisse tomber, d'accord ?

La sœur de Gina tourna alors la tête vers lui. Et lui sourit.

— Qui est-ce ? demanda-t-elle à Gina. Tu me l'avais caché. Je croyais que tu n'avais pas le temps de t'intéresser aux hommes.

Se libérant de l'étreinte de sa sœur, elle s'approcha de lui.

— Mais attends, depuis quelques jours, tu ne nous parles que d'un seul homme. Vous êtes Mike Cutler, non ? lui demanda-t-elle directement.

— Gagné.

Il tendit la main à Sylvie pour la saluer et remarqua qu'elle avait également des marques au poignet. Il avait déjà vu ce genre de marques sur Frannie, avant que son ex ne soit envoyé en prison.

— Avez-vous mal quelque part ? osa-t-il s'enquérir.

Sylvie s'empressa de fourrer les mains dans les poches de sa veste.

— Vous êtes encore plus mignon que Gina ne le disait, répondit-elle, éludant sa question.

Gina, elle, bouillait de colère. Se tournant vers le jeune caïd en veste de cuir noire, qui s'apprêtait à remonter en voiture, elle l'apostropha :

— Bobby Estes !

— Rentrez, dit Mike à Sylvie. Vite.

Comme cette dernière protestait, il lui adressa un regard sans équivoque. Il avait compris que Gina tenait à sa petite sœur comme à la prunelle de ses yeux et que cette confrontation risquait de dégénérer.

Le dénommé Bobby Estes appuya le dos contre sa voiture et toisa Gina d'un regard moqueur.

— Je peux faire quelque chose pour toi, grande sœur ?

Mike remarqua alors la protubérance sous la veste de Bobby Estes.

— Attention, il est armé ! cria-t-il à l'intention de Gina.

Elle s'arrêta net.

— Oui, je vois. Bobby, garde les mains en évidence.

Bobby, son sourire railleur toujours aux lèvres, leva les mains en l'air. Un second type descendit alors de la voiture. Était-il armé, lui aussi ? Mike vint se poster à côté de Gina.

Celle-ci garda son sang-froid.

— Mains sur le capot, ordonna-t-elle. Qui est-ce ?

— Un ami, répondit Bobby. J'ai beaucoup d'amis. Qui veillent sur moi quand j'en ai besoin.

— Pourquoi as-tu besoin qu'on veille sur toi ?

— Parce qu'on peut me menacer, qui sait ?

D'un geste, Bobby intima à son acolyte de rester où il était.

— Il y a des gens qui sont jaloux de mon succès ou qui aimeraient bien avoir ce que je possède.

Mike serra les poings pour garder son calme.

Gina, elle, resta impassible.

— Comme ma sœur, par exemple ? Ce n'est pas un trophée. Si tu tenais vraiment à elle, tu la laisserais tranquille.

Bobby pinça les lèvres et fit une moue encore plus arrogante.

— Peut-être que je pourrais la troquer contre une autre Galvan, alors ?

— Tu te sers d'elle pour m'approcher ?

— Et ça marche, non ?

Mike était conscient que l'attitude de Bobby était avant tout guidée par une volonté de marquer son territoire. Néanmoins, imaginer ce type posant les mains sur Gina le hérissa. Mais celle-ci fut la plus prompte à réagir. À la vitesse de l'éclair, elle saisit le bras gauche du jeune voyou par le poignet et le plaqua contre la voiture.

— Tiens-toi à l'écart de Sylvie. Tiens-toi à l'écart de ma famille.

— Tu vois, tu ne peux pas t'empêcher de me toucher, rétorqua Bobby dans un éclat de rire.

Son acolyte, lui, ne riait pas du tout, et Mike concentra son attention sur lui.

Gina tordit le bras de Bobby pour l'immobiliser complètement.

— Oublie Sylvie, sors de notre vie, lui lança-t-elle. Et, maintenant, remonte dans ta belle voiture et dégage.

Bobby poussa un gémissement de douleur. Il n'était plus du tout d'humeur à plaisanter.

— C'est *mon* quartier, c'est *ma* copine. Vire tes sales pattes de flic !

Il bougea les hanches pour repousser Gina puis lui adressa un coup de coude de son bras libre, qui atteignit Gina à son épaule blessée. Elle poussa un cri de douleur et dut lâcher prise.

Alors Mike se jeta sur Bobby et le plaqua de nouveau contre la voiture. Sans attendre, il passa la main sous sa veste pour s'emparer de son arme.

— Dégage, on t'a dit. Vite !

Il pointa l'arme sur l'acolyte de Bobby de l'autre côté de la voiture.

— Et toi, pose ton revolver au sol.

Du coin de l'œil, il vit Gina se redresser et contourner la voiture pour ramasser le revolver. Était-elle blessée ? Gravement ?

Une fois que Gina eut ramassé l'arme et que l'acolyte de Bobby eut les mains en l'air, Mike fit se retourner Bobby, qui avait le visage déformé par un rictus de colère.

— Tu as un permis pour cette arme ?

— Tu es flic, toi aussi ?

Bobby voulut le repousser, mais Mike résista. Ce mouvement lui provoqua une décharge d'électricité qui lui traversa le bras et la cuisse. Une conséquence de son accident, même si cela s'était passé plus de dix ans plus tôt. Il serra les dents pour conjurer la douleur.

— Ça va ? demanda-t-il à Gina, qui tenait le second type en respect.

— Oui, ça va, répliqua-t-elle d'une voix qui indiquait que ce n'était pas tout à fait vrai.

Elle devait tenir l'arme à deux mains pour ne pas trembler, mais sa détermination était sans faille.

— Remonte dans la voiture. Allez !

Le type ne se le fit pas dire deux fois. Une fois qu'il fut assis sur la banquette arrière, Gina abaissa le revolver.

— Lâchez-le, Mike.

— Vous êtes sûre ?

— Oui. Gardez l'arme et lâchez-le.

Quand Mike s'écarta, Bobby Estes rit de nouveau.

— Tu es sûr que tu es de taille à gérer Gina ?

Il tira sur les pans de sa veste pour les remettre en place.

— Sylvie a déjà un sacré tempérament. Les Galvan, elles ont le feu en elles.

— Si tu sais si bien t'y prendre avec les femmes, comment se fait-il que tu aies frappé ma sœur ? riposta Gina.

— Prouve que je l'ai fait.

Bobby lança un clin d'œil à Gina puis monta en voiture.

— Puis-je récupérer mon arme, agent Galvan ? demanda-t-il en se penchant en direction de la vitre passager.

Comme Gina hésitait, il ajouta :

— Si tu m'arrêtes, je porterai plainte contre ton petit copain pour agression.

Eh bien, qu'il porte plainte ! se dit Mike. Il aurait amplement de quoi justifier son geste. Frapper une ado ? S'en prendre à une policière ? Cependant, le flic, ce n'était pas lui et il s'en remettait à Gina. Sans un mot, elle vida les chargeurs des deux armes puis les jeta sur le siège passager.

— On se reverra, Gina, lui promit Bobby Estes avant de démarrer en trombe.

Gina le regarda s'éloigner et tourner au premier carrefour. Elle rangea les balles dans la poche de son jean avant de se diriger vers la maison.

— Je vais transmettre ces balles au labo pour déterminer si elles sont du même calibre que celles qu'on a retrouvées sur les lieux des fusillades contre des policiers. Bobby pourrait m'avoir prise pour cible et avoir attaqué d'autres agents pour brouiller les pistes.

Mike la suivit. Il grimaça car la sensibilité dans sa hanche et sa cuisse n'était pas complètement revenue. Il était pressé de pouvoir prendre une douche chaude pour détendre ses muscles. Cela faisait longtemps qu'il n'avait pas été mêlé à une altercation de ce genre et il savait que son corps allait le payer.

Mais il n'était pas le seul à avoir mal. Elle avait beau ne pas se plaindre, Gina cherchait à détendre son épaule meurtrie.

— Ça va ? lui demanda-t-il après l'avoir rattrapée.

— Je suis bonne pour un bleu à l'épaule et j'ai des fourmis dans les doigts. Mais, au moins, je les sens. Ça ira. J'espère que Sylvie va m'expliquer ce qui s'est passé. Si elle décide de porter plainte, je me chargerai en personne d'obtenir un mandat d'arrêt contre Bobby Estes. Vous pourriez me conduire au labo, demain ? Je ne veux pas risquer de passer à côté d'une preuve...

— Gina, arrêtez, la coupa-t-il. Calmez-vous. Pour ce soir, c'est terminé, tout le monde va bien.

— Vous croyez ?

Elle leva les yeux vers lui et il lut dans son regard une émotion qu'il n'aurait jamais pensé y voir : de la peur.

— Ce soir, je n'étais pas en mesure de protéger ma famille ni de me défendre seule, Mike. Comment vais-je m'y prendre pour redevenir flic à part entière ?

9

Mike ferma la porte de la chambre de Lupe et Rollo et traversa le couloir pour se rendre dans celle que partageaient Gina et Sylvie. Chez les Molina, la soirée avait été longue. Il avait fallu appeler le médecin qui suivait Rollo, il y avait eu des larmes et des embrassades. Par la porte entrouverte, il vit Sylvie assise au bord du lit tandis que Gina, debout derrière elle, était occupée à lui attacher les cheveux.

Quand Sylvie croisa son regard, elle posa la poche de glace qu'elle appuyait contre sa joue enflée et se leva.

— Comment va *tío* papi ?

Mike s'appuya contre le montant de la porte et croisa les bras, dans l'espoir que sa posture détendue apaise l'inquiétude de Sylvie.

— Je viens de vérifier encore une fois son rythme cardiaque sur le moniteur. Tout est normal et il se repose.

— Il n'empêche que sa tension était trop élevée, répliqua Sylvie ; c'est pour cette raison qu'il s'est senti pris de vertiges.

— Son cœur ne parviendra pas à gérer encore longtemps de telles situations de stress, renchérit Gina.

— Je suis désolée, répondit Sylvie. Je n'ai jamais eu l'intention de le perturber. Ni lui ni *tía* mamie. Et elle, est-ce qu'elle va bien ? Elle était en état de choc, tout à l'heure.

— L'altercation qui a eu lieu aurait inquiété n'importe qui, souligna Mike. Je l'ai incitée à se reposer, elle aussi. Elle est sur le point de s'endormir.

Gina passa un bras autour des épaules de sa sœur.

— Toi aussi, tu dois te reposer.

Sylvie prit la main de Gina et l'incita à s'asseoir à côté d'elle sur le lit. Au moment où Mike s'apprêtait à s'éloigner pour les laisser seules, Sylvie fondit en larmes et leva la tête vers lui.

— J'aime Bobby, mais… Emanuel, son copain…

Sylvie semblait souhaiter qu'il reste, comprit Mike. Il s'avança dans la chambre.

— Emanuel, c'est celui qui était dans la voiture avec lui ?

Sylvie acquiesça.

— Emanuel m'a dit qu'il me trouvait mignonne et qu'il avait envie de m'embrasser. Et Bobby a dit que je devais le laisser faire, que ce n'était qu'un jeu.

Gina poussa un juron.

— Moi, je ne voulais pas. Emanuel m'a attrapée et a commencé à me secouer, et Bobby n'est pas intervenu. Enfin, pas tout de suite. Après, j'ai giflé Emanuel, et Bobby… Il m'a dit que mon comportement l'avait mis dans l'embarras. Il s'est disputé avec Emanuel. Celui-ci lui a rappelé que la Lexus était à lui et que, si Bobby voulait la conduire, eh bien, il ne fallait pas qu'il le contrarie… En clair, Bobby me prostitue…

Elle fut secouée par un sanglot.

— Voilà ce que je représente pour lui. Une monnaie d'échange pour avoir le droit de conduire une voiture.

Gina serra sa sœur contre elle.

— Il ne faut plus le revoir, Sylvie. Ce n'est plus possible.

Combien de fois Bobby Estes avait-il promis les bonnes grâces de Sylvie en échange du droit de conduire une belle voiture ? Mike pensa encore une fois à la Mercedes qu'il avait vue devant le centre de rééducation.

— Il arrive souvent à Bobby d'emprunter la voiture de ses copains ?

Gina secoua la tête pour le dissuader de poser des questions qui avaient trait à ses ennuis à *elle*, mais Sylvie répondit :

— Bobby a une voiture différente quasiment toutes les semaines.

— Et tu te souviens de celle qu'il conduisait il y a environ deux semaines ?

— Mike…, le coupa Gina.

Son téléphone sonna au même moment. Elle le sortit de sa poche et consulta l'écran.

— C'est Derek, annonça-t-elle. Il faut que je prenne l'appel.

Elle se dirigea vers la porte. Avant de sortir, elle lui fit comprendre de ne plus poser de questions à Sylvie.

— Salut, Derek, l'entendit-il déclarer. Oui, je t'ai appelée il y a environ deux heures. Oui, elle va bien. Enfin, disons qu'elle se remettra. Écoute, j'ai une immense faveur à te demander.

Mike fit un signe de tête à Sylvie.

— Je vais te laisser te reposer.

Mais l'ado se leva.

— Vous ne voulez pas rester encore un peu ?

Redoutait-elle de se retrouver seule ?

Elle sortit un mouchoir en papier de la boîte posée sur la table de nuit.

— Je sais que Gina veut faire croire qu'elle ne craint rien ni personne, reprit-elle, mais je crois qu'elle a peur de Bobby. Lupe et Rollo, eux, ils ont peur de lui. Mais, comme vous êtes là, ils sont rassurés.

— Il fait peur à Gina parce qu'elle n'a pas pu l'empêcher de te faire du mal. Mais cela ne signifie pas qu'elle craint ses menaces. Ta sœur est quelqu'un de très courageux.

— Je sais. Et je sais que, pour elle, je suis… une source d'ennuis. Mais, quand on vit dans ce quartier, on a tous besoin de se chercher une porte de sortie.

— Je doute que Bobby constitue une porte de sortie.

Sylvie jeta à la corbeille le mouchoir en papier qu'elle avait dans la main.

— Peut-être pas. Mais je pensais sincèrement qu'il tenait à moi. Jusqu'à ce soir. Et puis, vous savez, dans le quartier, il n'y a pas beaucoup de types comme vous.

— Tu veux dire des types blancs ?

Sa petite plaisanterie lui arracha un sourire.

— Des types sympas.

Ce n'était pas un compliment lancé à la légère car Sylvie s'approcha de lui et lui serra le bras.

— Ne vous laissez pas intimider par Gina. Elle vous aime beaucoup, vous savez.

Il songea que la question était avant tout de déterminer si Gina voulait l'admettre. Elle lui avait clairement fait comprendre que sa carrière et sa famille étaient ses priorités. Alors serait-elle prête à lui faire une petite place dans sa vie ?

Il posa la main sur l'épaule de Sylvie.

— Tu vas te remettre.

— Je sais.

— Écoute, cette nuit, je reste là, je vais dormir

sur le canapé. Ne t'inquiète pas pour Bobby, pour ton oncle et ta tante ou pour Gina. Dors à poings fermés, dit-il en souriant.

Sur ce, il quitta la chambre et ferma doucement la porte derrière lui.

Il trouva Gina au salon, en train de ranger son téléphone ; elle avait allumé la lampe à côté du canapé, sur lequel Lupe avait posé un oreiller et une couverture. À son expression, Mike devina qu'elle était partagée entre l'envie de lui dire que c'était inutile de rester là, qu'elle pouvait veiller seule sur sa famille, et celle de le remercier de l'avoir épaulée pour rassurer les siens.

— Derek m'a promis de transmettre la demande d'analyse au labo et de rédiger la plainte pour agression, lui annonça-t-elle à voix basse.

Puis, contournant le canapé, elle ajouta en indiquant la porte d'entrée :

— Merci d'être resté aussi tard mais, demain, vous avez du travail, alors rentrez dormir chez vous. J'ai vérifié que tout était bien fermé. Sylvie ne ressortira pas et je ne laisserai entrer personne. Tout ira bien.

— Je ne doute pas que vous ayez tout vérifié, mais je vais quand même rester.

Elle lui adressa un regard vexé.

— Parce que je suis diminuée ?

— Vous êtes la femme la plus forte que je connaisse, répliqua-t-il. Mais je n'ai tout bonnement pas envie qu'il arrive quoi que ce soit à votre famille. Nous ne serons pas trop de deux pour veiller sur vos proches. Si je peux vous aider à…

— Vous m'avez déjà aidée. Vous êtes toujours là pour m'épauler. Parfois, je dois me pincer pour me convaincre que vous êtes réel. Vous êtes tellement…

— Ne vous avisez pas de me dire encore une fois que je suis gentil. À vous entendre, c'est une tare.

Il vit ses pupilles se dilater. Elle le saisit par la chemise et le tira vers la cuisine.

— Écoutez, je…, commença-t-il, persuadé qu'une nouvelle explication musclée allait survenir.

Avant qu'il puisse continuer, elle le plaqua contre le plan de travail. Il faillit perdre l'équilibre. Alors qu'il allait lui demander des explications, elle lui passa un bras autour du cou pour l'attirer à elle et l'embrassa.

Il fut tellement pris de court qu'il ne sut d'abord pas comment réagir. Mais, très vite, sentir les lèvres sensuelles de Gina sur les siennes fit monter en lui un tel désir qu'il ne chercha plus à comprendre. Il lui rendit son baiser, entrouvrit les lèvres, et sa langue vint se mêler à la sienne dans une danse frénétique.

Toutes les émotions de cette soirée se déversaient dans ce baiser, ils avaient tous deux besoin d'évacuer la tension, de libérer tout ce qu'ils gardaient en eux.

Il lui passa un bras autour de la taille pour la presser contre lui, glissa une main sous son chemisier pour sentir sa peau, sans cesser de l'embrasser.

Il explora son dos, ses hanches, lui déposa de petits baisers dans le cou. Il la sentait frissonner de plaisir sous ses caresses et baisers, ce qui ne faisait que rendre son envie d'elle encore plus forte. Il voulait la déshabiller complètement et la posséder sans attendre.

— Sylvie va bien ? l'entendit-il lui chuchoter à l'oreille.

— Vous êtes sûre que vous avez envie d'en parler maintenant ?

— Oui.

Elle redressa la tête et poussa un gémissement comme il continuait à explorer son cou de ses lèvres.

— Alors elle va bien ?

— Oui, n'ayez crainte, les bleus sur sa joue et ses poignets sont superficiels. Cependant, ce serait peut-être bien qu'elle voie une assistante sociale.

— Je m'en chargerai.

Gina se dressa sur la pointe des pieds pour lui donner un nouveau baiser, et il la pressa contre lui pour qu'elle sente l'excitation dont il était la proie.

Il n'y avait plus la moindre ambiguïté sur ce que leurs corps éprouvaient, mais il avait besoin de savoir si leurs esprits étaient sur la même longueur d'onde. Il appuya son front contre celui de Gina.

— Que se passe-t-il exactement ? Nous ne sommes pas ensemble, il n'y a rien entre nous, mais vous m'embrassez avec la même ardeur que si j'étais le dernier homme sur terre.

— Laissez tomber, contentez-vous de… Disons que… je n'aime pas avoir peur ni me sentir vulnérable.

— Vraiment ? Pourtant, il semblerait que vous ayez parlé de moi à votre famille. Que leur avez-vous raconté ? Que j'étais un type bien ?

— Ne vous enflammez pas, blondinet.

Alors ça, c'était beaucoup demander.

— Je n'aime pas me sentir diminuée quand je dois me défendre, reprit-elle.

— N'ayez crainte, ce n'est que temporaire.

Ils continuaient d'échanger baisers et caresses.

— Je suis heureuse que vous ayez été là pour me défendre.

— Je serai toujours là.

Quand il caressa ses seins à travers son soutien-gorge, elle enfouit le visage contre son torse. Entre deux gémissements de plaisir, elle parvint à répondre :

— Non… Je ne peux pas me consacrer à une relation. Je n'ai pas le temps. Ce ne serait pas juste pour vous… avec toutes mes responsabilités…

— M'avez-vous entendu me plaindre ?

Ils avaient tous deux envie d'aller plus loin, c'était évident, non ?

— Ce qui compte, c'est le moment présent. Nous sommes adultes, nous ne risquons rien. Ne vous torturez pas.

Il voulut la soulever du sol et la faire s'asseoir sur le plan de travail mais, quand il pivota, il fit un faux mouvement et, comme à chaque fois, il sentit une décharge d'électricité lui traverser la jambe et l'engourdir.

Il fit la grimace et tenta de conjurer la douleur. Bon sang, c'était bien le moment ! Encore une fois, son corps fragilisé le trahissait.

— Mike ? Posez-moi.

Elle se tortilla pour qu'il la lâche, mais garda les bras autour de lui.

— Que vous arrive-t-il ? Vous avez besoin de vous asseoir ?

— Non, je suis mieux debout. Je suis désolé.

— Bobby vous a fait mal ?

— Ça va passer, n'ayez crainte. C'est une vieille blessure de guerre qui se réveille.

— Pardon ?

— Quand j'avais seize ans, alors que j'avais toutes chances de devenir joueur de football américain, j'ai été impliqué dans un grave accident de la route. J'étais ivre et, par ma faute, l'ami avec qui j'étais a perdu la vie. Je me suis retrouvé avec les jambes et le bassin en miettes. Les médecins n'étaient même pas certains que je recouvrerais l'usage de mes jambes.

Elle passa les bras autour de sa taille et se pelotonna contre lui.

— C'est le pire souvenir de ma vie.

Sentir Gina contre lui lui évita de se laisser ronger par la culpabilité qu'il éprouvait à chaque fois qu'il évoquait ce terrible épisode.

— J'ai encore quelques séquelles, les terminaisons nerveuses sont douloureuses quand je fais des mouvements brusques. Je fais régulièrement de l'exercice pour renforcer mes muscles et assouplir mes articulations. Et je peux de nouveau marcher et courir, alors je ne me plains pas. Je suis néanmoins désolé d'avoir dû m'interrompre au mauvais moment.

Elle secoua la tête.

— Ne vous excusez pas. Je suis heureuse que vous soyez là.

— Moi aussi.

— Nous faisons une belle paire d'éclopés, à nous deux, n'est-ce pas ?

Certes, ils n'avaient pas fait l'amour, mais ils avaient échangé autre chose d'au moins aussi important. Sinon plus.

— Je suis désolée de tous les tracas que je vous cause, dit Gina.

— Oh ! je vous rassure, les ennuis, je sais ce que c'est, mais je ne vous inclus pas dedans.

Il lui prit le visage entre les mains, lui donna un petit baiser puis, à contrecœur, se redressa et la lâcha.

— Vous devez aller dormir. Et me promettre de ne pas chercher à sortir discrètement pour aller mener l'enquête au Sin City. Laissez de côté Bobby Estes. Ne pensez qu'à votre famille. Reposez-vous et, demain matin, à votre réveil, je serai là.

— Non, vous ne pouvez pas rester. Enfin, vous ne devriez pas, se corrigea-t-elle.

Mike lui prit les mains.

— Entre nous, tout va trop vite, et vous n'êtes pas prête, je l'ai bien compris. Mais je refuse que vous regrettiez ce qui se passe. Moi aussi je suis un peu déboussolé.

— Votre aveu me fait du bien. Je me sens moins… démunie.

Il écarta une mèche de cheveux de son visage.

— Verriez-vous un inconvénient à ce que j'appelle des amis à moi qui font partie de la police de Kansas City pour leur demander d'effectuer une ronde dans le quartier cette nuit ?

Elle lui sourit.

— Non, au contraire, je vous en serais reconnaissante.

— Alors, considérez que c'est fait.

Il regarda Gina remonter le couloir, ouvrir doucement la porte de sa chambre et jeter un regard à l'intérieur. Il la vit sourire.

— Sylvie s'est endormie ? lui demanda-t-il tout bas.

Gina acquiesça avant d'ouvrir la porte plus grand. Il s'apprêtait à entrer dans le salon quand il entendit Gina l'appeler :

— Mike ?

Il se retourna et la vit revenir vers lui.

— Un problème ?

— Je voulais seulement vous remercier encore une fois. Et vous dire que vous êtes vraiment… très sexy.

Elle repartit aussitôt en sens inverse, sans lui laisser le temps de répondre, et Mike comprit que ce n'était pas un compliment qu'elle faisait facilement.

Une fois qu'elle eut refermé la porte de la chambre

derrière elle, il retourna à la cuisine pour s'asperger le visage d'eau fraîche. Puis il appela des membres de l'équipe de son père et leur expliqua la situation. Il leur promit de les inviter à déjeuner pour les remercier du service qu'il leur demandait, même s'il savait que c'était inutile.

Une demi-heure plus tard, il vit la camionnette de Trip et Alex se garer de l'autre côté de la rue. Il n'avait plus besoin de veiller, ses amis s'en chargeaient. Il ôta sa chemise, sa ceinture et s'allongea sur le canapé. Au milieu de la nuit, il entendit une porte s'ouvrir puis se refermer. Davantage par curiosité que par inquiétude, il ouvrit les yeux et se redressa pour savoir qui était levé. Dans le couloir, il vit Gina vêtue d'un long T-shirt et d'un bas de pyjama. Elle embrassa ses phalanges et porta sa main au cœur.

Il se rappelait l'avoir déjà vue faire ce petit rituel pour se porter bonheur.

— Pourquoi avez-vous besoin d'invoquer la chance à cette heure de la nuit ?

Entendre sa voix ne la fit pas sursauter.

— C'est pour me donner du courage, pas pour me porter bonheur.

Il fut intrigué par sa réponse.

— Gina ?

— J'ai vu la voiture garée de l'autre côté de la rue. Merci beaucoup.

Elle vint s'asseoir à côté de lui.

— Je ne veux pas que nous fassions l'amour. Cela ne ferait que compliquer les choses et, comme vous l'avez dit vous-même, je ne suis pas prête. Mais… est-ce que je peux venir me blottir contre vous ? Je n'arrive pas à me réchauffer et, quand j'ai froid, je ne peux pas dormir, alors…

Touché, il souleva la couverture pour l'inviter à se glisser dessous et la serra contre lui.

— Vous n'avez pas besoin de vous montrer forte et infaillible en permanence. Faites une pause.

Il se fit le plus petit possible pour lui laisser de la place et se coula contre son dos.

— Cela ne veut rien dire, insista-t-elle. J'ai froid, c'est tout.

— Compris, répliqua-t-il, un sourire aux lèvres. Ça va mieux ?

Elle acquiesça.

— J'espère que ça ne vous fait pas mal à la jambe de vous retrouver dans cette position ?

— Non. Et vous, comment va votre épaule ?

— Quand je suis allongée de ce côté-ci, elle ne me gêne pas.

Après quelques secondes, il la sentit se détendre.

— Sylvie se lève à 7 heures pour aller au lycée, murmura-t-elle entre deux bâillements.

Il évita de s'attarder sur la sensation des formes de Gina pressées contre lui et tendit le bras pour attraper son téléphone.

— Je règle l'alarme pour 6 heures.

— Et, demain matin, vous me conduirez au labo puis au Sin City.

— Oui, madame.

— Aurons-nous le temps de faire ça avant ma séance de rééducation ?

Mike eut un petit rire.

— Seulement si vous cessez de parler et que vous essayez de vous endormir.

— Vous n'êtes pas ma mère, blondinet, répondit-elle sur le ton de la plaisanterie.

Il lui déposa un petit baiser sur la nuque.

— Peut-on dire que je suis votre partenaire ?

— D'accord. Temporairement.

Elle entrecroisa ses doigts avec les siens et, après quelques minutes, sa respiration régulière lui apprit qu'elle s'était endormie.

— Cette nuit, je serai votre armure, lui dit-il tout bas.

Il ferma les yeux et bascula à son tour lentement dans le sommeil. Mais, avant, il eut le temps de faire le point sur leur relation : Gina souhaitait ne pas aller trop vite ; il lui avait révélé un secret, elle aussi ; elle était encore plus en danger qu'il ne l'avait imaginé au départ ; enfin, l'attirance qu'il éprouvait pour elle était réciproque.

Pour lui, l'histoire avait tendance à se répéter. Cette attirance le poussait à jouer les chevaliers servants, au risque que, quand Gina n'aurait plus besoin du soutien qu'il lui apportait, elle le délaisse et qu'il se retrouve de nouveau seul, le cœur en lambeaux.

Cependant, il était conscient que, même s'il essayait, il ne réussirait pas à se tenir à distance de Gina. Jamais avant elle aucune femme ne l'avait autant attiré. Ce n'était pas seulement une question de désir. Gina était à la fois forte et vulnérable, elle avait un tempérament passionné, et rien en elle ne le laissait indifférent.

Il était en train de tomber amoureux de Gina Galvan. À grande vitesse. Mais, dans le même temps, il prenait conscience que le danger était partout autour d'elle et qu'il risquait de la perdre de maintes façons différentes.

10

Gina passa la main sur l'insigne accroché à la ceinture de son jean et leva les yeux en direction de la porte du Sin City. Bien que toujours en arrêt de travail, elle avait tout de même le droit de porter son insigne. Et d'ailleurs, jusqu'à l'altercation de la veille avec Bobby Estes, elle se sentait toujours les compétences d'un flic à part entière et était convaincue qu'elle n'allait pas tarder à pouvoir reprendre officiellement son travail — et que rien ne l'empêcherait alors d'intégrer le SWAT.

Désormais, elle se sentait un peu comme la façade du Sin City. La nuit, l'enseigne lumineuse lui donnait un air pimpant et accueillant mais, de jour, on remarquait que la peinture blanche était écaillée et que la rouille commençait à ronger l'enseigne.

Pour elle, porter un insigne était une façade, mais cela ne signifiait pas qu'elle serait de nouveau en mesure de faire son travail de manière optimale.

Elle posa les yeux sur les motos et la camionnette cabossée garées devant le bar. Bien. Elle allait avoir l'occasion de bavarder une fois encore avec Gordon et Denny Bismarck et leurs copains. Et, s'ils se trouvaient déjà au Sin City de bon matin, cela signifiait qu'ils étaient des clients réguliers, probablement amis avec le patron, et que par conséquent, qu'il soit véridique ou pas, il serait difficile de trouver quelqu'un qui ne confirmerait pas leur alibi pour le soir où Derek et elle s'étaient fait tirer dessus.

— Vous êtes prête à jouer la partition du gentil flic et du méchant flic ? lui demanda Mike avant de couper le moteur, un sourire aux lèvres.

Son intervention la sortit de ses sombres pensées et elle lui retourna son sourire.

Elle devait admettre que sa présence à la maison la veille avait été très bénéfique. Sa famille s'était sentie rassurée et il avait fait preuve d'une patience et d'une bienveillance exemplaires. Il lui avait tenu chaud toute la nuit et avait respecté son souhait que les choses n'aillent pas trop vite entre eux, même si, un peu plus tôt, les caresses de ses mains expertes avaient éveillé le feu qui couvait en elle.

Et elle en venait même à apprécier son attitude de garçon bien sous tous rapports, soucieux de se conformer à la loi et aux procédures. Bref, elle avait baissé la garde et, pour la première fois depuis bien longtemps, elle avait eu la sensation d'être une personne normale, qui ne pouvait pas porter seule tout le poids du monde. Mike s'était montré présent et fort sans pour autant lui donner l'impression d'être une petite chose fragile.

Jamais elle n'aurait cru qu'elle pourrait ressentir cela auprès d'un homme. Et, si elle n'y prenait garde, elle était bonne pour tomber amoureuse de lui.

Elle tendit la main pour la lui passer sur la joue. Elle ne se lassait pas de contempler et de toucher son beau visage.

— Vous n'êtes pas flic, blondinet.

Il lui retourna un regard intense qui suffit à faire monter une onde de désir en elle.

Mais elle était là pour le travail. Quand elle lui avait affirmé qu'il n'y avait pas de place dans sa vie pour une relation, ce n'étaient pas des paroles en l'air. Toutefois, s'il y en avait eu une, elle n'aurait pas hésité à la donner à Mike. Elle chassa cette pensée. Non, tomber amoureuse n'était décidément pas une bonne idée. Elle retira sa main et déboucla sa ceinture de sécurité. Une voiture de police se gara quelques mètres devant eux et un agent en descendit.

— Voilà Derek, dit-elle.

Sa présence lui permettait de donner un tour officiel à l'interrogatoire qu'elle s'apprêtait à mener. Derek les avait retrouvés au labo d'analyses de la police scientifique où elle avait déposé les balles retirées des armes de Bobby Estes et de son comparse.

— Restez dans la voiture, ajouta-t-elle.

Mike fit non de la tête, retira la clé de contact et la rangea dans sa poche.

— Si je reste ici, je ne pourrai pas vous couvrir en cas de problème.

La main sur la poignée de la portière, Gina répliqua :

— Derek me couvrira. Je doute que les frères Bismarck se montrent coopératifs et je refuse que vous preniez le moindre risque.

— Et que diriez-vous de nous répartir les tâches ?

Il pointa du doigt le garage de l'autre côté de la rue.

— Un garage juste en face de leur repaire, ça ne vous intrigue pas ? Combien voulez-vous parier qu'au moins un membre de la bande y travaille ? Je pourrais aller y faire un tour pour poser deux ou trois questions afin de déterminer si quelqu'un se souvient les avoir vus le jour de l'attaque contre vous ou s'ils étaient dans les parages au moment des tirs dont Frank McBride a été victime. Je dirai que je viens faire évaluer l'état d'usure de mes pneus.

— Alors, pendant que vous y êtes, regardez si vous voyez un véhicule qui pourrait ressembler à celui que conduisait le type qui m'a tiré dessus ou à la Mercedes qui me suivait l'autre jour.

— Donc, c'est une bonne idée ?

— Très bonne.

Derek se dirigeait vers eux. Savoir que Mike allait enquêter de son côté ne la mettait pas très à l'aise, mais elle devait reconnaître qu'il avait hérité de l'instinct de flic de son père.

— Mike, attendez, vous ne devez en aucun cas vous approcher des frères Bismarck ou de leurs copains. Si l'un d'entre eux est au garage, laissez tomber. On se retrouve ici.

— Dix minutes, ça sera assez pour vous ?

Elle acquiesça.

— Ne jouez pas les héros, d'accord ? Contentez-vous de glaner quelques infos.

— Oui, madame.

Elle descendit de voiture et rejoignit Derek. Quand ce dernier vit Mike traverser la route, il haussa les sourcils pour traduire son incompréhension.

— Je croyais que Cutler était là seulement pour te conduire. Où va-t-il ?

— Jouer au détective.

Elle déposa un baiser sur ses phalanges, porta sa main à son cœur et récita une petite prière muette pour que rien n'arrive à Mike.

— Allez, viens, à nous d'entrer en scène, ajouta-t-elle en donnant un petit coup de coude à Derek.

Et tous deux se dirigèrent vers la porte du Sin City.

Si elle avait été en uniforme, à peine serait-elle entrée dans le bar qu'elle aurait foncé droit vers le patron pour lui faire la morale. En effet, celui-ci servait un verre à un type qui, à en juger par son allure, n'avait pas dessoûlé depuis la veille.

Toutes les voix se turent et les regards se fixèrent sur eux. À une table, Gina identifia Gordon et Denny Bismarck et leurs acolytes. Denny sortit une flasque de sa poche, en déversa le contenu dans la tasse à café posée devant lui puis la passa à ses copains. Gina remarqua immédiatement qu'aucun d'entre eux ne portait de marques sur le visage, ce qui était assez étrange puisqu'une bagarre était censée avoir éclaté la veille, raison pour laquelle Frank McBride s'était rendu sur place.

— Bonjour, monsieur, police de Kansas City, dit-elle au patron une fois arrivée au comptoir. Pouvez-vous me dire si les hommes assis à la table dans le coin sont des clients réguliers ?

Le patron réajusta ses lunettes sur son nez.

— Oui, bien sûr. Jim et Al travaillent au salon de tatouage juste à côté.

— Jim, c'est le type tatoué dans le cou ?

— Ouais, c'est ça. Vous le connaissez ?

Elle jeta un nouveau regard discret en direction de la tablée. C'était la même bande que le jour où Derek et elle étaient intervenus chez les Bismarck. Étaient-ils toujours ensemble ?

— Disons que nous nous sommes déjà rencontrés.

Cela sembla suffire au patron du bar pour se montrer plus bavard.

— Gordon va régulièrement faire customiser sa moto au garage en face. Denny aussi. Il leur arrive également de rouler dans une vieille Bronco héritée de leur père. Mais, si vous voulez mon avis, ils feraient bien de l'envoyer à la casse.

Gina n'était pas là pour parler mécanique.

— Et à quel moment viennent-ils ? Toujours le matin, ou aussi l'après-midi ?

Le patron ramassa un torchon pour essuyer le comptoir.

— En fait, vous voulez savoir s'ils étaient là hier après-midi, hein ? reprit-il d'un air narquois.

— À vrai dire, je me demandais s'ils étaient là le 26 janvier. Vous vous rappelez si vous étiez ouvert et s'ils étaient tous là en fin de journée ?

Le patron commença à acquiescer. Puis, fronçant les sourcils, il secoua la tête.

Gina serra le poing.

— C'est oui ou non ?

— Le 26 janvier, c'était il y a quasiment deux mois. Je ne peux pas me souvenir précisément.

Gina songea que, elle, elle se souviendrait encore de ce jour dans dix ans.

— Bien. Revenons-en à hier, alors. Apparemment, une bagarre a éclaté ici. La police a été alertée et une voiture de patrouille s'est présentée. Et l'agent s'est fait tirer dessus.

— Ouais, une sale histoire. Quand les coups de feu ont éclaté, je n'ai pas compris tout de suite. Au début, j'ai cru que c'était un moteur qui rendait l'âme.

— Et qui a déclenché cette bagarre ? Ils y ont pris part ? ajouta-t-elle en désignant la table dans le coin d'un petit signe discret.

— Gina ?

Derek lui tapota le bras pour attirer son attention mais, du coin de l'œil, Gina avait déjà repéré que Denny

Bismarck et son frère s'étaient levés de table. Elle ne croyait pas qu'ils seraient assez bêtes pour s'en prendre à un agent en uniforme, Derek étant en tenue, mais elle était néanmoins en alerte.

Elle croisa le regard hostile de Denny Bismarck avant de poser une nouvelle question au patron du bar :

— Ils sont toujours ensemble ?

— Oui, quasiment.

— En manquait-il un ?

— Hier ?

Le patron tourna la tête dans leur direction.

— Quand je suis sorti, ils étaient devant la porte. La bagarre était finie et le policier calmait les esprits. Mais je ne sais plus s'ils étaient encore tous là ou pas.

Gina se retint de pousser un juron.

— Et le 26 janvier ?

L'homme se passa la main sur la mâchoire.

— Je ne suis pas sûr que Gordon était là.

Non, bien sûr que non, puisqu'il était à l'arrière de leur voiture de police, en état d'arrestation.

— Mais les autres étaient tous là ? Vous le jurez ?

Le patron du bar commença à s'agiter.

— Écoutez, je n'ai pas envie de jurer quoi que ce soit ou de témoigner contre quiconque. C'est mauvais pour les affaires.

Derek leva la main et s'adressa aux types — la bande était au complet, cette fois — qui venaient vers eux :

— Restez où vous êtes, messieurs, nous ne voulons pas d'ennuis.

Denny renifla de dédain.

— C'est toi qui cherches les ennuis, Johnson. Tu crois que tu peux te permettre de fricoter avec la femme de mon frère ?

— Son ex-femme, le corrigea Derek. Et il ne s'est rien passé de sérieux entre Vicki et moi.

Le dénommé Jim fit un pas en avant.

— Sérieux ou pas, tu n'avais pas le droit. Tu as profité des ennuis de mon ami.

— Restez où vous êtes. S'en prendre à un policier qui fait son travail, c'est la meilleure façon de retourner en prison.

Gina avait besoin d'une réponse claire. Elle s'adressa de nouveau au patron :

— Les autres, hormis Gordon, étaient-ils tous là ? Même Denny ?

Celui-ci vint s'asseoir sur le tabouret juste à côté d'elle.

— C'est sur moi que vous enquêtez ? J'avais pourtant entendu dire que vous n'étiez plus flic.

Gina saisit son insigne et le posa sur le comptoir.

— Essayez de me toucher et je vous arrête.

Derek n'avait pas bougé mais, à sa voix, elle perçut sa nervosité.

— Gina, on devrait y aller.

Denny renifla.

— C'est quoi votre problème, vous pensez que je vous ai tiré dessus ?

— Eh bien, je doute que le patron des lieux, qui vous a fourni un alibi, puisse être considéré comme crédible. Et vous avez un mobile. Vous pourriez avoir désiré vous venger de nous parce que nous avions arrêté votre frère. Ou parce que l'agent Johnson était sorti avec Vicki.

— Et c'est moi qui ai tiré sur les autres flics ? Et pourquoi j'aurais fait ça ? Je regarde les infos, vous savez, mais, autant que je sache, il n'y a pas d'autres flics qui ont tourné autour de ma belle-sœur.

— Ça suffit, Bismarck, intervint Derek.

Gina songea qu'elle imaginait davantage quelqu'un comme Bobby Estes capable de mettre sur pied une attaque préméditée, car les frères Bismarck avaient plutôt le profil de sanguins impulsifs. Bien sûr, Derek et elle avaient déjà eu à intervenir plusieurs fois chez les Bismarck. Mais Gordon et son frère étaient-ils assez malins pour avoir simulé une agression sur Vicki dans le but de les faire venir une fois encore, ce fatidique 26 janvier ? Certes, ils avaient du temps libre mais, pour le reste…

Gina sortit de ses pensées et prit soudain conscience que Denny était le seul de la bande à se trouver dans son champ de vision.

— Où sont vos amis ?

Denny haussa les épaules.

— Al devait retourner travailler.

Elle ne l'avait pas vu partir. Elle remit son insigne à sa ceinture et se tourna vers le patron.

— Y a-t-il une porte à l'arrière ?

— Ouais.

Elle était en colère contre Derek qui ne l'avait pas prévenue que les autres filaient pendant qu'elle s'adressait à Denny. Mais elle s'en voulait également de n'avoir rien vu. D'autant que l'intervention de Denny avait tout de la diversion pour permettre aux autres de filer.

— Vous pourriez avoir quitté le bar et être revenu ensuite le soir où nous nous sommes fait tirer dessus.

Denny ne cilla pas.

— Vous m'avez vu monter sur ma moto et m'en aller. M'avez-vous vu revenir ?

Elle se souvenait seulement d'un SUV sale à la plaque d'immatriculation non lisible.

— Et si vous étiez revenu avec votre Bronco ?

Denny s'était levé du tabouret et la toisait de sa hauteur. Mais Gina ne bougea pas d'un centimètre.

— J'aurais pu. Mais je n'en ai rien fait.

À la façon dont il disait cela, il semblait avant tout lui rappeler qu'elle n'avait aucune preuve pour l'incriminer.

Soudain, la porte d'entrée s'ouvrit en grand et Mike fit son entrée.

— Il est l'heure, dit-il, nous devons partir.

— Mike…

— Maintenant.

Il paraissait essoufflé et, d'un regard, lui fit comprendre que son intervention n'était pas une nouvelle manifestation de sa fibre surprotectrice.

Elle le suivit sans attendre.

— Vous avez trouvé quelque chose ?

Derrière elle, elle entendit Denny partir d'un rire moqueur et comprit qu'il avait en effet fait diversion pour une raison précise. Mike ne l'avait pas attendue et remontait déjà en voiture.

— Mike ?

— Le type qui était à l'arrière de votre voiture le jour où vous avez été blessée vient de filer à toute vitesse, lui répondit-il tandis qu'elle montait à son tour.

Il inséra la clé de contact et démarra. Devant eux, Gina vit une moto puissante tourner au carrefour. Elle devina que c'était Gordon Bismarck.

— Là ! Allez-y et ne le perdez pas.

Derek était lui aussi sorti du bar. Il avait vu Gordon Bismarck filer.

— Je lance un signalement, dit-il à Gina quand ils passèrent à sa hauteur. Appelle-moi si tu parviens à lire sa plaque d'immatriculation.

Mike accéléra pour rattraper la moto.

— Ce garage m'a tout l'air d'un lieu de recel, dit-il. Dans l'arrière-boutique, j'ai remarqué qu'ils avaient énormément de pièces détachées de voitures et de motos.

Gina attacha sa ceinture.

— Que faisiez-vous dans l'arrière-boutique ?

— J'ai vu entrer dans le garage le type en question. Je l'ai suivi pour voir ce qu'il fabriquait. Il était venu chercher sa moto.

— Vous étiez censé vous faire passer pour un client qui venait faire évaluer ses pneus.

Mike doublait les voitures devant lui, klaxonnait pour alerter les piétons. Bien. Le réprimander parce qu'il s'exposait au danger était totalement vain.

— Vous êtes sûr que c'était Gordon Bismarck ?

— Certain. Je l'ai reconnu au premier coup d'œil et son comportement était suspect.

Gina était perplexe. Gordon n'était pas le tireur qui les avait pris pour cibles, Derek et elle, puisqu'il était menotté à l'arrière de leur voiture. Alors pourquoi, aujourd'hui, s'était-il enfui ? Que craignait-il ? Quand Mike tourna sur les chapeaux de roues au carrefour suivant, elle s'accrocha au tableau de bord. Elle songea que le plus suspect des frères Bismarck était Denny, pas Gordon. Cette fuite était-elle une nouvelle diversion ?

— Nous devrions retourner au Sin City, dit-elle.

— Quoi ? Vous voulez que je fasse demi-tour ?

— Gordon Bismarck ne m'a pas tiré dessus. C'est le seul de la bande qui a un alibi en béton.

Mike franchit un feu de circulation au moment où il passait au rouge.

— Je ne veux pas lâcher ce type. S'il n'a rien à se reprocher, pourquoi a-t-il filé de cette façon ?

Rien n'avait de sens.

— Si, comme vous le soupçonnez, ce garage fait du recel, Gordon n'avait pas intérêt à ce qu'on découvre qu'il le fréquente. C'est peut-être pour cette raison qu'il s'est enfui. Ça n'a pas forcément de rapport avec moi.

— Ce n'est qu'une hypothèse. Au minimum, il pourrait savoir qui vous a tiré dessus et chercher à éviter d'avoir à répondre à vos questions. Appelez mon père.

— Non, je refuse d'appeler l'unité d'intervention pour une simple poursuite.

La moto doubla un camion de livraison. Mike était collé au pare-chocs de la voiture devant eux. Si elle freinait, ils étaient bons pour l'emboutir.

— Attention !

— Ça va, je sais ce que je fais.

Il changea de file pour doubler. En face, un bus arrivait.

— Mike !

Il se rabattit à la dernière seconde.

— Ça va ?

— Oui. Mais ne refaites plus ça !

Mike négocia un nouveau carrefour puis accéléra pour ne pas perdre la moto de vue.

— Appelez mon père et dites-lui d'envoyer quelqu'un au Sin City. Nous, nous continuons de suivre ce type. Et je veux qu'on sache que nous sommes à la poursuite d'un suspect. Je vous signale quand même que nous traversons la ville dans une voiture civile. Comment se fait-il que personne n'ait encore tenté de nous intercepter ?

Ils atteignirent le sommet de la côte et plongèrent dans la descente. Le trafic du centre-ville céda la place à une circulation beaucoup moins dense tandis qu'ils arrivaient dans le quartier des entrepôts à proximité de la confluence du Kansas et du Missouri. Gina se dit qu'elle aurait dû voir des voitures de patrouille, qu'il y aurait même dû y avoir des barrages mis en place. Elle eut un mauvais pressentiment.

— Où sont les renforts, bon sang ?

— Appelez mon père.

— Derek a déjà lancé un appel au…

— Votre copain Derek n'a pas réussi à nous suivre après que nous avons failli percuter le bus. Si nous rattrapons ce type, nous aurons besoin d'aide. Appelez !

— Mais…

Elle constata qu'en effet elle ne voyait plus la voiture de Derek dans le rétroviseur.

— Où…

— Appelez !

Elle sortit son téléphone et appela le central.

— Ici l'agent Gina Galvan. Actuellement, je ne suis pas en service.

Elle donna son numéro d'insigne ainsi que la partie de la plaque d'immatriculation de la moto qu'elle avait réussi à lire et la description de Bismarck.

— Le suspect se dirige vers l'ouest sur la nationale 12 en violation de sa liberté conditionnelle. L'unité 4-13 connaît nos intentions et s'est également lancée à la poursuite du suspect. Mais désormais je ne vois plus la voiture de patrouille. Veuillez vérifier qu'elle n'a pas été victime d'un accrochage.

— Entendu.

Gina attendit. La standardiste s'adressa à quelqu'un avant de revenir en ligne.

— Les unités du secteur vont être averties de la poursuite que vous menez.

— Personne ne vous avait alertés auparavant ?

— Non. Je lance l'appel à toutes les unités sans attendre.

Gina ne comprenait pas. Derek devait avoir donné l'alerte depuis plusieurs minutes.

— Pourriez-vous également envoyer une voiture au Sin City Bar ?

La standardiste hésita.

— C'est là-bas que Frank McBride s'est fait tirer dessus.

— Oui. Je m'y suis rendue pour poser quelques questions, précisa Gina.

— Selon le planning, une unité est assignée spécialement à la surveillance du bar.

— Pardon ?

Gina était perdue. Elle n'avait vu aucune voiture de police sur place.

— Dans ce cas, appelez-les.

— Ce matin, c'était l'unité 4-13 qui était de surveillance entre 10 heures et 14 heures.

— L'unité 4-13 est avec nous.

Sauf qu'en fait elle ne l'était plus. Gina prit une grande inspiration pour garder son calme.

— Il faut envoyer une autre unité au Sin City pour interpeller Denny Bismarck, Al et tous ceux qui seront avec eux. Et avertissez également le capitaine Cutler que son fils est avec moi.

— Entendu, tout est enregistré, je lance l'alerte sans attendre.

— Terminé.

Gina faillit laisser tomber son téléphone au moment où ils franchirent un passage à niveau. La zone était occupée par des entrepôts pour la plupart abandonnés ; petit à petit, ils étaient démolis pour être remplacés par de petites maisons individuelles, mais la réhabilitation n'en était qu'à ses balbutiements et il n'y avait pas grand monde.

Bismarck devait connaître les lieux comme sa poche car il naviguait avec aisance entre les bâtiments et ils finirent par le perdre de vue.

— Où a-t-il bien pu passer ? fulmina Mike en ralentissant pour vérifier chaque intersection.

Gina entendit au loin le son d'une sirène de police puis, dans la seconde qui suivit, celui d'un moteur de moto. Gordon Bismarck surgit devant eux. Mike enfonça l'accélérateur.

— Accrochez-vous !

Alors qu'ils s'engageaient dans une ruelle entre deux entrepôts, Gina repéra des poubelles alignées le long d'une clôture.

— C'est un cul-de-sac ! s'exclama-t-elle.

Mike freina brusquement et Gina eut tout juste le temps de poser la main sur le tableau de bord pour amortir la secousse. Son épaule lui fit mal. Devant eux, ils virent que Bismarck, lui, n'avait pas ralenti. Quand il comprit qu'il ne passerait pas, il donna un coup de guidon, mais sa roue arrière se déroba et la moto se coucha sur le flanc.

Mike fut le plus prompt à réagir. Il descendit de voiture et courut dans la direction de Bismarck au moment où celui-ci se relevait. Mais il s'était fait mal et n'avait aucune chance de s'enfuir. Mike le saisit par le col et le projeta au sol. Au moment où Gina arriva à son tour à leur hauteur, Bismarck était allongé à plat ventre, les mains dans le dos.

— Police ! lança-t-elle. Ne bougez plus.

Mike respirait bouche ouverte pour reprendre son souffle. Gina jeta un regard autour d'elle puis alla couper le moteur de la moto. Ensuite elle retourna auprès de Mike, qui maintenait toujours Bismarck au sol, et fouilla les poches de ce dernier.

— Je commence à me lasser de devoir vous arrêter, Gordon. Pourquoi avez-vous pris la fuite ? lui demanda-t-elle tandis qu'elle extirpait d'une de ses poches un couteau à cran d'arrêt.

Comme Bismarck ne répondait pas, Mike le prit par les épaules pour l'obliger à se redresser et à leur faire face.

— Répondez à la question de l'agent Galvan.

— Je n'ai pas envie de retourner en prison, déclara enfin Bismarck.

— Si vous avez tiré sur un flic, vous allez avoir du mal à y échapper, rétorqua Mike. Nous souhaitions seulement vous poser quelques questions. En prenant la fuite, vous vous comportez comme un coupable.

Bismarck observa Mike en silence puis, se tournant vers elle :

— Je ne vous ai pas tiré dessus, vous le savez puisque j'étais dans votre voiture. Moi aussi j'aurais pu être touché.

— Mais ça n'a pas été le cas. Vous étiez à l'abri alors que, mon coéquipier et moi, nous étions exposés. Et que s'est-il passé avec l'agent McBride ?

— Qui ?

— Le flic qui a été blessé hier devant le Sin City.

Bismarck ne dit rien.

Mike le secoua de nouveau par le col.

— Parlez. Savez-vous qui tire sur des flics ?

Bismarck lui retourna un regard mauvais, mais ne répondit pas.

Mais Gina n'était pas prête à le laisser s'enfermer dans le silence.

— Le jour où nous vous avons arrêté, Denny est-il revenu pour nous tirer dessus ? Est-ce pour cette raison que vous avez fui aujourd'hui ? Pour protéger votre frère ? Ou bien craigniez-vous simplement que l'on découvre que, vos copains et vous, vous fréquentez un peu trop assidûment un garage qui fait du recel ?

Elle songea qu'elle avait certainement touché un point sensible car Bismarck baissa les yeux.

— Je veux un avocat.

Une voiture de police s'engagea dans la ruelle et s'approcha. Gina se retourna. Deux agents sortirent de la voiture. Le premier parla dans sa radio pour faire son rapport tandis que le second sortait une paire de menottes pour les passer à Bismarck.

— Un homme a le droit de protéger ce qui lui appartient, dit alors le prisonnier en la fixant droit dans les yeux.

Était-ce une façon d'avouer qu'il était lié aux attaques contre la police et de justifier ses actes ?

Tandis que l'agent qui avait menotté Bismarck le conduisait à sa voiture, Derek fit son apparition.

— Gina ? Ça va ?

Elle lui demanda sèchement :

— Combien de fois es-tu sorti avec Vicki Bismarck, exactement ?

— Eh là ! répliqua Derek, qui leva les mains. Quel est le rapport ?

— Le rapport, c'est que Denny et Gordon Bismarck semblent considérer que c'est toi la réponse à leur comportement. Ils ont molesté Vicki et nous ont menacés à cause de toi. Peut-être même sont-ils allés jusqu'à nous tirer dessus. Parce que tu es sorti avec la femme de Gordon.

Derek posa les mains sur ses hanches pour prendre une posture détendue, mais ne fit que mettre en évidence sa gêne.

— Laisse tomber, c'est absurde. Bismarck n'a aucun droit sur Vicki. Ils sont divorcés. Et je t'ai déjà dit que je n'étais sorti avec elle que une ou deux fois.

— Les Bismarck semblent convaincus du contraire.

— Ils se trompent. Mais du côté de qui es-tu, toi ?

Gina secoua la tête.

— Ce matin, tu n'aurais pas dû participer à l'interrogatoire.

— Hé, je te rappelle que c'est toi qui m'as demandé de t'assister.

— C'était une erreur. Et compter sur toi pour rattraper Bismarck en était une autre. Où étais-tu ? Il a failli nous échapper !

— Quand je vous ai perdus, j'ai fait le tour par la 13e Rue pour lui couper une éventuelle retraite. Je pensais qu'il voulait rejoindre la nationale. Comment pouvais-je savoir qu'il prendrait la direction du fleuve ?

— Et pourquoi ne t'es-tu pas chargé de faire couper la circulation pour que la poursuite ne mette pas la vie d'innocents en danger ? J'ai dû alerter le central moi-même !

— Mais moi aussi je l'ai appelé ! protesta-t-il.

— À quel moment ? Quand je l'ai eue en ligne, la standardiste n'avait toujours pas reçu ton appel.

— Bon, d'accord, je n'ai pas appelé le central immédiatement. Je me concentrais sur la conduite. Tout le monde peut avoir un jour sans.

« Un jour sans » ? Elle en avait assez de l'entendre

se justifier en arguant qu'il n'était qu'un flic moyen qui ne visait pas l'excellence à tout prix.

— Au Sin City, tu aurais dû prendre l'initiative de rester à l'extérieur pour contrôler les allées et venues.

Sur ce, elle se dirigea vers le véhicule de Mike. Derek la suivit.

— Je vais retourner au Sin City pour arrêter le frère de Bismarck et leurs copains afin qu'ils s'expliquent au poste, dit-il.

Gina fit un grand geste.

— Ça fait déjà un moment que je me suis chargée d'envoyer quelqu'un là-bas. Reste seulement à espérer qu'ils ne sont pas partis.

— Mais qu'est-ce que tu souhaitais, au juste ? Que je m'occupe d'eux ou que je te soutienne ?

Gina se retourna pour lui faire face.

— Je n'ai pas besoin d'un soutien, mais d'un équipier qui fasse son travail !

Derek se posa une main sur le torse.

— De nous deux c'est moi qui porte encore l'uniforme.

Gina fourragea nerveusement dans ses cheveux et marmonna un juron avant de prendre une grande inspiration pour ne pas se laisser emporter.

— Bien, alors monsieur l'agent en uniforme, veuillez notifier à l'équipe chargée des vols et trafics de voitures que le garage en face du Sin City Bar fait certainement du recel de pièces détachées. Et vite, sinon Denny et ses copains risquent d'avoir tout fait disparaître avant qu'une unité arrive sur place.

— Cesse de me donner des ordres. Écoute, Gina, ce n'est pas comme si nous nous étions lancés à la poursuite d'une vieille Chevrolet.

— Que veux-tu…

408

— En te lançant à la poursuite de Bismarck, tu empiètes sur l'enquête officielle. Tu me demandes de te rendre des services en prenant sur mon temps de travail. Tu n'es même pas habilitée à porter une arme, encore moins à mener ta propre enquête. Ce qui signifie que c'est moi qui suis obligé de te couvrir pour que tu n'aies pas d'ennuis avec nos supérieurs.

— Quoi ?

— Ouais. Tu n'es pas au courant ? Mon père est allé voir un avocat. Il envisage de vous poursuivre, le service et toi, pour négligence. En gros, il veut prouver que c'est ta faute si je me suis fait tirer dessus.

— Ma faute si…

Finalement, elle n'était pas étonnée. Mais cela ne fit qu'intensifier sa colère.

— Ses arguments sont irrecevables. Le seul responsable, c'est le tireur, qui a également blessé Colin et Frank. Je fais tout mon possible pour le retrouver avant qu'il ne récidive. Et je pensais que c'était également ce que tu voulais.

Elle allait mettre un terme à cette discussion quand quelque chose lui revint à l'esprit. Elle fixa de nouveau Derek.

— Pourquoi as-tu fait allusion à une vieille Chevrolet ? Un détail t'est-il revenu ? Tu te souviens du type de voiture que conduisait le tireur ?

Derek parut pris de court.

— Quoi ? Euh, non, je ne me souviens de rien, ce n'était qu'une façon de parler.

— Tu mens.

Du coin de l'œil, elle vit Mike s'approcher d'eux. Il avait fini de s'entretenir avec les agents qui avaient interpellé Bismarck. Il resta à distance pour ne pas s'immiscer dans leur conversation, mais ne la quittait pas des yeux et se tenait prêt à intervenir si elle avait besoin de lui. Voilà ce qu'elle attendait d'un véritable équipier.

Mais Derek ne le comprenait pas. Il ne partageait pas son dévouement à son travail.

— Gina, qui te dit que nous retrouverons un jour le tireur ? Il serait peut-être sage d'aller de l'avant. Je peux calmer mon père. Toi, rentre chez toi, prends du recul et repose-toi. Nous devons penser à rester dans les clous pour garder intactes nos chances d'intégrer l'unité d'élite.

Elle renifla de dédain.

— Si tu veux laisser tomber, c'est ton problème, Derek. Moi, je n'abandonnerai jamais.

11

— Tiens, j'ai trouvé un polo propre dans mon casier, fils.

Mike prit le polo que lui tendait son père et s'éloigna de la porte de la salle de conférences du poste de police pour le passer discrètement.

— Merci, papa.

Gina, qui arpentait le couloir de long en large, s'approcha du capitaine.

— Quelles sont les nouvelles, monsieur ? Gordon Bismarck a-t-il parlé après l'arrivée de son avocat ? Et Denny ? L'a-t-on retrouvé ?

L'ensemble des enquêteurs du service avait été réuni pour faire le point après l'interpellation de Gordon Bismarck. Le capitaine Cutler se posa les mains sur les hanches et déclara :

— Pour le moment, Denny Bismarck est dans la nature, mais un avis de recherche a été lancé. Nous avons arrêté le dénommé Al Renken pour recel de pièces détachées, et Gordon va retourner en prison pour violation de sa liberté conditionnelle et résistance à son arrestation.

— Même si c'est moi qui ai mené la poursuite alors que je n'étais pas officiellement en service ? s'inquiéta Gina. Il ne risque pas d'être libéré pour vice de forme ?

— Vous faites toujours partie de la police et vous avez donné votre matricule lorsque vous avez signalé la poursuite, donc tout est en règle. Et vous aviez raison de soupçonner les Bismarck et leurs acolytes de ne pas avoir l'esprit tranquille. Vous avez contribué à mettre au jour un recel de pièces détachées, et l'équipe chargée de réprimer ces délits vous en est très reconnaissante. Si, un jour, vous souhaitez postuler chez eux, ils vous accueilleront à bras ouverts.

Gina ne releva pas le compliment.

— Mais je n'ai pas avancé d'un pouce au sujet de l'identification de celui qui tire sur les flics.

— Personne n'a avancé, corrigea le capitaine d'un ton sombre. Mais il y a un paquet d'enquêteurs qui aimeraient parler à Denny Bismarck. Je suis sûr que nous allons finir par résoudre cette affaire.

— Je le souhaite de tout cœur, murmura Gina en se passant machinalement la main sur l'épaule.

Le capitaine acquiesça d'un signe de tête.

— Nous sommes tous mobilisés, Gina. Quand on s'en prend à l'un ou l'une d'entre nous, nous sommes tous touchés. Mike et vous, vous avez fourni aux enquêteurs plusieurs pistes à suivre, y compris sur ce Bobby Estes. Mais, à présent, vous devez reprendre vos distances et laisser les agents Grove et Kincaïd se charger de l'enquête. Rentrez chez vous. Vous avez bien mérité de vous reposer. Nous coincerons ce type, je vous en fais le serment.

Les traits du capitaine se détendirent et il ajouta avec un grand sourire :

— Cela vous ennuie si je vous emprunte mon fils pendant quelques minutes ?

Gina tourna la tête vers Mike, qui revenait vers eux.

— Je ne voulais pas lui causer d'ennuis, monsieur. Il ne va pas écoper d'une amende pour excès de vitesse, n'est-ce pas ? Si j'avais été en mesure de conduire moi-même…

— Mike est un grand garçon et il est difficile de lui dire ce qu'il doit faire ou pas, répliqua le capitaine d'un air fataliste. Mais, comme il est venu en aide à un agent de police, il ne sera pas sanctionné. Dans l'immédiat, je dois lui parler. De choses personnelles.

Mike constata que les propos de son père n'avaient pas complètement rassuré Gina. Pourquoi adoptait-elle une telle posture ? Parce qu'elle se sentait le devoir de le défendre ? Ou bien craignait-elle qu'un éventuel contentieux entre père et fils ne mette en péril ses chances d'être admise au sein du SWAT ?

— Il n'y a aucune raison de vous inquiéter, Gina, renchérit Mike.

— Bien, alors je vous laisse.

Elle lui prit brièvement la main et la lui serra. Était-ce une façon pour elle de s'excuser de l'avoir entraîné dans ses ennuis ? Un remerciement ?

— Je vais aller relire ma déposition avant de la signer. Je vous attendrai dans le vestibule du rez-de-chaussée.

— D'accord, je vous retrouve là-bas.

Mike la regarda s'éloigner.

— Je te paye un café ? lui proposa son père.

Mike acquiesça et suivit son père. Il se demandait néanmoins de quoi ce dernier souhaitait l'entretenir. De « choses personnelles » ?

Son père n'avait pas l'habitude de s'exprimer ainsi.

Celui-ci, qui était entré dans son bureau, prit deux gobelets en carton et les remplit de café chaud.

— L'unité chargée des vols de voitures a mis la main sur la Bronco de Denny Bismarck. Il faudrait que tu ailles la voir au cas où elle te rappellerait le véhicule qui a pris la fuite le soir où tu as secouru Gina.

— Bien sûr, pas de problème, répondit Mike, qui prit le gobelet que lui tendait son père. Maintenant, tu peux me dire de quoi tu voulais me parler sans que Gina nous entende ? Tu penses que je m'implique trop dans ses affaires ? Auprès d'elle ?

— Est-ce qu'elle parvient à tenir une arme, maintenant ?

Mike songea que rien n'échappait à son père. Quand Gina lui avait brièvement serré la main, il l'avait évidemment remarqué.

— Je ne peux pas garantir qu'elle recouvrera cent pour cent de ses facultés mais, en revanche, je suis sûr qu'elle récupérera suffisamment pour redevenir très habile au tir.

Son père haussa les sourcils.

— Est-ce que tu le lui as dit ? Pour mon équipe, tu sais, j'ai besoin d'agents aux compétences très nettement au-dessus de la moyenne.

Mike but une gorgée de son café. Il était meilleur que celui de Frannie, mais restait très loin de la qualité de celui de Lupe Molina. Il sortit néanmoins très vite de ses pensées. Il n'était pas là pour parler de tout et n'importe quoi avec son père, mais pour faire part au capitaine Michael Cutler des progrès accomplis par une policière convalescente qu'il envisageait de recruter.

— C'est toujours un excellent flic. Tu ne l'as pas vue sur le terrain, papa. Elle n'a peur de rien. Gina sait comment mener un interrogatoire, elle a un instinct très sûr, elle est mue par le désir de protéger la veuve et l'orphelin. J'ai également vu comment elle se comportait avec les victimes d'agressions. Elle sait les réconforter et leur redonner confiance.

— Elle veut intégrer le SWAT, pas devenir avocate.

— Elle veut être flic.

Son père acquiesça et resta songeur quelques secondes. Il but une gorgée de café puis lui demanda :

— Comment as-tu repéré tout cela ? As-tu toi aussi l'intention de devenir flic, finalement ?

Mike partit d'un petit rire. Il ne se faisait pas de fausses idées. L'envie de protéger et aider les autres était dans ses gènes.

— Non, je te fais part de mes observations, c'est tout. Pour le reste, ce sera à toi de juger. Nous n'avons pas beaucoup de travail au centre de rééducation, en ce moment, alors j'ai eu du temps à consacrer à Gina. Et je sais qu'elle ne s'arrêtera pas de rechercher le type qui lui a tiré dessus. Alors, tant que je suis disponible, je préfère m'assurer qu'elle ne fera rien qui risque de compromettre son rétablissement.

— Tu veux dire que rouler à plus de cent à l'heure dans les rues de Kansas City, c'est ta façon de lui venir en aide ? À moins que tu ne rêves en secret de devenir pilote de formule 1 ?

Non. Son rêve secret était de coincer le type que Gina traquait pour que, ensuite, ils se donnent une chance de devenir un véritable couple.

— Je n'avais pas le droit de laisser filer ce type, papa. C'était crucial pour l'enquête.

— Je vois.

Son père l'observa intensément, les yeux plissés.

— Tu m'as l'air toi aussi moulu. Tu es sûr de ne pas en avoir un peu trop fait ?

— Je me suis déjà senti mieux, répliqua Mike d'un ton qu'il espéra désinvolte, mais un comprimé d'ibuprofène et une douche chaude devraient avoir raison de mes vieilles douleurs.

— Je souhaitais que tu aides Gina à se remettre physiquement pour qu'elle puisse reprendre le travail au plus vite, Mike, pas pour que tu te retrouves toi aussi exposé au danger. J'ai déjà failli te perdre une fois.

Son père fit quelques pas et lui tourna le dos.

— Trip et Alex m'ont parlé de l'altercation qui s'est produite devant chez Gina hier soir. Et ils m'ont appris que ton pick-up est resté garé devant chez elle toute la nuit. Quel est l'état exact de votre relation ?

— Nous sommes devenus amis. Je suis resté chez elle pour la soulager du poids de ses responsabilités. Elle protège toute sa famille, elle fait énormément de sacrifices pour eux.

Mike songea que son père ne manquerait certainement pas de lire entre les lignes.

— Et Lupe, sa grand-tante, est une très bonne cuisinière et fait un excellent café.

La plaisanterie ne fonctionna pas. Son père se retourna, vint se poster face à lui et lui posa la main sur l'épaule.

— Tu sais, je ne cesserai jamais de m'inquiéter pour toi, Mike. Si jamais elle se sert de toi pour intégrer mon équipe…

— Elle ne saurait même pas comment s'y prendre.

Mike s'écarta pour aller jeter son gobelet dans la poubelle.

— Gina est d'une honnêteté totale, papa. Elle dit ce qu'elle pense et, pour elle, atteindre ses objectifs grâce à son seul mérite est primordial.

— C'est ce que je pensais. Mais je me devais de lever toute ambiguïté.

Bon, apparemment, l'entretien était terminé, se dit Mike. Comme il se dirigeait vers la porte, il vit à travers la paroi vitrée Derek Johnson s'asseoir sur le coin du bureau de Gina. Celle-ci leva la tête pour lui parler puis se leva, car la conversation s'échauffait. Derek désigna le bureau où ils se trouvaient, son père et lui, et Mike se demanda si cette dispute avait un rapport avec eux. Mais Gina mit très vite un terme à cet échange. Prenant un papier sur son bureau, elle alla le porter à Kevin Grove et Atticus Kincaïd, les enquêteurs chargés de rechercher le mystérieux tireur. Mike s'aperçut que Derek la suivait du regard. Ensuite, quand elle passa près de lui pour se diriger vers les ascenseurs, Derek se laissa tomber dans son fauteuil avec un air excédé. Apparemment, il n'était pas ravi de ce que Gina avait écrit dans sa déposition. Puis, comme si une idée l'avait subitement traversé, Derek s'empara du combiné du téléphone de son bureau et composa un numéro.

Mike hésita. Il s'apprêtait à franchir une ligne rouge en profitant de la position de son père, ce qu'il n'avait encore jamais fait.

— Papa, je sais que tu n'es pas enquêteur, mais pourrais-tu te renseigner sur Derek Johnson ?

— L'équipier de Gina ?

— Je trouve son comportement bizarre. On dirait qu'il cherche à mettre des bâtons dans les roues à Gina. Je me demande s'il ne la juge pas responsable pour avoir lui aussi été blessé le soir de la fusillade.

— C'est une accusation très grave. Mais c'est vrai que tous les binômes n'arrivent pas toujours à s'entendre, admit son père. Peut-être y a-t-il une tension entre eux.

Surtout si c'était elle la cible et si Derek a la sensation d'avoir été une victime collatérale. Ou inversement. J'ai entendu parler de cette histoire avec la femme de Bismarck. Mais Derek n'a jamais commis de faute en service. Il m'a été recommandé pour éventuellement intégrer lui aussi mon unité, donc je sais à quoi m'en tenir.

— Et, d'après toi, quel genre de flic est-ce ?

Son père réfléchit avant de répondre :

— À chaque test, il est dans les meilleurs. Il suit les ordres ; il fait ce que je lui demande à chaque séance d'entraînement. Et il s'entend bien avec l'ensemble de l'équipe.

— Et au sujet de sa vie personnelle ?

— Je ne le connais pas assez, mais je peux me renseigner. Personne ne trouvera étrange que je souhaite en apprendre davantage sur un agent que je compte éventuellement recruter. Que souhaites-tu exactement savoir ?

Ils regardèrent tous deux en direction de Derek. Celui-ci était toujours au téléphone et avait une conversation animée avec son interlocuteur.

— À vrai dire, je ne sais pas trop. Mais je sens qu'il y a un truc qui cloche chez lui. Et je doute que Gina lui fasse davantage confiance que moi. Peut-être est-ce d'ailleurs en partie pour cela qu'elle est aussi indépendante. Elle ne fait pas confiance à Johnson pour surveiller ses arrières.

— Mais toi, en revanche, tu es prêt à le faire, n'est-ce pas ?

Son père jeta à son tour son gobelet vide dans la poubelle.

— Dois-je te rappeler que tu ne portes pas l'uniforme ? Tu n'as aucune responsabilité dans ce domaine. Si elle a besoin d'aide, Gina peut faire appel à n'importe qui ici, au service de police. Autant que je sache, mettre sa vie en danger pour une femme qui a des ennuis ne fait pas partie des attributions d'un kiné. Tu t'es déjà dévoué pour Frannie quand son mari s'est montré violent avec elle. Quant à Caroline, ses parents contrôlaient tous les aspects de sa vie jusqu'à ce que tu...

Soudain, Mike vit le regard de son père changer, comme si la réalité venait de le frapper.

— Bon sang, mais c'est bien sûr. Tu es amoureux d'elle. Mike, je ne jouais pas les entremetteurs quand je suis venu te voir pour te demander de l'aider à...

— Gina n'a rien à voir avec Caroline ou Frannie, papa, le coupa Mike, qui n'avait nul besoin qu'on lui rappelle ses erreurs passées. Toutes deux avaient besoin de quelqu'un qui fasse de leurs problèmes sa priorité.

— N'est-ce pas ce que tu fais avec Gina ?

Mike partit d'un rire sans joie.

— Encore faudrait-il qu'elle me laisse l'aider ! Avant que je la rencontre, c'était une véritable guerrière, forte et pleine de confiance en elle. Et, dès qu'elle aura totalement récupéré, elle reprendra ses habitudes. Et, sincèrement, elle n'a pas besoin de moi pour lui tenir la main. Elle a seulement besoin... d'un peu de soutien. Mais c'est temporaire et, après...

— J'aime bien Gina, intervint son père qui le fixait droit dans les yeux pour être certain qu'il saisissait chacune de ses paroles. Quoi que tu décides, tu sais que je te soutiendrai. Mais je n'ai pas envie de te voir souffrir encore une fois.

Aux yeux de son entourage, sa vie amoureuse semblait-elle donc être un éternel recommencement ? Finalement, peut-être était-ce lui qui avait le plus besoin d'aide, songea Mike. Mais il n'avait pas envie de laisser tomber Gina ni de repousser ses sentiments pour elle.

— Elle m'a clairement fait comprendre qu'elle n'avait pas de place ni de temps dans sa vie pour se consacrer à une relation. Mais je n'arrive pas à faire taire ma voix intérieure qui ne cesse de me répéter que c'est la femme qu'il me faut. Que, si elle voulait bien nous donner une chance, nous pourrions être heureux ensemble.

— Pour autant que je peux en juger, elle t'apprécie. Mais apprécier quelqu'un ne signifie pas…

Mike secoua la tête, désireux de mettre fin à cette conversation.

— Renseigne-toi sur Johnson et tiens-moi au courant, d'accord ? Si son équipière ne peut pas compter sur lui ou que ses priorités sont ailleurs, alors… Elle n'a vraiment pas besoin de ça en ce moment.

— Voir ce genre de comportement alors qu'on cherche à monter une équipe d'élite, c'est ennuyeux, renchérit son père. J'espère de tout cœur que tu te trompes, mais je vais mener ma petite enquête. Je te préviendrai également dès que nous aurons arrêté Denny Bismarck. En attendant, fais profil bas. S'il t'arrivait malheur, je ne m'imagine même pas annonçant la nouvelle à Will et Jillian.

— Merci, papa.

Mike poussa la porte pour aller rejoindre Gina.

— Mike ?

Il se retourna. Son père avait apparemment encore une dernière chose à lui dire.

— Tu sais, quand je suis tombé amoureux de Jillian, je ne m'y attendais absolument pas. J'étais persuadé que je ne serais plus capable d'aimer une femme. Et, alors que je prenais tout juste conscience que je m'étais trompé, j'ai bien failli la perdre.

— Je sais ce que Jillian représente pour toi, papa. Et elle représente beaucoup pour moi également. C'est grâce à elle si je n'ai pas fini ma vie en fauteuil roulant et si nous sommes redevenus une véritable famille.

— Ce que je veux dire, c'est que, si tu es convaincu que Gina est vraiment faite pour toi, tu dois être prêt à te battre de toutes tes forces.

— Merci, papa. Je n'oublierai pas ton conseil.

Pourquoi diable faisaient-ils tourner la climatisation au tout début du printemps ? Mais peut-être était-ce simplement le marbre froid des murs du hall du poste de police qui la faisait frissonner, songea Gina.

En vérité, elle savait que c'était avant tout la nervosité qui la mettait dans cet état. Mais quelle en était l'origine ? À quoi l'attribuer ?

Elle s'inquiétait d'avoir causé des ennuis à Mike en l'entraînant dans son enquête et ses problèmes personnels. Toutefois, ce n'était pas elle qui lui avait demandé de l'aider. Mais, en toute honnêteté, elle n'envisageait plus de ne pas avoir Mike auprès d'elle pour la conduire, la soutenir et… jouer les protecteurs. En théorie, elle n'avait rien à faire avec lui : il était issu d'un milieu différent du sien, ne vivait pas dans le même quartier, il n'appartenait pas à une minorité.

Mais, dans les faits, tout chez lui lui plaisait. Elle secoua la tête. Être sur la même longueur d'onde que lui sur de nombreux aspects ne suffisait pas. Ils avaient chacun une forte personnalité et, de son côté, il était hors de question que sa famille ne soit plus la première de ses priorités. En outre, le père de Mike était susceptible de devenir son patron. Elle se mordit la lèvre. Hélas, à l'idée de ne plus voir Mike au quotidien, de ne plus jamais être dans ses bras et de ne plus l'embrasser, elle sentait déjà la tristesse l'envahir.

Elle se morigéna. Peut-être était-elle simplement abattue parce qu'elle redoutait d'avoir irrémédiablement terni sa relation avec Derek quand elle lui avait promis de faire part au capitaine Cutler de son manque de professionnalisme et d'implication. Bien sûr, on lui avait rappelé que ce n'était pas à elle de résoudre l'enquête sur le tireur. Mais elle avait la conviction que, s'ils se montraient rigoureux et suivaient toutes les pistes sans rien négliger, ils identifieraient le coupable. Elle devait néanmoins reconnaître avoir exagéré en demandant plusieurs fois des faveurs à Derek, qui avait eu raison de le lui reprocher. Mais si l'aider le dérangeait à ce point, pourquoi ne le lui avait-il pas fait savoir dès le départ au lieu de lui promettre à chaque fois de faire le maximum ? Pourquoi ne parvenaient-ils plus à communiquer directement et simplement, comme tous bons coéquipiers qui se respectent ? Peut-être Derek souhaitait-il laisser derrière lui une bonne fois pour toutes le souvenir de cette fusillade mais, elle, elle avait besoin d'aller au bout de cette histoire.

Sinon, elle vivrait en permanence avec, dans un coin de la tête, l'idée que quelque part autour d'elle rôdait quelqu'un de déterminé à lui faire du mal. Quelqu'un qu'elle ne saurait pas reconnaître.

Elle s'approcha des fenêtres et sortit son téléphone pour appeler chez elle.

À la quatrième sonnerie, sa grand-tante décrocha.

— C'est toi, Gina ?

— Oui, c'est moi, *tía* mamie.

Entendre sa voix la réconforta.

— J'appelais simplement pour prendre des nouvelles. Mike et moi, nous avons dû partir avant que vous soyez levés. Sylvie est bien allée au lycée ?

— *Sí*. Je l'ai laissée conduire la voiture, comme ça, elle ne pouvait pas appeler Bobby en même temps.

— Tu as eu raison.

Gina espérait que sa sœur aurait la présence d'esprit de rentrer directement du lycée, même si Bobby cherchait à la contacter.

— Et *tío* papi ? Sa tension est-elle redevenue normale ?

— Oui, aujourd'hui il se ménage. Il regarde un match à la télévision. Javier regarde avec lui. Enfin, pour dire vrai, ils somnolent tous les deux, reprit Lupe d'une voix amusée. Ils se réveillent seulement quand le jeu s'anime.

Gina sourit.

— Tu surveilles bien la tension de papi toutes les heures ?

— Oui. Il n'aime pas que je vienne tourner autour de lui, mais je lui rappelle que je suis les consignes de Mike, alors il se laisse faire.

Du coin de l'œil, Gina observa que quelqu'un était entré dans le hall. Quand elle s'aperçut qu'il s'agissait de Harold Johnson, le père de Derek, son sourire s'évanouit. Elle s'écarta de la porte et, comme il était lui aussi au téléphone, le vieil homme se dirigea vers les ascenseurs sans la voir. Ouf ! Elle avait déjà eu son lot de conversations déplaisantes pour la journée. Mais Harold pensait-il pouvoir réellement la poursuivre en justice pour faute ? Et sa volonté de porter plainte contre elle et le service de police était-elle uniquement une expression de son inquiétude pour son fils, ou cachait-elle d'autres motivations ? Devait-elle s'inquiéter de sa visite ?

Gina sortit de ses pensées et se concentra sur ce que lui disait sa grand-tante, qui détaillait à présent ce qu'elle aurait à faire quand Sylvie serait rentrée.

— Mike reviendra-t-il dîner ce soir ? Je préfère le savoir d'avance car il a un bon appétit.

— *Tía* mamie…

Soudain, Gina vit le reflet de Harold Johnson se superposer au sien dans la fenêtre devant laquelle elle se trouvait. Le vieil homme avait finalement noté sa présence pendant qu'il attendait l'ascenseur.

— Je sais, je sais, poursuivait sa grand-tante. Mike n'est pas ton petit ami. Mais il pourrait le devenir. Tu es gentille avec lui, au moins ?

Gina sentit un mauvais pressentiment la traverser. Qu'elle soit au téléphone n'avait apparemment pas dissuadé Harold Johnson de venir lui parler. Elle se retourna pour lui faire face.

— Je dois te laisser, *tía* mamie. À plus tard, je t'embrasse.

Harold Johnson la toisa du regard.

— *Hola, chica.*

« *Chica.* » Gina leva la tête pour lui faire savoir qu'elle ne comptait pas se laisser insulter ou intimider.

— Monsieur Johnson.

— Je viens d'avoir Derek au téléphone. Ce n'est pas parce que vous vous êtes retrouvée handicapée que vous avez le droit de rédiger un rapport défavorable sur mon garçon.

« Handicapée » ? Était-ce ainsi que cet homme la considérait ? Elle ne put s'empêcher de se demander si d'autres, par exemple le capitaine Cutler, la voyaient ainsi également. Elle ferma le poing.

— Monsieur Johnson, je vous prie de reculer, vous faites preuve d'une attitude agressive.

— C'est vrai ?

Il avança d'un pas supplémentaire.

— Je vous déconseille de poursuivre cet échange, riposta Gina. Encore plus si vous comptez me poursuivre en justice, comme me l'a dit Derek.

Elle devait se retenir de toutes ses forces pour ne pas le repousser physiquement, mais elle était consciente que cela ne ferait qu'envenimer la situation.

— À mon avis, vous feriez mieux de soutenir votre fils, de l'encourager à devenir le meilleur policier possible plutôt que de lui chercher des excuses ou d'accuser les autres d'être responsables de ses ennuis.

— Oh ! voilà que la jolie *chica* veut me faire la morale, maintenant.

Harold posa la main contre la fenêtre derrière elle. Il se tenait tellement près qu'elle sentait l'odeur de tabac et de renfermé qui se dégageait de ses vêtements. Elle en eut la nausée.

— J'ai parlé à un avocat, reprit Harold. Je prouverai que mon garçon est un meilleur flic que vous.

— Vous faites cela seulement dans l'espoir de soutirer quelques dollars au service de police. Vous devriez plutôt penser à la réputation de Derek. Qui aura envie de faire équipe avec lui si vous portez plainte contre son binôme chaque fois qu'un problème survient ?

— Donc, vous admettez que c'est votre faute si mon garçon s'est fait tirer dessus ?

Elle n'admettait rien du tout. Harold Johnson pouvait

déformer la vérité et ses propos autant qu'il le voulait, elle ne se sentirait pas coupable.

— Votre fils intégrera l'unité d'élite seulement s'il le mérite, dit-elle au lieu de ça. Si un autre aspirant se révèle meilleur que lui, alors il devra représenter sa candidature l'année prochaine.

— Un autre candidat ? Comme vous, par exemple ?

Harold Johnson se redressa et renifla de dédain.

— Vous, les immigrés, vous êtes tous pareils.

Les « immigrés » ? Mais son frère, sa sœur et elle étaient nés ici, à Kansas City ! Cependant, il était inutile qu'elle le fasse savoir à un individu tel que lui.

— Vous croyez que vous avez des droits parce que vous êtes une fille ou que vous êtes issue d'une minorité ? Si vous avez fait la moindre chose qui risque d'empêcher Derek d'obtenir la promotion…

— Papa.

Gina, soulagée, vit Derek se diriger à grands pas vers eux.

— Papa, tu ferais mieux de te taire, tu vas me causer encore plus d'ennuis.

— Non, fit le vieil homme avec constance. Si elle n'est pas capable de faire ce boulot, tant pis, elle doit renoncer et laisser un homme prendre sa place.

De l'escalier apparut cette fois Mike. Sans la moindre hésitation, il marcha vers eux, et poussa Derek sans s'excuser pour venir s'interposer entre Harold Johnson et elle.

— Tout va bien ?

Gina devina que Mike avait suivi Derek. D'ailleurs, pourquoi ce dernier était-il descendu alors qu'il était théoriquement en service ? Savait-il que son père était là ? Était-il venu dans l'intention de l'intercepter, de crainte qu'il ne provoque un scandale ?

Gina serra la main de Mike, réconfortée par sa présence.

— Ça va, oui. M. Johnson n'a fait qu'exprimer une opinion que je ne partage pas.

Derek posa la main sur l'épaule de son père.

— Quand Gina a une idée en tête, elle va jusqu'au bout, papa. Elle me l'a bien fait comprendre.

Puis d'ajouter, d'un air ironique, à son adresse :

— Mais tu sais, Gina, pour moi c'est pareil. Je mérite d'intégrer le SWAT. C'est moi qui continue à m'entraîner avec ses membres chaque semaine, c'est moi qui pars en intervention avec eux.

Il leva le bras pour désigner l'endroit où il avait été blessé.

— C'est moi le flic qui a été décoré et qui a repris le service. Et quand le capitaine Cutler publiera sa liste je serai dessus.

Il renifla de dédain, exactement comme son père.

— Toi, tu seras toujours en convalescence. Mais peut-être que tu penses que coucher avec le fils du capitaine te permettra de gagner ta place. C'est vrai qu'à cet égard tu as l'avantage.

Gina sentit instantanément Mike se tendre. Elle l'agrippa à deux mains pour le retenir.

— Vous n'êtes pas mon garde du corps, lui chuchota-t-elle. Si quelqu'un devait corriger cet imbécile, ce serait moi. Alors allons-nous-en au plus vite.

12

Gina passa la main dans le bain moussant et souffla dessus pour le faire virevolter. Elle aurait dû se sentir coupable de se prélasser dans son bain et de se désintéresser du travail mais, techniquement, elle ne faisait que suivre les ordres.

Le capitaine Cutler lui avait demandé de rester tranquille et de laisser travailler les enquêteurs. Mike lui avait dit qu'elle avait besoin de repos, qu'à ce stade de sa convalescence elle devait absolument éviter de trop puiser dans ses ressources physiques. Et, comme il n'avait rien dit d'autre le long du trajet depuis le poste de police, elle n'avait pu faire autrement qu'acquiescer.

Elle n'était pas habituée à voir Mike aussi silencieux. Quand elle avait rangé son arme et son insigne dans la boîte à gants de son pick-up, il n'avait pas fait le moindre commentaire. Il ne lui avait pas adressé de reproches sur ce qui s'était passé dans la journée, ne lui avait pas dit qu'ils étaient allés trop loin et auraient pu tous deux y rester. Et, évidemment, il lui avait encore moins expliqué pourquoi son père l'avait pris à part.

Quelques semaines auparavant, elle aurait apprécié qu'il ne lui dise pas ce qu'elle devait faire ou pas. Mais, maintenant qu'il était devenu un soutien indéfectible, qu'elle avait pour lui des sentiments qui allaient au-delà de la simple amitié, son silence l'inquiétait. Était-il en colère ? Plongé dans d'intenses réflexions ? Accaparé par des pensées qu'il ne souhaitait pas partager avec elle ?

Pourquoi était-il aussi silencieux ?

Quand elle lui avait dit qu'elle aimerait bien prendre une douche avant le dîner, il avait répondu « moi aussi », sans rien ajouter.

Elle pensait qu'il la conduirait chez elle. Ou plutôt, quand il lui avait demandé de rappeler sa grand-tante pour la prévenir de ne pas les attendre pour dîner, elle avait cru qu'il comptait l'emmener manger quelque part en ville. Ce qui ne lui aurait pas déplu.

Mais Mike avait d'autres projets, semblait-il. Ils avaient fait un arrêt rapide au drive d'un fast-food pour acheter à manger puis il l'avait emmenée chez lui, dans un quartier paisible de la banlieue de Kansas City. Il n'y avait pas beaucoup de trafic, les enfants jouaient tranquillement sur les trottoirs, les pelouses étaient bien entretenues, les rues larges et aérées.

Sa maison en elle-même aurait eu besoin de quelques travaux. En cela, c'était bien celle d'un célibataire qui avait encore du mal à rendre son activité prospère. Néanmoins, elle était à peu près deux fois plus grande que celle qu'elle partageait avec sa famille. Et, surtout, elle était équipée de deux salles de bains.

Deux salles de bains. Le paradis.

À part la décoration un peu vieillotte, la maison correspondait en tout point à celle qu'elle aurait voulu offrir à ses proches.

Dès que Mike eut terminé le tour du propriétaire, il lui donna une serviette et un savon et lui proposa la plus vaste des deux salles de bains.

— Faites comme chez vous. Moi, je vais prendre une douche rapide.

Elle détailla la pièce et, ne pouvant détacher les yeux de la baignoire, ne put s'empêcher de demander :

— Pourrais-je prendre… un bain ?

Sa demande le fit sourire. Il semblait sincèrement touché. Avant qu'elle puisse réagir, il la prit par la taille et lui donna un baiser.

— Il y a du bain moussant dans le petit placard. Profitez-en aussi longtemps que vous le souhaiterez.

— Merci beaucoup.

Il avait fermé la porte et, quelques minutes plus tard, elle avait entendu couler la douche dans l'autre salle de bains. Ensuite, elle avait ouvert les robinets de la baignoire et avait commencé à se déshabiller.

Elle n'aurait même pas su dire depuis combien de temps elle était dans la baignoire, à profiter des effets délassants de l'eau et du bain moussant parfumé. Elle poussa un soupir de bien-être puis vérifia l'heure sur son téléphone, posé juste à côté. Avant de sortir, elle ferma les yeux et s'étira une dernière fois. Cela faisait des mois qu'elle ne s'était pas autant détendue.

D'habitude, elle restait au maximum cinq minutes sous la douche et devait ensuite se sécher les cheveux à la va-vite avant de céder la place dans la salle de bains.

Avant Mike, avait-on autant pris soin d'elle ? Elle était une battante, elle avait toujours considéré comme son devoir de protéger les siens. Personne ne prêtait attention à ce qu'elle ressentait. En dehors de sa famille, quelqu'un s'était-il seulement demandé si l'aspect féminin de sa personnalité s'exprimait ? Ou, plutôt, le besoin de se battre en permanence lui avait-il déjà permis de s'ouvrir suffisamment aux autres pour qu'on décèle ses failles, ses aspirations secrètes ? C'était déstabilisant de prendre conscience que Mike l'avait percée à jour. Quand avait-elle laissé un homme déceler sa vulnérabilité ? Pourquoi n'était-elle pas plus inquiète à l'idée que Mike la voie avant tout comme une femme à part entière, et pas seulement comme un flic ?

Car, avec Mike Cutler, et avec lui seul, c'est ainsi qu'elle se sentait. Comme une femme.

Gina perçut soudain un chuchotement derrière elle.

Elle était tellement plongée dans ses pensées qu'elle n'avait pas entendu Mike ouvrir la porte.

— Excusez-moi. J'ai frappé, mais vous n'avez pas répondu. Et, comme je n'entendais rien, je souhaitais vérifier que vous ne vous étiez pas endormie dans votre bain.

— Je suis désolée de vous avoir inquiété, mais je vais bien, répondit-elle. Plus que bien, même.

— Oui, vue d'ici, vous êtes très bien, en effet, répliqua Mike, qui s'appuya contre le montant de la porte.

Du coin de l'œil, elle vit qu'il avait seulement enfilé un jean, au sortir de la douche. Il avait encore les cheveux mouillés et était terriblement sexy.

Gina eut la sensation que la température de la pièce était montée de plusieurs degrés. Elle sourit.

— Un gentil garçon ne resterait pas planté là à regarder comme vous le faites.

— Je vous ai déjà dit que je n'étais pas un gentil garçon.

Dans le miroir, elle croisa son regard rivé sur elle. Le message qu'elle y lut était sans ambiguïté et elle se sentit vibrer de tout son être ; la veille, le moment et le lieu étaient mal choisis, elle était émotionnellement à bout et inquiète pour sa famille. Ce soir, c'était différent.

Ils étaient seuls et ne risquaient pas d'être surpris, et elle avait la certitude que des hommes travaillaient dur pour faire avancer l'enquête sur son affaire. En outre, Mike s'était montré tellement taciturne un peu plus tôt que le retrouver tel qu'elle le connaissait, affable et souriant, la rassérénait.

— Comment vous sentez-vous ? La douche vous a fait du bien ?

— Je suis en pleine forme.

— Assez pour me rejoindre dans la baignoire ?

Mike entra dans la salle de bains et lui tendit la main.

— Assez pour vous inviter à me rejoindre dans la chambre à côté, répondit-il.

— Accord conclu.

Elle accepta sa main et se leva, sans crainte de dévoiler sa nudité.

— Vous voulez bien me passer une serviette ?

— Non.

Gina ne rougit pas. Il en fallait beaucoup pour la déstabiliser. En revanche, Mike avait le don de réveiller le volcan qui sommeillait en elle.

Elle savait ce qu'elle voulait, mais jamais elle n'avait senti une telle excitation la parcourir.

Sentir les yeux de Mike sur sa peau suffisait à lui donner la chair de poule, voir son torse dénudé lui donnait une envie irrésistible de dessiner les contours de ses pectoraux du bout des doigts. Sans hésiter, elle se pressa contre lui. La sensation d'accomplissement fut si forte qu'elle en resta bouche bée.

Elle sentit ses seins gonfler et, quand il posa les mains sur sa taille pour la soulever du sol, elle enroula instinctivement les jambes autour de ses cuisses, enfouit son visage contre son torse et inhala le parfum de sa peau.

— Montrez-moi de quoi est capable le mauvais garçon en vous.

— Seulement si vous me promettez de me montrer quelle douceur vous cachez.

Elle releva la tête. Il l'embrassa puis déposa de petits baisers dans son cou et descendit jusqu'à ses seins. Elle renversa la tête en arrière et se laissa aller au plaisir.

— Mike… Je veux… Pouvons-nous… ?

— Oui.

Sans la lâcher, il traversa le couloir, entra dans la chambre et la déposa doucement sur le lit avant d'ôter son jean. Quand il fut totalement nu, elle passa les doigts sur les cicatrices qui striaient son bassin et ses cuisses. Elle eut le cœur serré quand elle imagina ses souffrances, mais fut bientôt éperdue d'admiration à la pensée du courage et de la ténacité dont il avait dû faire preuve pour remonter la pente. Il était un battant, comme elle.

— Ce n'est que maintenant que je prends réellement conscience de la gravité de vos blessures, murmura-t-elle en commençant à déposer de petits baisers sur ses cicatrices.

Elle le sentit se crisper légèrement. Il lui prit le visage entre les mains pour la fixer droit dans les yeux et déclara :

— Promettez-moi que vous n'êtes pas avec moi par pitié.

— Bien sûr que non, répondit-elle sans la moindre hésitation. Et vous ?

— Non, jamais.

Il déposa un baiser sur son épaule puis s'allongea à côté d'elle. Il lui caressa le visage avec tendresse.

— Nous avons tous deux été blessés, mais nous

ne sommes pas des estropiés, Gina. Nous sommes un homme et une femme. Je vous désire tout entière, sans arrière-pensée. Si vous…

Gina lui posa les mains sur les épaules pour le faire s'allonger sur le dos et monta à califourchon sur lui.

— Comme ça, c'est bien ?

Il éclata de rire et lui déposa de nouveaux baisers sur le ventre, sur les seins. Quand il bougea les hanches pour venir en elle, elle fut prise de mouvements nerveux, comme si son corps ne lui obéissait plus. Il se redressa et lui prit les mains.

— Avec moi, votre secret ne risque rien, dit-il.

— Quel secret ?

— Que, parfois, vous éprouvez le besoin de laisser vos émotions s'exprimer, sans exercer de contrôle dessus.

Sur ces paroles, il la pénétra lentement.

Gina acquiesça et poussa un long soupir de plaisir. Et alors, toutes paroles devinrent inutiles et laissèrent la place à des caresses, des gémissements de plaisir, des regards mutuels qui exprimaient combien ils étaient heureux d'être ensemble. Gina ne s'était jamais sentie autant aimée, elle avait la sensation de lâcher prise pour la première fois de sa vie, sans en éprouver la moindre crainte. Leur étreinte monta en intensité minute après minute, les vagues de plaisir étaient toujours plus intenses, jusqu'au point de non-retour.

Enfin, Mike se laissa retomber sur l'oreiller et, immédiatement, l'encercla de ses bras pour la serrer contre lui.

— Ça va ? lui demanda-t-il, le souffle court.

— Je ne me suis jamais sentie aussi bien. Et toi ?

— Pareil.

Il lui déposa un baiser sur les cheveux puis tira le drap sur eux.

— Je me sens toujours bien quand tu me laisses t'approcher.

Longtemps après qu'ils eurent fini de faire l'amour, Gina était toujours blottie contre lui. Dehors, la nuit tombait et Mike s'était assoupi. Mais, elle, elle avait les yeux grands ouverts. Le souvenir de ses baisers et du moment qu'ils avaient partagé était inscrit en elle au fer rouge.

Elle était amoureuse de Mike. Comment allait-elle s'y prendre pour lui trouver une place dans sa vie ? Comment parviendrait-elle à être à la hauteur d'un homme aussi drôle, courageux et généreux ? Comment pourrait-il s'accommoder des besoins de sa famille, des exigences de son travail ? Elle refusait d'être une gêne pour l'homme qui l'aimait. Et comment feraient-ils pour avoir et élever des enfants ? Et que se passerait-il si elle ne recouvrait pas complètement l'usage de sa main et qu'elle se voyait forcée de renoncer à son travail, qui était une véritable vocation pour elle ? À l'inverse, qu'arriverait-il si son métier lui prenait tout son temps et qu'elle ne pouvait plus s'investir dans leur relation ? Connaissant Mike, il s'efforcerait de la soulager de tout ce qui constituerait un fardeau pour elle. Mais elle ne voulait pas devenir un poids. Elle voulait être son égale, comme aujourd'hui.

Elle aurait dû prévoir un plan B.

Car, maintenant, il était trop tard. Elle l'aimait et ne pouvait plus revenir en arrière.

Dès qu'il ouvrit les yeux, Mike sut que Gina était éveillée. Même s'il ne voyait pas son visage, à la façon dont elle dessinait du bout du doigt de petits cercles sur le dos de sa main, il devina qu'elle était perdue dans ses pensées. Ce qui ne présageait rien de bon.

Il lui déposa un petit baiser sur la nuque pour lui faire savoir qu'il était réveillé.

— Des regrets ?

Elle stoppa son geste et se retourna pour lui faire face.

— Non, mais…

— Ce « mais » ne me dit rien qui vaille.

Elle lui posa une main sur le bras pour lui faire comprendre qu'il risquait de ne pas aimer sa réponse.

— Où tout cela nous mène-t-il ? Quel avenir avons-nous ensemble ?

Mike prit une grande inspiration. Entendre une femme lui dire qu'il n'était pas assez bien pour elle ou qu'elle n'avait plus besoin de lui était un refrain qu'il connaissait beaucoup trop bien.

— Quel avenir souhaites-tu ?

— J'ai tellement de responsabilités et de projets déjà établis.

— Et je n'y ai pas ma place ?

Il s'en voulut de laisser transparaître son dépit. Mais certaines plaies étaient plus longues à se refermer que d'autres. Il retira le bras qu'il avait passé autour de ses épaules et se redressa.

— Pour être franc, je ne regrette pas que nous ayons fait l'amour. Je suis seulement triste que tu considères que nous n'avons aucune chance de continuer ensemble.

Elle se redressa à son tour.

— Mais toi tu penses que c'est possible ? Derek m'a carrément accusée de coucher avec toi pour renforcer mes chances d'intégrer l'équipe de ton père.

— Il sait qu'il n'a pas été à la hauteur et, plutôt que

de l'admettre, il a cherché à se venger de toi. Bassement, précisa-t-il, révolté.

Il serra les poings.

— Entendre un étranger lancer de tels propos, c'est une chose. Mais, de la part de quelqu'un en qui tu es censée avoir une totale confiance, c'est inadmissible.

Gina posa la main sur son poing fermé pour apaiser sa colère.

— Je sais. Derek me déçoit beaucoup. Il se sent menacé et, sa réaction, c'est la mesquinerie. Mais, d'une certaine façon, il n'a pas complètement tort, ajouta-t-elle avec un haussement d'épaules. Que je sois avec toi présente des avantages. En revanche, toi, qu'as-tu à gagner à faire partie de ma vie ?

Mike la dévisagea.

— Tu plaisantes, n'est-ce pas ?

Elle ne pensait pas que le fait qu'ils partagent les mêmes valeurs, qu'ils soient mutuellement attirés l'un par l'autre, constitue une raison suffisante pour qu'il ait envie d'être avec elle ? Il lui prit la main et entrecroisa les doigts avec les siens.

— Tu es le fils du capitaine Michael Cutler, tu es un type bien, tu es diplômé de l'université, tu as ta propre affaire, tu sais ce qui est bien ou mal. Tu pourrais avoir toutes les femmes que tu veux.

Cette dernière affirmation n'était pas tout à fait vraie, mais il sentait qu'il allait encore moins apprécier la suite.

— Moi, j'ai grandi dans un quartier minable, je n'avais pas assez d'argent, ni même assez de temps, pour poursuivre des études, je mène une vie hyper stressante, et je suis…

Elle baissa les yeux, comme si elle était honteuse de terminer sa phrase.

— … issue d'une minorité.

Il lui prit le visage entre les mains pour l'obliger à le regarder de nouveau.

— Là, c'est Derek et son père qui s'expriment, pas toi.

Gina tira sèchement le drap sur elle.

— Harold Johnson m'a dit que j'étais une immigrée. Comme si c'était une tare indélébile.

— Enfin, Gina, Harold Johnson est un imbécile, tu ne vas quand même pas le laisser t'atteindre.

— Non, il ne m'atteint pas. Mais, attends…

Mike sentit que la conversation prenait un tour nouveau et que le cœur du problème n'était pas de savoir s'ils avaient un avenir ensemble ou pas.

— Je viens de me rendre compte qu'il y a un point commun entre les flics qui ont été pris pour cibles. Colin Cho, Frank McBride, et moi, Gina Galvan. En dehors de Derek, nous sommes tous issus de minorités.

Elle le fixa droit dans les yeux avant d'ajouter :

— Tu crois que c'est une coïncidence ?

Il réfléchit quelques secondes et répliqua :

— Ou bien un triste reflet de notre société.

Cette fois, la conversation sur la possibilité pour eux d'avoir un avenir commun ou pas était bel et bien terminée.

— Cela dit, il y a tellement de motivations qui peuvent pousser un homme à s'en prendre à d'autres.

Elle lui prit le bras et le serra contre elle.

— Mike ?

— Oui ?

— Je suis désolée de t'avoir appelé « blondinet ». Quelque part, ce n'est pas très différent de ce que font les Bismarck ou Harold Johnson quand ils m'appellent « *chica* » ou « *querida* ». Même au second degré, ce genre de termes ne fait que véhiculer des stéréotypes. C'est du manque de respect. Et je ne veux surtout pas que tu penses cela de moi. Je suis sincèrement désolée.

Il lui déposa un baiser sur les cheveux.

— Excuses acceptées.

Elle partit d'un petit rire.

— Tu es trop gentil.

Mike commençait à reprendre espoir, à se dire qu'ils arriveraient à bâtir un avenir ensemble, quand le téléphone de Gina sonna.

— Désolée, dit-elle avant de se retourner. Une nouvelle illustration des aléas du métier.

Mais elle était enchevêtrée dans les couvertures et n'arrivait pas à se lever. Mike lui posa la main sur le bras pour lui indiquer de rester tranquille.

— Tu sais, avec mon père, je suis habitué aux interruptions impromptues. Je ne compte plus le nombre de fois où il a dû partir en urgence au beau milieu d'un dîner, d'un match de football, ou même d'une leçon de conduite.

Il alla dans la salle de bains, où Gina avait laissé son téléphone, et, revenant dans la chambre, le lui tendit.

Gina consulta le numéro et fronça les sourcils.

— En fait, ce sont les aléas familiaux, corrigea-t-elle.

Elle lui adressa un regard d'excuse et rappela.

— Allô ! C'est Gina.

Mike entendait la voix de son interlocuteur, mais ne comprenait pas ce qu'il disait car il parlait en espagnol. Néanmoins, à l'expression de Gina, il comprit que c'était grave. Il attrapa son jean et l'enfila. Avant même qu'il ait le temps de lui demander ce qui se passait, elle s'empressa de rassembler ses vêtements et de s'habiller.

— Il y a des blessés ? dit-elle à son interlocuteur.

Après avoir écouté la réponse, elle reprit :

— Verrouille toutes les portes et restez tous à l'intérieur, à l'écart des fenêtres. Je préviens immédiatement le poste de police, et j'arrive.

— Qu'est-ce qu'il y a ? lui demanda-t-il quand elle eut raccroché.

Gina lui prit la main.

— On a tiré des coups de feu sur la maison.

13

Pour la seconde fois en deux jours, Gina se retrouvait à traverser Kansas City à tombeau ouvert avec Mike au volant.

Quand ils arrivèrent dans sa rue, ils découvrirent qu'une ambulance stationnait devant la maison.

— Mon Dieu ! s'écria Gina, fort alarmée.

Et, avant même que Mike ait complètement arrêté sa voiture, elle ouvrit sa portière pour descendre. Elle repéra son frère et sa sœur, juste derrière un cordon de sécurité, en conversation avec l'agent Grove.

Elle les héla sans attendre :

— Javier ? Sylvie ? fit-elle comme son collègue s'éloignait pour passer un appel. Que s'est-il passé ? Qui est blessé ? Mamie ? Papi ? Est-ce Bobby qui vous a tiré dessus ?

— Hé, Gina !

Javier la serra brièvement contre lui.

— Ne t'inquiète pas, personne n'est blessé, grande sœur. Nous étions dans la cuisine en train de manger quand nous avons entendu les coups de feu. Nous nous sommes tous couchés par terre.

Gina tourna la tête vers la maison et vit la fenêtre brisée.

— Mais… et l'ambulance, alors ?

Javier lui passa un bras autour des épaules.

— C'est *tío* papi. Il a fait une crise cardiaque.

— Mon Dieu, est-ce qu'il est…

— Du calme, Gina, laisse-les parler, intervint Mike d'une voix rassurante en posant également une main sur son bras.

— Les ambulanciers ont dit qu'il était conscient et comprenait ce qu'ils lui disaient, murmura Sylvie en essuyant une larme qui avait coulé sur sa joue.

— C'est bon signe, déclara Mike.

— Il était tellement pâle, reprit Sylvie. Il n'arrivait plus à reprendre son souffle. Je lui ai donné une aspirine, comme on me l'a conseillé quand j'ai appelé le 911.

La camionnette de la police scientifique venait d'arriver et, déjà, des agents s'occupaient de rechercher d'éventuels indices. Kevin Grove était toujours au téléphone tandis que son équipier était en conversation avec deux autres agents pour leur demander de boucler l'accès à la rue. Les voisins étaient à la fenêtre ou sur le pas de leur porte, mais ne se risquaient pas plus loin.

— Ce que tu as fait est super, Sylvie, dit Mike.

Gina fut touchée par son comportement et sa présence apaisante.

— Je suppose que c'est le stress qui est à l'origine de sa crise cardiaque, reprit Mike. Ils l'emmènent à Saint Luke ?

C'était logique puisque c'était l'hôpital le plus proche. Javier acquiesça d'un signe de tête.

— Sylvie et moi, nous comptions suivre l'ambulance. Ils emmènent également *tía* mamie. Ils souhaitaient vérifier sa tension.

— Sage précaution, approuva Mike. Et c'est mieux que

votre grand-oncle et votre grand-tante soient ensemble après un tel événement.

Mike posa la main sur l'épaule de Javier.

— Allez-y, nous vous rejoindrons à l'hôpital.

— Tu ne viens pas avec nous, Gina ? s'étonna Javier.

Gina ne suivait la conversation qu'à demi-mot car elle observait un agent de la scientifique qui avait retrouvé une balle et était en train de l'extraire du mur pour la glisser dans un sachet à indices, après avoir pris plusieurs photos. Elle entendait également quelques bribes de la conversation de l'agent Grove au téléphone, l'avait entendu prononcer le nom de Bismarck et demander de prévenir tout le monde de se tenir prêt à intervenir. Mais intervenir contre qui ?

— Je crois que pour le moment votre sœur est en mode Robocop, déclara Mike.

Elle n'aurait pas dit mieux. Mike demanda à Javier et Sylvie de l'appeler dès qu'ils en sauraient davantage sur l'état de santé de leur grand-oncle puis les incita à partir sans délai.

— N'ayez crainte, je reste avec elle et nous vous rejoindrons dès que possible.

Tandis que Sylvie et Javier s'éloignaient, Gina ne cessait de regarder de tous côtés. Le long des trottoirs, dans les cours, il y avait partout des voitures garées, des poubelles entassées. Tout cela faisait beaucoup trop d'endroits où se cacher.

— C'est un piège. Tout cela est un piège ! s'écria-t-elle soudain à voix haute.

Dès qu'elle vit Kevin Grove ranger son téléphone, elle se précipita vers lui.

— Vous devez évacuer vos hommes au plus vite.

Kevin Grove fronça les sourcils.

— Pourquoi ? Vous a-t-on communiqué des infos dont je n'ai pas eu connaissance ?

Gina fit non de la tête. Elle était toutefois persuadée d'avoir percé à jour les desseins de celui qui avait tiré sur la maison.

— Puis-je voir la balle que vous avez retrouvée ?

Grove lui tendit un sachet à indices. Gina examina les éclats de projectile à l'intérieur.

— Elles sont différentes de celles que j'ai confisquées à Bobby Estes et fait examiner par le labo. Ça, ce sont des balles de fusil.

— Estes possède une arme de poing ?

Gina acquiesça.

— Le tireur est là, dans les parages, je le sens, ajouta-t-elle. Son intention était précisément de provoquer un rassemblement de policiers. Et, pendant que vos hommes s'affairent à chercher des indices, lui, il a tout loisir de choisir sa cible.

Elle continuait de regarder de tous côtés.

— Il faut agir vite, le pire peut survenir.

Kevin Grove sentit qu'il ne fallait pas prendre ses propos à la légère.

— Je veux que toutes les voitures garées dans la rue soient examinées une par une, ordonna-t-il bientôt à ses hommes. S'il y a des occupants à l'intérieur, demandez-leur de descendre les mains en l'air et vérifiez qu'ils ne sont pas armés. Je veux également que tous les agents dont la présence n'est plus impérative quittent les lieux sans délai. Et que ceux qui doivent rester enfilent un gilet pare-balles.

Puis, se tournant vers elle, il ajouta :

— Vous avez votre insigne sur vous, agent Galvan ?

— Le voici, entendit-elle alors dans son dos.

444

Stupéfaite, Gina découvrit Mike derrière elle avec, en main, son insigne et son arme, qu'elle avait rangés dans la boîte à gants de sa voiture. Il esquissa un demi-sourire malgré son expression grave.

— Je me doutais qu'il serait impossible de te convaincre de ne pas prendre part à l'opération, alors autant que tu sois armée.

— Bien, intervint Grove. Puisque vous êtes du quartier, agent Galvan, je vous charge de passer de maison en maison pour demander aux voisins de rentrer chez eux, de ne pas rester postés près des fenêtres et de demeurer à l'abri jusqu'à la fin de l'opération.

— Entendu, monsieur.

Gina prit son arme et la glissa à sa ceinture. Cela faisait plusieurs semaines qu'elle ne s'était pas apprêtée à effectuer une mission en service commandé, et la sensation était à la fois grisante et stressante.

— J'ai confiance en toi, Gina, murmura Mike.

Elle le fixa, émue. Mike Cutler croyait en elle, et il la comprenait si bien. Que pouvait-elle demander de plus ? Il lui prit la main et la lui serra pour lui rappeler qu'elle avait recouvré ses sensations, recouvré le contrôle de son corps. Elle ne devait pas avoir peur d'échouer.

— Merci, lui dit-elle.

— Allons-y.

— Allons-y ? Où comptes-tu aller ? lui demanda-t-elle sur le ton de la réprimande. Tu n'es pas flic, Cutler. Retourne à ta voiture et va-t'en d'ici.

— Nous sommes équipiers, je te rappelle.

— Pas quand la situation devient dangereuse.

— Tu ne te débarrasseras pas de moi, insista-t-il.

— Bien. Alors fais très attention.

Gina prit la tête du petit groupe de policiers chargés

de passer voir les voisins et donna ses consignes. Elle frappa à la porte de deux maisons, demanda aux occupants s'ils avaient vu quoi que ce soit de suspect puis leur récita les consignes de prudence à suivre jusqu'à la fin de l'opération de police.

Elle s'engageait dans l'allée de la maison suivante quand Mike la retint par le bras.

— Gina !

Elle suivit son regard. Une Mercedes à l'aspect familier approchait lentement du carrefour au bout de la rue.

— C'est la plaque d'immatriculation volée, précisa Mike.

Au moment où la voiture passa sous un réverbère, Gina lut les deux derniers chiffres : 3-6. Un frisson lui parcourut l'échine. Elle sentit que le dénouement était proche.

— C'est Bobby Estes, murmura-t-elle.

Que faisait-il là ? Était-il finalement l'auteur des tirs contre la maison de son *tío* ? Bien sûr, pour lui, se procurer une arme différente n'était sans doute pas difficile. Gina tendit son téléphone à Mike avant de hâter le pas.

— Le numéro de Grove est affiché à l'écran, lui dit-elle. Appelle-le. Moi, je vais suivre le véhicule aussi loin que possible.

Hélas, une fois arrivé au carrefour, Bobby Estes accéléra. Gina allongea ses foulées pour ne pas perdre la voiture de vue. Mais celle-ci, dont la vitesse avait encore sensiblement augmenté, ne tarda pas à disparaître. Gina déclara forfait. Il n'y avait plus qu'à espérer que Mike ait pu joindre Grove et que celui-ci ait lancé sans attendre un appel à toutes les unités pour que la Mercedes soit interceptée.

Elle restait immobile à reprendre son souffle quand, soudain, elle remarqua qu'elle venait de passer devant une Chevrolet cabossée. Elle chercha pourquoi ce détail l'intriguait. Soudain, elle se rappela.

« Une vieille Chevrolet. » C'étaient les mots de Derek l'autre jour. Il avait affirmé avoir lancé cela au hasard, mais elle ne l'avait pas cru.

Elle observa le véhicule plus en détail, et une image s'imposa en force à son esprit. Celle d'un véhicule qui s'éloignait au loin, dans la brume, le soir de la fusillade, deux mois plus tôt. Le SUV était suffisamment loin de la maison de son grand-oncle pour ne pas être repéré par les policiers, mais garé de biais, d'une façon qui aurait donné à un homme installé au volant un bon angle pour viser la maison et tirer dessus au fusil.

Discrètement, Gina fit un pas en avant, puis un autre. Soudain, elle vit le canon d'un fusil pointé sur elle.

— Alerte ! cria-t-elle juste avant qu'un tir retentisse.

Elle fut projetée en arrière et crut qu'elle avait été touchée. Mais, alors, elle sentit des bras vigoureux autour d'elle et comprit que Mike venait de lui sauver la vie. Encore une fois.

Elle l'entendit pousser un juron, puis il y eut un second coup de feu. Sans la lâcher, Mike roula sur lui-même jusqu'à ce qu'ils se retrouvent à l'abri derrière une bouche d'incendie.

— Mike ? Tu n'es pas blessé ?

Il ne répondit pas. Il cherchait à l'aider à se relever tandis qu'elle entendait un bruit de moteur.

— Vas-y ! lui lança-t-il en poussant sur les bras pour qu'elle soit debout plus vite. Il n'est pas encore parti !

Il ne lui fallut que quelques secondes pour recouvrer ses esprits. La Chevrolet était sortie de sa place de stationnement, le conducteur faisait demi-tour pour ne pas se retrouver nez à nez avec les voitures de police qui bloquaient la rue et revenait dans sa direction. Elle ne pouvait pas le laisser s'échapper.

Sortant son arme, elle se campa au milieu de la route.

— Police ! s'exclama-t-elle. Stoppez la voiture ou je tire !

Le conducteur n'obtempéra pas. Mais elle ne le laisserait pas passer. Pas cette fois.

Elle brandit son arme à deux mains devant elle et posa le doigt sur la détente.

— Arrêtez-vous !

Quand elle comprit que ses avertissements étaient vains, elle pressa la détente. Le mouvement de recul lui fit mal à l'épaule, mais elle serra les dents pour garder sa position et fit feu de nouveau. La première balle avait atteint un phare, la seconde fit exploser le pare-brise. La Chevrolet fit une embardée et alla percuter une voiture en stationnement avant de s'immobiliser.

En quelques instants, des policiers arrivèrent à hauteur du véhicule et l'encerclèrent. Gina vit Kevin Grove faire sortir le conducteur, le plaquer sans ménagement contre la voiture et le menotter mains dans le dos.

Gina avança vers eux. Elle tenait toujours son arme. Sa main tremblait, mais elle ne l'avait pas lâchée. Quand elle arriva à hauteur de la Chevrolet, elle reconnut l'homme menotté et en resta interdite.

— Harold Johnson ?

— Je n'ai tué personne, protestait le père de Derek. Je n'ai tué personne, vous ne pourrez pas m'accuser de meurtre !

Gina secoua la tête, incrédule. L'adrénaline refluait de

ses veines, elle était tellement abasourdie qu'elle avait la sensation d'avoir des semelles de plomb.

— Vous avez blessé quatre flics. Vous avez tiré sur votre propre fils.

— Ce n'était qu'une diversion. Une blessure bénigne. Je savais qu'il s'en remettrait. C'était vous, ma cible. Un joli tir, n'est-ce pas, puisque j'ai fait de vous une infirme.

— Espèce de…

Soudain, elle vit Mike à côté d'elle, qui lui faisait signe de ranger son arme.

— Pourquoi ? demanda-t-il à Johnson. Quel était votre objectif ?

— Que Derek arrive à ses fins. Que mon garçon obtienne la promotion qu'il mérite.

Puis, la toisant d'un air mauvais, il reprit :

— Les gens comme vous ne méritent pas de passer en premier. Parce que vous êtes issus de minorités, on vous traite avec des égards alors que…

— Assez, le coupa Kevin Grove. Derek était-il au courant que vous cherchiez à éliminer ses concurrents pour accroître ses chances ?

— Pas au début. Mais il a fini par comprendre.

Il la désigna du doigt.

— Vous ne pouviez pas vous empêcher de fouiner, alors évidemment il a fait des recherches à votre demande, et il a fini par découvrir la vérité. Car, lui, il sait ce que signifie être loyal. Contrairement à vous qui n'avez pas hésité à rédiger un mauvais rapport sur lui. Je n'ai pas été un bon père pour Derek, alors je lui devais de l'aider à réussir. Je voulais vous sortir de la compétition. Je pensais que vous n'arriveriez plus jamais à tenir une arme, termina-t-il sur un ton plein de venin.

Gina soutint son regard haineux sans ciller.

— Il en fallait plus que ça.

— Que quelqu'un emmène ce type au poste de police et qu'on convoque l'agent Johnson. Je veux qu'il se présente à mon bureau avant la fin de la nuit, ordonna Grove. Bouclez le périmètre et appelez la fourrière pour qu'ils évacuent la voiture et la placent sous scellés.

Puis, se tournant vers elle avec le sourire :

— Bon travail, agent Galvan. Et bon retour parmi nous. J'aimerais bien faire équipe avec vous un jour. Je vous demanderai de me transmettre votre rapport plus tard.

Et d'ajouter en désignant Mike :

— Dans l'immédiat, vous devriez emmener votre ami à l'hôpital.

— Quoi ? Mike !

Gina fit volte-face. Mike se tenait le biceps gauche et du sang coulait entre ses doigts. Elle eut l'impression de recevoir un uppercut. Apprendre que c'était le père de Derek qui lui avait tiré dessus et que son équipier lui avait dissimulé la vérité avait déjà été dur à encaisser, mais que Mike soit blessé dans l'histoire, ça, non, elle ne pouvait carrément pas l'admettre.

— Ce n'est qu'une égratignure, déclara ce dernier en esquissant un sourire. Quelques points de suture et un analgésique feront l'affaire.

Cherchait-il à la déculpabiliser ? Mon Dieu ! Dans le feu de l'action, elle l'avait complètement oublié… Elle n'avait pas su protéger son équipier… Finalement, elle ne valait pas mieux que Derek, songea-t-elle, atterrée.

— Viens, lui dit-elle en lui passant un bras autour des épaules avant de se diriger vers son pick-up. Je suis tellement désolée, Mike.

— Tu n'as pas à l'être. Je me disais au contraire que

seule la plus extraordinaire des femmes flics que je connaisse était capable de s'interposer devant Johnson comme tu l'as fait.

Même s'il marchait normalement, Gina gardait un bras autour de ses épaules pour l'aider. En fait, peut-être aurait-il été plus juste de dire qu'elle s'appuyait sur lui, car sa vision se brouillait et elle avait le cœur serré par l'émotion. Ils arrivèrent à son véhicule. Mike s'assit sur le siège conducteur tandis qu'elle cherchait la trousse de premiers secours.

Quand elle s'agenouilla devant lui, il lui passa une main sur le visage pour y essuyer une larme qui avait coulé.

— Hé, c'est quoi, ça ? Je croyais que les dures à cuire ne pleuraient jamais.

Elle déboutonna sa chemise et l'écarta doucement pour exposer sa blessure.

— Je te déteste, Mike Cutler. Je te déteste de me faire pleurer.

À l'aide d'une compresse, elle nettoya la plaie et constata avec soulagement qu'elle était superficielle.

— Je pleure parce que tu es blessé et que je suis amoureuse de toi.

— Je n'oublierai pas ce que tu viens de me dire, Gina.

Il lui prit la main et l'incita à lever la tête pour le regarder.

— Si je te dis que moi aussi je t'aime, est-ce que ça va mieux ?

Bouleversée, Gina se redressa pour l'embrasser. Quand elle recula, il la retint pour quémander un autre baiser. Elle le lui donna sans hésiter. La peur reflua pour céder la place à d'autres émotions.

— Je ne sais pas encore comment nous allons nous

y prendre pour bâtir une relation stable, mais nous y arriverons. Tu sais que, quand je veux quelque chose, je suis prête à me battre pour l'obtenir.

— Et tu veux bien que, moi aussi, je contribue à l'effort ?

— Seulement si tu me promets de ne plus jamais te jeter devant un homme armé. Et si tu cesses de poursuivre les méchants.

Elle lui pointa un doigt sur le torse pour appuyer ses propos.

— Tu n'es pas flic, je te rappelle. Et moi, même si je n'arrive pas à intégrer le SWAT, je devrai continuer à me confronter à la violence quotidienne pour être à la hauteur de ma tâche. C'est mon devoir.

— Mais alors, si nous sommes équipiers, mon boulot à moi, ce sera quoi ?

Gina se perdit dans le bleu de ses yeux.

— Ton boulot, ce sera de m'aimer jusqu'à la fin de mes jours.

Mike lui passa son bras valide autour des épaules et l'attira à lui.

— Accord conclu.

Épilogue

Deux mois plus tard

Mike songea qu'il ne se lasserait jamais de voir Gina vêtue de son uniforme de la police. La jeune femme venait d'entrer dans le centre de rééducation avec de quoi déjeuner pour qu'ils mangent ensemble dans son bureau et, comme à chaque fois à son arrivée, il se sentit déborder d'amour et de fierté. Quand elle était en tenue, elle arborait une démarche assurée et tranquille. En outre, elle remplissait très bien son uniforme.

Il la regarda faire un arrêt pour saluer Troy et lui sourit quand elle leva les yeux vers lui.

— Vous ai-je dit que j'ai déjà trois inscriptions pour les cours d'autodéfense que je me suis proposé de donner ici ? lança-t-elle à leur intention à tous deux. Vicki Bismarck, Frannie et Sylvie. Et Lupe a promis de préparer des tournées de beignets et de les apporter à la fin de chaque séance.

— Lupe va faire des beignets, c'est vrai ? intervint Troy. Tu as besoin d'aide pour tes cours ?

Mike et Gina éclatèrent de rire. Troy se posa une main sur le cœur, comme s'il était blessé qu'on mette en doute ses motivations.

— Hé, je suis sérieux. D'ailleurs, quand j'ai travaillé

avec elle pour ses séances d'assouplissements, elle m'apportait à manger à chaque fois.

Mike prit le sac des mains de Gina et fit un clin d'œil à son associé.

— D'accord mais ce n'est pas comme ça que nous allons réussir à payer nos factures.

— C'est vrai, mais ce n'en est pas moins une cuisinière hors pair.

Gina sourit, touchée par le compliment adressé à sa grand-tante.

— Alors ça ne vous ennuie pas si je donne mes cours ici, vous êtes sûrs ? Ça n'a rien à voir avec des séances de rééducation physique mais, comme vous êtes dans le quartier...

Mike savait que Troy n'y voyait aucun inconvénient, aussi acquiesça-t-il avec enthousiasme.

— Je pense que se sentir en sécurité et reconstruire sa confiance en soi va dans le même sens que ce que nous faisons ici. Il faudra seulement que tu nous donnes tes horaires pour qu'on te réserve le gymnase.

Frannie, qui avait entendu la conversation, sortit de son bureau.

— Pour les horaires, précisa-t-elle, il faut juste éviter le lundi et le mercredi soir. Ce sont les jours où Colin Cho et Frank McBride viennent pour leurs séances de rééducation.

Mike ne pouvait pas nier que son activité commençait enfin à décoller et qu'il le devait en grande partie à Gina. C'était normal de lui renvoyer l'ascenseur.

— Merci pour toute la publicité que tu nous as faite au sein du service de police, Gina. Grâce à toi, nous avons six nouveaux clients.

Gina haussa les épaules.

— Il y a beaucoup de flics qui ont des problèmes de dos et d'articulations. Je me suis contentée de leur suggérer de venir ici pour y remédier.

Troy fit rouler son fauteuil pour s'approcher d'eux.

— Frannie, c'est vrai que tu t'es inscrite aux cours d'autodéfense de Gina ? Tu vas mettre le petit short que tu portais l'autre jour pour ta séance de gym ?

— Troy ! s'exclama Frannie, qui piqua un fard.

— Comme si je pouvais m'empêcher de remarquer un tel détail, rétorqua Troy, qui prit Frannie par la taille. Allez, viens ma belle, c'est l'heure de l'échauffement.

Une fois qu'ils furent loin, Gina sourit.

— Ils ont l'air heureux.

— Ils le sont.

Mike l'invita à le suivre dans son bureau et à déposer le déjeuner sur la table.

— Et toi, tu es heureuse ? lui demanda-t-il.

— À ton avis ?

Elle le prit par les épaules, se colla contre lui et l'embrassa avec ferveur. Mike dut faire un gros effort pour que ce baiser n'aille pas plus loin, mais ils devaient se montrer raisonnables, ne pouvant ni l'un ni l'autre prolonger leur pause déjeuner…

— Ça te plaît de travailler pour l'unité d'assistance aux victimes ? Je sais à quel point tu espérais intégrer le SWAT.

— Il y aura d'autres sélections. Ceux qui ont été admis cette année le méritaient amplement.

Et, le regardant droit dans les yeux, elle lui adressa un grand sourire pour lui prouver qu'elle était sincère.

— Quand mon épaule aura recouvré toute sa souplesse, je représenterai ma candidature. Sinon, tant pis. Je crois que je ne me débrouille pas trop mal dans ce que je fais.

— De toute façon, à partir du moment où tu as décidé de réussir quelque chose, rien ne peut t'empêcher d'y arriver.

— J'espère que ton père ne se sent plus coupable de ne pas m'avoir admise dans son équipe ?

— Non. En fait, je crois qu'il est surtout heureux de savoir que tu deviendras prochainement sa belle-fille.

Gina, posant la main sur son torse, contempla le petit diamant que Mike lui avait offert.

— Moi aussi.

Ils s'embrassèrent de nouveau puis s'installèrent pour manger. Ils bavardèrent de choses et d'autres, du travail et de leurs familles. Gina l'informa que les frères Bismarck étaient tous deux en prison, que son grand-oncle avait encore la santé fragile, mais que, selon les médecins, depuis que l'ensemble de la famille avait emménagé chez Mike, sur sa proposition, il était beaucoup moins sujet au stress. Quant à Sylvie, elle était loin de Bobby Estes, qui continuait de jouer les caïds à No man's land.

— Tôt ou tard, il faudra que nous parvenions à obtenir un chef d'accusation crédible et des preuves contre lui pour l'arrêter. On y arrivera.

— Si tu as besoin d'aide pour le coincer, tu sais que tu pourras toujours compter sur moi.

— Tu n'es pas flic, Cutler.

— Je m'en fiche, Gina Galvan. Je serai toujours là pour toi, lui rappela-t-il avant de lui donner un baiser passionné.

Le mois prochain, à l'occasion
de la sortie du 500e volume
de votre collection

BLACK 🌹 ROSE

Ne manquez pas la nouvelle série
intégrale de Danica Winters :

Les mystères de l'hiver

*À l'approche de Noël,
les secrets se dévoilent...*

Trilogie inédite à découvrir en
octobre 2018

Un Noël pour sa fille, de Danica Winters - N°500

SÉRIE LES MYSTÈRES DE L'HIVER 1/3

À son retour dans le ranch familial du Montana où il est venu enquêter sur la disparition de s
ex-femme, Waylon Fitzgerald fait la connaissance de Christina, sa séduisante belle-sœur, et
Winnie, une adorable fillette de trois ans, dont la jeune femme prétend avoir seulement la gar
mais autour de laquelle plane un étonnant mystère. Comme un secret de famille jalouseme
gardé...

Par crainte du passé, de Danica Winters

SÉRIE LES MYSTÈRES DE L'HIVER 2/3

Qui est réellement Whitney Barstow ? D'où vient-elle ? Que fuit-elle ? C'est ce que se deman
Colter Fitzgerald, dont l'unique espoir est de serrer la jeune femme dans ses bras, et d'efface
jamais la lueur apeurée qui n'a jamais quitté son regard depuis qu'elle a été embauchée do
le ranch de ses parents...

Un protégé si troublant, de Danica Winters

SÉRIE LES MYSTÈRES DE L'HIVER 3/3

Malgré son regard clair et son sourire désarmant, Rainier Fitzgerald est un homme dangereux
C'est en tout cas ce dont Laura tente de se convaincre depuis qu'elle a accepté d'accompagr
dans sa réinsertion cet ex-détenu au charme ravageur. Un charme auquel elle a déjà succomb
malgré elle, et qui va la pousser à enquêter à ses côtés pour prouver qu'il a été condamné à tor

---

La menace de l'orage, d'Amanda Stevens - N°501

L'homme lève la tête et croise le regard d'Ava. Pourtant elle n'a pas besoin de v
ses yeux pour savoir qu'ils sont d'un bleu perçant. Tressaillant, elle s'interroge :
fait Dylan, son ex-petit ami, dans cet hôtel de Whispering Springs où elle doit pass
quelques jours avec ses anciens camarades de fac ? Se peut-il qu'il ait été lui aussi inv
à ces étranges retrouvailles où chacun semble détenir son propre secret et où, tandis q
l'orage gronde, plane encore l'ombre de Lily, l'amie disparue dix ans plus tôt ?

Au-delà des remords, de Debbie Herbert

Je ne peux pas t'oublier... Immobile, silencieux après cet aveu, Harlan, le shérif
Lavender Mountain, scrute les réactions de Lilah qui le foudroie du regard. Trois mois ! Ce
fait trois mois qu'il a rompu avec elle, parce que son père — qui vient d'être assassi
dans d'étranges circonstances — n'était pas respectable et qu'il ne voulait pas entach
sa propre réputation... Pourtant, il sait aujourd'hui qu'il ne peut pas se passer d'elle
que, bien qu'elle affirme le contraire, l'enfant qu'elle porte est bien de lui.

Retrouvez en octobre 2018,
dans votre collection

BLACK 🌹 ROSE

...ernés par le danger, de Janie Crouch - N°502

...roline est partie seule en randonnée dans le parc de Big Bend. En entendant cette ...ormation, Zane se fige et prend aussitôt une décision : qu'importe que son ex ait ...soin de solitude après leur rupture, il va la rejoindre et assurer sa protection. Car, si ...e connaît assurément les dangers de ce parc peuplé d'animaux sauvages, elle ignore ...revanche ce que Zane vient juste d'apprendre : pour se venger de lui, qu'il estime ...ponsable de son incarcération, un assassin récemment échappé de prison a juré la ...rte de Caroline et s'est lancé à sa poursuite...

...ne révélation à haut risque, de Delores Fossen

...asourdi, Cameron fixe Lauren Beckett et tente de mettre de l'ordre dans ses idées : pourquoi ...ren, qu'il n'a pas vue depuis dix ans, vient-elle ainsi de débarquer chez lui ? Et comment ...ut-elle prétendre que Patrick, son fils à elle, et Isaac, le neveu de Cameron qu'il élève depuis ...décès de ses parents, ont été échangés à la naissance ? Un imbroglio qui, s'il se révèle exact, ...semer la discorde entre leurs deux familles. Car les héritages des garçons sont en jeu et, pour ...protéger, Cameron et Lauren vont devoir avancer main dans la main...

...euls contre tous, de Kara Lennox - N°503

...fendre les innocents accusés à tort : telle a toujours été la passion de Raleigh Shinn. Et ...ourd'hui, une fois encore, elle est déterminée à mettre tous ses talents d'avocate en œuvre ...ur faire libérer Anthony Simonetty, condamné pour avoir assassiné sa petite amie. Aussi ...mbe-t-elle des nues quand Griffin Benedict, un journaliste qu'elle croyait de son côté, lui ...pporte de terribles propos : la rumeur court qu'elle est corrompue et intéressée uniquement ...r l'argent... Qui cherche à saper sa réputation ? Raleigh n'a plus qu'une idée en tête : ...découvrir. Car, sans qu'elle sache bien pourquoi, elle éprouve le besoin impérieux de ...uver à Griffin qu'il se trompe...

...piège du désert, de Linda Howard

...nny Miller. Maintenant qu'il avait retrouvé sa trace, l'agent Chance MacKenzie n'était pas près ...la laisser s'échapper. Pourtant, quand leurs yeux se croisent pour la première fois, Chance sent ...certitudes vaciller. Comment la fille de Crispin Hauer, un des plus grands criminels des États-...s, peut-elle être aussi séduisante, sembler aussi fragile ? Troublé, Chance décide néanmoins ...mettre en œuvre le plan qu'il a élaboré : après avoir convaincu Sunny de monter à bord de ...avion, il simulera une panne afin de passer plusieurs jours seul avec elle dans un canyon ...du en plein désert de l'Oregon. Il fera tout pour la séduire, jusqu'à ce qu'elle lui avoue où se ...che son père...

HARLEQUIN — BLACK 🌹 ROSE

OFFRE DE BIENVENUE

Vous êtes fan de la collection Black Rose ?
Pour prolonger le plaisir, recevez gratuitement

◆ **1 livre Black Rose gratuit** ◆
et 2 cadeaux surprise !

Une fois votre colis de bienvenue reçu, si vous souhaitez continuer à recevoir nos romans Black Rose, cela se fera automatiquement. Vous recevrez alors chaque mois 3 volumes doubles inédits de cette collection au tarif unitaire de 7,50€ (Frais de port France : 1,99€ - Frais de port Belgique : 3,99€).

➡ **ET AUSSI DES AVANTAGES EXCLUSIFS :**

➡ **LES BONNES RAISONS DE S'ABONNER :**

Aucun engagement de durée
ni de minimum d'achat.
◆
Aucune adhésion à un club.
◆
Vos romans en avant-première.
◆
La livraison à domicile.

Des cadeaux tout au long de l'année.
◆
Des réductions sur vos romans par le biais de nombreuses promotions.
◆
Des romans exclusivement réédités notamment des sagas à succès.
◆
L'abonnement systématique et gratuit à notre magazine d'actu ROMANCE.
◆
Des points fidélité échangeables contre des livres ou des cadeaux.

REJOIGNEZ-NOUS VITE EN COMPLÉTANT ET EN NOUS RENVOYANT LE BULLETIN !

✂ ·······································

N° d'abonnée (si vous en avez un) ⊔⊔⊔⊔⊔⊔⊔⊔⊔⊔

I8ZEA3
I8ZE3B

Mᵐᵉ ☐ Mˡˡᵉ ☐ Nom : .... Prénom : ....

Adresse : ....

CP : ⊔⊔⊔⊔⊔ Ville : ....

Pays : .... Téléphone : ⊔⊔⊔⊔⊔⊔⊔⊔⊔⊔

E-mail : ....

Date de naissance : ⊔⊔ ⊔⊔ ⊔⊔⊔⊔

☐ Oui, je souhaite être tenue informée par e-mail de l'actualité d'Harlequin.

☐ Oui, je souhaite bénéficier par e-mail des offres promotionnelles des partenaires d'Harlequin.

Renvoyez cette page à : Service Lectrices Harlequin – CS 20008 – 59718 Lille Cedex 9 - France

Date limite : **31 décembre 2018**. Vous recevrez votre colis environ 20 jours après réception de ce bon. Offre soumise à acceptation et réservée aux personnes majeures, résidant en France métropolitaine et Belgique. Prix susceptibles de modification en cours d'année. Conformément à la loi Informatique et libertés du 6 janvier 1978, vous disposez d'un droit d'accès et de rectification aux données personnelles vous concernant. Il vous suffit de nous écrire en nous indiquant vos nom, prénom et adresse à : Service Lectrices Harlequin - CS 20008 - 59718 LILLE Cedex 9. Harlequin® est une marque déposée du groupe HarperCollins France – 83/85, Bd Vincent Auriol – 75646 Paris cedex 13. Tél : 01 45 82 47 47. SA au capital de 1 120 000€ - R.C. Paris. Siret 31867159100069/APE5811Z.

Composé et édité par HarperCollins France.

Achevé d'imprimer en août 2018.

Barcelone

Dépôt légal : septembre 2018.

Pour limiter l'empreinte environnementale de ses livres, HarperCollins France s'engage à n'utiliser que du papier fabriqué à partir de bois provenant de forêts gérées durablement et de manière responsable.

Imprimé en Espagne.